U0478530

傅雷译文集

高老头　奥诺丽纳

［法］巴尔扎克◎著

傅　雷◎译

吉林出版集团股份有限公司

图书在版编目（CIP）数据

高老头；奥诺丽纳/（法）巴尔扎克著；傅雷译. —长春：吉林出版集团股份有限公司，2017.6（2022.8 重印）

（名家名译：傅雷系列/杜贞霞主编）

ISBN 978-7-5581-2763-2

Ⅰ.①高… Ⅱ.①巴… ②傅… Ⅲ.①长篇小说—小说集—法国—近代 Ⅳ.① I565.44

中国版本图书馆 CIP 数据核字（2017）第 127702 号

高老头　奥诺丽纳

著　　者	［法］巴尔扎克
译　　者	傅　雷
策划编辑	杜贞霞
责任编辑	郭亚维
封面设计	老　刀
开　　本	650mm×960mm　1/16
字　　数	300 千
印　　张	23
版　　次	2017 年 7 月第 1 版
印　　次	2022 年 8 月第 3 次印刷

出版发行	吉林出版集团股份有限公司
电　　话	总编办：010-63109269
	发行部：010-63109269
印　　刷	天津画中画印刷有限公司

ISBN 978-7-5581-2763-2　　　　　　　定价：58.00 元

版权所有　侵权必究

目 录

高老头

伏盖公寓 ………………………………………… 3
两处访问 ………………………………………… 48
初见世面 ………………………………………… 80
鬼上当 …………………………………………… 131
两个女儿 ………………………………………… 191
父亲的死 ………………………………………… 225

奥诺丽纳

一　法国人怎样的不喜欢旅行 ………………… 251
二　一幅兼有意大利与法国风味的画 ………… 253
三　一个总领事的谜 …………………………… 256
四　伯爵夫人 …………………………………… 259
五　社会的解剖 ………………………………… 261
六　神甫的主意 ………………………………… 262

七	一个青年人的画像	264
八	一所老屋子	267
九	一幅肖像	269
一〇	年轻的老人	271
一一	无人知道的内心的斗争	273
一二	坚固的友谊	277
一三	幕启以前的讯号	280
一四	枢密会议中的一场辩论	282
一五	泄漏秘密	286
一六	一位国务部长的自白	288
一七	门当户对而又情投意合的亲事	290
一八	一股可怕而正当的痴情	292
一九	一个异想天开的丈夫	296
二〇	尝试失败了	299
二一	一个古怪的提议	302
二二	开始行动	306
二三	一幅速写	309
二四	第一次的会面是怎么结束的	311
二五	奥诺丽纳的樊笼	314
二六	论女性的工作	315
二七	奥诺丽纳的一段自白	318
二八	一语伤人	321
二九	挑战	324
三〇	揭晓	327
三一	一封信	333
三二	青年人的感想与已婚的人的感想	339
三三	教会的告诫	342

目 录

三四　复信 ·· 345
三五　可怜的莫利斯 ·· 348
三六　徒有其名的团圆 ····································· 350
三七　奥诺丽纳最后的叹息 ······························· 354
三八　两个结局 ··· 357
三九　一个问题 ··· 359
四〇　最后一句话 ·· 360

高老头

Gao Lao Tou

伏盖公寓

一个夫家姓伏盖，娘家姓龚弗冷的老妇人，四十年来在巴黎开着一所兼包客饭的公寓，坐落在拉丁区与圣·玛梭城关之间的圣·日内维新街上。大家称为伏盖家的这所寄宿舍，男女老少，一律招留，从来没有为了风化问题受过飞短流长的攻击。可是三十年间也不曾有姑娘们寄宿；而且非要家庭给的生活费少得可怜，才能使一个青年男子住到这儿来。话虽如此，一八一九年上，正当这幕惨剧开场的时候，公寓里的确住着一个可怜的少女。虽然惨剧这个字眼被近来多愁善感，颂赞痛苦的文学用得那么滥，那么歪曲，以致无人相信；这儿可是不得不用。并非在真正的字义上说，这个故事有什么戏剧意味；但我这部书完成之后，京城内外也许有人会掉几滴眼泪。出了巴黎是不是还有人懂得这件作品，确是疑问。书中有许多考证与本地风光，只有住在蒙玛脱岗和蒙罗越高地中间的人能够领会。这个著名的盆地，墙上的石灰老是在剥落，阳沟内全是漆黑的泥浆；到处是真苦难，空欢喜，而且那么忙乱，不知要怎么重大的事故才能在那儿轰动一下。然而也有些东零西碎的痛苦，因为罪恶与德行混在一块而变得伟大庄严，使自私自利的人也要定一定神，生出一点同情心；可是他们的感触不过是一刹那的事，像匆匆忙忙吞下的一颗美果。文明好比一辆大车,和印度的神车一样①,碰到一颗比较不容易粉碎的心,略微耽搁了一下,马上把它压碎了,又浩浩荡荡的继续前进。你们读者大概也是如此:雪白的手捧了这本书,埋在软绵绵的安乐椅里,想道:也许这部小说能够让我消遣一下。读完高老头隐秘的痛史以后,你依旧胃口很好的用晚餐,把你的无动于衷推给作者负责,说作者夸张,渲染过分。殊不知这惨剧既非杜撰,亦非小说。一切都是真情实事②,真实到每个人都能在自己身上或者心里发现剧中的要素。

公寓的屋子是伏盖太太的产业,坐落在圣·日内维新街下段,正当地面从一个斜坡向弩箭街低下去的地方。坡度陡峭,马匹很少上下,因此挤在华·特·葛拉斯军医院和先贤祠之间的那些小街道格外清静。两座大建筑罩下一片黄黄的色调,改变了周围的气息;穹窿阴沉严肃,使一切都暗淡无光。街面上石板干燥,阳沟内没有污泥,没有水,沿着墙根生满了草。一到这个地方,连最没心事的人也会像所有的过路人一样无端端的不快活。一辆车子的声音在此简直是件大事;屋子死沉沉的,墙垣全带几分牢狱气息。一个迷路的巴黎人③在这一带只看见些公寓或者私塾,苦难或者烦恼,垂死的老人或是想作乐而不得不用功的青年。巴黎城中没有一个区域更丑恶,更没有人知道的了。特别是圣·日内维新街,仿佛一个古铜框子,跟这个故事再合适没有。为求读者了解起见,尽量用上灰黑的色彩和沉闷的描写也不嫌过

---

① 印度每年逢 Vichnou 神纪念日,将神像置于车上游行,善男信女奉之若狂,甚至有攀附神车或置身轮下之举,以为如此则来世可托生于较高的阶级(Caste)。

② 原文是用的英文 All is true,且用斜体字。莎士比亚的悲剧《亨利八世》原名"All is true",巴尔扎克大概是借用此句。

③ 真正的巴黎人是指住在塞纳河右岸的人。公寓所在地乃系左岸。迷路云云谓右岸的人偶尔漫步到左岸去的意思。

分，正如游客参观初期基督徒墓窟的时候，走下一级级的石梯，日光随着暗淡，向导的声音越来越空洞。这个比喻的确是贴切的。谁又能说，枯萎的心灵和空无一物的骷髅，究竟哪一样看上去更可怕呢？

公寓侧面靠街，前面靠小花园，屋子跟圣·日内维新街成直角。屋子正面和小园之间有条中间微凹的小石子路，大约宽两公尺；前面有一条平行的沙子铺的小路，两旁有凤吕草，夹竹桃和石榴树，种在蓝白二色的大陶盆内。小路靠街的一头有扇小门，上面钉一块招牌，写着：伏盖宿舍；下面还有一行：本店兼包客饭，男女宾客，一律欢迎。临街的栅门上装着一个声音刺耳的门铃。白天你在栅门上张望，可以看到小路那一头的墙上，画着一个模仿青色大理石的神龛，大概是本区画家的手笔。神龛内画着一个爱神像：浑身斑驳的釉彩，一般喜欢象征的鉴赏家可能认做爱情病的标记，那是在邻近的街坊上就可医治的①。神像座子上模糊的铭文，令人想起雕像的年代，服尔德在一七七七年上回到巴黎大受欢迎的年代。那两句铭文是②：

　　不论你是谁，她总是你的师傅，
　　　现在是，曾经是，或者将来是。

天快黑的时候，栅门换上板门。小园的宽度正好等于屋子正面的长度。园子两旁，一边是临街的墙，一边是和邻居分界的墙；大片的长春藤把那座界墙统统遮盖了，在巴黎城中格外显得清幽，引人注目。各处墙上都钉着果树和葡萄藤，瘦小而灰土密布的果实成为伏盖太太年年发愁的对象，也是和房客谈天的资

---

① 指附近圣·雅各城关的加波桑医院。
② 服尔德为梅仲宫堡园中的爱神像所作的铭文。

料。沿着侧面的两堵墙各有一条狭小的走道,走道尽处是一片菩提树荫。伏盖太太虽是龚弗冷出身,菩提树三字老是念别音的,房客们用文法来纠正她也没用。两条走道之间,一大块方地上种着朝鲜蓟,左右是修成圆锥形的果树,四周又围着些莴苣,旱芹,酸菜。菩提树荫下有一张绿漆圆桌,周围放几个凳子。逢着大暑天,一般有钱喝咖啡的主顾,在热得可以孵化鸡子的天气到这儿来品尝咖啡。

四层楼外加阁楼的屋子用的材料是粗砂石,粉的那种黄颜色差不多使巴黎所有的屋子不堪入目。每层楼上开着五扇窗子,全是小块的玻璃;细木条子的遮阳撑起来高高低低,参差不一。屋子侧面有两扇窗,楼下的两扇装有铁栅和铁丝网。正屋之后是一个二十尺宽的院子:猪啊,鸭啊,兔子啊,和和气气的混在一块儿;院子底上有所堆木柴的棚子。棚子和厨房的后窗之间挂一口凉橱,下面淌着洗碗池流出来的脏水。靠圣·日内维新街有扇小门,厨娘为了避免瘟疫不得不冲洗院子的时候,就把垃圾打这扇门里扫到街上。

房屋的分配本是预备开公寓的。底层第一间有两扇临街的窗子取光,通往园子的是一扇落地长窗。客厅侧面通到饭厅,饭厅和厨房中间是楼梯道,楼梯的踏级是用木板和彩色地砖拼成的。一眼望去,客室的景象再凄凉没有:几张沙发和椅子,上面包的马鬃布满是一条条忽而暗淡忽而发光的纹缕。正中放一张黑地白纹的云石面圆桌,桌上摆一套白瓷小酒杯,金线已经剥落一大半,这种酒杯现在还到处看得到。房内地板很坏,四周的护壁板只有半人高,其余的地位糊着上油的花纸,画着《丹兰玛葛》①主要的几幕,一些有名的人物都著着彩色。两扇有铁丝网的窗子

―――――――

① 《丹兰玛葛》系十七世纪法奈龙的名著。

高老头

之间的壁上,画着加里泼梭款待于里斯的儿子的盛宴①。四十年来这幅画老是给年轻的房客当作说笑的引子,把他们为了穷而不得不将就的饭食取笑一番,表示自己的身份比处境高出许多。石砌的壁炉架上有两瓶藏在玻璃罩下的旧纸花,中间放一座恶俗的半蓝不蓝的云石摆钟。壁炉内部很干净,可见除了重大事故,难得生火。

这间屋子有股说不出的味道,应当叫做公寓味道。那是一种闭塞的,霉烂的,酸腐的气味,叫人发冷,吸在鼻子里潮腻腻的,直往衣服里钻;那是刚吃过饭的饭厅的气味,酒菜和碗盏的气味,救济院的气味。老老少少的房客特有的气味,跟他们伤风的气味合凑成的令人作呕的成分,倘能加以分析,也许这味道还能形容。话得说回来,这间客室虽然教你恶心,同隔壁的饭厅相比,你还觉得客室很体面,芬芳,好比女太太们的上房呢。

饭厅全部装着护壁,漆的颜色已经无从分辨,只有一块块油迹画出奇奇怪怪的形状。几口黏手的食器柜上摆着暗淡无光的破裂的水瓶,刻花的金属垫子,好几堆都奈窑的蓝边厚瓷盆。屋角有口小橱,分成许多标着号码的格子,存放寄膳客人满是污迹和酒痕的饭巾。在此有的是销毁不了的家具,没处安插而扔在这儿,跟那些文明的残骸留在痼疾救济院里一样。你可以看到一个晴雨表,下雨的时候有一个教士出现;还有些令人倒胃的版画,配着黑漆描金的框子;一口镶铜的贝壳座钟;一只绿色火炉;几盏灰尘跟油混在一块儿的挂灯;一张铺有漆布的长桌,油腻之厚,足够爱淘气的医院实习生用手指在上面刻画姓名;几张断腿折臂的椅子;几块可怜的小脚毯,草辫老在散率而始终没有分离;还有些破烂的脚炉,洞眼碎裂,铰链零落,木座子像炭一样

---

① 即《丹兰玛葛》中的情节。

的焦黑。这些家具的古旧、龟裂、腐烂、摇动、虫蛀、残缺、老弱无能、奄奄一息,倘使详细描写,势必长篇累牍,妨碍读者对本书的兴趣,恐非性急的人所能原谅。红色的地砖,因为擦洗或上色之故,画满了高高低低的沟槽。总之,这儿是一派毫无诗意的贫穷,那种锱铢必较的,浓缩的,百孔千疮的贫穷;即使还没有泥浆,却已有了污迹;即使还没有破洞,还不曾褴褛,却快要崩溃腐朽,变成垃圾。

这间屋子最有光彩的时间是早上七点左右,伏盖太太的猫赶在主人之前,先行出现,它跳上食器柜,把好几罐盖着碟子的牛奶闻嗅一番,呼啊呼啊的做它的早课。不久寡妇出现了,网纱做的便帽下面,露出一圈歪歪斜斜的假头发,懒洋洋的跩着愁眉苦脸的软鞋。她的憔悴而多肉的脸,中央耸起一个鹦鹉嘴般的鼻子,滚圆的小手,像教堂的耗子①一般胖胖的身材,膨亨饱满而颠颠耸耸的乳房,一切都跟这寒酸气十足而暗里蹲着冒险家的饭厅调和。她闻着室内暖烘烘的臭味,一点不觉得难受。她的面貌像秋季初霜一样新鲜,眼睛四周布满皱纹,表情可以从舞女那样的满面笑容,一变而为债主那样的竖起眉毛,板起脸孔。总之她整个的人品足以说明公寓的内容,正如公寓可以暗示她的人品。监狱少不了牢头禁卒,你想象中决不能有此无彼。这个小妇人的没有血色的肥胖,便是这种生活的结果,好像传染病是医院气息的产物。罩裙底下露出毛线编成的衬裙,罩裙又是用旧衣衫改的,棉絮从开裂的布缝中钻出来;这些衣衫就是客室,饭厅,和小园的缩影,同时也泄露了厨房的内容与房客的流品。她一出场,舞台面就完全了。五十岁左右的伏盖太太跟一切经过忧患的女人一样。无精打采的眼睛,假惺惺的神气像一个会假装恼怒,

---

① 教堂的耗子原是一句俗语,指过分虔诚的人;因巴尔扎克以动物比人的用意在本书中特别显著,故改按字面译。

高老头

以便敲竹杠的媒婆，而且她也存心不择手段的讨便宜：倘若世界上还有什么乔治或毕希葛吕可以出卖，她是决计要出卖的①。房客们却说她骨子里是个好人，他们听见她同他们一样咳嗽，哼哼，便相信她真穷。伏盖先生当初是怎么样的人，她从无一字提及。他怎样丢了家私的呢？她回答说是遭了厄运。他对她不好，只留给她一双眼睛好落眼泪，这所屋子好过活，还有给了她不必同情别人灾祸的权利，因为她说，她什么苦难都受尽了。

一听见女主人急促的脚声，胖子厨娘西尔维赶紧打点房客们的中饭。一般寄饭客人通常只包每月三十法郎的一顿晚饭。

这个故事开始的时代，寄宿的房客共有七位。二层楼上是全屋最好的两套房间，伏盖太太住了小的一套，另外一套住着古的太太，她过世的丈夫在共和政府时代当过军需官。和她同住的是一个年纪轻轻的少女，维多莉·泰伊番小姐，把古的太太当做母亲一般。这两位女客的膳宿费每年一千八百法郎。三层楼上的两套房间，分别住着一个姓波阿莱的老人，和一个年纪四十上下，戴假头发，鬓脚染黑的男子，自称为退休的商人，叫做伏脱冷先生。四层楼上有四个房间：老姑娘米旭诺小姐住了一间；从前做粗细面条和淀粉买卖，大家叫做高老头的，住了另外一间；其余两间预备租给候鸟②，像高老头和米旭诺小姐般只能付四十五法郎一月膳宿费的穷学生；可是伏盖太太除非没有办法，不大乐意招留这种人，因为他们面包吃得太多。

那时代，两个房间中的一个，住着一位从安古兰末乡下到巴黎来读法律的青年，欧也纳·特·拉斯蒂涅。人口众多的老家，省吃俭用，熬出他每年一千二百法郎的生活费。他是那种因家境

---

① 乔治与毕希葛吕均系法国大革命时代人物，以阴谋推翻拿破仑而被处死刑。

② 指短时期的过路客人。此语为作者以动物比人的又一例。

清寒而不得不用功的青年，从小就懂得父母的期望，自己在那里打点美妙的前程，考虑学业的影响，把学科迎合社会未来的动向，以便捷足先登，榨取社会。倘没有他的有趣的观察，没有他在巴黎交际场中无孔不入的本领，我们这故事就要缺乏真实的色彩；没有问题，这点真实性完全要归功于他敏锐的头脑，归功于他有种欲望，想刺探一桩惨事的秘密；而这惨事是制造的人和身受的人一致讳莫如深的。

四层楼的顶上有一间晾衣服的阁楼，还有做粗活的男仆克利斯朵夫和胖子厨娘西尔维的两间卧房。

除了七个寄宿的房客，伏盖太太旺季淡季统扯总有八个法科或医科的大学生，和两三个住在近段的熟客，包一顿晚饭。可以容纳一二十人的饭厅，晚餐时坐到十八个人；中饭只有七个房客，团团一桌的情景颇有家庭风味。每个房客趿着软鞋下楼，对包饭客人的衣著神气，隔夜的事故，毫无顾忌的议论一番。这七位房客好比伏盖太太特别宠爱的孩子，她按照膳宿费的数目，对各人定下照顾和尊敬的分寸，像天文家一般不差毫厘。这批萍水相逢的人心里都有同样的打算。三层楼的两位房客只付七十二法郎一月。这等便宜的价钱（唯有古的太太的房饭钱是例外），只能在圣·玛赛城关，在产科医院和流民习艺所中间的那个地段找到。这一点，证明那些房客明里暗里全受着贫穷的压迫，因此这座屋子内部的悲惨景象，在住户们破烂的衣著上照样暴露。男人们穿着说不出颜色的大褂，像高等住宅区扔在街头巷尾的靴子，快要磨破的衬衫，有名无实的衣服。女人们穿着暗淡陈旧，染过而又褪色的服装；戴着补过的旧花边，用得发亮的手套，老是暗黄色的领围，经纬散率的围巾。衣服虽是这样，人却差不多个个生得很结实，抵抗过人世的风波；冷冷的狠巴巴的脸，好像用旧而不再流通的银币一般模糊；干瘪的嘴巴配着一副尖利的牙齿。

高老头

你看到他们会体会到那些已经演过的和正在搬演的戏剧,——并非在脚灯和布景前面上演的,而是一些活生生的,或是无声无息的,冰冷的,把人的心搅得发热的,连续不断的戏剧。

老姑娘米旭诺,疲倦的眼睛上面戴着一个油腻的绿绸眼罩,扣在脑袋上的铜丝连怜悯之神也要为之大吃一惊。身体只剩一把骨头,穗子零零落落像眼泪一般的披肩,仿佛披在一副枯骨上面。当初她一定也俊俏过来,现在怎么会形销骨立的呢?为了荒唐胡闹吗?有什么伤心事吗?过分的贪心吗?是不是谈爱情谈得太多了?有没有做过花粉生意?还是单单是个娼妓?她是否因为年轻的时候骄奢过度,而受到老年时路人侧目的报应?惨白的眼睛教人发冷,干瘪的脸孔带点儿凶相。尖利的声音好似丛林中冬天将临时的蝉鸣。她自称服侍过一个患膀胱炎的老人,被儿女们当做没有钱而丢在一边。老人给她一千法郎的终身年金,至今他的承继人常常为此跟她争执,说她坏话。虽然她的面貌被情欲摧残得很厉害,肌肤之间却还有些白皙与细腻的遗迹,足见她身上还保存一点儿残余的美。

波阿莱先生差不多是架机器。他走在植物园的小道上像一个灰色的影子:戴着软绵绵的旧鸭舌帽,有气无力的抓着一根手杖,象牙球柄已经发黄了;褪色的大褂遮不了空荡荡的扎脚裤,只见衣摆在那里扯来扯去;套着蓝袜子,两条腿摇摇晃晃像喝醉了酒;上身露出腌臜的白背心,枯草似的粗纱颈围,跟绕在火鸡式脖子上别扭的领带,乱糟糟的搅在一起。看他那副模样,大家都心里思忖,这个幽灵是否跟在意大利大街上溜达的哥儿们同样属于泼辣放肆的白种民族?什么工作使他这样干瘪缩小的?什么情欲把他生满小球刺儿的脸变成了黑沉沉的猪肝色?这张脸画成漫画,简直不像是真的。他当过什么差事呢?说不定做过司法部的职员,经手过刽子手们送来的账单,——执行逆伦犯所用的蒙面黑纱，刑台下铺的糠①，刑架上挂铡刀的绳子等等的账单。也许他当过屠宰场收款员，或卫生处副稽查之类。总之，这家伙好比社会大磨坊里的一匹驴子，做了傀儡而始终不知道牵线的是谁，也仿佛多少公众的灾殃或丑事的轴心；总括一句，他是我们见了要说一声究竟这等人也少不得的人。这些被精神的或肉体的痛苦磨得色如死灰的脸相，巴黎的漂亮人物是不知道的。巴黎真是一片海洋，丢下探海锤也没法测量这海洋的深度。不论花多少心血到里面去搜寻去描写，不管海洋的探险家如何众多如何热心，都会随时找到一片处女地，一个新的洞穴，或是几朵鲜花，几颗明珠，一些妖魔鬼怪，一些闻所未闻，文学家想不到去探访的事。伏盖公寓便是这些奇怪的魔窟之一。

其中有两张脸跟多数房客和包饭的主顾成为显著的对比。维多莉·泰伊番小姐虽则皮色苍白，带点儿病态，像害干血痨的姑娘；虽则经常的忧郁，局促的态度，寒酸和娇弱的外貌，使她脱不了这幅画面的基本色调——痛苦；可是她的脸究竟不是老年人的脸，动作和声音究竟是轻灵活泼的。这个不幸的青年人仿佛一株新近移植的灌木，因为水土不宜而叶子萎黄了。黄里带红的脸色，灰黄的头发，过分纤瘦的腰身，颇有近代诗人在中世纪小雕像上发见的那种妩媚，灰中带黑的眼睛表现她有基督徒式的温柔与隐忍。朴素而经济的装束勾勒出年轻人的身材。她的好看是由于五官四肢配搭得巧。只要心情快乐，她可能非常动人；女人要有幸福才有诗意，正如穿扮齐整才显得漂亮。要是舞会的欢情把这张苍白的脸染上一些粉红的色调，要是讲究的生活使这对已经微微低陷的面颊重新丰满而泛起红晕，要是爱情使这双忧郁的眼睛恢复光彩，维多莉大可跟最美的姑娘们见个高低。她只缺少教

---

① 法国刑法规定，凡逆伦犯押赴刑场时，面上须蒙以黑纱以为识别。刑台下铺糠乃预备吸收尸身之血。

高老头

女人返老还童的东西：衣衫和情书。她的故事足够写一本书。她的父亲自以为有不认亲生女儿的理由，不让她留在身边，只给六百法郎一年，又改变他财产的性质，以便全部传给儿子。维多莉的母亲在悲苦绝望之中死在远亲古的太太家里；古的太太便把孤儿当做亲女一样抚养长大。共和政府军需官的寡妇，不幸除了丈夫的预赠年金和公家的抚恤金以外一无所有，可能一朝丢下这个既无经验又无资财的少女，任凭社会摆布。好心的太太每星期带维多莉去望弥撒，每半个月去忏悔一次，让她将来至少能做一个虔诚的姑娘。这办法的确不错。有了宗教的热情，这个弃女将来也能有一条出路。她爱她的父亲，每年回家去转达母亲临终时对父亲的宽恕；每年父亲总是闭门不纳。能居间斡旋的只有她的哥哥，而哥哥四年之中没有来探望过她一次，也没有帮助过她什么。她求上帝使父亲开眼，使哥哥软心，毫无怨恨的为他们祈福。古的太太和伏盖太太只恨字典上咒骂的字眼太少，不够形容这种野蛮的行为。她们咒骂混账的百万富翁的时候，总听到维多莉说些柔和的话，好似受伤的野鸽，痛苦的叫喊仍然吐露着爱。

欧也纳·特·拉斯蒂涅纯粹是南方型的脸：白皮肤，黑头发，蓝眼睛。风度，举动，姿势，都显出他是大家子弟，幼年的教育只许他有高雅的习惯。虽然衣著朴素，平日尽穿隔年的旧衣服，有时也能装扮得风度翩翩的上街。平常他只穿一件旧大褂，粗背心；蹩脚的旧黑领带扣得马马虎虎，像一般大学生一样；裤子也跟上装差不多，靴子已经换过底皮。

在两个青年和其余的房客之间，那四十上下，鬓脚染色的伏脱冷，正好是个中间人物。人家看到他那种人都会喊一声好家伙！肩头很宽，胸部很发达，肌肉暴突，方方的手非常厚实，手指中节生着一簇簇茶红色的浓毛。没有到年纪就打皱的脸似乎是性格冷酷的标记；但是看他软和亲热的态度，又不像冷酷的人。

他的低中音嗓子，跟他嘻嘻哈哈的快活脾气刚刚配合，绝对不讨厌。他很殷勤，老堆着笑脸。什么锁钥坏了，他立刻拆下来，粗枝大叶的修理，上油，锉一阵磨一阵，装配起来，说："这一套我是懂的。"而且他什么都懂：帆船，海洋，法国，外国，买卖，人物，时事，法律，旅馆，监狱。要是有人过于抱怨诉苦，他立刻凑上来帮忙。好几次他借钱给伏盖太太和某些房客；但受惠的人死也不敢赖他的债，因为他尽管外表随和，自有一道深沉而坚决的目光教人害怕。看那唾口水的功架，就可知道他头脑冷静的程度：要解决什么尴尬局面的话，一定是杀人不眨眼的。像严厉的法官一样，他的眼睛似乎能看透所有的问题，所有的心地，所有的感情。他的日常生活是中饭后出门，回来用晚饭，整个黄昏都在外边，到半夜前后回来，用伏盖太太给他的百宝钥匙开大门。百宝钥匙这种优待只有他一个人享受。他待寡妇也再好没有，叫她妈妈，搂着她的腰，——可惜这种奉承对方体会得不够。老妈妈还以为这是轻而易举的事，殊不知唯有伏脱冷一个人才那么长的胳膊，够得着她粗大的腰身。他另外一个特点是饭后喝一杯葛洛丽亚①，每个月很阔绰的花十五法郎。那般青年人固然卷在巴黎生活的漩涡内一无所见，那般老年人也固然对一切与己无干的事漠不关心，但即使不像他们那么肤浅的人，也不会注意到伏脱冷形迹可疑。旁人的事，他都能知道或者猜到；他的心思或营生，却没有一个人看得透。虽然他把亲热的态度，快活的性情，当做墙壁一般挡在他跟旁人之间，但他不时流露的性格颇有些可怕的深度。往往他发一阵可以跟于凡那②相比的牢骚，专爱挖苦法律，鞭挞上流社会，攻击它的矛盾，似乎他对社会抱着仇恨，心底里密不透风的藏着什么秘密事儿。

---

① 羼有酒精的咖啡或红茶。
② 公元一世纪时以讽刺尖刻著名的拉丁诗人。

高老头

　　泰伊番小姐暗中偷觑的目光和私下的念头，离不了这个中年人跟那个大学生。一个是精力充沛，一个是长得俊美，她无意之间受到他们吸引。可是那两位好似一个也没有想到她，虽说天道无常，她可能一变而为陪嫁富裕的对象。并且，那些人也不愿意推敲旁人自称为的苦难是真是假。除了漠不关心之外，他们还因为彼此境况不同而提防人家。他们知道没有力量减轻旁人的痛苦，而且平时叹苦经叹得太多了，互相劝慰的话也早已说尽。像老夫妻一样的无话可谈，他们之间的关系只有机械的生活，等于没有上油的齿轮在那里互相推动。他们可以在路上遇到一个瞎子而头也不回的走过，也可以无动于衷的听人家讲一桩苦难，甚至把死亡看做一个悲惨局面的解决；饱经忧患的结果，大家对最惨痛的苦难都冷了心。这些伤心人中最幸福的还算伏盖太太，高高在上的管着这所私人救济院。唯有伏盖太太觉得那个小园是一座笑盈盈的树林；事实上，静寂和寒冷，干燥和潮湿，使园子像大草原一样广漠无垠。唯有为她，这所黄黄的，阴沉沉的，到处是账台的铜绿味的屋子，才充满愉快。这些牢房是属于她的。她喂养那批终身做苦役的囚犯，他们尊重她的威权。以她所定的价目，这些可怜虫在巴黎哪儿还能找到充足而卫生的饭食，以及即使不能安排得高雅舒适，至少可以收拾得干干净净的房间？哪怕她做出极不公道的事来，人家也只能忍受，不敢叫屈。

　　整个社会的分子在这样一个集团内当然应有尽有，不过是具体而微罢了。像学校或交际场中一样，饭桌上十八个客人中间有一个专受白眼的可怜虫，老给人家打哈哈的出气筒。欧也纳·特·拉斯蒂涅住到第二年开头，发觉在这个还得住上两年的环境中，最堪注目的便是那个出气筒，从前做面条生意的高里奥老头。要是画家来处理这个对象，一定会像史家一样把画面上的光线集中在他头上。半含仇恨的轻蔑，带着轻视的虐待，对苦难毫不留情的态度,为什么加之于一个最老的房客身上呢?难道他有什么可笑的或是古怪的地方,比恶习更不容易原谅吗?这些问题牵涉到社会上许多暴行。也许人的天性就喜欢教那些为了谦卑,为了懦弱,或者为了满不在乎而忍受一切的人,忍受一切。我们不是都喜欢把什么人或物做牺牲品,来证明我们的力量吗?最幼弱的生物像儿童,就会在大冷天按人家的门铃,或者提着脚尖在崭新的建筑物上涂写自己的名字。

六十九岁的高老头,在一八一三年上结束了买卖,住到伏盖太太这儿来。他先住古的太太的那套房间,每年付一千二百法郎膳宿费,那气派仿佛多五个路易少五个路易①都无所谓。伏盖太太预收了一笔补偿费,把那三间屋子整新了一番,添置一些起码家具,例如黄布窗帘,羊毛绒面的安乐椅,几张胶画,以及连乡村酒店都不要的糊壁纸。高老头那时还被尊称为高里奥先生,也许房东看他那种满不在乎的阔气,以为他是个不知市面的冤大头。高里奥搬来的时候箱笼充实,里外服装,被褥行头,都很讲究,表示这位告老的商人很会享福。十八件二号荷兰细布衬衫,教伏盖太太叹赏不置,面条商还在纱颈围上扣着两支大金刚钻别针,中间系一条小链子,愈加显出衬衣料子的细洁。他平时穿一套宝蓝衣服,每天换一件雪白的细格布背心,下面鼓起一个滚圆的大肚子在那儿翕动,把一件挂有各色坠子的粗金链子,震动得一蹦一跳。鼻烟匣也是金的,里面有一个装满头发的小圆匣子,仿佛他还有风流艳事呢。听到房东太太说他风流,他嘴边立刻浮起笑容,好似一个小财主听见旁人称赞他的爱物。他的柜子(他把这个名词跟穷人一样念别了音)装满许多家用的银器。伏盖寡妇殷勤的帮他整理东西时,不由得眼睛发亮,什么勺子,羹匙,

---

① 路易为法国旧时金币,合二十至二十四法郎,随时代而异。

高老头

食器，油瓶，汤碗，盘子，镀金的早餐用具，以及美丑不一，有相当分量，他舍不得放手的东西。这些礼物使他回想起家庭生活中的大事。他抓起一个盘，跟一个盖上有两只大鸽亲嘴的小钵，对伏盖太太说：

"这是内人在我们结婚的第一周年送我的。好心的女人为此花掉了做姑娘时候的积蓄。噢，太太，要我动手翻土都可以，这些东西我决不放手。谢天谢地！这一辈子总可以天天早上用这个钵喝咖啡；我不用发愁，有现成饭吃的日子还长哩。"

末了，伏盖太太那双喜鹊眼还瞥见一叠公债票，约略加起来，高里奥这个好人每年有八千到一万法郎的进款。从那天起，龚弗冷家的姑奶奶，年纪四十八而只承认三十九的伏盖太太，打起主意来了。虽然高里奥的里眼角向外翻转，又是虚肿又是往下掉，他常常要用手去抹，她觉得这副相貌还体面，讨人喜欢。他的多肉而突出的腿肚子，跟他的方鼻子一样暗示他具备伏盖寡妇所重视的若干优点；而那张满月似的，又天真又痴骏的脸，也从旁证实。伏盖寡妇理想中的汉子应当精壮结实，能把全副精神花在感情方面。每天早晨，多艺学校①的理发匠来替高里奥把头发扑粉，梳成鸽翅式，在他的低额角上留出五个尖角，十分好看。虽然有点儿土气，他穿扮得十分整齐，倒起烟来老是一大堆，吸进鼻孔的神气表示他从来不愁烟壶里会缺少玛古巴②。所以高里奥搬进伏盖太太家的那一天，她晚上睡觉的时候便盘算怎样离开伏盖的坟墓，到高里奥身上去再生；她把这个念头放在欲火上烧烤，仿佛烤一只涂满油脂的竹鸡。再醮，把公寓出盘，跟这位布尔乔亚的精华结合，成为本区中一个显要的太太，替穷人募捐，

---

① 法国有名的最高学府之一，校址在先贤祠附近，离伏盖公寓甚近。
② 当时最著名的一种鼻烟。

星期日逛旭阿西，梭阿西，香蒂伊①；随心所欲的上戏院，坐包厢，毋须再等房客在七月中弄几张作家的赠券送她；总而言之，她做着一般巴黎小市民的黄金梦。她有一个铜子一个铜子积起来的四万法郎，对谁也没有提过。当然，她觉得以财产而论，自己还是一个出色的对象。

"至于其他，我还怕比不上这家伙。"想到这儿她在床上翻了个身，仿佛有心表现一下美妙的身段，所以胖子西尔维每天早上看见褥子上有个陷下去的窝。

从这天起，约莫有三个月，伏盖寡妇利用高里奥先生的理发匠，在装扮上花了点心血，推说公寓里来往的客人都很体面，自己不能不修饰得和他们相称。她想出种种玩艺儿要调整房客，声言从今以后只招待在各方面看来都是最体面的人。遇到生客上门，她便宣传说高里奥先生，巴黎最有名望最有地位的商界巨头，特别选中她的公寓。她分发传单，上面大书特书：伏盖宿舍，后面写着："拉丁区最悠久最知名的包饭公寓。风景优美，可以远眺高勃冷盆地（那是要在四层楼上远眺的），园亭幽雅，菩提树夹道成荫。"另外还提到环境清静，空气新鲜的话。

这份传单替她招来了特·朗倍梅尼伯爵夫人，三十六岁，丈夫是一个死在战场上的将军；她以殉职军人的寡妇身份，等公家结算抚恤金。伏盖太太把饭菜弄得很精美，客厅里生火有六个月之久，传单上的诺言严格履行，甚至花了她的血本。伯爵夫人称伏盖太太为亲爱的朋友，说预备把特·伏曼朗男爵夫人和上校毕各阿梭伯爵的寡妇，她的两个朋友，介绍到这儿来；她们住在玛莱区②一家比伏盖公寓贵得多的宿舍里，租期快要满了。一朝陆军部各司署把手续办完之后，这些太太都是很有钱的。

---

① 旭阿西，梭阿西，香蒂伊，均巴黎近郊名胜。
② 从十七世纪起，玛莱区即为巴黎高等住宅区。

高老头

"可是。"她说,"衙门里的公事老不结束。"

两个寡妇晚饭之后一齐上楼,到伏盖太太房里谈天,喝着果子酒,嚼着房东留备自用的糖果。特·朗倍梅尼夫人大为赞成房东太太对高里奥的看法,认为确是高见,据说她一进门就猜到房东太太的心思;觉得高里奥是个十全十美的男人。

"啊!亲爱的太太。"伏盖寡妇对她说,"他一点毛病都没有,保养得挺好,还能给一个女人许多快乐哩。"

伯爵夫人对伏盖太太的装束很热心的贡献意见,认为还不能跟她的抱负配合。"你得武装起来。"她说。仔细计算一番之后,两个寡妇一同上王宫市场的木廊①,买了一顶饰有羽毛的帽子和一顶便帽。伯爵夫人又带她的朋友上小耶纳德铺子挑了一件衣衫和一条披肩。武装买齐,扎束定当之后,寡妇真像煨牛肉饭店的招牌②。她却觉得自己大为改观,添加了不少风韵,便很感激伯爵夫人,虽是生性吝啬,也硬要伯爵夫人接受一顶二十法郎的帽子;实际是打算托她去探探高里奥,替自己吹嘘一番。朗倍梅尼夫人很乐意当这个差事,跟老面条商作了一次密谈,想笼络他,把他勾引过来派自己的用场;可是种种的诱惑,对方即使不曾明白拒绝,至少是怕羞得厉害;他的伧俗把她气走了。

"我的宝贝。"她对她的朋友说,"你在这个家伙身上什么都挤不出来的!他那疑神疑鬼的态度简直可笑;这是个吝啬鬼,笨蛋,蠢货,只能讨人厌。"

高里奥先生和朗倍梅尼太太会面的经过,甚至使伯爵夫人从此不愿再同他住在一幢楼里。第二天她走了,把六个月的膳宿费

---

① 一八二八年以前王宫市场内有一条走廊,都是板屋,开着小铺子,廊子的名字叫做木廊。

② 饭店当时开在中学街,招牌上画一条牛,戴着帽子和披肩;旁边有一株树,树旁坐着一个女人。

19

都忘了,留下的破衣服只值五法郎。伏盖太太拼命寻访,总没法在巴黎打听到一些关于特·朗倍梅尼伯爵夫人的消息。她常常提起这件倒楣事儿,埋怨自己过于相信人家,其实她的疑心病比猫还要重;但她像许多人一样,老是提防亲近的人而遇到第一个陌生人就上当。这种古怪的,也是实在的现象,很容易在一个人的心里找到根源。也许有些人,在共同生活的人身上再也得不到什么;把自己心灵的空虚暴露之后,暗中觉得受着旁人严厉的批判;而那些得不到的恭维,他们又偏偏极感需要,或者自己素来没有的优点,竭力想显得具备;因此他们希望争取陌生人的敬重或感情,顾不得将来是否会落空。更有一等人,天生势利,对朋友或亲近的人绝对不行方便,因为那是他们的义务,没有报酬的;不比替陌生人效劳,可以让自尊心满足一下;所以在感情圈内同他们离得越近的人,他们越不爱;离得越远,他们越殷勤。伏盖太太显然兼有上面两种性格,骨子里都是鄙陋的,虚伪的,恶劣的。

"我要是在这儿。"伏脱冷说,"包你不会吃这个亏!我会揭破那个女骗子的面皮,教她当场出彩。那种嘴脸我是一望而知的。"

像所有心路不宽的人一样,伏盖太太从来不能站在事情之外推究它的原因。她喜欢把自己的错处推在别人头上。受了那次损失,她认为老实的面条商是罪魁祸首;并且据她自己说,从此死了心。当她承认一切的挑引和搔首弄姿都归于无用之后,她马上猜到了原因,以为这个房客像她所说的另有所欢。事实证明她那个美丽动人的希望只是一场空梦,在这家伙身上是什么都挤不出来的,正如伯爵夫人那句一针见血的话,——她倒像是个内行呢。伏盖太太此后敌视的程度,当然远过于先前友谊的程度。仇恨的原因并非为了她的爱情,而是为了希望的破灭。个人向感情的高峰攀登，可能中途休息；从怨恨的险坡往下走，就难得留步了。然而高里奥先生是她的房客，寡妇不能不捺着受伤的自尊心不让爆发，把失望以后的长吁短叹藏起来，把报复的念头闷在肚里，好似修士受了院长的气，逢到小人要发泄感情，不问是好感是恶感，总是不断的玩小手段的。那寡妇凭着女人的狡狯，想出许多暗中捉弄的方法，折磨她的仇人。她先取消公寓里添加出来的几项小节目。

"用不着什么小黄瓜跟鳕鱼了。都是上当的东西！"她恢复旧章的那天早晨，这样吩咐西尔维。

可是高里奥先生自奉菲薄，正如一般白手成家的人，早年不得已的俭省已经成为习惯。素羹，或是肉汤，加上一盘蔬菜，一向是，而且永远就该是，他最称心的晚餐。因此伏盖太太要折磨她的房客极不容易，他简直无所谓嗜好，也就没法跟他为难。遇到这样一个无懈可击的人，她觉得无可奈何，只能瞧不起他，把她对高里奥的敌意感染别的房客；而他们为了好玩，竟然帮着她出气。

第一年将尽，寡妇对他十分猜疑，甚至在心里思忖：这个富有七八千法郎进款的商人，银器和饰物的精美不下于富翁的外室，为什么住到这儿来，只付一笔在他财产比例上极小的膳宿费？这第一年的大半时期，高里奥先生每星期总有一二次在外面吃晚饭；随后，不知不觉改为一个月两次。高里奥大爷那些甜蜜的约会，对伏盖太太的利益配合得太好了；所以他在家用餐的习惯越来越正常，伏盖太太不能不生气。这种改变被认为一方面由于他的财产慢慢减少，同时也由于他故意跟房东为难。小人许多最可鄙的习惯中间，有一桩是以为别人跟他们一样小气。不幸，第二年年终，高里奥先生竟证实了关于他的谰言，要求搬上三楼，膳宿费减为九百法郎。他需要极度撙节，甚至整整一冬屋里没有生火。伏盖寡妇要他先付后住，高里奥答应了，从此她便管他叫高老头。

关于他降级的原因，大家议论纷纷，可是始终猜不透！像那假伯爵夫人所说的，高老头是一个城府很深的家伙。一般头脑空空如也，并且因为只会胡扯而随便乱说的人，自有一套逻辑，认为不提自己私事的人决没有什么好事。在他们眼中，那么体面的富商一变而为骗子，风流人物一变而为老混蛋了。一忽儿，照那个时代搬入公寓的伏脱冷的说法，高老头是做交易所的，送完了自己的钱，还在那里靠公债做些小小的投机，这句话，在伏脱冷嘴里用的是有声有色的金融上的术语。一忽儿，他是个起码赌鬼，天天晚上去碰运气，赢他十来个法郎。一忽儿，他又是特务警察雇用的密探；但伏脱冷认为他还不够狡猾当这个差事。又有一说，高老头是个放印子钱的守财奴，再不然是一个追同号奖券的人①。总之，大家把他当做恶劣的嗜好，无耻，低能，所能产生的最神秘的人物。不过无论他的行为或恶劣的嗜好如何要不得，人家对他的敌意还不至于把他撵出门外：他从没欠过房饭钱。况且他也有他的用处，每个人快乐的或恶劣的心绪，都可用打趣或咕噜的方式借他来发泄。最近似而被众人一致认可的意见，是伏盖太太的那种说法。这个保养得那么好，一点毛病都没有，还能给一个女人许多快乐的人，据她说，实在是个古怪的好色鬼。伏盖寡妇的这种坏话，有下面的事实做根据。

那个晦气星伯爵夫人白吃白住了半年，溜掉以后几个月，伏盖太太一天早上起身之前，听见楼梯上有绸衣窸窣的声音，一个年轻的女人轻轻巧巧的溜进高里奥房里，打开房门的方式又像有暗号似的。胖子西尔维立即上来报告女主人，说有个漂亮得不像

---

① 买奖券时每次买同样的号码而增加本钱，叫做追同号奖券。

高老头

良家妇女的姑娘,装扮得神仙似的,穿着一双毫无灰土的薄底呢靴,像鳗鱼一样从街上一直溜进厨房,问高里奥先生的房间在哪儿。伏盖太太带着厨娘去凑在门上偷听,耳朵里掠到几句温柔的话;两人会面的时间也有好一会。高里奥送女客出门,胖子西尔维马上抓起菜篮,装做上菜市的模样去跟踪这对情人。

她回来对女主人说:"太太,高里奥先生一定钱多得作怪,才撑得起那样的场面。你真想不到吊刑街转角,有一辆漂亮马车等在那里,我看她上去的。"

吃晚饭的时候,伏盖太太去拉了一下窗帘,把射着高里奥的眼睛那道阳光遮掉①。

"高里奥先生,你阳光高照,艳福不浅呢。"她说话之间暗指他早晨的来客。"吓!你眼力真好,她漂亮得很啊。"

"那是我的女儿呐。"他回答时那种骄傲的神气,房客都以为是老人故意遮面子。

一个月以后,又有一个女客来拜访高里奥先生。他女儿第一次来是穿的晨装,这次是晚餐以后,穿得像要出去应酬的模样。房客在客厅里聊天,瞥见一个美丽的金发女子,瘦瘦的身腰,极有丰韵,那种高雅大方的气度决不可能是高老头的女儿。

"哎啊!竟有两个!"胖子西尔维说;她完全认不出是同一个人。

过了几天,另外一个女儿,高大,结实,深色皮肤,黑头发,配着炯炯有神的眼睛,跑来见高里奥先生。

"哎啊!竟有三个!"西尔维说。

这第二个女儿初次也是早上来的,隔了几天又在黄昏时穿了跳舞衣衫,坐了车来。

---

① 本书中所说的晚餐,约在下午四点左右,公寓每日只开两餐。

"哎啊！竟有四个！"伏盖太太和西尔维一齐嚷着。她们在这位阔太太身上一点没有看出她上次早晨穿扮朴素的影子。

那时高里奥还付着一千二百法郎的膳宿费。伏盖太太觉得一个富翁养四五个情妇是挺平常的，把情妇充作女儿也很巧妙。他把她们叫到公寓里来，她也并不生气。可是那些女客既然说明了高里奥对她冷淡的原因，她在第二年年初便唤他做老雄猫。等到他降级到九百法郎之后，有一次她看见这些女客之中的一个下楼，就恶狠狠的问他打算把她的公寓当做什么地方。高老头回答说这位太太是他的大女儿。

"你女儿有两三打吗？"伏盖太太尖刻的说。

"我只有两个。"高老头答话的口气非常柔和，正如一个落难的人，什么贫穷的委屈都受得了。

快满第三年的时候，高老头还要节省开支，搬上四层楼，每个月的房饭钱只有四十五法郎了，他戒掉了鼻烟，打发了理发匠，头上也不再扑粉。高老头第一次不扑粉下楼，房东太太大吃一惊，直叫起来；他的头发原是灰中带绿的腌臜颜色。他的面貌被暗中的忧患磨得一天比一天难看，似乎成了饭桌上最忧郁的一张脸。如今是毫无疑问了：高老头是一个老色鬼。要不是医生本领高强，他的眼睛早就保不住，因为治他那种病的药品是有副作用的。他的头发所以颜色那么丑恶，也是由于他纵欲无度，和服用那些使他继续纵欲的药物之故。可怜虫的精神与身体的情形，使那些无稽之谈显得凿凿有据。漂亮的被褥衣物用旧了，他买十四铜子一码的棉布来代替。金刚钻，金烟匣，金链条，饰物，一样一样的不见了。他脱下宝蓝大褂跟那些华丽的服装，不分冬夏，只穿一件栗色粗呢大褂，羊毛背心，灰色毛料长裤。他越来越瘦，腿肚子掉了下去；从前因心满意足而肥胖的脸，不知打了多少皱褶；脑门上有了沟槽，牙床骨突了出来。他住到圣·日内

高老头

维新街的第四年上,完全变了样。六十二岁时的面条商,看上去不满四十,又胖又肥的小财主,仿佛不久才荒唐过来,雄赳赳气昂昂,教路人看了也痛快,笑容也颇有青春气息;如今忽然像七十老翁,龙龙钟钟,摇摇晃晃,面如死灰。当初那么生气勃勃的蓝眼睛,变了黯淡的铁灰色,转成苍白,眼泪水也不淌了,殷红的眼眶好似在流血。有些人觉得他可憎,有些人觉得他可怜。一般年轻的医学生注意到他下唇低垂,量了量他面角的顶尖,再三戏弄他而什么话都探不出来之后,说他害着甲状腺肿大①。

有一天黄昏,吃过饭,伏盖太太挖苦他说:"啊,喂!她们不来看你了吗,你那些女儿?"口气之间显然怀疑他做父亲的身份。高老头一听之下,浑身发抖,仿佛给房东太太刺了一针。

"有时候来的。"他声音抖动的回答。

"哎啊!有时你还看到她们!"那般大学生齐声嚷着,"真了不起,高老头!"

老人并没听见他的答话所引起的嘲笑,又恢复了迷迷糊糊的神气。光从表面上观察的人以为他老态龙钟。倘使对他彻底认识了,也许大家会觉得他的身心交瘁是个大大的疑案;可是认识他真是谈何容易。要打听高里奥是否做过面条生意,有多少财产,都不是难事;无奈那般注意他的老年人从来不走出本区的街坊,老躲在公寓里像牡蛎黏着岩石;至于旁人,巴黎生活特有的诱惑,使他们一走出圣・日内维新街便忘记了他们所调侃的可怜老头。头脑狭窄的人和漠不关心的年轻人,一致认为以高老头那种

---

① 面角为生理学名词。侧面从耳孔至齿槽(鼻孔与口唇交接处)之水平线,正面从眼窝上部(即额角最突出处)至齿槽之垂直线,二线相遇所成之角,称为面角。人类之面角大,近于直角;兽类之面角小,近于锐角。面角的顶尖乃指眼窝上部。甲状腺肿大之生理现象往往为眼睛暴突,精神现象为感觉迟钝,智力衰退。

寒伧，那种蠢头蠢脑，根本谈不上有什么财产或本领。至于他称为女儿的那些婆娘，大家都接受伏盖太太的意见。像她那种每天晚上以嚼舌为事的老太婆，对什么事都爱乱猜，结果自有一套严密的逻辑，她说：

"要是高老头真有那么有钱的女儿，像来看他的那些女客，他决不会住在我四层楼上，每月只付四十五法郎的房饭钱，也不会穿得像穷人一样的上街了。"

没有一件事情可以推翻这个结论。所以到一八一九年十一月底，这幕惨剧爆发的时期，公寓里每个人都对可怜的老头儿有了极其肯定的意见。他压根儿不曾有过什么妻儿子女，荒淫的结果使他变成了一条蜗牛，一个人形的软体动物，据一个包饭客人，博物院职员说，应当列入加斯葛底番类①。跟高老头比较起来，波阿莱竟是鹰扬威武，大有绅士气派了。波阿莱会说话，会理论，会对答；虽然他的说话，理论，对答，只是用不同的字眼重复旁人的话；但他究竟参加谈话，他是活的，还像有知觉的；不比高老头，照那博物院职员的说法，在寒暑表上永远指着零度。

欧也纳·特·拉斯蒂涅过了暑假回来，他的心情正和一般英俊有为的青年或是因家境艰难而暂时显得高卓的人一样。寄寓巴黎的第一年，法科学生考初级文凭的作业并不多，尽可享受巴黎的繁华。要知道每个戏院的戏码，摸出巴黎迷宫的线索，学会规矩，谈吐，把京城里特有的娱乐搅上瘾，走遍好好坏坏的地方，选听有趣的课程，背得出各个博物院的宝藏……一个大学生决不嫌时间太多。他会对无聊的小事情入迷，觉得伟大得了不得。他有他的大人物，例如法兰西学院的什么教授，拿了薪水吸引群众的人。他整着领带，对喜歌剧院楼厅里的妇女搔首弄姿。一样一

---

① 加斯葛底番为博物学上分类的名词。

样的入门以后，他就脱了壳，扩大眼界，终于体会到社会的各阶层是怎样交错起来的。大太阳的日子，在天野大道上辐辏成行的车马，他刚会欣赏，跟着就眼红了。

欧也纳得了文学士和法学士学位，回乡过暑假的时节，已经不知不觉经过这些学习。童年的幻象，内地人的观念，完全消灭了。见识改换，雄心奋发之下，他看清了老家的情形。父亲，母亲，两个兄弟，两个妹妹，和一个除了养老金外别无财产的姑母，统统住在拉斯蒂涅家小小的田地上。年收三千法郎左右的田，进款并没把握，因为葡萄的行情跟着酒市上落，可是每年总得凑出一千二百法郎给他。家里一向为了疼他而瞒起的常年窘迫的景象；他把小时候觉得那么美丽的妹妹，和他认为美的典型的巴黎妇女所作的比较；压在他肩上的这个大家庭的渺茫的前途；眼见任何微末的农作物都珍藏起来的俭省的习惯；用榨床上的残渣剩滓制造的家常饮料，总之，在此无须一一列举的许多琐事，使他对于权位的欲望与出人头地的志愿，加强了十倍。像一切有志气的人，他发愿一切都要靠自己的本领去挣。但他的性格明明是南方人的性格：临到实行就狐疑不决，主意动摇了，仿佛青年人在汪洋大海中间，既不知向哪方面驶去，也不知把帆挂成怎样的角度。先是他想没头没脑的用功，后来又感到应酬交际的必要，发觉女子对社会生活影响极大，突然想投身上流社会，去征服几个可以做他后台的妇女。一个有热情有才气的青年，加上倜傥风流的仪表，和很容易教女人着迷的那种健壮的美，还愁找不到那样的女子吗？他一边在田野里散步，一边不断转着这些念头。从前他同妹妹们出来闲逛完全无忧无虑，如今她们觉得他大大的变了。他的姑母特·玛西阿太太，当年也曾入宫觐见，认识一批名门贵族的领袖。野心勃勃的青年忽然记起姑母时常讲给他听的回忆中，有不少机会好让他到社会上去显露头角，这一点至

傅雷译文集

少跟他在法学院的成就同样重要；他便盘问姑母，那些还能拉到关系的人是怎么样的亲戚。老姑太太把家谱上的各支各脉想了一想，认为在所有自私的阔亲戚中间，特·鲍赛昂子爵夫人大概最容易相与。她用老派的体裁写了封信交给欧也纳，说如果能接近这位子爵夫人，她自会帮他找到其余的亲戚。回到巴黎几天之后，拉斯蒂涅把姑母的信寄给特·鲍赛昂夫人，夫人寄来一张第二天的跳舞会的请帖，代替复信。

以上是一八一九年十一月底公寓里的大概情形。过了几天，欧也纳参加了特·鲍赛昂太太的舞会，清早两点左右回家。为了补偿损失的光阴，勇气十足的大学生一边跳舞一边发愿回去开夜车。他预备第一次在这个万籁无声的区域中熬夜，自以为精力充沛，其实只是见到豪华的场面的冲动。那晚他没有在伏盖太太家用餐，同居的人可能以为他要天亮回来，好像他有几次赴柏拉杜舞会①或奥迪安舞会，丝袜上溅满污泥；漆皮鞋走了样的回家。克利斯朵夫闩上大门之前，开出门来向街上瞧了瞧。拉斯蒂涅恰好在这时赶回，悄悄的上楼，跟在他后面上楼的克利斯朵夫却闹出许多响声。欧也纳进了卧房，卸了装，换上软鞋，披了一件破大褂，点起泥炭，急匆匆的准备用功。克利斯朵夫笨重的脚声还没有完，把青年人轻微的响动盖过了。

欧也纳没有开始读书，先出神的想了一会。他看出特·鲍赛昂子爵夫人是当令的阔太太之一，她的府第被认为圣·日耳曼区②最愉快的地方。以门第与财产而论，她也是贵族社会的一个领袖。靠了特·玛西阿姑母的力量，这个穷学生居然受到鲍府的优待，可还不知道这优待的作用多大。能够在那些金碧辉煌的客厅中露面，就等于一纸阀阅世家的证书。一朝踏进了这个比任何

---

① 柏拉杜为舞厅名字，坐落最高法院对面，一八五五年时拆毁。
② 当时第一流贵族的住宅区。

高老头

社会都不容易进去的地方，可以到处通行无阻。盛会中的鬓光钗影看得他眼睛都花了；他和子爵夫人仅仅寒暄了几句，便在那般争先恐后赴此晚会的巴黎女神中，发见了一个教青年人一见倾心的女子。阿娜斯大齐·特·雷斯多伯爵夫人生得端正，高大，被称为巴黎身腰最好看的美人之一。一对漆黑的大眼睛，美丽的手，有样的脚，举动之间流露出热情的火焰；这样一个女人，照特·龙格罗侯爵的说法，是一匹纯血种的马。泼辣的气息并没影响她的美；身腰丰满圆浑而并不肥胖。纯血种的马，贵种的美人，这些成语已经开始代替天上的安琪儿，仙女般的脸庞，以及新派公子哥儿早已唾弃不用的关于爱情的老神话。在拉斯蒂涅心目中，阿娜斯大齐·特·雷斯多夫人干脆就是一个迷人的女子。他想法在她的扇子上登记了两次①，并且在第一次四组舞时就有机会对她说：

"以后在哪儿跟你见面呢，太太？"说话之间那股热情冲动的劲儿，正是女人们最喜欢的。

"森林②啊，喜剧院啊，我家里啊，到处都可以。"她回答。

于是这南方的冒险家，在一场四组舞或华尔滋舞中间可能接触的范围内，竭力和这个动人心魄的伯爵夫人周旋。一经说明他是特·鲍赛昂太太的表弟，他心目中的那位贵妇人立刻邀请他，说随时可以上她家去玩儿。她对他最后一次的微笑，使他觉得登门拜访之举是少不了的了。宾客之中有的是当时出名放肆的男人，什么摩冷古，龙格罗，玛克辛·特·脱拉伊，特·玛赛，阿瞿达-宾多，王特奈斯，都是自命不凡、烜赫一世之辈，尽跟最风雅的妇女们厮混，例如勃朗同爵士夫人，特·朗日公爵夫人，

---

① 当时舞会习惯，凡男子要求妇女同舞，必先预约，由女子在扇子上登记，依次轮值。
② 森林为近郊蒲洛涅森林的简称，巴黎上流社会游乐胜地。

特·甘尔迦罗哀伯爵夫人，特·赛里齐夫人，特·加里里阿诺公爵夫人，法洛伯爵夫人，特·朗蒂夫人，特·哀格勒蒙侯爵夫人，菲尔米阿尼夫人，特·李斯多曼侯爵夫人，特·埃斯巴侯爵夫人，特·摩弗里原士公爵夫人，葛朗里欧夫人。在这等场合，年轻人闹出不通世面的笑话是最糟糕的。拉斯蒂涅遇到的幸而不是一个嘲笑他愚昧无知的人，而是特·朗日公爵夫人的情人，特·蒙脱里伏侯爵，一位淳朴如儿童的将军，告诉他特·雷斯多伯爵夫人住在海尔特街。

年纪轻轻，渴想踏进上流社会，饥荒似的想弄一个女人，眼见高门大户已有两处打通了路子：在圣·日耳曼区能够跨进特·鲍赛昂子爵夫人的府第，在唐打区①能够在特·雷斯多伯爵夫人家出入！一眼之间望到一连串的巴黎沙龙，自以为相当英俊，足够博取女人的欢心而得到她的帮助与庇护！也自认为雄心勃勃，尽可像江湖卖技的汉子似的，走在绳索上四平八稳，飞起大腿作一番精彩表演，把一个迷人的女子当做一个最好的平衡棒，支持他的重心！脑中转着这些念头，那女人仿佛就巍巍然站在他的炭火旁边，站在法典与贫穷之间；在这种情形之下，谁又能不像欧也纳一样沉思遐想，探索自己的前途，谁又能不用成功的幻想点缀前途？他正在胡思乱想，觉得将来的幸福十拿九稳，甚至自以为已经在特·雷斯多太太身旁了；不料静悄悄的夜里忽然哼的一声叹息，欧也纳听了几乎以为是病人的痰厥。他轻轻开了门，走入甬道，瞥见高老头房门底下有一线灯光；他怕邻居病了，凑上锁孔张望，不料老人干的事非常可疑，欧也纳觉得为了公众安全，应当把自称为面条商深更半夜干的勾当看个明白。原来高老头把一张桌子仰倒着，在桌子横档上缚了一个镀金的盘和一件

---

① 当时新贵的住宅区，海尔特街即在此区域内。

高老头

好似汤钵一类的东西,另外用根粗绳绞着那些镌刻精工的器物,拼命拉紧,似乎要绞成金条。老人不声不响,用筋脉隆起的胳膊,靠绳索帮忙,扭着镀金的银器,像捏面粉一般。

"呦!好家伙!"拉斯蒂涅私下想着,挺起身子站了一会。"他是一个贼还是一个窝赃的?是不是为了遮人耳目,故意装疯作傻,过着叫花子般的生活?"

大学生又把眼睛凑上锁孔,只见高老头解开绳索,拿起银块,在桌上铺了一条毯子,把银块放在上面卷滚,非常利落的搓成一根条子。条子快搓成的时候,欧也纳心上想:"难道他力气跟波兰王奥古斯德一样大吗?"

高老头伤心的瞧了瞧他的作品,掉下几滴眼泪,吹灭蜡烛,躺上床去,叹了一口气。

欧也纳私忖道:"他疯了。"

"可怜的孩子!"高老头忽然叫了一声。

听到这一句,拉斯蒂涅认为这件事还是不声张为妙,觉得不该冒冒失失断定邻居是坏人。他正要回房,又听见一种难以形容的声音,大概是几个穿布底鞋的人上楼梯。欧也纳侧耳细听,果然有两个人不同的呼吸,既没有开门声,也没有脚步声,忽然三楼伏脱冷的屋内漏出一道微光。

"一所公寓里竟有这么些怪事!"他一边想一边走下几级听着,居然还有洋钱的声音。一忽儿,灯光灭了,没有开门的声音,却又听到两个人的呼吸。他们慢慢的下楼,声音也就跟着低下去。

"谁啊?"伏盖太太打开卧房的窗子问。

"是我回来喔,伏盖妈妈。"伏脱冷大声回答。

"真怪!"欧也纳回到房内想。"克利斯朵夫明明把大门上了闩。在巴黎真要通宵不睡才弄得清周围的事。"

这些小事打断了他关于爱情的幻想，他开始用功了。可是，他先是猜疑高老头，心思乱了，而打扰得更厉害的是特·雷斯多太太的面貌不时出现，仿佛一个预告幸运的使者；结果他上床睡熟了。年轻人发狠要在夜里读书，十有九夜是睡觉完事的。要熬夜，一定要过二十岁。

第二天早上，巴黎浓雾蔽天，罩住全城，连最准时的人也弄错了时间。生意上的约会全失误了，中午十二点，大家还当是八点。九点半，伏盖太太在床上还没动弹。克利斯朵夫和胖子西尔维也起迟了，正在消消停停的喝他们的咖啡，里面羼着从房客的牛奶上撩起来的一层乳脂。西尔维把牛乳放在火上尽煮，教伏盖太太看不出他们揩油的痕迹。

克利斯朵夫把第一块烤面包浸在咖啡里，说道："喂，西尔维，你知道，伏脱冷先生是个好人；昨晚又有两个客人来看他。太太要有什么疑心，你一个字都别提。"

"他有没有给你什么？"

"五法郎，算本月份的赏钱，意思叫我不要声张。"

西尔维回答："除了他跟古的太太舍得花钱以外，旁的都想把新年里右手给的，左手拿回去！"

"哼！他们给的也是天晓得！"克利斯朵夫接着说。"一块起码洋钱，五法郎！高老头自己擦皮鞋擦了两年了。波阿莱那小气鬼根本不用鞋油，大概他宁可吞在肚里，舍不得搽他的破靴子。至于那瘦小的大学生，他只给两法郎。两法郎还不够我买鞋刷，临了他还卖掉他的旧衣服。真是没出息的地方！"

西尔维一小口一小口喝着咖啡，"话得说回来，咱们这个还算这一区的好差事哩。哎，克利斯朵夫，关于伏脱冷先生，人家有没有对你说过什么？"

"怎么没有！前几天街上有位先生和我说：你们那里住着一

高老头

位鬓角染黑的胖子是不是?——我回答说:不,先生。他并没有染鬓角。他那样爱寻快活的人,才没有这个闲功夫呢。我把这个告诉了伏脱冷先生,他说:伙计,你对付得好!以后就这样说吧。顶讨厌是给人家知道我们的缺点,娶起亲来不麻烦吗?"

"也有人在菜市上哄我,要知道我有没有看见他穿衬衫。你想好笑不好笑!"西尔维忽然转过话头:"呦!华·特·葛拉斯已经敲九点三刻了,还没一个人动弹。"

"啊,喂!他们都出去啦。古的太太同她的小姑娘八点钟就上圣·丹蒂安拜老天爷去了。高老头夹着一个小包上街了。大学生要十点钟上完课才回来。我打扫楼梯的时候看他们出去的;我还给高老头的小包裹撞了一下,硬得像铁。这老头儿究竟在干什么呢?旁人耍弄他,当做陀螺一样,人倒是挺好的,比他们都强。他不给什么钱,可是我替他送信去的地方,那般太太酒钱给的很阔气,穿也穿得漂亮。"

"是他所说的那些女儿吗,嗯?统共有一打吧?"

"我一向只去过两家,就是到这儿来过的两个。"

"太太起来了,一忽儿就要叫叫嚷嚷的,我该上去了。你当心着牛奶,克利斯朵夫,仔细那猫儿。"

西尔维走进女主人的屋子。

"怎么?西尔维,已经十点差一刻了,你让我睡得像死人一样!真是从来没有的事!"

"那是浓雾作怪,浓得用刀劈也劈不开。"

"中饭怎么了①?"

"呕!那些房客都见了鬼,一早就滚出去了。"

"说话要清楚,西尔维。应该一大早。"

---

① 当时中饭比现在吃得早,大概在十一点左右(见皮尔南著:《一八三〇年代法国的日常生活》),但伏盖公寓的习惯,中饭比一般更早。

"哦！太太，你要我怎么说都可以。包你十点钟有饭吃。米旭诺跟波阿莱还没动弹。只有他们俩在家，睡得像猪一样……"

"西尔维，你把他们两个放在一块儿讲，好像……"

"好像什么？"西尔维大声痴笑起来。"两个不是一双吗？"

"真怪，西尔维，昨夜克利斯朵夫把大门上了闩，怎么伏脱冷先生还能进来？"

"不是的，太太。他听见伏脱冷先生回来，下去开门的。你当做……"

"把短袄给我，快快去弄饭。剩下的羊肉再加些番薯；饭后点心用煮熟梨子，挑两个小钱①一个的。"

过了一会，伏盖太太下楼了，她的猫刚刚一脚掀开罩盆，急匆匆的舐着牛奶。

"咪斯蒂格里！"她叫了一声，猫逃了，又回来在她腿边厮磨。"好，好，你拍马屁，你这老畜生！"

她接着又叫："西尔维！西尔维！"

"哎，哎，什么事呀，太太！"

"你瞧，猫喝掉了多少！"

"都是混账的克利斯朵夫不好，我早告诉他摆桌子，他到哪儿去了？不用急，太太；那份牛奶倒在高老头的咖啡里吧。让我冲些水，他不会发觉的。他对什么都不在意，连吃什么都不知道。"

"他上哪儿去了，这怪物？"伏盖太太摆着盘子问。

"谁知道？大概在跟魔鬼打交道吧。"

"我睡得太多了。"伏盖太太说。

"可是太太，你新鲜得像一朵玫瑰……"

---

① 所谓小钱是法国的一种旧铜币，价值等于一个铜子（Sou）的四分之一。

高老头

这时门铃一响,伏脱冷大声唱着,走进客厅:

> 我久已走遍了世界,
> 人家到处看见我呀……

"哦!哦!你早,伏盖妈妈。"他招呼了房东,又亲热的拥抱她。

"喂,放手呀。"

"干么不说放肆呀!"他回答。"说啊,说我放肆啊!哦,哦,我来帮你摆桌子。你看我多好!……

> 勾搭褐发和金发的姑娘,
> 爱一阵呀叹一声……

"我才看见一桩怪事……

……全是偶然……"①

寡妇道:"什么事?"

"高老头八点半在太子街,拿了一套镀金餐具,走进一家收买旧食器旧肩章的银匠铺,卖了一笔好价钱。亏他不吃这行饭的人,绞出来的条子倒很像样呢。"

"真的?"

"当然真的。我有个伙计出远门,送他上了邮车回来,我看到高老头,就想瞧瞧是怎么回事。他回到本区格莱街上,走进放

---

① 以上是尼古拉的喜歌剧《育公特》(1814)中的唱辞。

印子钱的高勃萨克家；你知道高勃萨克是个了不起的坏蛋，会把他老子的背脊梁雕成骰子的家伙！真是个犹太人，阿拉伯人，希腊人，波希米人，哼，你休想抢到他的钱，他把洋钱都存在银行里。"

"那么高老头去干什么？"

"干什么？吃尽当光！"伏脱冷回答。"这糊涂虫不惜倾家荡产去爱那些婊子……"

"他来了！"西尔维叫着。

"克利斯朵夫，你上来。"高老头招呼佣人。

克利斯朵夫跟着高老头上楼，一忽儿下来了。

"你上哪儿去？"伏盖太太问。

"替高里奥先生跑一趟。"

"什么东西呀？"伏脱冷说着，从克利斯朵夫手中抢过一个信封，念道：送阿娜斯大齐·特·雷斯多伯爵夫人。他把信还给克利斯朵夫，问："送哪儿呢？"

"海尔特街。他吩咐一定要面交伯爵夫人。"

"里面是什么东西？"伏脱冷把信照着亮处说，"钞票？不是的。"他把信封拆开一点：——"哦，是一张债务清讫的借票。嘿！这老妖精倒有义气！"他伸出大手摸了摸克利斯朵夫的头发，把他的身体像骰子般骨碌碌的转了几下，"去吧，坏东西，你又好挣几个酒钱了。"

刀叉杯盘已经摆好。西尔维正在煮牛奶。伏盖太太生着火炉，伏脱冷在旁帮忙，嘴里哼着：

　　我久已走遍了世界，
　　　人家到处看见我呀……

高老头

一切准备停当,古的太太和泰伊番小姐回来了。

"这么早到哪儿去啦,漂亮的太太?"伏盖太太问。

"我们在圣·丹蒂安教堂祈祷。今儿不是要去泰伊番先生家吗?可怜的孩子浑身哆嗦,像一张树叶。"古的太太说着坐在火炉前面,鞋子搁在火门口冒起烟来。

"来烤火吧,维多莉。"伏盖太太说。

"小姐。"伏脱冷端了一把椅子给她,"求上帝使你父亲回心转意固然不错,可是不够。还得有个朋友去教这个丑八怪把头脑醒醒。听说这蛮子手头有三百万,偏偏不肯给你一份陪嫁。这年月,一个美人儿是少不得陪嫁的。"

"可怜的孩子。"伏盖太太接口道,"你那魔王老子不怕报应吗?"

一听这几句,维多莉眼睛湿了;伏盖太太看见古的太太对她摆摆手,就不出声了。

军需官的寡妇接着说:"只要我能见到他的面,和他说话,把他妻子的遗书交给他,也就罢了。我从来不敢冒险从邮局寄去;他认得我的笔迹……"

"哦!那些无辜的女人,遭着灾殃,受着欺侮①。"伏脱冷这么嚷着,忽然停下,说,"你现在就是落到这个田地!过几天让我来管这笔账,包你称心满意。"

"哦!先生。"维多莉一边说,一边对伏脱冷又畏怯又热烈的望了一眼,伏脱冷却毫不动心。"倘若你有方法见到家父,请你告诉他,说我把父亲的慈爱和母亲的名誉,看得比世界上所有的财宝都贵重。如果你能把他的铁石心肠劝转一些,我要在上帝面前为你祈祷,我一定感激不尽……"

---

① 一八一一年有出戏就用这个题目,一八三〇年还上演。

"我久已走遍了世界……"伏脱冷用讽刺的口吻唱着。

这时高里奥，米旭诺小姐，波阿莱，都下楼了，也许都闻到了肉汁的味道，那是西尔维做来浇在隔夜的羊肉上的。七个同居的人正在互相问好，围着桌子坐下，时钟敲了十点，大学生的脚步也在门外响了。

"嗳，行啦，欧也纳先生。"西尔维说，"今儿你可以跟大家一块儿吃饭了。"

大学生招呼了同居，在高老头身旁坐下。

"我今天有桩意想不到的奇遇。"他说着夹了好些羊肉，割了一块面包——伏盖太太老在那里估计面包的大小。

"奇遇！"波阿莱说道。

"哎！你大惊小怪干什么，老糊涂？"伏脱冷对波阿莱说。"难道他老人家不配吗？"

泰伊番小姐怯生生的对大学生瞧了一眼。

伏盖太太说道："把你的奇遇讲给我们听吧。"

"昨天我去赴特·鲍赛昂子爵夫人的舞会，她是我的表姊，有一所华丽的住宅，每间屋子都铺满了绫罗绸缎。她举行一个盛大的跳舞会，把我乐得像一个皇帝……"

"像黄雀。"伏脱冷打断了他的话。

"先生。"欧也纳气恼的问，"你这是什么意思？"

"我说黄雀，因为黄雀比皇帝快活得多。"

应声虫波阿莱说："不错，我宁可做一只无忧无虑的黄雀，不要做皇帝，因为……"

"总之。"大学生截住了波阿莱的话，"我同舞会里最漂亮的一位太太跳舞，一位千娇百媚的伯爵夫人，真的，我从没见过那样的美人儿。她头上插着桃花，胸部又是最好看的花球，都是喷香的鲜花。啊唷！真要你们亲眼看见才行。一个女人跳舞跳上了劲，真是难画难描。唉！哪知今儿早上九点，我看见这位神仙似的伯爵夫人在格莱街上走。哦！我的心跳啦，以为……"

"以为她上这儿来，嗯？"伏脱冷对大学生深深的瞧了一眼。"其实她是去找放印子钱的高勃萨克老头。要是你在巴黎妇女的心窝里掏一下，包你先发见债主，后看见情夫。你的伯爵夫人叫做阿娜斯大齐·特·雷斯多，住在海尔特街。"

一听见这个名字，大学生瞪着伏脱冷。高老头猛的抬起头来，把他们俩瞧了一眼，又明亮又焦急的目光教大家看了奇怪。

"克利斯朵夫走晚了一步，她到过那儿了。"高里奥不胜懊恼的自言自语。

"我猜着了。"伏脱冷咬着伏盖太太的耳朵。

高老头糊里糊涂的吃着东西，根本不知道吃的什么；愣头傻脑，心不在焉到这个程度，他还从来不曾有过。

欧也纳问："伏脱冷先生，她的名字谁告诉你的？"

伏脱冷回答："嗳！嗳！既然高老头会知道，干么我不能知道？"

"什么！高里奥先生？"大学生叫起来。

"真的？昨天晚上她很漂亮吗？"可怜的老人问。

"谁？"

"特·雷斯多太太。"

"你瞧这老东西眼睛多亮。"伏盖太太对伏脱冷说。

"他难道养着那个女人吗？"米旭诺小姐低声问大学生。

"哦！是的，她漂亮得了不得。"欧也纳回答高老头，高老头不胜艳羡的望着他。"要没有特·鲍赛昂太太，那位神仙般的伯爵夫人竟可以算全场的王后了；年轻人的眼睛只盯住她一个，我在她的登记表上已经是第十二名，没有一次四组舞没有她，旁的女人都气坏了。昨天她的确是最得意的人。常言道：天下之美，

39

莫过于满帆的巨舶,飞奔的骏马,婆娑起舞的美女,真是一点不错。"

"昨天在爵府的高堂上,今儿早晨在债主的脚底下,这便是巴黎女人的本相。"伏脱冷说。"丈夫要供给不起她们挥霍,她们就出卖自己。要不就破开母亲的肚子,搜搜刮刮的拿去摆架子,总而言之:她们什么千奇百怪的事都做得出。唉,有的是,有的是!"

高老头听了大学生的话,眉飞色舞,像晴天的太阳,听到伏脱冷刻毒的议论,立刻沉下了脸。

伏盖太太道:"你还没说出你的奇遇呢。你刚才有没有跟她说话?她要不要跟你补习法律?"

欧也纳道:"她没有看见我;可是九点钟在格莱街上碰到一个巴黎顶美的美人儿,清早两点才跳完舞回家的女子,不古怪吗?只有巴黎才会碰到这等怪事。"

"吓!比这个更怪的事还多咧。"伏脱冷嚷道。

泰伊番小姐并没留神他们的话,只想着等会儿要去尝试的事。古的太太向她递了个眼色,教她去换衣服。她们俩一走,高老头也跟着走了。

"喂,瞧见没有?"伏盖太太对伏脱冷和其余的房客说。"他明明是给那些婆娘弄穷的。"

大学生叫道:"我无论如何不相信美丽的伯爵夫人是高老头的情妇。"

"我们并没要你相信啊。"伏脱冷截住了他的话。"你年纪太轻,还没熟悉巴黎。慢慢你会知道自有一般所谓痴情汉……"

米旭诺小姐听了这一句,会心的瞧了瞧伏脱冷,仿佛战马听见了号角。

"哎!哎!"伏脱冷停了一下,深深的瞪了她一眼,"咱们都不是有过一点儿小小的痴情吗？……"

老姑娘低下眼睛，好似女修士见到裸体雕像。

伏脱冷又道："再说，那些人啊，一朝有了一个念头就抓住不放。他们只认定一口井喝水，往往还是臭水；为了要喝这臭水，他们肯出卖老婆，孩子，或者把自己的灵魂卖给魔鬼。在某些人，这口井是赌场，是交易所，是收藏古画，搜集昆虫，或者迷上音乐；在另外一些人，也许是做得一手好菜的女人。世界上所有的女人，他们都不在乎，一心一意只要满足自己风魔的那个。往往那女的根本不爱他们，凶悍泼辣，教他们付很高的代价换一点儿小小的满足。唉！唉！那些傻瓜可没有厌倦的时候，他们会把最后一床被窝送进长生库，换几个最后的钱去孝敬她。高老头便是这等人。伯爵夫人剥削他，因为他不会声张；这就叫做上流社会！可怜的老头儿只想着她。一出痴情的范围，你们亲眼看到，他简直是个蠢笨的畜生。提到他那一门，他眼睛就发亮，像金刚钻。这个秘密是容易猜到的。今儿早上他把镀金盘子送进银匠铺，我又看他上格莱街高勃萨克老头家。再看他的下文。回到这儿，他教克利斯朵夫送信给特·雷斯多太太，咱们都看见信封上的地址，里面是一张债务清讫的借票。要是伯爵夫人也去过那放债的家里，显见情形是紧急得很了。高老头很慷慨的替她还债。用不到多少联想，咱们就看清楚了。告诉你，年轻的大学生，当你的伯爵夫人嘻笑跳舞，搔首弄姿，把她的桃花一摇一摆，尖尖的手指拈着裙角的时候，她是像俗语所说的，大脚套在小鞋里，正想着她的或是她情人的，到了期付不出的借票。"

欧也纳叫道："你们这么一说，我非把事情弄清楚不可了。明儿我就上特·雷斯多太太家。"

"对。"波阿莱接口道，"明儿就得上特·雷斯多太太家。"

"说不定你会碰到高老头放了情分在那边收账呢！"

欧也纳不胜厌恶的说："那么你们的巴黎竟是一个垃圾坑了。"

"而且是一个古怪的垃圾坑。"伏脱冷接着说。"凡是浑身污泥而坐在车上的都是正人君子，浑身污泥而搬着两条腿走的都是小人流氓。扒窃一件随便什么东西，你就给牵到法院广场上去展览，大家拿你当把戏看。偷上一百万，交际场中就说你大贤大德。你们花三千万养着宪兵队和司法人员来维持这种道德。妙极了！"

"怎么。"伏盖太太插嘴道，"高老头把他的镀金餐具熔掉了？"

"盖上有两只鸽的是不是？"欧也纳问。

"是呀。"

"大概那是他心爱的东西。"欧也纳说，"他毁掉那只碗跟盘的时候，他哭了。我无意中看到的。"

"那是他看做性命一般的呢。"寡妇回答。

"你们瞧这家伙多痴情！"伏脱冷叫道，"那女人有本领迷得他心眼儿都痒了。"

大学生上楼了，伏脱冷出门了。过了一会，古的太太和维多莉坐上西尔维叫来的马车。波阿莱搀着米旭诺小姐，上植物园去消磨一天之中最舒服的两个钟点。

"哎哟！他们这不像结了婚？"胖子西尔维说。"今儿他们第一次一块儿出去。两口儿都是又干又硬，碰起来一定会爆出火星，像打火石一样呢。"

"米旭诺小姐真要当心她的披肩才好。"伏盖太太笑道，"要不就会像艾绒一样烧起来的。"

四点钟，高里奥回来了，在两盏冒烟的油灯下看见维多莉红着眼睛。伏盖太太听她们讲着白天去看泰伊番先生一无结果的情形。他因为给女儿和这个老太太纠缠不清，终于答应接见，好跟她们说个明白。

"好太太。"古的太太对伏盖太太说，"你想得到吗，他对维多莉连坐也不教坐，让她从头至尾站在那里。对我，他并没动火，可是冷冷的对我说，以后不必再劳驾上他的门；说小姐（不说他的女儿）越跟他麻烦，（一年一次就说麻烦，这魔王！）越惹他厌；又说维多莉的母亲当初并没有陪嫁，所以她不能有什么要求；反正是许多狠心的话，把可怜的姑娘哭得泪人儿似的。她扑在父亲脚下，勇敢的说，她的苦苦哀求只是为了母亲，她愿意服从父亲的意旨，一点不敢抱怨，但求他把亡母的遗嘱读一遍。于是她呈上信去，说着世界上最温柔最诚心的话，不知她从哪儿学来的，一定是上帝的启示吧，因为可怜的孩子说得那么至情至性，把我听的人都哭昏了。哪想到老昏君铰着指甲，拿起可怜的泰伊番太太浸透眼泪的信，往壁炉里一扔，说道：好！他想扶起跪在地下的女儿，一看见她捧着他的手要亲吻，马上缩了回去。你看他多恶！他那脓包儿子跑进来，对他的亲妹妹理都不理。"

"难道他们是野兽吗？"高里奥插了一句。

"后来。"古的太太并没留意高老头的慨叹，"父子俩对我点点头走了，说有要事。这便是我们今天拜访的经过。至少，他见过了女儿。我不懂他怎么会不认她，父女相像得跟两滴水一样。"

包饭的和寄宿的客人陆续来了，彼此问好，说些无聊的废话。在巴黎某些社会中，这种废话，加上古怪的发音和手势，就算诙谐，主要是荒唐胡闹。这一类的俗语常常在变化，作为根据的笑料不到一个月就听不见了。什么政治事件，刑事案子，街上的小调，戏子的插科打诨，都可以做这种游戏的材料，把思想，言语，当做羽毛球一般拍来拍去。一种新发明的玩艺叫做狄奥喇嘛（diorama），比透景像真画（panorama）把光学的幻景更推进一步；某些画室用这个字打哈哈，无论说什么，字尾总添上一个喇嘛（rama）。有一个年轻的画家在伏盖公寓包饭，把这笑料带了来。

"啊，喂！波阿莱先生。"博物院管事说，"你的健康喇嘛怎么啦？"不等他回答，又对古的太太和维多莉说："太太们，你们心里难受，是不是？"

"快开饭了吗？"荷拉斯·皮安训问。他是医科学生，拉斯蒂涅的朋友。"我的宝贝胃儿快要掉到脚底下去了。"

"天冷得要冰喇嘛！"伏脱冷叫着。"让一让啊，高老头。该死！你的脚把火门全占了。"

皮安训道："大名鼎鼎的伏脱冷先生，干么你说冷得要冰喇嘛？那是不对的。应该说冷得要命喇嘛。"

"不。"博物院管事说，"应当说冷得要冰喇嘛，意思是说我的脚冷。"

"啊！啊！原来如此！"

"嘿！拉斯蒂涅侯爵大人阁下，胡扯法学博士来了。"皮安训一边嚷一边抱着欧也纳的脖子，教他透不过气来，——"哦！嗨！诸位，哦！嗨！"

米旭诺小姐轻轻的进来一言不发对众人点点头，坐在三位太太旁边。

"我一看见她就打寒噤，这只老蝙蝠。"皮安训指着米旭诺低声对伏脱冷说。"我研究迦尔的骨相学①，发觉她有犹大的反骨。"

"你先生认识犹大吗？"伏脱冷问。

"谁没有碰到过犹大？"皮安训回答。"我敢打赌，这个没有

---

① 迦尔（1758—1828），为德国医生，首创骨相学。

血色的老姑娘,就像那些长条的虫,梁木都会给它们蛀空的。"

伏脱冷理着鬓脚,说道:"这就叫做,孩子啊,

  那蔷薇,就像所有的蔷薇,
  只开了一个早晨。"

看见克利斯朵夫恭恭敬敬端了汤盂出来,波阿莱叫道:
"啊!啊!出色的喇嘛汤来了。"
"对不起,先生。"伏盖太太道,"那是蔬菜汤。"
所有的青年人都大声笑了。
"输了,波阿莱!"
"波阿莱莱莱输了!"
"给伏盖妈妈记上两分。"伏脱冷道。
博物院管事问:"可有人注意到今儿早上的雾吗?"
皮安训道:"那是一场狂雾,惨雾,绿雾,忧郁的,闷塞的,高里奥式的雾。"
"高里奥喇嘛的雾。"画家道,"因为浑浑沌沌,什么都瞧不见。"
"喂,葛里奥脱老爷,提到你啦。"
高老头坐在桌子横头,靠近端菜的门。他抬起头来,把饭巾下面的面包凑近鼻子去闻,那是他偶然流露的生意上的老习惯。
"呦!"伏盖太太带着尖刻的口气,粗大的嗓子盖住了羹匙,盘子,和谈话的声音,"是不是面包不行?"
"不是的,太太。那用的是哀当卜面粉,头等货色。"
"你凭什么知道的?"欧也纳问。
"凭那种白,凭那种味道。"
"凭你鼻子里的味道,既然你闻着嗅着。"伏盖太太说。"你

省俭到极点,有朝一日单靠厨房的气味就能过活的。"

博物院管事道:"那你不妨去领一张发明执照,倒好发一笔财哩。"

画家说:"别理他。他这么做,不过是教人相信他做过面条生意。"

"那么。"博物院管事又追问一句,"你的鼻子竟是一个提炼食物精华的蒸馏瓶了。"

"蒸——什么?"皮安训问。

"蒸饼。"

"蒸笼。"

"蒸汽。"

"蒸鱼。"

"蒸包子。"

"蒸茄子。"

"蒸黄瓜。"

"蒸黄瓜喇嘛。"

这八句回答从室内四面八方传来,像连珠炮似的,把大家笑得不可开交,高老头愈加目瞪口呆的望着众人,好像要想法懂一种外国话似的。

"蒸什么?"他问身旁的伏脱冷。

"蒸猪脚,朋友!"伏脱冷一边回答,一边往高里奥头上拍了一下,把他帽子压下去蒙住了眼睛。

可怜的老人被这下出其不意的攻击骇呆了,半晌不动。克利斯朵夫以为他已经喝过汤,拿走了他的汤盆。等到高老头掀起帽子,拿汤匙往身边掏的时候,一下碰到了桌子,引得众人哄堂大笑。

"先生。"老头儿说,"你真缺德,要是你敢再来揿我帽子

……"

"那么老头儿，怎么样？"伏脱冷截住了他的话。

"那么，你总有一天要受大大的报应……"

"进地狱是不是？"画家问，"还是进那个关坏孩子的黑房？"

"喂，小姐。"伏脱冷招呼维多莉，"你怎么不吃东西？爸爸还是不肯让步吗？"

"简直是魔王。"古的太太说。

"总得要他讲个理才好。"伏脱冷说。

"可是。"跟皮安训坐得很近的欧也纳插嘴，"小姐大可为吃饭问题告一状，因为她不吃东西。嗨！嗨！你们瞧高老头打量维多莉小姐的神气。"

老人忘了吃饭，只顾端相可怜的女孩子；她脸上显出真正的痛苦，一个横遭遗弃的孝女的痛苦。

"好朋友。"欧也纳低声对皮安训说，"咱们把高老头看错了。他既不是一个蠢货，也不是毫无生气的人。拿你的骨相学来试一试吧，再告诉我你的意见。昨夜我看见他扭一个镀金盘子，像蜡做的一样轻便；此刻他脸上的神气，表示他颇有点了不起的感情。我觉得他的生活太神秘了，值得研究一下。你别笑，皮安训，我说的是正经话。"

"不消说。"皮安训回答，"用医学的眼光看，这家伙是有格局的；我可以把他解剖，只要他愿意。"

"不，只要你量一量他的脑壳。"

"行，就怕他的傻气会传染。"

两处访问

第二天,拉斯蒂涅穿得非常漂亮,下午三点光景出发到特·雷斯多太太家去了,一路上痴心妄想,希望无穷。因为有这种希望,青年人的生活才那么兴奋,激动。他们不考虑阻碍与危险,到处只看见成功;单凭幻想,把自己的生活变做一首诗;计划受到打击,他们伤心苦恼,其实那些计划只不过是空中楼阁,漫无限制的野心。要不是他们无知,胆小,社会的秩序也没法维持了。欧也纳担着一百二十分的心,提防街上的泥土,一边走一边盘算,跟特·雷斯多太太说些什么话,准备好他的聪明才智,想好一番敏捷的对答,端整了一套巧妙的措辞,像泰勒朗式①警辞的句子,以便遇到求爱的机会拿来应用,而能有求爱的机会就能建筑他的前程。不幸大学生还是被泥土沾污了,只能在王宫市场叫人上鞋油,刷裤子。他把以防万一的一枚银币找换时想道:

"我要是有钱,就可以坐在车上,舒舒服服的思索了。"

他终于到了海尔特街,向门上说要见特·雷斯多伯爵夫人。人家看他走过院子,大门外没有车马的声音,便轻蔑的瞧了他一眼;他存着终有一朝扬眉吐气的心,咬咬牙齿忍受了。院中停着

---

① 泰勒朗(1754—1838),法国著名外交家。

高老头

一辆华丽的两轮车，披挂齐整的马在那儿跺脚。他看了挥金如土的奢华，暗示巴黎享乐生活的场面，已经自惭形秽，再加下人们的白眼，自然更难堪了。他马上心绪恶劣。满以为心窍大开、才思涌发的头脑，忽然闭塞了，神志也不清了。当差进去通报，欧也纳站在穿堂内一扇窗下，提着一只脚，肘子搁在窗子的拉手上，茫然望着窗外的院子。他觉得等了很久；要不是他有南方人的固执脾气，坚持下去会产生奇迹的那股劲儿，他早已跑掉了。

"先生。"当差出来说，"太太在上房里忙得很，没有给我回音；请先生到客厅里去等一会，已经有客在那里了。"

仆役能在一言半语之间批判主人或非难主人，拉斯蒂涅一边暗暗佩服这种可怕的本领，一边胸有成竹，推开当差走出来的门，想教那般豪仆看看他是认得府里的人物的，不料他莽莽撞撞走进一间摆着油灯，酒架，烘干浴巾的器具的屋子，屋子通到一条黑洞洞的走廊和一座暗梯。他听到下人们在穿堂匿笑，更慌了手脚。

"先生，客厅在这儿。"当差那种假装的恭敬似乎多加了一点讽刺的意味。

欧也纳性急慌忙退出来，撞在浴缸上，幸而帽子抓在手中，不曾掉在缸里。长廊尽头亮着一盏小灯，那边忽然开出一扇门，拉斯蒂涅听见特·雷斯多太太和高老头的声音，还带着一声亲吻。他跟着当差穿过饭厅，走进第一间客厅，发见一扇面临院子的窗，便去站在那儿。他想看看清楚，这个高老头是否真是他的高老头。他心跳得厉害，又想起伏脱冷那番可怕的议论。当差还在第二客室门口等他，忽然里面走出一个漂亮青年，不耐烦的说：

"我走了，莫利斯。告诉伯爵夫人，说我等了半个多钟点。"

这个放肆的男人——当然有他放肆的权利喽——哼着一支意

大利歌曲的花腔，往欧也纳这边的窗子走过来，为了端详生客，也为了眺望院子。

"爵爷还是再等一会吧，太太事情已经完了。"莫利斯退往穿堂时说。

这时高老头从小扶梯的出口，靠近大门那边出现了。他提起雨伞准备撑开，没有注意大门开处，一个戴勋章的青年赶着一辆轻便马车直冲进来。高老头赶紧倒退一步，险些儿给撞翻。马被雨伞的绸盖吓了一下，向阶沿冲过去的时候，微微往斜刺里歪了一些。青年人怒气冲冲的回过头来，瞧了瞧高老头，在他没有出大门之前，对他点点头；那种礼貌就像对付一个有时要去求教的债主，又像对付一个不得不表敬意，而一转背就要为之脸红的下流坯。高老头亲热的答礼，好似很高兴。这些小节目都在一眨眼之间过去了。欧也纳全神贯注的瞧着，不觉得身边还有旁人，忽然听见伯爵夫人含嗔带怨的声音：

"嗳，玛克辛，你走啦？"伯爵夫人也没留意到楼下有车子进来。拉斯蒂涅转过身子，瞧见她娇滴滴的穿着件白开司棉外扣粉红结的梳妆衣，头上随便挽着一个髻，正是巴黎妇女的晨装。她身上发出一阵阵的香味，两眼水汪汪的，大概才洗过澡，经过一番调理，她愈加娇艳了。年轻人是把什么都看在眼里的，他们的精神是和女人的光彩融成一片的，好似植物在空气中吸取养料一般。欧也纳母须接触，已经感觉到这位太太的手鲜嫩无比；微微敞开的梳妆衣有时露出一点儿粉红的胸脯，他的眼睛就在这上面打转。伯爵夫人用不到鲸鱼骨绑腰，一根带子就表现出柔软的腰肢；她的脖子教人疼爱，套着软底鞋的脚非常好看。玛克辛捧着她的手亲吻，欧也纳才瞧见了玛克辛，伯爵夫人才瞧见了欧也纳。

"啊！是你，拉斯蒂涅先生，我很高兴看到你。"她说话时那副神气，聪明人看了马上会服从的。

高老头

　　玛克辛望望欧也纳，又望望伯爵夫人，那态度分明是叫不识趣的生客走开。——"喂，亲爱的，把这小子打发掉吧。"傲慢无礼的玛克辛的眼神，等于这句简单明了的话。伯爵夫人窥探玛克辛的脸色，唯命是听的表情无意中泄漏了一个女人的全部心事。

　　拉斯蒂涅心里恨死了这个青年。先是玛克辛一头烫得很好的金黄头发，使他觉得自己的头发多么难看。其次，玛克辛的靴子又讲究又干净，不像他的沾了一层薄泥，虽然走路极其小心。最后，玛克辛穿着一件紧贴腰肢的外氅，像一个美丽的女人；欧也纳却在下午两点半已经穿上黑衣服了。从夏朗德州来的聪明的孩子，当然觉得这个高大细挑，淡眼睛，白皮肤的花花公子，会引诱没有父母的子弟倾家的人，靠了衣著占着上风。特·雷斯多太太不等欧也纳回答，便飞鸟似的走进另外一间客厅，衣裾招展，像一只蝴蝶。玛克辛跟着她，愤火中烧的欧也纳跟着玛克辛和伯爵夫人。在大客厅中间，和壁炉架离开几尺远的地方，三个人又碰在一块儿了。大学生明知要妨碍那讨厌的玛克辛，却顾不得特·雷斯多太太会不会生气，存心要跟这花花公子捣乱。他忽然记起在特·鲍赛昂太太的舞会里见过这青年，猜到他同伯爵夫人的关系。他凭着那种不是闯祸便是成功的少年人的胆气，私忖道："这是我的情敌，非打倒不可。"

　　啊！这冒失鬼！他不知道这位玛克辛·特·脱拉伊伯爵专门挑拨人家侮辱他，然后先下手为强，一枪把敌人打死。欧也纳虽是打猎的能手，但靶子棚里二十二个木人，还不能打倒二十个。

　　年轻的伯爵往壁炉旁边的长椅里倒下身子，拿起火钳，把柴火乱搅一阵，动作那么粗暴，那么烦躁，把阿娜斯大齐那张好看的脸马上变得难看了。她转身向着欧也纳，冷冷的带着质问意味瞪了他一眼，意思是说："干么你还不走？"那在有教养的人是会立刻当做逐客令的。

欧也纳赔着笑脸,说道:"太太,我急于要拜见你,是为了……"

他突然停住,客厅的门开了。那位赶轻便马车的先生忽然出现,光着头,也不招呼伯爵夫人,只是不大放心的瞧瞧欧也纳,跟玛克辛握了握手,说了声"你好",语气的亲热弄得欧也纳莫名其妙。内地青年完全不知道三角式的生活多么有意思。

伯爵夫人指着她的丈夫对大学生说:"这是特·雷斯多先生。"

欧也纳深深鞠了一躬。

"这一位。"她把欧也纳介绍给伯爵,"是特·拉斯蒂涅先生,因玛西阿家的关系,跟特·鲍赛昂太太是亲戚,我在她家上次的舞会里认识的。"

因玛西阿家的关系,跟特·鲍赛昂太太是亲戚,伯爵夫人因为要显出主妇的高傲,表示她府上的宾客没有一个无名小卒,而说得特别着重的两句话,发生了奇妙的作用,伯爵立刻放下那副冷淡的矜持的神气,招呼大学生道:

"久仰久仰。"

连玛克辛·特·脱拉伊伯爵也不安的瞧了瞧欧也纳,不像先前那么目中无人了。一个姓氏的力量竟像魔术棒一样,不但周围的人为之改容,便是大学生自己也头脑清醒,早先预备好的聪明机变都恢复过来了。巴黎上流社会的气氛对他原是漆黑一团,如今他灵机一动,忽然看清楚了。什么伏盖公寓,什么高老头,早已给忘得干干净净。

"我以为玛西阿一族已经没有人了。"特·雷斯多伯爵对欧也纳说。

"是的,先生。先伯祖特·拉斯蒂涅骑士,娶的是玛西阿家最后一位小姐。他们只生一个女儿，嫁给特·格拉朗蒲元帅，便是特·鲍赛昂太太的外祖父。我们一支是小房，先伯祖是海军中将，因为尽忠王事，把什么都丢了，就此家道中落。革命政府清算东印度公司的时候，竟不承认我们股东的权利。"

"令伯祖是不是在一七八九年前带领报复号的？"

"正是。"

"那么他该认得先祖了。当时先祖是伏维克号的舰长。"

玛克辛对特·雷斯多太太微微耸了耸肩膀，仿佛说："倘使他跟这家伙大谈海军，咱们可完啦。"阿娜斯大齐懂得这意思，拿出女人的看家本领。对他笑着说：

"你来，玛克辛，我有事请教你。你们两位尽管驾着伏维克号和报复号并排儿出海吧。"说罢她站起身子，向玛克辛做了个俏皮的暗号，玛克辛便跟着她往上房走去。这蹊跷的一对刚走到门口，伯爵忽然打断了跟欧也纳的谈话，很不高兴的叫道：

"阿娜斯大齐，你别走。你明明知道……"

"我就来，我就来。"她抢着回答。"我托玛克辛的事，一下子就说完的。"

她很快的回来了。凡是要自由行动的女子都不能不看准丈夫的性格，知道做到哪一步还不至于丧失丈夫的信任，也从来不在小事情上闹别扭。就跟这些女子一样，伯爵夫人一听丈夫的声音，知道这时候不能太太平平在内客室耽下去。而这番挫折的确是从欧也纳来的。因此伯爵夫人狠狠的对玛克辛指着大学生。玛克辛含讥带讽向伯爵夫妇和欧也纳说：

"嗳，你们谈正经，我不打搅了；再见吧。"说完他走了。

"别走啊，玛克辛！"伯爵嚷道。

"回头来吃饭吧。"伯爵夫人丢下欧也纳和伯爵，跟着玛克辛走进第一客室，耽搁了半晌，以为伯爵可能打发欧也纳走的。

拉斯蒂涅听见他们俩一忽笑，一忽儿谈话，一忽儿寂静无声，便在伯爵面前卖弄才华，或是恭维他，或是逗他高谈阔论，有心拖延时间，好再见伯爵夫人，弄清她同高老头的关系。欧也纳怎么都想不过来，这个爱上玛克辛而能摆布丈夫的女子，怎么会同老面条商来往。他想摸清底细，拿到一点儿把柄去控制这个标准的巴黎女人。

"阿娜斯大齐！"伯爵又叫起太太来了。

"算了吧，可怜的玛克辛。"她对那青年说，"没有法儿了，晚上见……"

"希望你，娜齐。"他咬着她耳朵，"把这小子打发掉。你梳妆衣敞开一下，他眼睛就红得像一团火；他会对你谈情说爱，连累你，临了教我不得不打死他。"

"你疯了吗，玛克辛？这些大学生可不是挺好的避雷针吗？当然我会教特·雷斯多对他头痛的。"

玛克辛大声笑着出去了，伯爵夫人靠着窗口看他上车，拉起缰绳，扬起鞭子，直到大门关上了她才回来。

"喂，亲爱的。"伯爵对她说，"这位先生家里的庄园就在夏朗德河上，离凡端伊不远。他的伯祖还认得我的祖父呢。"

"好极了，大家都是熟人。"伯爵夫人心不在焉的回答。

"还不止这一点呢。"欧也纳低声说。

"怎么？"她不耐烦的问。

"刚才我看见从这儿出去一位先生，和我住在一所公寓里，而且是隔壁房间，高里奥老头……"

一听到老头这个俏皮字儿，正在拨火的伯爵好似烫了手，把钳子往火里一扔，站起身子说：

"先生，你可以称呼一声高里奥先生吧！"

看见丈夫烦躁，伯爵夫人脸上白一阵红一阵，狼狈不堪。她

高老头

强作镇静，极力装着自然的声音说："怎么会认识一个我们最敬爱的……"她顿住了，瞧着钢琴，仿佛心血来潮想起了什么，说道："你喜欢音乐吗，先生？"

"喜欢得很。"欧也纳脸色通红，心慌意乱，迷迷糊糊的觉得自己闯了祸。

"你会唱歌吗？"她说着，走到钢琴前面，使劲按着所有的键子，从最低音的 do 到最高音的 fa，啦啦啦的响成一片。

"不会，太太。"

伯爵在屋里踱来踱去。

"可惜！不会唱歌在交际场中就少了一件本领。——Ca－a－ro，Ca－a－ro，Ca－a－a－ro，non dubita－re①。"伯爵夫人唱着。

欧也纳说出高老头的名字，也等于挥动了一下魔术棒，同那一句"跟特·鲍赛昂太太是亲戚"的魔术棒，作用正相反。他好比走进一个收藏家的屋子，靠了有力的介绍才得进门，不料粗心大意撞了一下摆满小雕像的古董橱，把三四个不曾十分粘牢的头撞翻了。他恨不得钻入地下。特·雷斯多太太冷冷的板着脸，神情淡漠的眼睛故意躲开闯祸的大学生。

大学生道："太太，你和特·雷斯多先生有事，请接受我的敬意，允许我……"

伯爵夫人赶紧做一个手势打断了欧也纳："以后你每次光临我们总是挺欢迎的。"

欧也纳对主人夫妇深深的行了礼，虽然再三辞谢，还是被特·雷斯多先生一直送到穿堂。

"以后这位先生来，再不许通报！"伯爵吩咐莫利斯。

---

① 意大利作曲家契玛洛沙（1749—1801）的歌剧《秘密结婚》中的唱词。

傅雷译文集

欧也纳跨下石级，发觉在下雨了。

"哼！"他心里想，"我跑来闹了一个笑话，既不知道原因，也不知道范围；除此以外还得糟蹋我的衣服帽子。真应该乖乖的啃我的法律，一心一意做个严厉的法官。要体体面面的到交际场中混，先得办起两轮马车，雪亮的靴子，必不可少的行头，金链条，从早起就戴上六法郎一副的麂皮手套，晚上又是黄手套，我够得上这个资格吗？混账的高老头，去你的吧！"

走到大门口，一个马夫赶着一辆出租马车，大概才送了新婚夫妇回家，正想瞒着老板找几个外快；看见欧也纳没有雨伞，穿着黑衣服，白背心，又是白手套，上过油的靴子，便向他招招手。欧也纳憋着一肚子无名火，只想往已经掉下去的窟窿里钻，仿佛可以找到幸运的出路似的。他对马夫点点头，也不管袋里只剩一法郎零两个铜子，径自上了车。车厢里零零落落散着橘花和扎花的铜丝，证明新郎新娘才离开不久。

"先生上哪儿去呢？"车夫问。他已经脱下白手套①。

欧也纳私下想："管他！既然花了钱，至少得利用一下！"便高声回答："鲍赛昂府。"

"哪一个鲍赛昂府？"

一句话把欧也纳问住了。初出茅庐的漂亮哥儿不知道有两个鲍赛昂府，也不知道把他置之脑后的亲戚有那么多。

"特·鲍赛昂子爵，在……"

"葛勒南街。"马夫侧了侧脑袋，接口说。"你知道，还有特·鲍赛昂伯爵和侯爵的府第，在圣·陶米尼葛街。"他一边吊起踏脚，一边补充。

"我知道。"欧也纳沉着脸回答。他把帽子往前座的垫子上一

---

① 喜事车子的马夫通常穿一套特殊的礼服，还戴白手套。

丢，想道："今天大家都拿我打哈哈！吓……这次胡闹一下把我的钱弄光了。可是至少，我有了十足的贵族排场去拜访我那所谓的表姊了。高老头起码花了我十法郎，这老混蛋！真的，我要把今天的倒楣事儿告诉特·鲍赛昂太太，说不定会引她发笑呢。这老东西同那漂亮女人的该死的关系，她一定知道。与其碰那无耻女人的钉子——恐怕还得花一大笔钱，——还不如去讨好我表姊。子爵夫人的姓名已经有那样的威力，她本人的权势更可想而知。还是走上面的门路吧。一个人想打天堂的主意，就该看准上帝下手！"

他思潮起伏，不知转着多少念头，上面的话只是一个简单的提纲。他望着雨景，镇静了些，胆气也恢复了些。他自忖虽然花掉了本月份仅存的十法郎，衣服鞋帽究竟保住了。一听马夫喊了声："对不住，开门哪！"他不由得大为得意。金镶边大红制服的门丁，把大门拉得咕咕的直叫，拉斯蒂涅心满意足，眼看车子穿过门洞，绕进院子，在阶前玻璃棚下停住。马夫穿着大红滚边的蓝大褂，放下踏脚。欧也纳下车听见游廊里一阵匿笑。三四名当差在那里笑这辆恶俗的喜事车子。他们的笑声提醒了大学生，因为眼前就有现成的车马好比较。院中有一辆巴黎最华丽的轿车，套着两匹精壮的牲口，耳边插着蔷薇花，咬着嚼子，马夫头发扑着粉，打着领带，拉着缰绳，好像怕牲口逃走似的。唐打区的雷斯多太太府上，停着一个二十六岁男子的轻巧两轮车，圣·日耳曼区又摆着一位爵爷的烜赫的仪仗，一副三万法郎还办不起来的车马。

"又是谁在这儿呢？该死！表姊一定也有她的玛克辛！"欧也纳到这时才明白，巴黎难得碰到没有主顾的女人，纵然流着血汗也征服不了那样一个王后。

他跨上台阶，心已经凉了一半。玻璃门迎着他打开了；那些当差都一本正经，像挨过一顿痛打的骡子。他上次参加的跳舞会，是在楼下大厅内举行的。在接到请柬和舞会之间，他来不及拜访表姊，所以不曾进入特·鲍赛昂太太的上房，今天还是第一遭瞻仰到那些精雅绝伦，别出心裁的布置；一个杰出的女子的心灵和生活习惯，都可以在布置上面看出来。有了特·雷斯多太太的客厅做比较，对鲍府的研究也就更有意思。下午四点半，子爵夫人可以见客了。再早五分钟，她就不会招待表弟。完全不懂巴黎规矩的欧也纳，走上一座金漆栏杆，大红毯子，两旁供满鲜花的大楼梯，进入特·鲍赛昂太太的上房；至于她的小史，巴黎交际场中交头接耳说得一天一个样子的许多故事之中的一页，他可完全不知道。

三年以来，子爵夫人和葡萄牙一个最有名最有钱的贵族，特·阿瞿达-宾多侯爵有来往。那种天真无邪的交情，对当事人真是兴味浓厚，受不了第三者打扰。特·鲍赛昂子爵本人也以身作则，不管心里如何，面上总尊重这蹊跷的友谊。在他们订交的初期，凡是下午两点来拜访子爵夫人的宾客，总碰到特·阿瞿达-宾多侯爵在座。特·鲍赛昂太太为了体统关系，不能闭门谢客，可是对一般的来客十分冷淡，目不转睛的老瞧着墙壁上面的嵌线，结果大家都懂得她在那里受罪。直到巴黎城中知道了两点至四点之间的访问要打搅特·鲍赛昂太太，她才得到清静。她上意大利剧院或者歌剧院，必定由特·鲍赛昂和特·阿瞿达-宾多两位先生陪着；老于世故的特·鲍赛昂先生，把太太和葡萄牙人安顿停当之后，就托故走开。最近特·阿瞿达先生要同洛希斐特家的一位小姐结婚了，整个上流社会中只剩特·鲍赛昂太太一个人不曾知道。有几个女朋友向她隐隐约约提过几次；她只是打哈哈，以为朋友们妒忌她的幸福，想破坏。可是教堂的婚约公告①

---

① 西俗凡教徒结婚前一个月，教堂必前后颁布三次公告，征询大众对当事人之人品私德有无指摘。

马上就得颁布。这位葡萄牙美男子，那天特意来想对子爵夫人宣布婚事，却始终不敢吐出一个负心字儿。为什么？因为天下的难事莫过于对一个女子下这么一个哀的美敦。有些男人觉得在决斗场上给人拿着剑直指胸脯倒还好受，不像一个哭哭啼啼了两小时，再晕过去要人施救的女子难于应付。那时特·阿瞿达侯爵如坐针毡，一心要溜，打算回去写信来告诉她；男女之间一刀两断的手续，书面总比口头好办。听见当差通报欧也纳·特·拉斯蒂涅先生来了，特·阿瞿达侯爵快乐得直跳。一个真有爱情的女人猜疑起来，比寻欢作乐，更换口味还要心思灵巧。一朝到了被遗弃的关头，她对于一个姿势的意义，能够一猜就中，连马在春天的空气中嗅到刺激爱情的气息，也没有那么快。特·鲍赛昂太太一眼就瞟破了那个不由自主的表情，微妙的，可是天真得可怕的表情。

　　欧也纳不知道在巴黎不论拜访什么人，必须先到主人的亲友那里，把丈夫的，妻子的，或儿女的历史打听明白，免得闹出笑话来，要像波兰俗语所说的，把五头牛套上你的车！就是说直要九牛二虎之力，才能拔出你的泥脚。在谈话中出乱子，在法国还没有名称，大概因为谣言非常普遍，大家认为不会再发生冒失的事。在特·雷斯多家闹了乱子以后，——主人也不给他时间把五头牛套上车，——也只有欧也纳才会莽莽撞撞闯进鲍赛昂家再去闯祸。所不同的是，他在前者家里教特·雷斯多太太和特·脱拉伊先生发窘，在这儿却是替特·阿瞿达解了围。

　　一间小巧玲珑的客室，只有灰和粉红两种颜色，陈设精美而没有一点富贵气。欧也纳一进客室，葡萄牙人便向特·鲍赛昂太太说了声"再会"，急急的抢着往门边走。

　　"那么晚上见。"特·鲍赛昂太太回头向侯爵望了一眼，"我们不是要上意大利剧院吗？"

"不能奉陪了。"他的手已经抓着门钮。

特·鲍赛昂太太站起身子，叫他走回来，根本没有注意欧也纳。欧也纳站在那儿，给华丽的排场弄得迷迷糊糊，以为进了天方夜谭的世界；他面对着这个连瞧也不瞧他的太太，不知道怎么办。子爵夫人举起右手食指做了个美妙的动作，指着面前的地位要侯爵站过来。这姿态有股热情的威势，侯爵不得不放下门钮走回来。欧也纳望着他，心里非常羡慕。

他私下想："这便是轿车中的人物！哼！竟要骏马前驱，健仆后随，挥金如流水，才能博得巴黎女子的青睐吗？"奢侈的欲望像魔鬼般咬着他的心，攫取财富的狂热煽动他的头脑，黄金的饥渴使他喉干舌燥。他每季有一百三十法郎生活费；而父亲，母亲，兄弟，妹妹，姑母，统共每月花不到两百法郎。他把自己的境况和理想中的目标很快的比较了一下，心里愈加发慌了。

"为什么你不能上意大利剧院呢？"子爵夫人笑着问。

"为了正经事！今晚英国大使馆请客。"

"你可以先走一步啊。"

一个男人一开始欺骗，必然会接二连三的扯谎。特·阿瞿达先生笑着说："你非要我先走不可吗？"

"当然。"

"嗳，我就是要你说这一句呀。"他回答时那种媚眼，换了别的女人都会被他骗过的。

他抓起子爵夫人的手亲了一下，走了。

欧也纳用手掠了掠头发，躬着身子预备行礼，以为特·鲍赛昂太太这一下总该想到他了。不料她身子往前一扑，冲入回廊，跑到窗前瞧特·阿瞿达先生上车；她侧耳留神，只听见跟班的小厮传令给马夫道："上洛希斐特公馆。"

这几个字，加上特·阿瞿达坐在车厢里如释重负的神气，对子爵夫人不畏闪电和雷击。她回身进来，心惊肉跳。上流社会中最可怕的祸事就是这个。她走进卧室，坐下来拈起一张美丽的信纸，写道：

只要你在洛希斐特家吃饭而不是在英国使馆，你非和我解释清楚不可。我等着你。

有几个字母因为手指发抖而写走了样，她改了改，签上一个C字，那是她的姓名格兰·特·蒲尔高涅的缩写。然后她打铃叫人。

"雅各。"她盼咐当差，"你七点半上洛希斐特公馆去见特·阿瞿达侯爵。他在的话，把这条子交给他，不用等回音；要是不在，原信带回。"

"太太，客厅里还有人等着。"

"啊，不错！"她说完推门进去。

欧也纳已经觉得很不自在，终于瞧见子爵夫人的时候，她情绪激动的语气又搅乱了他的心。她说：

"对不起，先生，我刚才要写个字条，现在可以奉陪了。"

其实她自己也不知道说些什么，她心里正想着："啊！他要娶洛希斐特小姐。可是他身子自由吗？今晚上这件亲事就得毁掉，否则我……噢！事情明天就解决了，急什么！"

"表姊……"欧也纳才叫了一声。

"唔！"子爵夫人傲慢的目光教大学生打了一个寒噤。

欧也纳懂得了这个"唔"。三小时以来他长了多少见识；一听见这一声，马上警惕起来，红着脸改口道："太太。"他犹豫了一会又说："请原谅，我真需要人家提拔，便是拉上一点儿远亲的关系也有用处。"

特·鲍赛昂太太微微一笑，笑得很凄凉：她已经感觉到在她周围酝酿的厄运。

"如果你知道我家庭的处境。"他接着说，"你一定乐意做神话中的仙女，替孩子们打破难关。"

她笑道："哦，表弟，要我怎样帮忙呢？"

"我也说不上。恢复我们久已疏远的亲戚关系，在我已经是大大的幸运了。你使我心慌意乱，简直不知道我刚才说了些什么。我在巴黎只认识你一个人。噢！我要向你请教，求你当我是个可怜的孩子，愿意绕在你裙下，为你出生入死。"

"你能为我杀人么？"

"杀两个都可以。"欧也纳回答。

"孩子！真的，你是个孩子。"她咽住了眼泪。"你才会真诚的爱，你！"

"噢！"他甩了甩脑袋。

子爵夫人听了大学生这句野心勃勃的回答，不禁对他大为关切。这是南方青年第一次用心计。在特·雷斯多太太的蓝客厅和特·鲍赛昂太太的粉红客厅之间，他读完了三年的巴黎法。这部法典虽则没有人提过，却构成一部高等社会判例，一朝学成而善于运用的话，无论什么目的都可以达到。

"噢！我要说的话想起来了，在你的舞会里我认识了特·雷斯多太太，我刚才看了她来着。"

"那你大大的打搅她了。"特·鲍赛昂太太笑着说。

"唉！是呀，我一窍不通，你要不帮忙，我会教所有的人跟我作对。我看，在巴黎极难碰到一个年轻，美貌，有钱，风雅，而又没有主顾的女子；我需要这样一位女子，把你们解释得多么巧妙的人生开导我；而到处都有一个脱拉伊先生。我这番来向你请教一个谜的谜底，求你告诉我，我所闹的乱子究竟是什么性质。我在那边提起了一个老头儿……"

"特·朗日公爵夫人来了。"雅各进来通报,打断了大学生的话,大学生做了一个大为气恼的姿势。

"你要想成功。"子爵夫人低声嘱咐他,"第一先不要这样富于表情。"

"喂!你好,亲爱的。"她起身迎接公爵夫人,握着她的手,感情洋溢,便是对亲姊妹也不过如此。公爵夫人也做出种种亲热的样子。

"这不是一对好朋友吗。"拉斯蒂涅心里想。"从此我可以有两个保护人了;这两位想必口味相仿,表姊关切我,这客人一定也会关切我的。"

"你真好,想到来看我,亲爱的安多纳德!"特·鲍赛昂太太说。

"我看见特·阿瞿达先生进了洛希斐特公馆,便想到你是一个人在家了。"

公爵夫人说出这些不祥的话,特·鲍赛昂太太既不咬嘴唇,也不脸红,而是目光镇静,额角反倒开朗起来。

"要是我知道你有客……"公爵夫人转身望着欧也纳,补上一句。

子爵夫人说:"这位是我的表弟欧也纳·特·拉斯蒂涅先生。你有没有蒙脱里伏将军的消息?昨天赛里齐告诉我,大家都看不见他了,今天他到过府上没有?"

大家知道公爵夫人热恋特·蒙脱里伏先生,最近被遗弃了;她听了这句问话十分刺心,红着脸回答:

"昨天他在爱里才宫。"

傅雷译文集

"值班吗?①"特·鲍赛昂太太问。

"格拉拉,你想必知道。"公爵夫人放出狡狯的目光,"特·阿瞿达先生和洛希斐特小姐的婚约,明天就要由教堂公布了?"

这个打击可太凶了。子爵夫人不禁脸色发白,笑着回答:

"哦,又是那些傻瓜造的谣言。干么特·阿瞿达先生要把葡萄牙一个最美的姓送给洛希斐特呢?洛希斐特家封爵还不过是昨天的事。"

"可是人家说贝尔德有二十万法郎利息的陪嫁呢。"

"特·阿瞿达先生是大富翁,决不会存这种心思。"

"可是,亲爱的,洛希斐特小姐着实可爱呢。"

"是吗?"

"还有,他今天在那边吃饭,婚约的条件已经谈妥;你消息这样不灵,好不奇怪!"

"哎,你究竟闹了什么乱子呢,先生?"特·鲍赛昂太太转过话头说。"这可怜的孩子刚踏进社会,我们才说的话,他一句也不懂。亲爱的安多纳德,请你照应照应他。我们的事,明儿再谈,明儿一切都正式揭晓,你要帮我忙也更有把握了。"

公爵夫人傲慢的瞧了欧也纳一眼,那种眼风能把一个人从头到脚瞧尽,把他缩小,化为乌有。

"太太,我无意之间得罪了特·雷斯多太太。无意之间这四个字便是我的罪名。"大学生灵机一动,发觉眼前两位太太亲切的谈话藏着狠毒的讽刺,他接着说:"对那些故意伤害你们的人,你们会照常接见,说不定还怕他们;一个伤了人而不知伤到什么程度的家伙,你们当他是傻瓜,当他是什么都不会利用的笨蛋,谁都瞧不起他。"

---

① 爱里才宫当时是路易十八的侄子特·裴里公爵的府第。蒙脱里伏将军属于王家禁卫军,所以说"值班"。

特·鲍赛昂太太眼睛水汪汪的瞟了他一下。伟大的心灵往往用这种眼光表示他们的感激和尊严。刚才公爵夫人用拍卖行估价员式的眼风打量欧也纳，伤了他的心，现在特·鲍赛昂太太的眼神在他的伤口上涂了止痛的油膏。

欧也纳接着说："你们才想不到呢，我才博得了特·雷斯多伯爵的欢心，因为。"他又谦恭又狡狯的转向公爵夫人，"不瞒你说，太太，我还不过是个可怜的大学生，又穷又孤独……"

"别说这个话，先生。哭诉是谁都不爱听的，我们女人也何尝爱听。"

"好吧！我只有二十二岁，应当忍受这个年纪上的苦难，何况我现在正在忏悔；哪里还有比这儿更美丽的忏悔室呢？我们在教士面前忏悔的罪孽，就是在这儿犯的。"

公爵夫人听了这段亵渎宗教的议论，把脸一沉，很想把这种粗俗的谈吐指斥一番，她对子爵夫人说："这位先生才……"

特·鲍赛昂太太觉得表弟和公爵夫人都很好笑，也就老实不客气笑了出来。

"对啦，他才到巴黎来，正在找一个女教师，教他懂得一点儿风雅。"

"公爵夫人。"欧也纳接着说，"我们想找门路，把所爱的对象摸清根底，不是挺自然的吗？"（呸！他心里想，这几句话简直像理发匠说的。）

公爵夫人说："我想特·雷斯多太太是特·脱拉伊先生的女弟子吧。"

大学生说："我完全不知道，太太，因此糊里糊涂闯了进去，把他们岔开了。幸而我跟她丈夫混得不坏，那位太太也还客气，直到我说出我认识一个刚从他们后楼梯下去，在一条甬道底上跟伯爵夫人拥抱的人。"

"谁呀？"两位太太同时问。

"住在圣·玛梭区的一个老头儿，像我这穷学生一样一个月只有四十法郎的生活费，被大家取笑的可怜虫，叫做高里奥老头。"

"哦呀！你这个孩子。"子爵夫人嚷道，"特·雷斯多太太便是高里奥家的小姐啊。"

"面条商的女儿。"公爵夫人接口说，"她跟一个糕饼师的女儿同一天入宫觐见。你不记得吗，格拉拉？王上笑开了，用拉丁文说了句关于面粉的妙语，说那些女子，怎么说的，那些女子……"

"其为面粉也无异。"欧也纳替她说了出来。

"对啦。"公爵夫人说。

"啊！原来是她的父亲。"大学生做了个不胜厌恶的姿势。

"可不是！这家伙有两个女儿，他都喜欢得要命，可是两个女儿差不多已经不认他了。"

"那小的一个。"子爵夫人望着特·朗日太太说，"不是嫁给一个姓名像德国人的银行家，叫做特·纽沁根男爵吗？她名字叫但斐纳，头发淡黄，在歌剧院有个侧面的包厢，也上喜剧院，常常高声大笑引人家注意，是不是？"

公爵夫人笑道："嗳，亲爱的，真佩服你。干么你对那些人这样留神呢？真要像特·雷斯多一样爱得发疯，才会跟阿娜斯大齐在面粉里打滚。嘿！他可没有学会生意经。他太太落在特·脱拉伊手里，早晚要倒楣的。"

"她们不认父亲！"欧也纳重复了一句。

"嗳！是啊。"子爵夫人接着说，"不承认她们的亲爸爸，好爸爸。听说他给了每个女儿五六十万，让她们攀一门好亲事，舒舒服服的过日子。他自己只留下八千到一万法郎的进款，以为女儿永远是女儿，一朝嫁了人，他等于有了两个家，可以受到敬重，奉承。哪知不到两年，两个女婿把他赶出他们的圈子，当他是个要不得的下流东西……"

欧也纳冒出几颗眼泪。他最近还在家中体味到骨肉之爱，天伦之乐；他还没有失掉青年人的信仰，而且在巴黎文明的战场上还是第一天登台。真实的感情是极有感染力的：三个人都一声不出，愣了一会。

"唉！天哪。"特·朗日太太说，"这一类的事真是该死，可是我们天天看得到。总该有个原因吧？告诉我，亲爱的，你有没有想过，什么叫女婿？——女婿是我们替他白养女儿的男人。我们把女儿当做心肝宝贝，抚养长大，我们和她有着成千成万的联系。十七岁以前，她是全家的快乐天使，像拉马丁所说的洁白的灵魂，然后变做家庭的瘟神。女婿从我们手里把她抢走，拿她的爱情当做一把刀，把我们的天使心中所有拴着娘家的感情，活生生的一齐斩断。昨天女儿还是我们的性命，我们也还是女儿的性命；明天她便变做我们的仇敌。这种悲剧不是天天有吗？这里，又是媳妇对那个为儿子牺牲一切的公公肆无忌惮；那里，又是女婿把丈母撵出门外。我听见人家都在问，今日社会里究竟有些什么惨剧；唉，且不说我们的婚姻都变成了糊涂婚姻；关于女婿的惨剧不是可怕到极点吗？我完全明白那老面条商的遭遇，记得这个福里奥……"

"是高里奥，太太。"

"是啊，这莫里奥在大革命时代当过他本区的区长；那次有名的饥荒，他完全知道底细；当时面粉的售价比进价高出十倍，他从此发了财。那时他囤足面粉；光是我祖母的总管就卖给他一大批。当然，高里奥像所有那些人一样，是跟公安委员会分肥的。我记得总管还安慰祖母，说她尽可以太太平平的住在葛朗维里哀,她的麦子就是一张出色的公民证。至于把麦子卖给刽子手们①的洛里奥,只有一桩痴情,就是溺爱女儿。他把大女儿高高的供在特·雷斯多家里,把老二接种接在特·纽沁根男爵身上,纽沁根是个加入保王党的有钱的银行家。你们明白,在帝政时代,两个女婿看到家里有个老革命党并不讨厌;既然是拿破仑当权,那还可以将就。可是波旁家复辟之后,那老头儿就教特·雷斯多先生头疼了,尤其那个银行家。两个女儿或许始终爱着父亲,想在父亲跟丈夫之间委曲求全;她们在没有外客的时候招待高里奥,想出种种借口表示她们的体贴。'爸爸,你来呀。没有人打搅,我们舒服多了!'诸如此类的话。我相信,亲爱的,凡是真实的感情都有眼睛,都有聪明,所以那个大革命时代的可怜虫伤心死了。他看出女儿们觉得他丢了她们的脸;也看出要是她们爱丈夫,他却妨害了女婿,非牺牲不可。他便自己牺牲了,因为他是父亲,他自动退了出来。看到女儿因此高兴,他明白他做得很对。这小小的罪过实在是父女同谋的。我们到处都看到这种情形。在女儿的客厅里,陶里奥老头不是一个油脂的污迹吗?他在那儿感到拘束,闷得发慌。这个父亲的遭遇,便是一个最美的女子对付一个最心爱的男人也能碰到,如果她的爱情使他厌烦,他会走开,做出种种卑鄙的事来躲开她。所有的感情都会落到这个田地的。我们的心是一座宝库,一下子倒空了,就会破产。一个人把情感统统拿了出来,就像把钱统统花光了一样得不到人家原谅。这个父亲把什么都给了。二十年间他给了他的心血,他的慈爱;又在一天之间给了他的财产。柠檬榨干了,那些女儿把剩下的皮扔在街上。"

---

① 大革命时代的公安委员会是逮捕并处决反革命犯的机构,在保王党人口中就变了"刽子手"。公安委员会当时也严禁囤货,保王党人却说它同商人分肥。

高老头

"社会真卑鄙。"子爵夫人低着眼睛,拉着披肩上的经纬。特·朗日太太讲这个故事的时候,有些话刺了她的心。

"不是卑鄙!"公爵夫人回答;"社会就是那么一套。我这句话不过表示我看透了社会。实际我也跟你一般想法。"她紧紧握着子爵夫人的手,"社会是一个泥坑,我们得站在高地上。"

她起身亲了一下特·鲍赛昂太太的前额,说:

"亲爱的,你这一下真漂亮。血色好极了。"

然后她对欧也纳略微点点头,走了。

欧也纳想起那夜高老头扭绞镀金盘子的情形,说道:"高老头真伟大!"

特·鲍赛昂太太没有听见,她想得出神了。两人半天没有出声,可怜的大学生愣在那儿,既不敢走,又不敢留,也不敢开口。

"社会又卑鄙又残忍。"子爵夫人终于说。"只要我们碰到一桩灾难,总有一个朋友来告诉我们,拿把短刀掏我们的心窝,教我们欣赏刀柄。冷一句热一句,挖苦,奚落,一齐来了。啊!我可是要抵抗的。"她抬起头来,那种庄严的姿势恰好显出她贵妇人的身份,高傲的眼睛射出闪电似的光芒。——"啊!"她一眼瞧见了欧也纳,"你在这里!"

"是的,还没有走。"他不胜惶恐的回答。

"嗳,拉斯蒂涅先生,你得以牙还牙对付这个社会。你想成功吗?我帮你。你可以测量出来,女人堕落到什么田地,男人虚荣到什么田地。虽然人生这部书我已经读得烂熟,可是还有一些篇章不曾寓目。现在我全明白了。你越没有心肝,越高升得快。你得不留情的打击人家,叫人家怕你。只能把男男女女当做驿马,把它们骑得精疲力尽,到了站上丢下来;这样你就能达到欲望的最高峰。不是吗,你要没有一个女人关切,你在这儿便一文不值。这女人还得年轻,有钱,漂亮。倘使你有什么真情,必须像宝贝一样藏起,永远别给人家猜到,要不就完啦,你不但做不成刽子手,反过来要给人家开刀了。有朝一日你动了爱情,千万要守秘密!没有弄清楚对方的底细,决不能掏出你的心来。你现在还没有得到爱情;可是为保住将来的爱情,先得学会提防人家。听我说,米盖尔……(她不知不觉说错了名字)①,女儿遗弃父亲,巴望父亲早死,还不算可怕呢。那两姊妹也彼此忌妒得厉害。雷斯多是旧家出身,他的太太进过宫了,贵族社会也承认她了;可是她的有钱的妹妹,美丽的但斐纳·特·纽沁根夫人,银行家太太,却难过死了;忌妒咬着她的心,她跟姊姊貌合神离,比路人还不如;姊姊已经不是她的姊姊;两个人你不认我,我不认你,正如不认她们的父亲一样。特·纽沁根太太只消能进我的客厅,便是把圣·拉查街到葛勒南街一路上的灰土舐个干净也是愿意的。她以为特·玛赛能够帮她达到这个目的,便甘心情愿做他奴隶,把他缠得头痛。哪知特·玛赛干脆不把她放在心上。你要能把她介绍到我这儿来,你便是她的心肝宝贝。以后你能爱她就爱她,要不就利用她一下也好。我可以接见她一两次,逢到盛大的晚会,宾客众多的时候;可是决不单独招待她。我看见她打个照呼就够了。你说出了高老头的名字,你把伯爵夫人家的大门关上了。是的,朋友,你尽管上雷斯多家二十次,她会二十次不在家。你被他们撵出门外了。好吧,你叫高老头替你介绍特·纽沁根太太吧。那位漂亮太太可以做你的幌子。一朝她把你另眼相看了,所有的女人都会一窝蜂的来追你。跟她竞争的对手,她的朋友,她的最知己的朋友,都想把你抢过去了。有些女人,只喜欢别的女子挑中的男人,好像那般中产阶级的妇女,以

---

① 米盖尔是她的情人阿瞿达侯爵的名字。

高老头

为戴上我们的帽子就有了我们的风度。所以那时你就能走红。在巴黎,走红就是万事亨通。就是拿到权势的宝钥。倘若女人觉得你有才气,有能耐,男人就会相信,只消你自己不露马脚。那时你多大的欲望都不成问题可以实现,你哪儿都走得进去。那时你会明白,社会不过是傻子跟骗子的集团。你别做傻子,也别做骗子。我把我的姓氏借给你,好比一根阿里安纳的线,引你进这座迷宫①。别把我的姓污辱了。"她扭了扭脖子,气概非凡的对大学生瞧了一眼,"清清白白的还给我。好,去吧,我不留你了。我们做女人的也有我们的仗要打。"

"要不要一个死心塌地的人替你去点炸药?"欧也纳打断了她的话。

"那又怎么样?"她问。

他拍拍胸脯,表姊对他笑了笑,他也笑了笑,走了。那时已经五点;他肚子饿了,只怕赶不上晚饭。这一担心,使他感到在巴黎平步青云,找到了门路的快乐。得意之下,他马上给自己的许多思想包围了。像他那种年龄的青年,一受委屈就会气得发疯,对整个社会抡着拳头,又想报复,又失掉了自信。拉斯蒂涅那时正为了你把伯爵夫人家的大门关上了那句话发急,心上想:"我要去试一试!如果特·鲍赛昂太太的话不错,如果我真的碰在门上,那么……哼!特·雷斯多夫人不论上哪一家的沙龙,都要碰到我。我要学击剑,放枪,把她的玛克辛打死!——可是钱呢?"他忽然问自己,"哪儿去弄钱呢?"特·雷斯多伯爵夫人家里铺张的财富,忽然在眼前亮起来。他在那儿见到一个高里奥小姐心爱的奢华,金碧辉煌的屋子,显而易见的贵重器物,暴发户的恶俗排场,像人家的外室那样的浪费。这幅迷人的图画忽然又

---

① 希腊神话:阿里安纳把一根线授给丹才,使他杀了牛首人身的米诺多,仍能逃出迷宫。

给鲍赛昂府上的大家气派压倒了。他的幻想飞进了巴黎的上层社会，马上冒出许多坏念头，扩大他的眼界和心胸。他看到了社会的本相：法律跟道德对有钱的人全无效力，财产才是金科玉律。他想："伏脱冷说得不错，有财便是德！"

到了圣·日内维新街，他赶紧上楼拿十法郎付了车钱，走入气味难闻的饭厅；十八个食客好似马槽前的牲口一般正在吃饭。他觉得这副穷酸相跟饭厅的景象丑恶已极。环境转变得太突兀了，对比太强烈了，格外刺激他的野心。一方面是最高雅的社会的新鲜可爱的面目，个个人年轻，活泼，有诗意，有热情，四周又是美妙的艺术品和阔绰的排场；另一方面是溅满污泥的阴惨的画面，人物的脸上只有被情欲扫荡过的遗迹。特·鲍赛昂太太因为被人遗弃，一怒之下给他的指导和出谋的计策，他一下子都回想起来，而眼前的惨相又等于给那些话添上注解。拉斯蒂涅决意分两路进攻去猎取财富：依靠学问，同时依靠爱情，成为一个有学问的博士，同时做一个时髦人物。可笑他还幼稚得很，不知道这两条路线是永远连不到一起的。

"你神气忧郁得很，侯爵大人。"伏脱冷说。他的眼风似乎把别人心里最隐藏的秘密都看得雪亮。

欧也纳答道："我受不了这一类的玩笑，要在这儿真正当一个侯爵，应当有十万法郎进款；住伏盖公寓的就不是什么走运的人。"

伏脱冷瞧着拉斯蒂涅，倚老卖老而轻蔑的神气仿佛说："小子！还不够我一口！"接着说："你心绪不好，大概在漂亮的特·雷斯多太太那边没有得手。"

欧也纳道："哼，因为我说出她父亲跟我们一桌子吃饭，她把我撵走了。"

饭桌上的人都面面相觑。高老头低下眼睛，掉转头去抹了一下。

"你把鼻烟撒在我眼里了。"他对邻座的人说。

"从今以后，谁再欺负高老头，就是欺负我。"欧也纳望着老面条商邻座的人说："他比我们都强。当然我不说太太们。"他向泰伊番小姐补上一句。

这句话成为事情的转折点，欧也纳说话的神气使桌上的人不出声了。只有伏脱冷含讥带讽的回答：

"你要做高老头的后台，做他的经理，先得学会击剑跟放枪。"

"对啦，我就要这么办。"

"这么说来，你今天预备开场喽。"

"也许。"拉斯蒂涅回答。"不过谁都管不了我的事，既然我不想知道旁人黑夜里干些什么。"

伏脱冷斜着眼把拉斯蒂涅瞅了一下。

"老弟，要拆穿人家的把戏，就得走进戏棚子，不能在帐幔的缝子里张一张就算。别多说了。"他看见欧也纳快要发毛，补上一句。"你要愿意谈谈，我随时可以奉陪。"

饭桌上大家冷冰冰的，不做声了。高老头听了大学生那句话，非常难受，不知道众人对他的心理已经改变，也不知道一个有资格阻止旁人虐待他的青年，挺身而出做了他的保护人。

"高里奥先生真是一个伯爵夫人的父亲吗？"伏盖太太低声问。

"同时也是一个男爵夫人的父亲。"拉斯蒂涅回答。

"他只好当父亲的角色。"皮安训对拉斯蒂涅说。"我已经打量过他的脑袋：只有一根骨头，一根父骨，他大概是天父吧。"

欧也纳心事重重，听了皮安训的俏皮话不觉得好笑。他要遵从特·鲍赛昂太太的劝告，盘算从哪儿去弄钱，怎样去弄钱。社

傅雷译文集

会这片大草原在他面前又空旷又稠密，他望着出神了。吃完晚饭，客人散尽，只剩他一个人在饭厅里。

"你竟看到我的女儿么？"高老头非常感动的问。

欧也纳惊醒过来，抓着老人的手，很亲热的瞧着他回答："你是一个好人，正派的人。咱们回头再谈你的女儿。"

他不愿再听高老头的话，躲在卧房里给母亲写信去了。

  亲爱的母亲，请你考虑一下，能不能再给我一次哺育之恩。我现在的情形可以很快的发迹；只是需要一千二百法郎，而且非要不可。对父亲一个字都不能提，也许他会反对，而如果我弄不到这笔钱，我将濒于绝望，以至自杀。我的用意将来当面告诉你，因为要你了解我目前的处境，简直要写上几本书才行。好妈妈，我没有赌钱，也没有欠债；可是你给我的生命，倘使你愿意保留的话，就得替我筹这笔款子。总而言之，我已见过特·鲍赛昂子爵夫人，她答应提拔我。我得应酬交际，可是没有钱买一副合式的手套。我能够只吃面包，只喝清水，必要时可以挨饿；但我不能缺少巴黎种葡萄的工具。将来还是青云直上还是留在泥地里，都在此一举。你们对我的期望，我全知道，并且要快快的实现。好妈妈，卖掉一些旧首饰吧，不久我买新的给你。我很知道家中的境况，你的牺牲，我是心中有数的；你也该相信我不是无端端的教你牺牲，那我简直是禽兽了。我的请求是迫不得已。咱们的前程全靠这一次的接济，拿了这个，我将上阵开仗，因为巴黎的生活是一场永久的战争。倘使为凑足数目而不得不出卖姑母的花边，那么请告诉她，我将来有最好看的寄给她。

他分别写信给两个妹妹，讨她们的私蓄，知道她们一定乐意给的。为了使她们在家里绝口不提，他故意挑拨青年人的好胜心，要她们懂得体贴。可是写完了这些信，他仍旧有点儿心惊肉跳，神魂不定。青年野心家知道像他妹妹那种与世离绝，一尘不染的心灵多么高尚，知道自己这封信要给她们多少痛苦，同时也要给她们多少快乐；她们将怀着如何欢悦的心情，躲在庄园底里偷偷谈论她们疼爱的哥哥。他心中亮起一片光明，似乎看到她们私下数着小小的积蓄，看到她们卖弄少女的狡狯，为了好心而第一次玩弄手段，把这笔钱用匿名方式寄给他。他想："一个姊妹的心纯洁无比，它的温情是没有穷尽的！"他写了那样的信，觉得惭愧。她们许起愿心来何等有力！求天拜地的冲动何等纯洁！有一个牺牲的机会，她们还不快乐死吗？如果他母亲不能凑足他所要的款子，她又要多么苦恼！这些至诚的感情，可怕的牺牲，将要成为他达到特·纽沁根太太面前的阶梯；想到这些，他不由得落下几滴眼泪，等于献给家庭神坛的最后几炷香。他心乱如麻，在屋子里乱转。高老头从半开的门里瞧见他这副模样，进来问他：

"先生，你怎么啦？"

"唉！我的邻居，我还没忘记做儿子做兄弟的本分，正如你始终当着父亲的责任。你真有理由替伯爵夫人着急，她落在玛克辛·特·脱拉伊手里，早晚要断送她的。"

高老头嘟囔着退了出来，欧也纳不曾听清他说些什么。

第二天，拉斯蒂涅把信送往邮局。他到最后一刻还犹豫不决，但终于把信丢进邮箱，对自己说："我一定成功！"这是赌棍的口头禅，大将的口头禅，这种相信运气的话往往是制人死命而不是救人性命的。过了几天，他去看特·雷斯多太太。特·雷斯多太太不见。去了三次，三次挡驾，虽则他都候玛克辛不在的时间上门。子爵夫人料得不错。大学生不再用功念书，只上堂去应卯画到，过后便溜之大吉。多数大学生都要临到考试才用功，欧也纳把第二第三年的学程并在一起，预备到最后关头再一口气认认真真读他的法律。这样他可以有十五个月的空闲，好在巴黎的海洋中漂流，追求女人，或者捞一笔财产。

在那一星期内，他见了两次特·鲍赛昂太太，都是等特·阿瞿达侯爵的车子出门之后才去的。这位红极一时的女子，圣·日耳曼区最有诗意的人物，又得意了几天，把洛希斐特小姐和特·阿瞿达侯爵的婚事暂时搁浅。特·鲍赛昂太太深怕好景不常，在这最后几天中感情格外热烈；但就在这期间，她的祸事酝酿成熟了。特·阿瞿达侯爵跟洛希斐特家暗中同意，认为这一次的吵架与讲和大有好处，希望特·鲍赛昂太太对这头亲事思想上有个准备，终于肯把每天下午的聚首为特·阿瞿达的前程牺牲，结婚不是男人一生中必经的阶段吗？所以特·阿瞿达虽然天天海誓山盟，实在是在做戏，而子爵夫人也甘心情愿受他蒙蔽。"她不愿从窗口里庄严的跳下去，宁可在楼梯上打滚。"她的最知己的朋友特·朗日公爵夫人这样说她。这些最后的微光照耀得相当长久，使子爵夫人还能留在巴黎，给年轻的表弟效劳，——她对他的关切简直有点迷信，仿佛认为他能够带来好运。欧也纳对她表示非常忠心非常同情，而那是正当一个女人到处看不见怜悯和安慰的目光的时候。在这种情形之下，一个男人对女子说温柔的话，一定是别有用心。

拉斯蒂涅为了彻底看清形势，再去接近纽沁根家，想先把高老头从前的生活弄个明白。他搜集了一些确实的材料，可以归纳如下：

大革命之前，约翰－姚希姆·高里奥是一个普通的面条司

高老头

务，熟练，省俭，相当有魄力，能够在东家在一七八九年第一次大暴动中遭劫以后，盘下铺子，开在于西安街，靠近麦子市场。他很识事务，居然肯当本区区长，使他的买卖得到那个危险时代一般有势力人物的保护。这种聪明是他起家的根源。就在不知是真是假的大饥荒时代，巴黎粮食贵得惊人的那一时节里，他开始发财。那时民众在面包店前面拼命，而有些人照样太太平平向杂货商买到各式上等面食。

那一年，高里奥积了一笔资本，他以后做买卖也就像一切资力雄厚的人那样，处处占着上风。他的遭遇正是一切中等才具的遭遇。他的平庸占了便宜。并且直到有钱不再危险的时代，他的财富才揭晓，所以并没引起人家的妒羡。粮食的买卖似乎把他的聪明消耗完了。只要涉及麦子，面粉，粉粒，辨别品质，来路，注意保存，推测行市，预言收成的丰歉，用低价籴进谷子，从西西里，乌克兰去买来囤积，高里奥可以说没有敌手的。看他调度生意，解释粮食的出口法，进口法，研究立法的原则，利用法令的缺点等等，他颇有国务大臣的才器。办事又耐烦又干练，有魄力有恒心，行动迅速，目光犀利如鹰，什么都占先，什么都料到，什么都知道，什么都藏得紧，算计划策如外交家，勇往直前如军人。可是一离开他的本行，一出他黑魆魆的简陋的铺子，闲下来背靠门框站在阶沿上的时候，他仍不过是一个又蠢又粗野的工人，不会用头脑，感觉不到任何精神上的乐趣，坐在戏院里会打盹，总而言之，他是巴黎的那种陶里庞人①，只会闹笑话。这一类的人差不多完全相像，心里都有一股极高尚的情感。面条司务的心便是给两种感情填满的，吸干的，犹如他的聪明是为了粮食买卖用尽的。他的老婆是拉·勃里地方一个富农的独养女儿，

---

① 一七九〇年时有一著名喜剧《聋子》，主人翁叫做陶里庞，几乎受人欺骗，断送女儿的终身大事。

是他崇拜赞美，敬爱无边的对象。高里奥赞美她生得又娇嫩又结实，又多情又美丽，跟他恰好是极端的对比。男人天生的情感，不是因为能随时保护弱者而感到骄傲吗？骄傲之外再加上爱，就可了解许多古怪的精神现象。所谓爱其实就是一般坦白的人对赐予他们快乐的人表示热烈的感激。过了七年圆满的幸福生活，高里奥的老婆死了；这是高里奥的不幸，因为那时她正开始在感情以外对他有点儿影响。也许她能把这个死板的人栽培一下，教他懂得一些世道和人生。既然她早死，疼爱女儿的感情便在高里奥心中发展到荒谬的程度。死神夺去了他所爱的对象，他的爱就转移到两个女儿身上，她们开始的确满足了他所有的感情。尽管一般争着要把女儿嫁给他做填房的商人或庄稼人，提出多么优越的条件，他都不愿意续娶。他的岳父，他唯一觉得气味相投的人，很有把握的说高里奥发过誓，永远不做对不起妻子的事，哪怕在她身后。中央市场的人不了解这种高尚的痴情，拿来取笑，替高里奥起了些粗俗的诨号。有个人跟高里奥做了一笔交易，喝着酒，第一个叫出这个外号，当场给面条商一拳打在肩膀上，脑袋向前，一直翻倒在奥勃冷街一块界石旁边。高里奥没头没脑的偏疼女儿，又多情又体贴的父爱，传布得遐迩闻名，甚至有一天，一个同行想教他离开市场以便操纵行情，告诉他说但斐纳被一辆马车撞翻了。面条商立刻面无人色的回家。他为了这场虚惊病了好几天。那造谣的人虽然并没受到凶狠的老拳，却在某次风潮中被逼破产，从此进不得市场。

　　两个女儿的教育，不消说是不会合理的了。富有每年六万法郎以上的进款，自己花不了一千二，高里奥的乐事只在于满足女儿们的幻想：最优秀的教师给请来培养她们高等教育应有的各种才艺；另外还有一个做伴的小姐；还算两个女儿运气，做伴的小姐是一个有头脑有品格的女子。两个女儿会骑马，有自备车辆，

高老头

生活的奢华像一个有钱的老爵爷养的情妇：只要开声口，最奢侈的欲望，父亲也会满足她们，只要求女儿跟他亲热一下作为回敬。可怜的家伙，把女儿当作天使一流，当然是在他之上了。甚至她们给他的痛苦，他也喜欢。一到出嫁的年龄，她们可以随心所欲的挑选丈夫，各人可以有父亲一半的财产做陪嫁。特·雷斯多伯爵看中阿娜斯大齐生得美，她也很想当一个贵族太太，便离开父亲，跳进了高等社会。但斐纳喜欢金钱，嫁了纽沁根，一个原籍德国而在帝政时代封了男爵的银行家。高里奥依旧做他的面条商。不久，女儿女婿看他继续做那个买卖，觉得不痛快，虽然他除此以外，生命别无寄托。他们央求了五年，他才答应带着出盘铺子的钱跟五年的盈余退休。这笔资本所生的利息，便是他住进伏盖公寓的时代，伏盖太太估计到八千至一万的收入。看到女儿受着丈夫的压力，非但不招留他去住，还不愿公开在家招待他，绝望之下，他便搬进这个公寓。

受盘高老头铺子的缪莱先生供给的资料只有这一些。特·朗日公爵夫人对拉斯蒂涅说的种种猜测的话因此证实了。

这场暧昧而可怕的巴黎悲剧的序幕，在此结束。

初见世面

十二月第一星期的末了，拉斯蒂涅接到两封信，一封是母亲的，一封是大妹妹的。那些一望而知的笔迹使他快乐得心跳，害怕得发抖。对于他的希望，两张薄薄的纸等于一道生死攸关的判决书。想到父母姊妹的艰苦，他固然有点害怕；可是她们对他的溺爱，他太有把握了，尽可放心大胆吸取她们最后几滴血。母亲的信是这样写的：

亲爱的孩子，你要的钱我寄给你了。但望好好的使用，下次即使要救你性命，我也不能瞒了父亲再张罗这样大的数目，那要动摇我们的命根，拿田地去抵押了。我不知道计划的内容，自然无从批评；但究竟是什么性质的计划，你不敢告诉我呢？要解释，用不着写上几本书，我们为娘的只要一句话就明白，而这句话可以免得我因为无从捉摸而牵肠挂肚。告诉你，来信使我非常痛苦。好孩子，究竟是什么情绪使你引起我这样的恐怖呢？你写信的时候大概非常难受吧，因为我看信的时候就很难受。你想干哪一行呢？难道你的前途，你的幸福，就在于装出你没有的身份，花费你负担不起的本

高老头

钱,浪费你宝贵的求学的光阴,去见识那个社会吗?孩子,相信你母亲吧,拐弯抹角的路决无伟大的成就。像你这种情形的青年,应当以忍耐与安命为美德。我不埋怨你,我不愿我们的贡献对你有半点儿苦味。我的话是一个又相信儿子,又有远见的母亲的话。你知道你的责任所在,我也知道你的心是纯洁的,你的用意是极好的。所以我很放心的对你说:好,亲爱的,去干吧!我战战兢兢,因为我是母亲;但你每走一步,我们的愿望和祝福总是陪你一步。谨慎小心呀,亲爱的孩子。你应当像大人一般明哲,你心爱的五个人①的命运都在你的肩上。是啊,我们的财富都在你身上,正如你的幸福就是我们的幸福。我们都求上帝帮助你的计划。你的姑母真是好到极点,她甚至懂得你关于手套的话。她很快活的说,她对长子特别软心。欧也纳,你应该深深的爱她,她为你所做的事,等你成功以后再告诉你,否则她的钱要使你烫手的。你们做孩子的还不知道什么叫做牺牲纪念物!可是我们哪一样不能为你牺牲呢?她要我告诉你,说她亲你的前额,希望你常常快乐。倘不是手指害痛风症,她也要写信给你呢。父亲身体很好。今年的收成超过了我们的希望。再会了,亲爱的孩子,关于你妹妹们的事,我不说了,洛尔另外有信给你。她喜欢拉拉扯扯的谈家常,我就让她来了。但求上天使你成功!噢!是的,你非成功不可,欧也纳,你使我太痛苦了,我再也受不了第二次。因为巴望能有财产给我的孩子,我才懂得贫穷的滋味。好了,再会吧。切勿杳无音信。

---

① 父亲,母亲,两个妹妹,两个兄弟,一个姑母,应当是七个人。

傅雷译文集

接受你母亲的亲吻吧。

欧也纳念完信,哭了。他想到高老头扭掉镀金盘子,卖了钱替女儿还债的情景。"你的母亲也扭掉了她的首饰。"他对自己说。"姑母卖掉纪念物的时候一定也哭了。你有什么权利诅咒阿娜斯大齐呢?她为了情人,你为了只顾自己的前程,你比她强在哪里?"大学生肚子里有些热不可当的感觉。他想放弃上流社会,不拿这笔钱。这种良心上的责备正是心胸高尚的表现,一般人批判同胞的时候不大理会这一点,唯有天上的安琪儿才会考虑到,所以人间的法官所判的罪犯,常常会得到天使赦免。拉斯蒂涅拆开妹子的信,天真而婉转的措辞使他心里轻松了些。

亲爱的哥哥,你的信来得正好,阿迦德和我,想把我们的钱派作多少用场,简直决不定买哪样好了。你像西班牙王的仆人一样,打碎了主子的表,倒反解决了他的难题;你一句话教我们齐了心。真的,为了选择问题,我们老是在拌嘴,可做梦也想不到,原来只有一项用途真正能满足我们所有的欲望。阿迦德快活得直跳起来。我们俩乐得整天疯疯癫癫,以至于(姑母的说法)妈妈扮起一本正经的脸来问:"什么事呀,两位小姐?"如果我们因此受到一言半语的埋怨,我相信我们还要快活呢。一个女子为了所爱的人受苦才是乐事!只有我在快乐之中觉得不痛快,有点儿心事。将来我决不是一个贤慧的女人,我太会花钱,买了两根腰带,一支穿引胸衣小孔的美丽的引针,一些无聊东西,因此我的钱没有胖子阿迦德多;她很省俭,把洋钱一块块积起来像喜鹊

高老头

一样①。她有两百法郎！我么，可怜的朋友，我只有一百五十。我大大的遭了报应，真想把腰带扔在井里，从此我用到腰带心中就要不舒适了。唉，我揩了你的油。阿迦德真好，她说："咱们把三百五十法郎合在一块儿寄给他吧！"实际情形恕不详细奉告！我们依照你的吩咐，拿了这笔了不得的款子假装出去散步，一上大路，直奔吕番克村，把钱交给驿站站长格冷贝先生。回来我们身轻如燕。阿迦德问我："是不是因为快乐我们身体这样轻？"我们不知讲了多少话，恕不细述了。反正谈的是你巴黎佬的事。噢！好哥哥，我们真爱你！要说守秘密吧，像我们这样的调皮姑娘，据姑母说，什么都做得出来，就是守口如瓶也办得到。母亲和姑母偷偷摸摸的上安古兰末，两人对旅行的目标绝口不提，动身之前，还经过一次长时期的会议，我们和男爵大人都不准参加。在拉斯蒂涅国里，大家纷纷猜测。公主们给王后陛下所绣的小孔纱衫，极秘密的赶起来，把两条边补足了。凡端伊方面决定不砌围墙，用篱笆代替。小百姓要损失果子，再没有钉在墙上的果树，但外人可以赏玩一下园内的好风景。如果王太子需要手帕，特·玛西阿母后在多年不动的库房里，找出了一匹遗忘已久的上等荷兰细布；阿迦德和洛尔两位公主，正在打点针线和老是冻得红红的手，听候太子命令。唐·亨利和唐·迦勃里哀两位小王子还是那么淘气：狂吞葡萄酱，惹姊姊们冒火，不肯念书，喜欢掏鸟窝，吵吵嚷嚷，冒犯禁令去砍伐柳条，做枪做棒。教皇的专使，俗称为本堂教士，威

---

① 西方各国传说。喜鹊爱金属发光之物，乡居人家常有金属物被喜鹊衔去之事。

83

吓说要驱逐他们出教,如果他们再放着神圣的文法不学而去舞枪弄棒。再会吧,亲爱的哥哥,我这封信表示我对你全心全意的祝福,也表示我对你的友爱得到极大的满足。你将来回家,一定有许多事情告诉我!你什么都不会瞒我,是不是?我是大妹妹呀。姑母曾经透露一句,说你在交际场中颇为得意。

只讲起一个女子,其余便只字不提。

只字不提,当然是对我们啰!喂!欧也纳,你需要的话,我们可以省下手帕的布替你做衬衣。关于这一点,快快来信。倘若你马上要做工很好的漂亮衬衫,我们得立刻赶做;有什么我们不知道的巴黎式样,你寄个样子来,尤其袖口。再会了,再会了!我吻你的左额,那是专属于我的。另外一张信纸我留给阿迦德,她答应决不偷看我写的。可是为保险起见,她写的时候我要在旁监视。

爱你的妹妹　洛尔·特·拉斯蒂涅

"哦!是啊,是啊。"欧也纳心里想,"无论如何非发财不可!奇珍异宝也报答不了这样的忠诚。我得把世界上所有的幸福都带给她们。"他停了一会又想:"一千五百五十法郎,每个法郎都得用在刀口上!洛尔说得不错。该死!我只有粗布衬衫。为了男人的幸福,女孩子家会像小偷一样机灵。她那么天真,为我设想却那么周到,犹如天上的安琪儿,根本不懂得尘世的罪过便宽恕了。"

于是世界是他的了!先把裁缝叫来,探过口气,居然答应赊账。见过了脱拉伊先生,拉斯蒂涅懂得裁缝对青年人的生活影响极大。为了账单,裁缝要不是一个死冤家,便是一个好朋友,总是走极端的。欧也纳所找的那个,懂得人要衣装的老话,自命为能够把青年人捧出山。后来拉斯蒂涅感激之余,在他那套巧妙的谈吐里有两句话,使那个成衣匠发了财:

"我知道有人靠了他做的两条裤子,攀了一门有两万法郎陪嫁的亲事。"

一千五百法郎现款,现加可以赊账的衣服!这么一来,南方的穷小子变得信心十足。他下楼用早餐的时候,自有一个年轻人有了几文的那种说不出的神气。钱落到一个大学生的口袋里,他马上觉得有了靠山。走路比从前有劲得多,杠杆有了着力的据点,眼神丰满,敢于正视一切,全身的动作也灵活起来;隔夜还怯生生的,挨了打不敢还手;此刻可有胆子得罪内阁总理了。他心中有了不可思议的变化:他无所不欲,无所不能,想入非非的又要这样又要那样,兴高采烈,豪爽非凡,话也多起来了。总之,从前没有羽毛的小鸟如今长了翅膀。没有钱的大学生拾取一星半点的欢娱,像一条狗冒着无穷的危险偷一根骨头,一边咬着嚼着,吮着骨髓,一边还在跑。等到小伙子袋里有了几枚不容易招留的金洋,就会把乐趣细细的体味,咀嚼,得意非凡,魂灵儿飞上半天,再不知穷二字怎讲。整个巴黎都是他的了。那是样样闪着金光,爆出火花的年龄!成年以后的男女哪还有这种快活劲儿!那是欠债的年龄,提心吊胆的年龄!而就因为提心吊胆,一切欢乐才格外有意思!凡是不熟悉塞纳河左岸,没有在拉丁区混过的人,根本不懂得人生!

拉斯蒂涅咬着伏盖太太家一个铜子一个的煮熟梨,心上想:"嘿!巴黎的妇女知道了,准会到这儿来向我求爱。"

这时栅门上的铃声一响,驿车公司的一个信差走进饭厅。他找欧也纳·特·拉斯蒂涅先生,交给他两只袋和一张签字的回单。欧也纳被伏脱冷深深的瞅了一眼,好像被鞭子抽了一下。

伏脱冷对他说:"那你可以去找老师学击剑打枪了。"

"金船到了。"伏盖太太瞧着钱袋说。

米旭诺小姐不敢对钱袋望,唯恐人家看出她贪心。

"你的妈妈真好。"古的太太说。

"他的妈妈真好。"波阿莱马上跟了一句。

"对啊,妈妈连血都挤出来了。"伏脱冷道。"现在你可以胡闹,可以交际,去钓一笔陪嫁,跟那些满头桃花的伯爵夫人跳舞了。可是听我的话,小朋友,靶子场非常去不可。"

伏脱冷做了一个瞄准的姿势。拉斯蒂涅想拿酒钱给信差,一个钱都掏不出来。伏脱冷拿一个法郎丢给来人。

"你的信用是不错的。"他望着大学生说。

拉斯蒂涅只得谢了他,虽然那天从鲍赛昂家回来,彼此抢白过几句以后,他非常讨厌这个家伙。在那八天之内,欧也纳和伏脱冷见了面都不做声,彼此只用冷眼观察。大学生想来想去也不明白是怎么回事。大概思想的放射,总是以孕育思想的力量为准的,头脑要把思想送到什么地方,思想便落在什么地方,准确性不下于从炮身里飞出去的弹丸,效果却各各不同。有些娇嫩的个性,思想可以钻进去损坏组织;也有些武装坚强的个性,铜墙铁壁式的头脑,旁人的意志打上去只能颓然堕下,好像炮弹射着城墙一样;还有软如棉花的个性,旁人的思想一碰到它便失掉作用,犹如炮弹落在堡垒外面的泥沟里。拉斯蒂涅的那种头脑却是装满了火药,一触即发。他朝气太旺,不能避免思想放射的作用,接触到别人的感情,不能不感染,许多古怪的现象在他不知不觉之间种在他心里。他的精神视觉像他的山猫眼睛一样明澈;每种灵敏的感官都有那种神秘的力量,能够感知遥远的思想,也具有那种反应敏捷,往返自如的弹性;我们在优秀的人物身上,

高老头

善于把握敌人缺点的战士身上,就是佩服这种弹性。并且一个月以来,欧也纳所发展的优点跟缺点一样多。他的缺点是社会逼出来的,也是满足他日趋高涨的欲望所必需的。在他的优点中间,有一项是南方人的兴奋活泼,喜欢单刀直入解决困难,受不了不上不下的局面;北方人把这个优点称为缺点:他们以为这种性格如果是缪拉成功的秘诀,也是他丧命的原因①。由此可以得出一个结论:如果一个南方人把北方人的狡猾和洛阿河彼岸②的勇猛联合起来,就可成为全才,坐上瑞典的王位③。因此,拉斯蒂涅决不能长久处于伏脱冷的炮火之下,而不弄清楚这家伙究竟为敌为友。他常常觉得这怪人看透他的情欲,看透他的心思,而这怪人自己却把一切藏得那么严,其深不可测正如无所不知,无所不见,而一言不发的斯芬克斯。这时欧也纳荷包里有了几文,想反抗了。伏脱冷喝完了最后几口咖啡,预备起身出去。欧也纳说:

"对不起,请你等一下。"

"干么?"伏脱冷回答,一边戴上他的阔边大帽,提起铁手杖。平时他常常拿这根手杖在空中舞动,大有三四个强盗来攻击也不怕的神气。

"我要还你钱。"拉斯蒂涅说着,急急忙忙解开袋子,数出一百四十法郎给伏盖太太,说道,"账算清,朋友亲,到今年年底为止,咱们两讫了。再请兑五法郎零钱给我。"

"朋友亲,账算清。"波阿莱瞧着伏脱冷重复了一句。

"这儿还你一法郎。"拉斯蒂涅把钱授给那个戴假头发的斯芬

---

① 缪拉为法国南方人,拿破仑之妹婿,帝政时代名将之一,曾为拿波里王,终为奥军俘获枪决,以大胆勇猛出名。

② 洛阿河彼岸事实上还不能算法国南部;巴尔扎克笔下的南方,往往范围比一般更广。

③ 指裴拿陶德,也是法国南方人,拿破仑部下名将。后投奔瑞典,终为瑞典国王,迄今瑞典王室犹为裴氏嫡系。

克斯。

"好像你就怕欠我的钱,嗯?"伏脱冷大声说着,犀利的目光直瞧到他心里;那副涎皮赖脸的挖苦人的笑容,欧也纳一向讨厌,想跟他闹了好几回了。

"嗳……是的。"大学生回答,提着两只钱袋预备上楼了。

伏脱冷正要从通到客厅的门里出去,大学生想从通到楼梯道的门里出去。

"你知道么,特·拉斯蒂涅喇嘛侯爵大人,你的话不大客气?"伏脱冷说着,砰的一声关上客厅的门,迎着大学生走过来。大学生冷冷的瞅着他。

拉斯蒂涅带上饭厅的门,拉着伏脱冷走到楼梯脚下。楼梯间有扇直达花园的板门,嵌着长玻璃,装着铁栅。西尔维正从厨房出来,大学生当着她的面说:

"伏脱冷先生,我不是侯爵,也不是什么拉斯蒂涅喇嘛。"

"他们要打架了。"米旭诺小姐不关痛痒的说。

"打架!"波阿莱跟着说。

"噢,不会的。"伏盖太太摩挲着她的一堆洋钱回答。

"他们到菩提树下去了。"维多莉小姐叫了声,站起来向窗外张望。"可怜的小伙子没有错啊。"

古的太太说:"上楼吧,亲爱的孩子,别管闲事。"

古的太太和维多莉起来走到门口,西尔维迎面拦住了去路,说道:

"什么事啊?伏脱冷先生对欧也纳先生说:咱们来评个理吧!说完抓着他的胳膊,踏着我们的朝鲜蓟走过去了。"

这时伏脱冷出现了。——"伏盖妈妈。"他笑道,"不用怕,我要到菩提树下去试试我的手枪。"

"哎呀!先生。"维多莉合着手说,"干么你要打死欧也纳先

高老头

生呢?"

伏脱冷退后两步,瞧着维多莉。

"又是一桩公案。"他那种嘲弄的声音把可怜的姑娘羞得满面通红。"这小伙子很可爱是不是?你教我想起了一个主意。好,让我来成全你们俩的幸福吧,美丽的孩子。"

古的太太抓起女孩子的胳膊,一边走一边凑在她耳边说:

"维多莉,你今儿真是莫名其妙。"

伏盖太太道:"我不愿意人家在我这里打枪,你要惊动邻居,老清早叫警察上门了!"

"哦!放心,伏盖妈妈。"伏脱冷回答。"你别慌,我们到靶子场去就是了。"说罢他追上拉斯蒂涅,亲热的抓了他的手臂:

"等会你看我三十五步之外接连五颗子弹打在黑桃A[①]的中心,你不至于泄气吧?我看你有点生气了,那你可要糊里糊涂送命的呢。"

"你不敢啦?"欧也纳说。

"别惹我。"伏脱伏道。"今儿天气不冷,来这儿坐吧。"他指着几只绿漆的凳子。"行,这儿不会有人听见了。我要跟你谈谈。你是一个好小子,我不愿意伤了你。咱家鬼——(吓!该死!)咱家伏脱冷可以赌咒,我真喜欢你。为什么?我会告诉你的。现在只要你知道,我把你认识得清清楚楚,好像你是我生的一般。我可以给你证明。哎,把袋子放在这儿吧。"他指着圆桌说。

拉斯蒂涅把钱袋放在桌上,他不懂这家伙本来说要打死他,怎么又忽然装做他的保护人。

"你很想知道我是谁,干过什么事,现在又干些什么。你太好奇了,孩子。哎,不用急。我的话长呢。我倒过楣。你先听着,等

[①] 黑桃为扑克牌的一种花色,A为每种花色中最大的牌。此处是指打枪的靶子。

89

会再回答。我过去的身世,倒过楣三个字儿就可以说完了。我是谁:伏脱冷。做些什么?做我爱做的事。完啦。你要知道我的性格吗?只要对我好的或是我觉得投机的人,我对他们和气得很。这种人可以百无禁忌,尽管在我小腿上踢几脚,我也不会说一声哼,当心!可是,小乖乖!那些跟我找麻烦的人,或是我觉得不对劲的,我会凶得像魔鬼。还得告诉你,我把杀人当作——呸……这样的玩艺儿!"说着他唾了一道口水,"不过我的杀人杀的很得体,倘使非杀不可的话。我是你们所说的艺术家。别小看我,我念过贝凡纽多·彻里尼①的《回忆录》,还是念的意大利文的原作!他是一个会作乐的好汉,我跟他学会了模仿天意,所谓天意,就是不分青红皂白把我们乱杀一阵。我也学会了到处爱美。你说:单枪匹马跟所有的人作对,把他们一齐打倒,不是挺美吗?对你们这个乱七八糟的社会组织,我仔细想过。告诉你,孩子,决斗是小娃娃的玩艺儿,简直胡闹。两个人中间有一个多余的时候,只有傻瓜才会听凭偶然去决定。决斗吗?就像猜铜板!呃!我一口气在黑桃A的中心打进五颗子弹,一颗钉着一颗,还是在三十五步之外!有了这些小本领,总以为打中个把人是没问题的了。唉!哪知我隔开二十步打一个人竟没有中。对面那混蛋,一辈子没有拿过手枪,可是你瞧!"他说着解开背心,露出像熊背一样多毛的胸脯,生着一簇教人又恶心又害怕的黄毛,"那乳臭未干的小子竟然把我的毛烧焦了。"他把拉斯蒂涅的手指按在他乳房的一个窟窿上。"那时我还是一个孩子,像你这个年纪,二十一岁。我还相信一些东西,譬如说,相信一个女人的爱情,相信那些弄得你七晕八素的荒唐事儿。我们交起手来,你可能把我打死。假定我躺在地下了,你怎么办?得逃走啰,上瑞士去,白吃爸爸的,而爸爸也

---

① 贝凡纽多·彻里尼(1500—1571),十六世纪意大利版画家,雕塑家,以生活放浪冒险著名于世。

没有几文。你现在的情形,让我来点醒你;我的看法高人一等,因为我有生活经验,知道只有两条路好走:不是糊里糊涂的服从,就是反抗。我,还用说吗?我对什么都不服从。照你现在这个派头,你知道你需要什么,一百万家财,而且要快;不然的话,你尽管胡思乱想,一切都是水中捞月,白费!这一百万,我来给你吧。"他停了一下,望着欧也纳。"啊!啊!现在你对伏脱冷老头的神气好一些了。一听我那句话,你就像小姑娘听见人家说了声:晚上见,便理理毛,舐舐嘴唇,有如喝过牛奶的猫咪。这才对啦。来,来,咱们合作吧。先算算你那笔账,小朋友。家乡,咱们有爸爸,妈妈,祖姑母,两个妹妹(一个十八一个十七),两个兄弟(一个十五一个十岁),这是咱们的花名册。祖姑母管教两个妹妹,神甫教两个兄弟拉丁文。家里总是多喝栗子汤,少吃白面包;爸爸非常爱惜他的裤子,妈妈难得添一件冬衣和夏衣,妹妹们能将就便将就了。我什么都知道,我住过南方。要是家里每年给你一千二,田里的收入统共只有三千,那么你们的情形就是这样。咱们有一个厨娘,一个当差,面子总要顾到,爸爸还是男爵呢。至于咱们自己,咱们有野心,有鲍赛昂家撑腰,咱们拼着两条腿走去,心里想发财,袋里空空如也;嘴里吃着伏盖妈妈的起码饭菜,心里爱着圣·日耳曼区的山珍海味;睡的是破床,想的是高堂大厦!我不责备你的欲望。我的小心肝,野心不是个个人有的。你去问问娘儿们,她们追求的是怎么样的男人,还不是野心家?野心家比旁的男子腰粗臂胖,血中铁质更多,心也更热。女人强壮的时候真快乐,真好看,所以在男人中专挑有力气的爱,便是给他压坏也甘心。我一项一项举出你的欲望,好向你提出问题。问题是这样:咱们肚子饿得像狼,牙齿又尖又快,怎么办才能弄到大鱼大肉?第一要吞下《法典》,那可不是好玩的事,也学不到什么;可是这一关非过不可。好,就算过了关，咱们去当律师，预备将来在重罪法庭当一个庭长，把一些英雄好汉，肩膀上刺了 T. F.① 打发出去，好让财主们太太平平的睡觉。这可不是味儿，而且时间很长。先得在巴黎愁眉苦脸的熬两年，对咱们馋涎欲滴的美果只许看，不许碰。老想要而要不到，才磨人呢。倘若你面无血色，性格软绵绵的像条虫，那还不成问题；不幸咱们的血像狮子的一样滚烫，胃口奇好，一天可以胡闹二十次。这样你就受罪啦，受好天爷地狱里最凶的刑罚啦。就算你安分守己，只喝牛奶，做些哀伤的诗；可是熬尽了千辛万苦，憋着一肚子怨气之后，你总得，不管你怎样的胸襟高旷，先要在一个混蛋手下当代理检察，在什么破落的小城里：政府丢给你一千法郎薪水，好像把残羹冷饭扔给一条肉铺里的狗。你的职司是钉在小偷背后狂吠，替有钱的人辩护，把有心肝的送上断头台。你非这样不可！要没有靠山，你就在内地法院里发霉。到三十岁，你可以当一名年俸一千二的推事，倘若捧住饭碗的话。熬到四十岁，娶一个磨坊主人的女儿，带来六千上下的陪嫁。得啦，谢谢吧。要是有靠山，三十岁上你便是检察官，五千法郎薪水，娶的是区长的女儿。再玩一下卑鄙的政治手段，譬如读选举票，把自由党的玛虞哀念做保王党的维莱（既然押韵，用不着良心不安），你可以在四十岁上升做首席检察官，还能当议员。你要注意，亲爱的孩子，这么做是要咱们昧一下良心，吃二十年苦，无声无臭的受二十年难，咱们的姊妹只能当老姑娘终身。还得奉告一句：首席检察官的缺份，全法国统共只有二十个，候补的有两万，其中尽有些不要脸的，为了升官发财，不惜出卖妻儿子女。如果这一行你觉得倒胃口，那么再来瞧瞧旁的。特·拉斯蒂涅男爵有意当律师吗？噢！好极了！先得熬上十年，每月一千

---

① 苦役犯肩上黥印 T. F. 两个字母，是苦役二字的缩写。

高老头

法郎开销,要一套藏书,一间事务所,出去应酬,卑躬屈膝的巴结诉讼代理人,才能招揽案子,到法院去吃灰。要是这一行能够使你出头,那也罢了;可是你去问一问,五十岁左右每年挣五万法郎以上的律师,巴黎有没有五个?吓!与其受这样的委屈,还不如去当海盗。再说,哪儿来的本钱?这都泄气得很。不错,还有一条出路是女人的陪嫁。哦,你愿意结婚吗?那等于把一块石头挂上自己的脖子。何况为了金钱而结婚,咱们的荣誉感,咱们的志气,又放到哪儿去?还不如现在就反抗社会!像一条蛇似的躺在女人前面,舐着丈母的脚,做出叫母猪也害臊的卑鄙事情,吓!这样要能换到幸福,倒还罢了。但这种情形之下娶来的老婆,会教你倒楣得像阴沟盖。跟自己的老婆斗还不如同男人打架。这是人生的三岔口,朋友,你挑吧。你已经挑定了,你去过表亲鲍赛昂家,嗅到了富贵气。你也去过高老头的女儿雷斯多太太家,闻到了巴黎妇女的味道。那天你回来,脸上明明白白写着几个字:往上爬!不顾一切的往上爬。我暗中叫好,心里想这倒是一个配我脾胃的汉子。你要用钱,哪儿去找呢?你抽了姊妹的血。做弟兄的多多少少全骗过姊妹的钱。你家乡多的是栗子,少的是洋钱,天知道怎么弄来的一千五百法郎,往外溜的时候跟大兵出门抢劫一样快,钱完了怎么办?用功吗?用功的结果,你现在明白了,是给波阿莱那等角色老来在伏盖妈妈家租间屋子。跟你情形相仿的四五万青年,此刻都有一个问题要解决:赶快挣一笔财产。你是其中的一个。你想:你们要怎样的拼命,怎样的斗争;势必你吞我,我吞你,像一个瓶里的许多蜘蛛,因为根本没有四五万个好缺份。你知道巴黎的人怎么打天下的?不是靠天才的光芒,就是靠腐蚀的本领。在这个人堆里,不像炮弹一般轰进去,就得像瘟疫一般钻进去。清白老实一无用处。在天才的威力之下,大家会屈服;先是恨他,毁谤他,因为他一口独吞,不肯分肥；可是他要坚持的话，大家便屈服了；总而言之，没法把你埋在土里的时候，就向你磕头。雄才大略是少有的，遍地风行的是腐化堕落。社会上多的是饭桶，而腐蚀便是饭桶的武器，你到处觉得有它的刀尖。有些男人，全部家私不过六千法郎薪水，老婆的衣着花到一万以上。收入只有一千二的小职员也会买田买地。你可以看到一些女人出卖身体，为的要跟贵族院议员的公子，坐了车到长野跑马场的中央大道上去奔驰。女儿有了五万法郎进款，可怜的脓包高老头还不得不替女儿还债，那是你亲眼目睹的。你试着瞧吧，在巴黎走两三步路要不碰到这一类的鬼玩艺才怪。我敢把脑袋跟这一堆生菜打赌，你要碰到什么你中意的女人，不管是谁，不管怎样有钱，美丽，年轻，你马上掉在黄蜂窝里。她们受着法律束缚，什么事都得跟丈夫明争暗斗。为了情人，衣著，孩子，家里的开销，虚荣，所玩的手段，简直说不完，反正不是为了高尚的动机。所以正人君子是大众的公敌。你知道什么叫做正人君子吗？在巴黎，正人君子是不声不响，不愿分赃的人。至于那批可怜的公共奴隶，到处做苦工而没有报酬的，还没有包括在内；我管他们叫做相信上帝的傻瓜。当然这是德行的最高峰，愚不可及的好榜样，同时也是苦海。倘若上帝开个玩笑，在最后审判时缺席一下，那些好人包你都要愁眉苦脸！因此，你要想快快发财，必须现在已经有钱，或者装做有钱。要弄大钱，就该大刀阔斧的干，要不就完事大吉。三百六十行中，倘使有十几个人成功得快，大家便管他们叫做贼。你自己去找结论吧。人生就是这么回事。跟厨房一样腥臭。要捞油水不能怕弄脏手，只消事后洗干净：今日所谓道德，不过是这一点。我这样议论社会是有权利的，因为我认识社会。你以为我责备社会吗？绝对不是。世界一向是这样的。道德家永远改变不了它。人是不完全的，不过他的作假有时多有时少，一般傻子便跟着说风俗淳

高老头

朴了,或是浇薄了。我并不帮平民骂富翁:上中下三等的人都是一样的人。这些高等野兽,每一百万中间总有十来个狠家伙,高高的坐在一切之上,甚至坐在法律之上,我便是其中之一。你要有种,你就扬着脸一直线往前冲。可是你得跟妒忌,毁谤,庸俗斗争,跟所有的人斗争。拿破仑碰到一个叫做奥勃里的陆军部长,差一点送他往殖民地①。你自己忖一忖吧!看你是否能每天早上起来,比隔夜更有勇气。倘然是的话,我可以给你提出一个谁也不会拒绝的计划。喂,你听着。我有个主意在这儿。我想过一种长老生活,在美国南部弄一大块田地,就算十万阿尔邦吧②。我要在那边种植,买奴隶,靠了卖牛,卖烟草,卖林木的生意挣他几百万,把日子过得像小皇帝一样;那样随心所欲的生活,蹲在这儿破窑里的人连做梦也做不到的。我是一个大诗人。我的诗不是写下来的,而是在行动和感情上表现的。此刻我有五万法郎,只够买四十名黑人。我需要二十万法郎,因为我要两百个黑人,才能满足我长老生活的瘾。黑人,你懂不懂?那是一些自生自发的孩子,你爱把他们怎办就怎办,决没有一个好奇的检察官来过问。有了这笔黑资本,十年之内可以挣到三四百万。我要成功了,就没有人盘问我出身。我就是四百万先生,合众国公民。那时我才五十岁,不至于发霉,我爱怎么玩儿就怎么玩儿。总而言之,倘若我替你弄到一百万陪嫁,你肯不肯给我二十万?两成佣金,不算太多吧?你可以教小媳妇儿爱你。一朝结了婚,你得表示不安,懊恼,半个月功夫装做闷闷不乐。然后,某一天夜里,先来一番装腔作势,再在两次亲吻之间,对你老婆说出有二

---

① 一七九四年的拿破仑被国防委员会委员奥勃里解除意大利方面军的炮兵指挥。

② 阿尔邦为古量度名,约等于三十至五十一亩,因地域而异。每亩合一百平方公尺。

傅雷译文集

十万的债，当然那时要把她叫做心肝宝贝啰！这种戏文天天都有一批最优秀的青年在搬演。一个少女把心给了你，还怕不肯打开钱袋吗？你以为你损失了吗？不。一桩买卖就能把二十万捞回来。凭你的资本，凭你的头脑，挣多大的家财都不成问题。于是乎①，你在六个月中间造成了你的幸福，造成了一个小娇娘的幸福，还有伏脱冷老头的幸福，还有你父母姊妹的幸福，他们此刻不是缺少木柴，手指冻得发疼吗？我的提议跟条件，你不用大惊小怪！巴黎六十件美满的婚姻，总有四十七件是这一类的交易。公证人公会曾经强逼某先生……"

"要我怎么办呢？"拉斯蒂涅急不可待的打断了伏脱冷的话。

"噢，用不着你多费心的。"伏脱冷回答的时候，那种高兴好比一个渔翁觉得鱼儿上了钩。"你听我说！凡是可怜的，遭难的女子，她的心等于一块极需要爱情的海绵，只消一滴感情，立刻膨胀。追求一个孤独，绝望，贫穷，想不到将来有大家私的姑娘，呃！那简直是拿了一手同花顺子②，或是知道了头奖的号码去买奖券，或是得了消息去做公债。你的亲事就像在三和土上打了根基。一朝有几百万家财落在那姑娘头上，她会当做泥土一般扔在你脚下，说道：'拿吧，我的心肝！拿吧，阿陶夫！阿弗莱！拿吧，欧也纳！'只消阿陶夫，阿弗莱，或者欧也纳有那聪明的头脑肯为她牺牲。所谓牺牲，不过是卖掉一套旧衣服，换几个钱一同上蓝钟饭铺吃一顿香菌包子；晚上再到滑稽剧院看一场戏；或者把表送往当铺，买一条披肩送她。那些爱情的小玩艺儿，无须跟你细说；多少女人都喜欢那一套，譬如写情书的时候，在信笺上洒几滴水冒充眼泪等等；我看你似乎完全懂得调情的把戏。

---

① 原文是拉丁文，旧时逻辑学及修辞学中的套头语，表示伏脱冷也念过书。

② 同花顺子为纸牌中最高级的大牌。

高老头

你瞧，巴黎仿佛新大陆上的森林，有无数的野蛮民族在活动，什么伊林诺人，许龙人，都在社会上靠打猎过活。你是个追求百万家财的猎人，得用陷阱，用鸟笛，用哨子去猎取。打猎的种类很多：有的猎取陪嫁；有的猎取破产后的清算①；有的出卖良心，有的出卖无法抵抗的定户②。凡是满载而归的人都被敬重，庆贺，受上流社会招待。说句公平话，巴黎的确是世界上最好客的城市。如果欧洲各大京城高傲的贵族，不许一个声名狼藉的百万富翁跟他们称兄道弟，巴黎自会对他张开臂抱，赴他的宴会，吃他的饭，跟他碰杯，祝贺他的丑事。"

"可是哪儿去找这样一个姑娘呢？"欧也纳问。

"就在眼前，听你摆布！"

"维多莉小姐吗？"

"对啦！"

"怎么？"

"她已经爱上你了，你那个特·拉斯蒂涅男爵夫人！"

"她一个子儿都没有呢。"欧也纳很诧异的说。

"噢！这个吗？再补上两句，事情就明白了。泰伊番老头在大革命时代暗杀过他的一个朋友；他是跟咱们一派的好汉，思想独往独来。他是银行家，弗莱特烈-泰伊番公司的大股东；他想把全部家产传给独养儿子，把维多莉一脚踢开。咱家我，可不喜欢这种不平事儿。我好似堂·吉诃德，专爱锄强扶弱。如果上帝的意志要召回他的儿子，泰伊番自会承认女儿；他好歹总要一个继承人，这又是人类天生的傻脾气；可是他不能再生孩子，我知道。维多莉温柔可爱，很快会把老子哄得回心转意，用感情弄得他团团转，像个德国陀螺似的。你对她的爱情，她感激万分，决

---

① 资本主义社会中有的商人是靠倒闭清算而发财的。
② 出卖良心是指受贿赂的选举，出卖定户指报馆老板出让报纸。

不会忘掉,她会嫁给你。我么,我来替天行道,教上帝发愿。我有个生死之交的朋友,洛阿军团①的上校,最近调进王家卫队。他听了我的话加入极端派的保王党:他才不是固执成见的糊涂蛋呢。顺便得忠告你一句,好朋友,你不能拿自己的话当真,也不能拿自己的主张当真。有人要收买你的主张,不妨出卖。一个自命为从不改变主张的人,是一个永远走直线的人,相信自己永远正确的大傻瓜。世界上没有原则,只有事故;没有法律,只有时势;高明的人同事故跟时势打成一片,任意支配。倘若真有什么固定的原则跟法律,大家也不能随时更换,像咱们换衬衫一样容易了。一个人用不着比整个民族更智慧。替法国出力最少的倒是受人膜拜的偶像,因为他老走激进的路;其实这等人至多只能放在博物院中跟机器一块儿,挂上一条标签,叫他做拉斐德②,至于被每个人丢石子的那位亲王,根本瞧不起人类,所以人家要他发多少誓便发多少誓;他却在维也纳会议中使法国免于瓜分;他替人挣了王冠,人家却把污泥丢在他脸上③。噢!什么事的底细我都明白;人家的秘密我知道的才多呢!不用多说了。只消有一天能碰到三个人对一条原则的运用意见一致,我就佩服,我马上可以采取一个坚决的主张;可是不知何年何月才有这么一天呢!对同一条法律的解释,法庭上就没有三个推事意见相同。言归正传,说我那个朋友吧。只消我开声口,他会把耶稣基督重新钉上十字架。凭我伏脱冷老头一句话,他会跟那个小子寻事,他——对可怜的妹子连一个子儿都不给,哼!——……然后……"

伏脱冷站起身子,摆着姿势,好似一个剑术教师准备开步的

---

① 滑铁卢一仗以后,拿破仑的一部分军队改编为洛阿军团。
② 拉斐德一生并无重大贡献而声名不衰,政制屡更,仍无影响。
③ 指泰勒朗,在拿破仑时代以功封为亲王,王政时代仍居显职,可谓三朝元老。路易十八能复辟,泰勒朗在幕后出了很大的力量。

高老头

功架：

"然后，请他回老家！"

"怕死人了！"欧也纳道。"你是开玩笑吧，伏脱冷先生？"

"呦！呦！呦！别紧张。"他回答。"别那么孩子气，你要是愿意，尽管去生气，去冒火！说我恶棍、坏蛋、无赖、强盗，都行，只别叫我骗子，也别叫我奸细！来吧，开口吧，把你的连珠炮放出来吧！我原谅你，在你的年纪上那是挺自然的！我就是过来人！不过得仔细想一想。也许有一天你干的事比这个更要不得，你会去拍漂亮女人的马屁，接受她的钱。你已经在这么想了。因为你要不在爱情上预支，你的梦想怎么能成功？亲爱的大学生，德行是不可分割的，是则是，非则非，一点没有含糊。有人说罪过可以补赎，可以用忏悔来抵销！哼，笑话！为要爬到社会上的某一级而去勾引一个女人，离间一家的弟兄，总之为了个人的快活和利益，明里暗里所干的一切卑鄙勾当，你以为合乎信仰，希望，慈悲三大原则吗？一个纨绔子弟引诱未成年的孩子一夜之间丢了一半家产，凭什么只判两个月徒刑？一个可怜的穷鬼在加重刑罚的情节①中偷了一千法郎，凭什么就判终身苦役？这是你们的法律。没有一条不荒谬。戴了黄手套说漂亮话的人物，杀人不见血，永远躲在背后；普通的杀人犯却在黑夜里用铁棍撬门进去，那明明是犯了加重刑罚的条款了。我现在向你提议的，跟你将来所要做的，差别只在于见血不见血。你还相信世界上真有什么固定不变的东西！嗳！千万别把人放在眼里，倒应该研究一下法网上哪儿有漏洞。只要不是彰明较著发的大财，骨子里都是大家遗忘了的罪案，只是案子做得干净罢了。"

"别说了，先生，我不能再听下去，你要教我对自己都怀疑

---

① 加重刑罚的情节为法律术语，例如手持武器，夜入人家，在刑事上即为加重刑罚的情节。

了，这时我只能听感情指导。"

"随你吧，孩子。我只道你是个硬汉；我再不跟你说什么了。不过，最后交代你一句。"他目不转睛的瞪着大学生，"我的秘密交给你了。"

"不接受你计划，当然会忘掉的。"

"说得好，我听了很高兴。不是么，换了别人，就不会这么谨慎体贴了。别忘了我这番心意，等你半个月，要就办，不就算了。"

眼看伏脱冷夹着手杖，若无其事的走了。拉斯蒂涅不禁想道："好一个死心眼儿的家伙！特·鲍赛昂太太文文雅雅对我说的，他赤裸裸的说了出来。他拿钢铁般的利爪把我的心撕得粉碎。干么我要上特·纽沁根太太家去？我刚转好念头，他就猜着了。关于德行，这强盗坯三言两语告诉我的，远过于多少人物多少书本所说的。如果德行不允许妥协，我岂不是偷盗了我的妹妹？"

他把钱袋往桌上一扔，坐下来胡思乱想。

"忠于德行，就是做一个伟大的殉道者！喝！个个人相信德行，可是谁是有德行的？民众崇拜自由，可是自由的人民在哪儿？我的青春还像明净无云的蓝天，可是巴望富贵，不就是决定扯谎，屈膝，在地下爬，逢迎吹拍，处处作假吗？不就是甘心情愿听那般扯过谎，屈过膝，在地下爬过的人使唤吗？要加入他们的帮口，先得侍候他们。呸！那不行。我要规规矩矩，清清白白的用功，日以继夜的用功，凭劳力来挣我的财产。这是求富贵最慢的路，但我每天可以问心无愧的上床。白璧无瑕，像百合一样的纯洁，将来回顾一生的时候，岂不挺美？我跟人生，还像一个青年和他的未婚妻一样新鲜，伏脱冷却教我看到婚后十年的情景。该死！我越想越糊涂了。还是什么都不去想，听凭我的感情

高老头

指导吧。"

胖子西尔维的声音赶走了欧也纳的幻想，她报告说裁缝来了。他拿了两口钱袋站在裁缝前面，觉得这个场面倒也不讨厌。试过夜礼服，又试一下白天穿的新装，他马上变了一个人。

他心上想："还怕比不上特·脱拉伊？还不是一样的绅士气派？"

"先生。"高老头走进欧也纳的屋子说，"你可是问我特·纽沁根太太上哪些地方应酬吗？"

"是啊。"

"下星期一，她要参加特·加里里阿诺元帅的跳舞会。要是你能够去，请你回来告诉我，她们姊妹俩是不是玩得痛快，穿些什么衣衫，总之，你要样样说给我听。"

"你怎么知道的？"欧也纳让他坐在火炉旁边问他。

"她的老妈子告诉我的。从丹兰士和公斯当斯①那边，我打听出她们的一举一动。"他像一个年轻的情人因为探明了情妇的行踪，对自己的手段非常得意。"你可以看到她们了，你！"他的艳羡与痛苦都天真的表现了出来。

"还不知道呢。"欧也纳回答。"我要去见特·鲍赛昂太太，问她能不能把我介绍给元帅夫人。"

欧也纳想到以后能够穿着新装上子爵夫人家，不由得暗中欢喜。伦理学家所谓人心的深渊，无非指一些自欺欺人的思想，不知不觉只顾自己利益的念头。那些突然的变化，来一套仁义道德的高调，又突然回到老路上去，都是迎合我们求快乐的愿望的。眼看自己穿扮齐整，手套靴子样样合格之后，拉斯蒂涅又忘了敦品励学的决心。青年人陷于不义的时候，不敢对良心的镜子照一

---

① 丹兰士是特·纽沁根太太的女佣人，公斯当斯是特·雷斯多太太的女佣人。

照；成年人却不怕正视；人生两个阶段的不同完全在于这一点。

几天以来，欧也纳和高老头这对邻居成了好朋友。他们心照不宣的友谊，伏脱冷和大学生的不投机，其实都出于同样的心理。将来倘有什么大胆的哲学家，想肯定我们的感情对物质世界的影响，一定能在人与动物的关系中找到不少确实的例子，证明感情并不是抽象的。譬如说，看相的人推测一个人的性格，决不能一望而知，像狗知道一个陌生人对它的爱憎那么快。有些无聊的人想淘汰古老的字眼，可是物以类聚这句成语始终挂在每个人的嘴边。受到人家的爱，我们是感觉到的。感情在无论什么东西上面都能留下痕迹，并且能穿越空间。一封信代表一颗灵魂，等于口语的忠实的回声，所以敏感的人把信当做爱情的至宝。高老头的盲目的感情，已经把他像狗一样的本能发展到出神入化，自然能体会大学生对他的同情，钦佩和好意。可是初期的友谊还没有到推心置腹的阶段。欧也纳以前固然表示要见特·纽沁根太太，却并不想托老人介绍，而仅仅希望高里奥漏出一点儿口风给他利用。高老头也直到欧也纳访问了阿娜斯大齐和特·鲍赛昂太太回来，当众说了那番话，才和欧也纳提起女儿。他说：

"亲爱的先生，你怎么能以为说出了我的名字，特·雷斯多太太便生你的气呢？两个女儿都很孝顺，我是个幸福的父亲。只是两个女婿对我不好。我不愿意为了跟女婿不和，教两个好孩子伤心；我宁可暗地里看她们。这种偷偷摸摸的快乐，不是那些随时可以看到女儿的父亲所能了解的。我不能那么办，你懂不懂？所以碰到好天气，先问过老妈子女儿是否出门，我上天野大道去等。车子来的时候，我的心跳起来；看她们穿扮那么漂亮，我多高兴。她们顺便对我笑一笑，噢！那就像天上照下一道美丽的阳光，把世界镀了金。我呆在那儿，她们还要回来呢。是呀，我又看见她们了！呼吸过新鲜空气，脸蛋儿红红的。周围的人说：

'哦！多漂亮的女人！'我听了多开心。那不是我的亲骨血吗？我喜欢替她们拉车的马，我愿意做她们膝上的小狗。她们快乐，我才觉得活得有意思。各有各的爱的方式，我那种爱又不妨碍谁，干么人家要管我的事？我有我享福的办法。晚上去看女儿出门上跳舞会，难道犯法吗？要是去晚了，知道'太太已经走了'，那我才伤心死呢！有一晚我等到清早三点，才看到两天没有见面的娜齐。我快活得几乎晕过去！我求你，以后提到我，一定得说我女儿孝顺。她们要送我各式各样的礼物，我把她们拦住了，我说：'不用破费呀！我要那些礼物干什么？我一样都不缺少。'真的，亲爱的先生，我是什么东西？不过是一个臭皮囊罢了，只是一颗心老跟着女儿。"

那时欧也纳想出门先上蒂勒黎公园溜溜，然后到了时间去拜访特·鲍赛昂太太。高老头停了一忽又说："将来你见过了特·纽沁根太太，告诉我你在两个之中更喜欢哪一个。"

这次的散步，是欧也纳一生的关键。有些女人注意到他了：他那么美，那么年轻，那么体面，那么风雅！一看到自己成为路人赞美的目标，立刻忘了被他罗掘一空的姑母姊妹，也忘了良心的指责。他看见头上飞过那个极像天使的魔鬼，五色翅膀的撒旦，一路撒着红宝石，把黄金的箭射在宫殿前面，把女人们穿得大红大紫，把简陋的王座蒙上恶俗的光彩；他听着那个虚荣的魔鬼唠叨，把虚幻的光彩认为权势的象征。伏脱冷的议论尽管那样的玩世不恭，已经深深的种在他心头，好比处女的记忆中有个媒婆的影子，对她说过："黄金和爱情，滔滔不尽！"

懒洋洋的溜达到五点左右，欧也纳去见特·鲍赛昂太太，不料碰了个钉子，青年人无法抵抗的那种钉子。至此为止，他觉得子爵夫人非常客气，非常殷勤；那是贵族教育的表现，不一定有什么真情实意的。他一进门，特·鲍赛昂太太便做了一个不高兴的姿势，冷冷的说：

"特·拉斯蒂涅先生，我不能招待你，至少在这个时候！我忙得很……"

对于一个能察言观色的人，而拉斯蒂涅已经很快的学会了这一套，这句话，这个姿势，这副眼光，这种音调，源源本本说明了贵族阶级的特性和习惯；他在丝绒手套下面瞧见了铁掌，在仪态万方之下瞧见了本性和自私，在油漆之下发现了木料。总之他听见了从王上到末等贵族一贯的口气：我是王。以前欧也纳把她的话过于当真，过于相信她的心胸宽大。不幸的人只道恩人与受恩的人是盟友，以为一切伟大的心灵完全平等。殊不知使恩人与受恩的人同心一体的那种慈悲，是跟真正的爱情同样绝无仅有，同样不受了解的天国的热情。两者都是优美的心灵慷慨豪爽的表现。拉斯蒂涅一心想踏进特·加里里阿诺公爵夫人的舞会，也就忍受了表姊的脾气。

"太太。"他声音颤巍巍的说，"没有要紧事儿，我也不敢来惊动你，你包涵点儿吧，我回头再来。"

"行，那么你来吃饭吧。"她对刚才的严厉有点不好意思了；因为这位太太的好心的确不下于她的高贵。

虽则突然之间的转圜使欧也纳很感动，他临走仍不免有番感慨："爬就是了，什么都得忍受。连心地最好的女子一刹那间也会忘掉友谊的诺言，把你当破靴似的扔掉，旁的女人还用说吗？各人自扫门前雪，想不到竟是如此！不错，她的家不是铺子，我不该有求于她。真得像伏脱冷所说的，像一颗炮弹似的轰进去！"

想到要在子爵夫人家吃饭的快乐，大学生的牢骚不久也就没有了。就是这样，好似命中注定似的，他生活中一切琐琐碎碎的事故，都逼他如伏脱冷所说的，在战场上为了不被人杀而不得不杀人，为了不受人骗而不得不骗人，把感情与良心统统丢开，戴

高老头

上假面具,冷酷无情的玩弄人,神不知鬼不觉的去猎取富贵。

他回到子爵夫人家,发见她满面春风,又是向来的态度了。两人走进饭厅,子爵早已等在那儿。大家知道,王政时代是饮食最奢侈的时代。特·鲍赛昂先生什么都玩腻了,除了讲究吃喝以外,再没有旁的嗜好;他在这方面跟路易十八和台斯加公爵[①]是同道。他饭桌上的奢侈是外表和内容并重的。欧也纳还是第一遭在世代簪缨之家用餐,没有见识过这等场面。舞会结束时的宵夜餐在帝政时代非常时行,军人们非饱餐一顿,养足精神,应付不了国内国外的斗争。当时的风气把这种宵夜餐取消了。欧也纳过去只参加过舞会。幸亏他态度持重,——将来他在这一点上很出名的,而那时已经开始有些气度,——并没显得大惊小怪。可是眼见镂刻精工的银器,席面上那些说不尽的讲究,第一次领教到毫无声响的侍应:一个富于想象的人怎么能不羡慕无时无刻不高雅的生活,而不厌弃他早上所想的那种清苦生涯呢!他忽然想到公寓的情形,觉得厌恶之极,发誓正月里非搬家不可:一则换一所干净的屋子,一则躲开伏脱冷,免得精神上受他的威胁。头脑清楚的人真要问,巴黎既有成千成万,有声无声的伤风败俗之事,怎么国家会如此糊涂,把学校放在这个城里,让青年人聚集在一起?怎么美丽的妇女还会受到尊重?怎么兑换商堆在铺面上的黄金不至于从木钟[②]里不翼而飞?再拿青年人很少犯罪的情形来看,那些耐心的饥荒病者拼命压止馋痨的苦功,更令人佩服了!穷苦的大学生跟巴黎的斗争,好好描写下来,便是现代文明最悲壮的题材。

[①] 台斯加公爵生于一七四七年;一七七四年为宫中掌膳大臣。路易十八复辟后,仍任原职,以善于烹调著名。相传某次与王共同进膳后以不消化病卒。路易十八闻讯,自诩"胃力比那个可怜的台斯加强多了"。

[②] 木钟为当时兑换商堆放金币之器物,有如吾国旧时之钱板。

特·鲍赛昂太太瞅着欧也纳逗他说话，他却始终不肯在子爵面前开一声口。

"你今晚陪我上意大利剧院去吗？"子爵夫人问她的丈夫。

"能够奉陪在我当然是桩快乐的事。"子爵的回答殷勤之中带点儿俏皮，欧也纳根本没有发觉。"可惜我要到多艺剧院去会朋友。"

"他的情妇喽。"她心里想。

"阿瞿达今晚不来陪你吗？"子爵问。

"不。"她回答的神气不大高兴。

"嗳，你一定要人陪的话，不是有拉斯蒂涅先生在这里吗？"

子爵夫人笑盈盈的望着欧也纳，说道："对你可不大方便吧？"

"夏多勃里昂先生说过：法国人喜欢冒险，因为冒险之中有光荣。"欧也纳弯了弯身子回答。

过了一会，欧也纳坐在特·鲍赛昂太太旁边，给一辆飞快的轿车送往那个时髦剧院。他走进一个正面的包厢，和子爵夫人同时成为无数手眼镜的目标，子爵夫人的装束美艳无比。欧也纳几乎以为进了神仙世界。再加销魂荡魄之事接踵而至。

子爵夫人问道："你不是有话跟我说吗？呦！你瞧，特·纽沁根太太就离我们三个包厢。她的姊姊同特·脱拉伊先生在另外一边。"

子爵夫人说着对洛希斐特小姐的包厢瞟了一眼，看见特·阿瞿达先生并没在座，顿时容光焕发。

"她可爱得很。"欧也纳瞧了瞧特·纽沁根太太。

"她的眼睫毛黄得发白。"

"不错，可是多美丽的细腰身！"

"手很大。"

"噢！眼睛美极了！"

"脸太长。"

"长有长的漂亮。"

"真的吗？那是她运气了。你瞧她手眼镜举起放下的姿势！每个动作都脱不了高里奥气息。"子爵夫人这些话使欧也纳大为诧异。

特·鲍赛昂太太擎着手眼镜照来照去，似乎并没注意特·纽沁根太太，其实是把每个举动瞧在眼里。剧院里都是漂亮人物。可是特·鲍赛昂太太的年轻，俊俏，风流的表弟，只注意但斐纳·特·纽沁根一个，叫但斐纳看了着实得意。

"先生，你对她尽瞧下去，要给人家笑话了。这样不顾一切的死盯人是不会成功的。

"亲爱的表姊，我已经屡次承蒙你照应，倘使你愿意成全我的话，只请你给我一次惠而不费的帮助。我已经入迷了。"

"这么快？"

"是的。"

"就是这一个吗？"

"还有什么旁的地方可以施展我的抱负呢？"他对表姊深深的望了一眼，停了一忽又道："特·加里里阿诺公爵夫人跟特·斐里夫人很要好。你见到她的时候，请你把我介绍给她，带我去赴她下星期一的跳舞会。我可以在那儿碰到特·纽沁根太太，试试我的本领。"

"好吧，既然你已经看中她，你的爱情一定顺利。瞧，特·玛赛在特·迦拉蒂沃纳公主的包厢里。特·纽沁根太太在受罪啦，她气死啦。要接近一个女人，尤其银行家的太太，再没比这个更好的机会了。唐打区的妇女都是喜欢报复的。"

"你碰到这情形又怎么办？"

"我么，我就不声不响的受苦。"

这时特·阿瞿达侯爵走进特·鲍赛昂太太的包厢。

他说："因为要来看你，我把事情都弄糟啦，我先提一声，免得我白白牺牲。"

欧也纳觉得子爵夫人脸上的光辉是真爱情的表示，不能同巴黎式的调情打趣，装腔作势混为一谈。他对表姊钦佩之下，不说话了，叹了口气把座位让给阿瞿达，心里想："一个女人爱到这个地步，真是多高尚，多了不起！这家伙为了一个玩具式的娃娃把她丢了，真教人想不通。"他像小孩子一样气愤之极，很想在特·鲍赛昂太太脚下打滚，恨不得有魔鬼般的力量把她抢到自己心坎里，像一只鹰在平原上把一头还没断奶的小白山羊抓到窝里去。在这个粉白黛绿的博物院中没有一幅属于他的画，没有一个属于他的情妇，他觉得很委屈。他想："有一个情妇等于有了王侯的地位，有了权势的标识！"他望着特·纽沁根太太，活像一个受了侮辱的男子瞪着敌人。子爵夫人回头使了个眼色，对他的知情识趣表示不胜感激。台上第一幕刚演完。

她问阿瞿达："你和特·纽沁根太太相熟，可以把拉斯蒂涅先生介绍给她吗？"

侯爵对欧也纳说："哦，她一定很高兴见见你的。"

漂亮的葡萄牙人起身挽着大学生的手臂，一眨眼便到了特·纽沁根太太旁边。

"男爵夫人。"侯爵说道，"我很荣幸能够给你介绍这位欧也纳·特·拉斯蒂涅骑士，特·鲍赛昂太太的表弟。他对你印象非常深刻，我有心成全他，让他近前来瞻仰瞻仰他的偶像。"

这些话多少带点打趣和唐突的口吻，可是经过一番巧妙的掩饰，永远不会使一个女人讨厌。特·纽沁根太太微微一笑，把丈夫刚走开而留下的座位让欧也纳坐下了。

她说:"我不敢请你留在这儿,一个人有福分跟特·鲍赛昂太太在一起,是不肯走开的。"

"可是,太太。"欧也纳低声回答,"如果我要讨表姊的欢心,恐怕就该留在你身边。"他又提高嗓子:"侯爵来到之前,我们正谈着你,谈着你大方高雅的风度。"

特·阿瞿达先生抽身告辞了。

"真的,先生,你留在我这儿吗?"男爵夫人说。"那我们可以相熟了,家姊和我提过你,真是久仰得很!"

"那么她真会作假,她早已把我挡驾了。"

"怎么呢?"

"太太,我应当把原因告诉你;不过要说出这样一桩秘密,先得求你包涵。我是令尊大人的邻居,当初不知道特·雷斯多太太是他的女儿。我无意中,冒冒失失提了一句,把令姊和令姊夫得罪了。你真想不到,特·朗日公爵夫人和我的表姊,认为这种背弃父亲的行为多么不合体统。我告诉她们经过情形,她们笑坏了。特·鲍赛昂太太把你同令姊做比较,说了你许多好话,说你待高里奥先生十分孝顺。真是,你怎么能不孝顺他呢?他那样的疼你,叫我看了忌妒。今儿早上我和令尊大人谈了你两小时。刚才陪表姊吃饭的时候,我脑子里还装满了令尊的那番话,我对表姊说:'我不相信你的美貌能够跟你的好心相比。大概看到我对你这样仰慕,特·鲍赛昂太太才特意带我上这儿来,以她那种惯有的殷勤对我说,我可以有机会碰到你。'"

"先生。"银行家太太说,"承你的情,我感激得很。不久我们就能成为老朋友了。"

"你说的友谊固然不是泛泛之交,我可永远不愿意做你的朋友。"

初出茅庐的人这套印版式的话,女人听了总很舒服,唯有冷静的头脑才会觉得这话空洞贫乏。一个青年人的举动，音调，目光，使那些废话变得有声有色。特·纽沁根太太觉得拉斯蒂涅风流潇洒。她像所有的女子一样，没法回答大学生那些单刀直入的话，扯到旁的事情上去了。

"是的，姊姊对可怜的父亲很不好。他却是像上帝一样的疼我们。特·纽沁根先生只许我在白天接待父亲，我没有法儿才让步的。可是我为此难过了多少时候，哭了多少回。除了平时虐待之外，这种霸道也是破坏我们夫妇生活的一个原因。旁人看我是巴黎最幸福的女子，实际却是最痛苦的。我对你说这些话，你一定以为我疯了。可是你认识我父亲，不能算外人了。"

"噢！"欧也纳回答，"像我这样愿意把身心一齐捧给你的人，你永远不会碰到第二个。你不是要求幸福么？"他用那种直扣心弦的声音说。"啊！如果女人的幸福是要有人爱，有人疼；有一个知己可以诉说心中的欲望，梦想，悲哀，喜悦；把自己的心，把可爱的缺点和美妙的优点一齐显露出来，不怕被人拿去利用；那么请相信我，这颗赤诚的心只能在一个年轻的男子身上找到，因为他有无穷的幻想，只消你有一点儿暗示，他便为你赴汤蹈火；他还不知道天高地厚，也不想知道，因为你便是他整个的世界。我啊，请不要笑我幼稚，我刚从偏僻的内地来，不懂世故，只认识一般心灵优美的人；我没有想到什么爱情。承我的表姊瞧得起，把我看做心腹；从她那儿我才体会到热情的宝贵；既然没有一个女人好让我献身，我就像希吕彭①一样爱慕所有的女人。可是我刚才进来一看见你，便像触电似的被你吸住了。我想你已经想了好久！可做梦也想不到你会这样的美。特·鲍赛昂太太叫我别尽瞧着你，她可不知道你美丽的红唇，洁白的皮色，温柔的

---

① 十八世纪博马舍的喜剧《费加罗的婚礼》中的人物，年少风流，善于钟情。

眼睛，叫人没有法子不看。你瞧，我也对你说了许多疯话，可是请你让我说吧。"

女人最喜欢这些絮絮叨叨的甜言蜜语，连最古板的妇女也会听进去，即使她们不应该回答。这么一开场，拉斯蒂涅又放低声音，说了一大堆体己话；特·纽沁根太太的笑容明明在鼓励他。她不时对特·迦拉蒂沃纳公主包厢里的特·玛赛瞟上一眼，拉斯蒂涅陪着特·纽沁根太太，直到她丈夫来找她回去的时候。

"太太。"欧也纳说，"在特·加里里阿诺公爵夫人的舞会之前，我希望能够去拜访你。"

"既然内人请了你，她一定欢迎你的。"特·纽沁根男爵说。一看这个臃肿的亚尔萨斯人的大圆脸，你就知道他是个老奸巨猾。

特·鲍赛昂太太站起来预备和阿瞿达一同走了。欧也纳一边过去作别，一边想："事情进行得不错；我对她说'你能不能爱我？'她并不怎么吃惊。缰绳已经扣好，只要跳上去就行了。"他不知道男爵夫人根本心不在焉，正在等特·玛赛的一封信，一封令人心碎的决裂的信。欧也纳误会了这意思，以为自己得手了，满心欢喜，陪子爵夫人走到戏院外边的廊下，大家都在那儿等车。

欧也纳走后，阿瞿达对子爵夫人笑着说："你的表弟简直换了一个人。他要冲进银行去了。看他像鳗鱼一般灵活，我相信他会抖起来的。也只有你会教他挑中一个正需要安慰的女人。"

"可是。"特·鲍赛昂太太回答，"先得知道她还爱不爱丢掉她的那一个。"

欧也纳从意大利剧院走回圣·日内维新街，一路打着如意算盘。他刚才发现特·雷斯多太太注意他，不管他在子爵夫人的包厢里，还是在特·纽沁根太太包厢里，他料定从此那位伯爵夫人不会再把他挡驾了。他也预算一定能够讨元帅夫人喜欢，这样他在巴黎高等社会的中心就有了四个大户人家好来往。他已经懂得，虽然还不知道用什么方法，在这个复杂的名利场中，必须抓住一个机钮，才能高高在上的控制机器；而他自问的确有教轮子搁浅的力量。"倘若特·纽沁根太太对我有意，我会教她怎样控制她的丈夫。那家伙是做银钱生意的，可以帮我一下子发一笔大财。"这些念头，他并没想得这样露骨，他还不够老练，不能把局势看清，估计，细细的筹划；他的主意只像轻云一般在天空飘荡，虽没有伏脱冷的计划狠毒，可是放在良心的坩锅内熔化之下，也未必能提出多少纯粹的分子了。一般人就是从这一类的交易开始，终于廉耻荡然，而今日社会上也相习成风，恬不为怪。方正清白，意志坚强，嫉恶如仇，认为稍出常规便是罪大恶极的人物，在现代比任何时代都寥落了。过去有两部杰作代表这等清白的性格，一是莫里哀的阿赛斯德，一是比较晚近的华尔特·司各特的丁斯父子。也许性质相反的作品，把一个上流人物，一个野心家如何抹煞良心，走邪路，装了伪君子而达到目的，曲折折描写下来，会一样的美，一样的动人心魄。

拉斯蒂涅走到公寓门口，已经对纽沁根太太着了迷，觉得她身段窈窕，像燕子一样轻巧。令人心醉的眼睛，仿佛看得见血管而像丝织品一样细腻的皮肤，迷人的声音，金黄的头发，他都一一回想起来；也许他走路的时候全身的血活动了，使脑海中的形象格外富于诱惑性。他粗手粗脚的敲着高老头的房门，喊：

"喂，邻居，我见过但斐纳太太了。"

"在哪儿？"

"意大利剧院。"

"她玩得怎么样？请进来喔。"老人没穿好衣服就起来开了门，赶紧睡下。

高老头

"跟我说呀,她怎么样?"他紧跟着问。

欧也纳还是第一次走进高老头的屋子。欣赏过女儿的装束,再看到父亲住的丑地方,他不由得做了个出惊的姿势。窗上没有帘子,糊壁纸好几处受了潮气而脱落,卷缩,露出煤烟熏黄的石灰。老头儿躺在破床上,只有一条薄被,压脚的棉花毯是用伏盖太太的旧衣衫缝的。地砖潮湿,全是灰。窗子对面,一口旧红木柜子,带一点儿鼓形,铜拉手是蔓藤和花叶纠结在一处的形状;一个木板面子的洗脸架,放着脸盆和水壶,旁边是全套剃胡子用具。壁角放着几双鞋;床头小几,底下没有门,面上没有云石;壁炉没有生过火的痕迹,旁边摆一张胡桃木方桌,高老头毁掉镀金盘子就是利用桌上的横档。一口破书柜上放着高老头的帽子。这套破烂家具还包括两把椅子,一张草垫陷下去的大靠椅。红白方格的粗布床幔,用一条破布吊在天花板上。便是最穷的捐客住的阁楼,家具也比高老头在伏盖家用的好一些。你看到这间屋子会身上发冷,胸口发闷,像监狱里阴惨惨的牢房。幸而高老头没有留意欧也纳把蜡烛放在床几上时的表情。他翻了个身,把被窝一直盖到下巴颏儿。

"哎,你说,两姊妹你喜欢哪一个?"

"我喜欢但斐纳太太。"大学生回答,"因为她对你更孝顺。"

听了这句充满感情的话,老人从床上伸出胳膊,握着欧也纳的手,很感动的说:

"多谢多谢,她对你说我什么来着?"

大学生把男爵夫人的话背了一遍,渲染一番,老头儿好像听着上帝的圣旨。

"好孩子!是呀,是呀,她很爱我啊。可是别相信她说阿娜斯大齐的话,姊妹俩为了我彼此忌妒,你明白么?这更加证明她们的孝心。娜齐也很爱我,我知道的。父亲对儿女,就跟上帝对

113

咱们一样。他会钻到孩子们的心底里去，看他们存心怎么样。她们两人心地一样好。噢！要再有两个好女婿，不是太幸福了吗？世界上没有全福的。倘若我住在她们一起，只要听到她们的声音，知道她们在那儿，看到她们走进走出，像从前在我身边一样，那我简直乐死了。她们穿得漂亮吗？"

"漂亮。可是，高里奥先生，既然你女儿都嫁得这么阔，你怎么还住在这样一个贫民窟里？"

"嘿。"他装做满不在乎的神气说，"我住得再好有什么相干？这些事情我竟说不上来；我不能接连说两句有头有尾的话。总而言之，一切都在这儿。"他拍了拍心窝。"我么，我的生活都在两个女儿身上。只要她们能玩儿，快快活活，穿得好，住得好；我穿什么衣服，睡什么地方，有什么相干？反正她们暖和了，我就不觉得冷；她们笑了，我就不会心烦；只有她们伤心了我才伤心。你有朝一日做了父亲，听见孩子们喊喊喳喳，你心里就会想：'这是从我身上出来的！'你觉得这些小生命每滴血都是你的血，是你的血的精华，——不是么！甚至你觉得跟她们的皮肉连在一块儿，她们走路，你自己也在动作。无论哪儿都有她们的声音在答应我。她们眼神有点儿不快活，我的血就冻了。你终有一天知道，为了她们的快乐而快乐，比你自己快乐更快乐。我不能向你解释这个，只能说心里有那么一股劲，教你浑身舒畅。总之，我一个人过着三个人的生活。我再告诉你一件古怪事儿好不好？我做了父亲，才懂得上帝。他无处不在，既然世界是从他来的。先生，我对女儿便是这样的无处不在。不过我爱我的女儿，还胜过上帝爱人类：因为人不像上帝一样的美，我的女儿却比我美得多。我跟她们永远心贴着的，所以我早就预感到，你今晚会碰到她们。天哪！要是有个男人使我的小但斐纳快活，把真正的爱情给她，那我可以替那个男人擦靴子，跑腿。我从她老妈子那

高老头

里知道,特·玛赛那小子是条恶狗,我有时真想扭断他的脖子。哼,他竟不知道爱一个无价之宝的女人,夜莺般的声音,生得像天仙一样!只怪她没有眼睛,嫁了个亚尔萨斯死胖子。姊妹俩都要俊俏温柔的后生才配得上;可是她们的丈夫都是她们自己挑的。"

那时高老头伟大极了。欧也纳从没见过他表现那种慈父的热情。感情有股熏陶的力量;一个人不论如何粗俗,只要表现出一股真实而强烈的情感,就有种特殊的气息,使容貌为之改观,举动有生气,声音有音色。往往最蠢的家伙,在热情鼓动之下,即使不能在言语上,至少能在思想上达到雄辩的境界,他仿佛在光明的领域内活动。那时老人的声音举止,感染力不下于名演员。归根结蒂,我们优美的感情不就是意志的表现么?

"告诉你。"欧也纳道,"她大概要跟特·玛赛分手了,你听了高兴吗?那花花公子丢下她去追迦拉蒂沃纳公主。至于我,我今晚已经爱上了但斐纳太太。"

"哦!"高老头叫着。

"是呀。她并不讨厌我。咱们谈情谈了一小时,后天星期六我要去看她。"

"哦!亲爱的先生,倘使她喜欢你,我也要喜欢你呢!你心肠好,不会给她受罪。你要欺骗她,我就割掉你的脑袋。一个女人一生只爱一次,你知道不知道?天!我尽说傻话,欧也纳先生。你在这儿冷得很。哎啊!你跟她谈过话喽,她教你对我说些什么呢?"

"一句话也没有。"欧也纳心里想,可是他高声回答:"她告诉我,说她很亲热的拥抱你。"

"再见吧,邻居。希望你睡得好,做好梦。凭你刚才那句话,我就会做好梦了。上帝保佑你万事如意!今晚你简直是我的好天使,我在你身上闻到了女儿的气息。"

欧也纳睡下时想道:"可怜的老头儿,哪怕铁石心肠也得被他感动呢。他的女儿可一点没有想到他,当他外人一样。"

自从这次谈话以后,高老头把他的邻居看做一个朋友,一个意想不到的心腹。他们的关系完全建筑在老人的父爱上面;没有这一点,高老头跟谁也不会亲近的。痴情汉的计算从来不会错误。因为欧也纳受到但斐纳的重视,高老头便觉得跟这个女儿更亲近了些,觉得她对自己的确更好一些。并且他已经把这个女儿的痛苦告诉欧也纳,他每天都要祝福一次的但斐纳从来没有得到甜蜜的爱情。照他的说法,欧也纳是他遇到的最可爱的青年,他也似乎预感到,欧也纳能给但斐纳从来未有的快乐。所以老人对邻居的友谊一天天的增加,要不然,我们就无从得知这件故事的终局了。

第二天,高老头在饭桌上不大自然的瞧着欧也纳的神气,和他说的几句话,平时同石膏像一样而此刻完全改变了的面容,使同住的人大为奇怪。伏脱冷从密谈以后还是初次见到大学生,似乎想猜透他的心思。隔夜睡觉之前,欧也纳曾经把眼前阔大的天地估量一番,此刻记起伏脱冷的计划,自然联想到泰伊番小姐的陪嫁,不由得瞧着维多莉,正如一个极规矩的青年瞧一个有钱的闺女。碰巧两人的眼睛遇在一块。可怜的姑娘当然觉得欧也纳穿了新装挺可爱。双方的目光意义深长,拉斯蒂涅肯定自己已经成为她心目中的对象;少女们不是都有些模糊的欲望,碰到第一个迷人的男子就想求得满足吗?欧也纳听见有个声音在耳边叫:"八十万!八十万!"可是又突然想到隔夜的事,认为自己对纽沁根太太别有用心的热情,确乎是一帖解毒剂,可以压制他不由自主的邪念。

他说:"昨天意大利剧院演唱洛西尼的《赛维尔的理发匠》,我从没听过那么美的音乐。喝!在意大利剧院有个包厢多舒服!"

高老头

高老头听了,马上竖起耳朵,仿佛一条狗看到了主人的动作。

"你们真开心。"伏盖太太说,"你们男人爱怎么玩儿就怎么玩儿。"

"你怎么回来的?"伏脱冷问。

"走回来的。"

"哼。"伏脱冷说,"要玩就得玩个痛快。我要坐自己的车,上自己的包厢,舒舒服服的回来。要就全套,不就拉倒!这是我的口号。"

"这才对啦。"伏盖太太凑上一句。

"你要到特·纽沁根太太家去吧。"欧也纳低声对高里奥说。"她一定很高兴看到你,会向你打听我许多事。我知道她一心希望我的表姊特·鲍赛昂子爵夫人招待她。你不妨告诉她,说我太爱她了,一定使她满足。"

拉斯蒂涅赶紧上学校,觉得在这所怕人的公寓里耽得越少越好。他差不多闲荡了一整天,头里热烘烘的,像抱着热烈的希望的年轻人一样。他在卢森堡公园内从伏脱冷的议论想开去,想到社会和人生,忽然碰到他的朋友皮安训。

"你干么一本正经的板着脸?"医学生说着,抓着他的胳膊往卢森堡宫前面走去。

"脑子里尽想些坏念头,苦闷得很。"

"什么坏念头?那也可以治啊。"

"怎么治?"

"只要屈服就行了。"

"你不知道怎么回事,只管打哈哈。你念过卢梭没有?"

"念过。"

"他著作里有一段,说倘使身在巴黎,能够单凭一念之力,

傅雷译文集

在中国杀掉一个年老的满大人①,因此发财;读者打算怎么办?你可记得?"

"记得。"

"那么你怎么办。"

"噢!满大人我已经杀了好几打了。"

"说正经话,如果真有这样的事,只消你点点头就行,你干不干?"

"那满大人是不是老得很了?呃,老也罢,少也罢,痨病也罢,健康也罢,我吗,吓!我不干。"

"你是个好人,皮安训。不过要是你爱上一个女人,爱得你肯把灵魂翻身,而你非得有钱,有很多的钱,供给她衣著,车马,满足她一切想入非非的欲望,那你怎么办?"

"嗳,你拿走了我的理性,还要我用理性来思想!"

"皮安训,我疯了,你把我治一治吧。我有两个妹子,又美又纯洁的天使,我要她们幸福。从今起五年之间,哪儿去弄二十万法郎给她们做陪嫁?你瞧,人生有些关口非大手大脚赌一下不可,不能为了混口苦饭吃而蹉跎了幸福。"

"每个人踏进社会的时候都遇到这种问题。而你想快刀斩乱麻,马上成功。朋友,要这样干,除非有亚历山大那样的雄才大略,要不然你会坐牢。我么,我情愿将来在内地过平凡的生活,老老实实接替父亲的位置。在最小的小圈子里,跟在最大的大环境里,感情同样可以得到满足。拿破仑吃不了两顿晚饭,他的情妇也不能比加波桑医院的实习医生多几个。咱们的幸福,朋友,离不了咱们的肉体;幸福的代价每年一百万也罢,两千法郎也罢,实际的感觉总是那么回事。所以我不想要那个中国人的

---

① 十八、十九世纪的法国人通常把中国的大官称为"满大人",因为那时是清王朝。

性命。"

"谢谢你,皮安训,我听了你的话怪舒服。咱们永远是好朋友。"

"喂。"医学生说,"我刚才在植物园上完居维哀①的课出来,看见米旭诺和波阿莱坐在一张凳上,同一个男人谈话。去年国会附近闹事的时候,我见过那家伙,很像一个暗探,冒充靠利息过活的布尔乔亚。你把米旭诺和波阿莱研究一下吧,以后我再告诉你为什么。再见,我要去上四点钟的课了。"

欧也纳回到公寓,高老头正等着他。

"你瞧。"那老人说,"她有信给你。你看她那一笔字多好!"

欧也纳拆开信来。

先生,家严说你喜欢意大利音乐,如果你肯赏光驾临我的包厢,我将非常欣幸。星期六我们可以听到福杜和班莱葛里尼②,相信你不会拒绝的。特·纽沁根先生和我,一致请你到舍间来用便饭。倘蒙俯允,他将大为高兴,因为他可以摆脱丈夫的苦役,不必再陪我上戏院了。毋须赐复,但候光临,并请接受我的敬意。

D·N·

欧也纳念完了信,老人说:"给我瞧瞧。"他嗅了嗅信纸又道:"你一定去的,是不是?嗯,好香!那是她手指碰过的啊?"

欧也纳私下想:"照理女人不会这样进攻男人的。她大概想

---

① 居维哀(1769—1832),著名博物学者。从十八世纪末期起,巴黎的"植物园"亦称"博物馆",设有生物,化学,植物学等等的自然科学讲座及实验室。

② 前者为女高音,后者为男低音,都是当时有名的歌唱家。

利用我来挽回特·玛赛，心中有了怨恨才会做出这种事来。"

"喂，你想什么呀？"高老头问。

欧也纳不知道某些女子的虚荣简直像发狂一样，为了踏进圣·日耳曼区阀阅世家的大门，一个银行家的太太作什么牺牲都肯。那时的风气，能出入圣·日耳曼区贵族社会的妇女，被认为高人一等。大家把那个社会的人叫做小王宫的太太们，领袖群伦的便是特·鲍赛昂太太，特·朗日公爵夫人，特·莫弗利纳士公爵夫人。唐打区的妇女想挤进那个群星照耀的高等社会的狂热，只有拉斯蒂涅一个人不曾得知。但他对但斐纳所存的戒心，对他不无好处，因为他能保持冷静，能够向人家提出条件而不至于接受人家的条件。

"噢！是的，我一定去。"欧也纳回答高老头。

因此他是存着好奇心去看纽沁根太太，要是那女的瞧他不起，他反而要为了热情冲动而去了。虽然如此，他还是心焦得很，巴不得明天出发的时间快点儿来到。青年人初次弄手段也许和初恋一样甜蜜。胜券可操的把握使人喜悦不尽，这种喜悦男人并不承认，可是的确造成某些妇女的魅力。容易成功和难于成功同样能刺激人的欲望。两者都是引起或者培养男子的热情的。爱情世界也就是分成这两大阵地。也许这个分野是气质促成的，因为气质支配着人与人的关系。忧郁的人需要女子若即若离的卖弄风情来提神；而神经质或多血质的人碰到女子抵抗太久了，说不定会掉头不顾。换句话说，哀歌主要是淋巴质的表现，正如颂歌是胆质的表现①。

欧也纳一边装扮，一边体味那些小小的乐趣，青年们怕人取笑，一般都不敢提到这种得意，可是虚荣心特别感到满足。他梳

---

① 淋巴质指纤弱萎靡的气质，胆质指抑郁易怒的气质，这是西洋老派医学的一种学说。

高老头

头发的时候，想到一个漂亮女子的目光会在他漆黑的头发卷中打转。他做出许多怪模怪样，活像一个更衣去赴跳舞会的小姑娘。他解开上衣，沾沾自喜的瞧着自己的细腰身，心上想："当然，不如我的还多呢！"公寓中全班人马正围着桌子吃饭，他下楼了，喜洋洋的受到众人喝彩。看见一个人穿扮齐整而大惊小怪，也是包饭公寓的一种风气。有人穿一套新衣，每个人就得开声口。

"得，得，得，得。"皮安训把舌头抵着上颚作响，好似催马快走一般。

"吓！好一个王孙公子的派头！"伏盖太太道。

"先生是去会情人吧？"米旭诺小姐表示意见。

"怪样子！"画家嚷道。

"候候你太太。"博物院管事说。

"先生有太太了？"波阿莱问。

"柜子里的太太，好走水路，包不褪色，二十五法郎起码，四十法郎为止，新式花样，不怕冲洗，上好质地，半丝线，半棉料，半羊毛，包医牙痛，包治王家学会钦定的疑难杂症！对小娃娃尤其好，头痛，充血，食道病，眼病，耳病，特别灵验。"伏脱冷用滑稽的急口令，和江湖卖艺的腔调叫着。"这件妙物要多少钱看一看呀？两个铜子吗？不，完全免费。那是替蒙古大皇帝造的，全欧洲的国王都要瞧一眼的！大家来吧！向前走，买票房在前面，喂，奏乐，勃龙，啦，啦，脱冷！啦，啦。嘭！嘭！喂，吹小笛子的，你把音吹走了，等我来揍你！"

"天哪！这个人多好玩。"伏盖太太对古的太太说，"有他在一块儿永远不觉得无聊。"

正在大家说笑打诨的时候，欧也纳发觉泰伊番小姐偷瞅了他一眼，咬了咬古的太太的耳朵。

西尔维道："车来了。"

皮安训问:"他上哪儿吃饭呀?"

"特·纽沁根男爵夫人家里。"

"高里奥先生的女儿府上。"大学生补上一句。

大家的目光转向老面条商,老面条商不胜艳羡的瞧着欧也纳。

拉斯蒂涅到了圣·拉查街。一座轻巧的屋子,十足地道的银行家住宅,单薄的廊柱,毫无气派的回廊,就是巴黎的所谓漂亮。不惜工本的讲究,人造云石的装饰,五彩云石镶嵌的楼梯台。小客厅挂满意大利油画,装饰像咖啡馆。男爵夫人愁容满面而勉强掩饰的神气不是假装的,欧也纳看了大为关心。他自以为一到就能叫一个女人快乐,不料她竟是愁眉不展。这番失望刺激了他的自尊心。他把她心事重重的神色打趣了一番,说道:

"太太,我没有资格要你信任我。要是我打搅你,请你老实说。"

"哦!你别走。你一走就剩我一个人在家了。纽沁根在外边应酬,我不愿意孤零零的呆在这儿。我闷得慌,需要散散心才好。"

"有什么事呢?"

她道:"绝对不能告诉你。"

"我就想知道,就想参加你的秘密。"

"或许……"她马上改口道:"噢,不行。夫妇之间的争吵应当深深的埋在心里。前天我不是跟你提过吗?我一点不快活。黄金的枷锁是最重的。"

一个女人在一个青年面前说她苦恼,而如果这青年聪明伶俐,服装齐整,袋里有着一千五百法郎闲钱的话,他就会像欧也纳一般想法而得意洋洋了。

欧也纳回答:"你又美又年轻,又有钱又有爱情,还要什么呢?"

"我的事不用提了。"她沉着脸摇摇头。"等会我们一块儿吃饭,就是我们两个。吃过饭去听最美的音乐。"她站起身子,抖了抖白开司棉的衣衫,绣着富丽的波斯图案,问:"你觉得我怎么样?"

"可爱极了,我要你整个儿属于我呢。"

"那你倒楣了。"她苦笑道。"这儿你一点看不出苦难;可是尽管有这样的外表,我苦闷到极点,整夜睡不着觉,我要变得难看了。"

大学生道:"哦!不会的。可是我很想知道,究竟是什么痛苦连至诚的爱情都消除不了?"

她说:"告诉你,你就要躲开了。你喜欢我,不过是男人对女人表面上的殷勤;真爱我的话,你会马上痛苦得要死。所以我不应该说出来。咱们谈旁的事吧。来,瞧瞧我的屋子。"

"不,还是留在这儿。"欧也纳说着,挨着特·纽沁根太太坐在壁炉前面一张双人椅里,大胆抓起她的手来。

她让他拿着,还用力压他的手,表示她心中骚动得厉害。

"听我说。"拉斯蒂涅道,"你要有什么伤心事儿,就得告诉我。我要向你证明,我是为爱你而爱你的。你得把痛苦对我说,让我替你出力,哪怕要杀几个人都可以;要不我就一去不回的走了。"

她忽然想起一个无可奈何的念头,拍拍额角,说道:"嗳,好,让我立刻来试你一试。"

她心上想:"是的,除此以外也没有办法了。"她打铃叫人。

"先生的车可是套好了?"她问当差。

"套好了,太太。"

"我要用。让他用我的车吧。等七点钟再开饭。"

"喂，来吧。"她招呼欧也纳。

欧也纳坐在特·纽沁根先生的车里陪着这位太太，觉得像做梦一样。

她吩咐车夫："到王宫市场，靠近法兰西剧院。"

一路上她心绪不宁，也不答理欧也纳无数的问话。他弄不明白那种沉默的，痴呆的，一味撑拒的态度是什么意思。

"一眨眼就抓不住她了。"他想。

车子停下的时候，男爵夫人瞪着大学生的神色使他住了嘴，不敢再胡说八道，因为那时他已经控制不了自己。

"你是不是很爱我？"她问。

"是的。"他强作镇静的回答。

"不论我叫你干什么，你都不会看轻我吗？"

"不会。"

"你愿意听我指挥吗？"

"连眼睛都不睁一睁。"

"你有没有上过赌场？"她的声音发抖了。

"从来没有。"

她说："啊！我放心了。你的运道一定好。我荷包里有一百法郎；一个这么幸福的女子，全部财产就是这一点。你拿着到赌场去，我不知道在哪儿，反正靠近王宫市场。你把这一百法郎去押轮盘赌，要就输光了回来，要就替我赢六千法郎。等你回来，我再把痛苦说给你听。"

"我现在要去做的事我一点都不懂，可是我一定照办。"他回答的口气很高兴，他暗暗的想："教我干了这种事，她什么都不会拒绝我了。"

欧也纳揣着美丽的钱袋，向一个卖旧衣服的商人问了最近的赌场地址，找到九号门牌，奔上楼去。侍者接过他的帽子，他走

高老头

进屋子问轮盘在哪儿。一般老赌客好不诧异的瞧着他由侍者领到一张长桌前面，又听见他大大方方的问，赌注放在什么地方。

一个体面的白发老人告诉他："三十六门随你押，押中了，一赔三十六。"

欧也纳想到自己的年龄，把一百法郎押在二十一的数字上。他还来不及定一定神，只听见一声惊喊，已经中了。

那老先生对他说："把钱收起来吧，这个玩艺儿决不能连赢两回的。"

欧也纳接过老人授给他的耙，把三千六百法郎拨到身边。他始终不明白这赌博的性质，又连本带利押在红上①。周围的人看他继续赌下去，很眼痒的望着他。轮盘一转，他又赢了，庄家赔了他三千六百法郎。

老先生咬着他的耳朵说："你有了七千二百法郎了。你要是相信我，你赶快走。今儿红已经出了八次。倘使你肯酬谢我的忠告，希望你发发善心，救济我一下。我是拿破仑的旧部，当过州长，现在潦倒了。"

拉斯蒂涅糊里糊涂让白发老头拿了两百法郎，自己揣着七千法郎下楼。他对这个玩艺儿还是一窍不通，只奇怪自己的好运道。

他等车门关上，把七千法郎捧给特·纽沁根太太，说道："哎哟！你现在又要带我上哪儿啦？"

但斐纳发疯似的搂着他，拥抱他，兴奋得不得了，可不是爱情的表现。

"你救了我！"她说，快乐的眼泪簌落落的淌了一脸。"让我统统告诉你吧，朋友。你会和我做朋友的是不是？你看我有钱，

---

① 轮盘赌的规则：押在一至三十六的数字上，押中是一赔三十六；押在红，黑，单，双上，押中是一赔一。

125

阔绰，什么都不缺，至少在表面上。唉！你怎知道纽沁根连一个子儿都不让我支配！他只管家里的开销，我的车子和包厢。可是他给的衣著费是不够的，他有心逼得我一个钱都没有。我太高傲了，不愿意央求他。要他的钱，就得依他的条件；要是接受那些条件，我简直算不得人了。我自己有七十万财产，怎么会让他剥削到这步田地？为了高傲，为了气愤。刚结婚的时候，我们那么年轻那么天真！向丈夫讨钱的话，说出来仿佛要撕破嘴巴；我始终不敢开口，只能花着我的积蓄和可怜的父亲给我的钱；后来我只能借债。结婚对我是最可怕的骗局，我没法跟你说；只消告诉你一句：要不是我和纽沁根各有各的屋子，我竟会跳楼。为了首饰，为了满足我的欲望所欠的债，（可怜的父亲把我们宠惯了，一向要什么有什么，）要对丈夫说出来的时候，我真是受难，可是我终于进足勇气说了。我不是有自己的一份财产吗？纽沁根却大生其气，说我要使他倾家荡产了，一大串的混账话，我听了恨不得钻入地下。当然，他得了我的陪嫁，临了不能不替我还债；可是从此以后把我的零用限了一个数目，我为了求个太平也就答应了。从那时起，我满足了那个男人的虚荣心，你知道我说的是谁。即使我被他骗了，我还得说句公道话，他的性格是高尚的。可是他终于狠心的把我丢了！男人给过一个遭难的女子大把的金钱，永远不应该抛弃她！应当永远爱她！你只有二十一岁，高尚，纯洁，你或许要问：一个女人怎么能接受一个男人的钱呢？唉，天哪！同一个使我们幸福的人有难同当，有福同享，不是挺自然的吗？把自己整个的给了人，还会顾虑这整个中间的一小部分吗？只有感情消灭之后，金钱才成为问题。两人不是海誓山盟，生死不渝的吗？自以为有人疼爱的时候，谁想到有分手的一天？既然你们发誓说你们的爱是永久的，干么再在金钱上分得那么清？你不知道我今天怎样的难受，纽沁根斩钉截铁的拒绝我六

高老头

千法郎,可是他按月就得送这样一笔数目给他的情妇,一个歌剧院的歌女。我想自杀,转过最疯狂的念头。有时我竟羡慕一个女佣人,羡慕我的老妈子。找父亲去吗?发疯!阿娜斯大齐和我已经把他榨干了;可怜的父亲,只要他能值六千法郎,他把自己出卖都愿意。现在我只能使他干急一阵。想不到你救了我,救了我的面子,救了我的性命。那时,我痛苦得糊里糊涂了。唉,先生,我不能不对你作这番解释,我简直疯了,才会教你去做那样的事。刚才你走了以后,我真想走下车子逃……逃哪儿去?我不知道。巴黎的妇女半数就是过的这种生活:表面上穷奢极侈,暗里心事担得要死。我认得一般可怜虫比我更苦。有的不得不叫铺子开花账,有的不得不偷盗丈夫;有些丈夫以为两千法郎的开司棉只值五百,有的以为五百法郎的开司棉值到两千。还有一般可怜的妇女教儿女挨饿,好搜刮些零钱做件衣衫。我可从没干过这些下流的骗局。这次是我最后一次的苦难了。有些女人为了控制丈夫,不惜把自己卖给丈夫,我至少是自由的!我很可以教纽沁根在我身上堆满黄金,可是我宁愿伏在一个我敬重的男人怀里痛苦。啊!今晚上特·玛赛再不能把我看作他出钱厮养的女人了。"

她双手捧着脸,不让欧也纳看见她哭。他却拿掉她的手,细细瞧着她,觉得她庄严极了。

她说:"把金钱和爱情混在一块儿,不是丑恶极了吗?你不会爱我的了。"

使女人显得多么伟大的好心,现在的社会组织逼她们犯的过失,两者交错之下,使欧也纳心都乱了。他一边用好话安慰她,一边暗暗赞叹这个美丽的女子,她的痛苦的呼号竟会那么天真那么冒失。

她说:"你将来不会拿这个来要挟我吧?你得答应我。"

"嗳,太太,我不是这等人。"

她又感激又温柔的拿他的手放在心口:"你使我恢复了自由,快乐。过去我老受着威胁。从此我要生活朴素,不乱花钱了。你一定喜欢我这么办是不是?这一部分你留着。"她自己只拿六张钞票。"我还欠你三千法郎,因为我觉得要跟你平分才对。"

欧也纳像小姑娘一样再三推辞。男爵夫人说:"你要不肯做我的同党,我就把你当做敌人。"他只得收下,说道:"好,那么我留着以防不测吧。"

"噢!我就怕听这句话。"她脸色发白的说。"你要瞧得起我,千万别再上赌场。我的天!由我来教坏你!那我要难受死哩。"

他们回到家里。苦难与奢华的对比,大学生看了头脑昏昏沉沉,伏脱冷那些可怕的话又在耳朵里响起来了。

男爵夫人走进卧室,指着壁炉旁边一张长靠椅说:"你坐一会儿,我要写一封极难措辞的信。你替我出点儿主意吧。"

"干脆不用写。把钞票装入信封,写上地址,派你老妈子送去就行了。"

"哦!你真是一个宝贝。这便叫做有教养!这是十足地道的鲍赛昂作风。"她笑着说。

"她多可爱!"越来越着迷的欧也纳想。他瞧了瞧卧房,奢侈的排场活像一个有钱的交际花的屋子。

"你喜欢这屋子吗?"她一边打铃一边问。

"丹兰士,把这封信当面交给特·玛赛先生。他要不在家,原封带回。"

丹兰士临走把大学生俏皮的瞅了一眼。晚饭开出了,拉斯蒂涅让特·纽沁根太太挽着手臂带到一间精致的饭厅,在表姊家瞻仰过的讲究的饮食,在这儿又见识了一次。

"逢着意大利剧院演唱的日子,你就来吃饭,陪我上剧院。"

"这种甜蜜的生活要能长久下去,真是太美了;可怜我是一个清寒的学生,还得挣一份家业咧。"

"你一定成功的。"她笑道。"你瞧,一切都有办法;我就想不到自己会这样快活。"

女人的天性喜欢用可能来证明不可能,用预感来取消事实。特·纽沁根太太和拉斯蒂涅走进意大利剧院包厢的时候,她心满意足,容光焕发,使每个人看了都能造些小小的谣言,非但女人没法防卫,而且会教人相信那些凭空捏造的放荡生活确有其事。直要你认识巴黎之后,才知道大家说的并不是事实,而事实是大家不说的。欧也纳握着男爵夫人的手,两人用握手的松紧代替谈话,交换他们听了音乐以后的感受。这是他们俩销魂荡魄的一晚。他们一同离开剧院,特·纽沁根太太把欧也纳送到新桥,一路在车中挣扎,不肯把她在王宫市场那么热烈的亲吻再给他一个。欧也纳埋怨她前后矛盾,她回答说:

"刚才是感激那个意想不到的恩惠,现在却是一种许愿了。"

"而你就不肯许一个愿,没良心的!"

他恼了。于是她伸出手来,不耐烦的姿势使情人愈加动心;而他捧了手亲吻时不大乐意的神气,她也看了很得意。她说:

"星期一跳舞会上见!"

欧也纳踏着月光回去,开始一本正经的思索。他又喜又恼:喜的是这桩奇遇大概会给他钓上一个巴黎最漂亮最风流的女子,正好是他心目中的对象;恼的是他的发财计划完全给推翻了。他前天迷迷糊糊想的主意,此刻才觉得自己真有这么个念头。一个人要失败之后,方始发觉他欲望的强烈。欧也纳越享受巴黎生活,越不肯自甘贫贱。他把袋里一千法郎的钞票捻来捻去,找出无数自欺欺人的理由想据为己有。终于他到了圣·日内维新街,走完楼梯,看见有灯光。高老头虚掩着房门,点着蜡烛,使大学生不致忘记跟他谈谈他的女儿。欧也纳毫无隐瞒的全说了。

高老头妒忌到极点，说道："嗳，她们以为我完了，我可还有一千三百法郎利息呢！可怜的孩子，怎么不到我这儿来！我可以卖掉存款，在本钱上拿一笔款子出来，余下的钱改做终身年金。干么你不来告诉我她为难呢，我的邻居？你怎么能有那种心肠，拿她的区区一百法郎到赌台上去冒险？这简直撕破了我的心！唉，所谓女婿就是这种东西！嘿，要给我抓住了，我一定把他们勒死。天！她竟哭了吗？"

"就伏在我背心上哭的。"欧也纳回答。

"噢！把背心给我。怎么！你的背心上有我的女儿，有我心疼的但斐纳的眼泪！她小时候从来不哭的。噢！我给你买件新的吧，这一件你别穿了，给我吧。婚书上规定，她可以自由支配她的财产。我要去找诉讼代理人但尔维，明天就去。我一定要把她的财产划出来另外存放。我是懂法律的，我还能像老虎一样张牙舞爪呢。"

"喂，老丈，这是她分给我的一千法郎。你放在背心袋里，替她留着吧。"

高里奥瞪着欧也纳，伸出手来，一颗眼泪掉在欧也纳手上。

"你将来一定成功。"老人说。"你知道，上帝是赏罚分明的。我明白什么叫做诚实不欺；我敢说像你这样的人很少很少。那么你也愿意做我亲爱的孩子喽？好吧，去睡吧。你还没有做父亲，不会睡不着觉。唉，她哭了，而我，为了不肯教她们落一滴眼泪，连圣父，圣子，圣灵都会一齐出卖的人，正当她痛苦的时候，我竟若无其事的在这儿吃饭，像傻瓜一样！"

欧也纳一边上床一边想："我相信我一生都可以做个正人君子。凭良心干，的确是桩快乐的事。"

也许只有信仰上帝的人才会暗中行善，而欧也纳是信仰上帝的。

鬼上当

第二天到了舞会的时间，拉斯蒂涅到特·鲍赛昂太太家，由她带去介绍给特·加里里阿诺太太。他受到元帅夫人极殷勤的招待，又遇见了特·纽沁根太太。她特意装扮得要讨众人喜欢，以便格外讨欧也纳喜欢。她装做很镇静，暗中却是非常焦心的等欧也纳瞟她一眼。你要能猜透一个女人的情绪，那个时间便是你最快乐的时间。人家等你发表意见，你偏偏沉吟不语；明明心中高兴，你偏偏不动声色；人家为你担心，不就是承认她爱你吗？眼看她惊惶不定，然后你微微一笑加以安慰，不是最大的乐事吗？——这些玩艺儿谁不喜欢来一下呢？在这次盛会中，大学生忽然看出了自己的地位，懂得以特·鲍赛昂太太公开承认的表弟资格，在上流社会中已经取得身份。大家以为他已经追上特·纽沁根太太，对他另眼相看，所有的青年都不胜艳羡的瞅着他。看到这一类的目光，他第一次体味到踌躇满志的快感。从一间客厅走到另外一间，在人丛中穿过的时候，他听见人家在夸说他的艳福。太太们也预言他前程远大，但斐纳唯恐他被别人抢去，答应等会把前天坚决拒绝的亲吻给他。拉斯蒂涅在舞会中接到好几户人家邀请。表姊介绍他几位太太，都是自命风雅的人物，她们的府上也是挺有趣的交际场所。他眼看自己在巴黎最高级最漂亮的社会中露了头角。这个初次登场就大有收获的晚会，在他是到老不会忘记的，正如少女忘不了她特别走红的一个跳舞会。

第二天用早餐的时候，他把得意事儿当众讲给高老头听，伏脱冷却是狞笑了一下。

"你以为。"那个冷酷的逻辑学家叫道，"一个公子哥儿能够呆在圣·日内维新街，住伏盖公寓吗？不消说，这儿在各方面看都是一个上等公寓，可决不是时髦地方。我们这公寓殷实，富足，兴隆发达，能够做拉斯蒂涅的临时公馆非常荣幸；可是到底是圣·日内维新街，纯粹是家庭气息，不知道什么叫做奢华。我的小朋友。"伏脱冷又装出倚老卖老的挖苦的神气说，"你要在巴黎拿架子，非得有三匹马，白天有辆篷车，晚上有辆轿车，统共是九千法郎的置办费。倘若你只在成衣铺花三千法郎，香粉铺花六百法郎，鞋匠那边花三百，帽子匠那边花三百，你还大大的够不上咧。要知道光是洗衣服就得花上一千。时髦小伙子的内衣决不能马虎，那不是大众最注目的吗？爱情和教堂一样，祭坛上都要有雪白的桌布才行。这样，咱们的开销已经到一万四，还没算进打牌，赌东道，送礼等等的花费；零用少了两千法郎是不成的。这种生活，我是过来人，要多少开支，我知道得清清楚楚。除掉这些必不可少的用途，再加六千法郎伙食，一千法郎房租。嗳，孩子，这样就得两万五一年，要不就落得给人家笑话；咱们的前途，咱们的锋头，咱们的情妇，一古脑儿甭提啦！我还忘了听差跟小厮呢！难道你能教克利斯朵夫送情书吗？用你现在这种信纸写信吗？那简直是自寻死路。相信一个饱经世故的老头儿吧！"他把他的低嗓子又加强了一点，"要就躲到你清高的阁楼上去，抱着书本用功；要就另外挑一条路。"

伏脱冷说罢，睬着泰伊番小姐映映眼睛；这副眼神等于把他以前引诱大学生的理论重新提了一下，总结了一下。

高老头

一连多少日子，拉斯蒂涅过着花天酒地的生活，差不多天天和特·纽沁根太太一同吃饭，陪她出去交际。他早上三四点回家，中午起来梳洗，晴天陪着但斐纳去逛森林。他浪费光阴，尽量的模仿，学习，享受奢侈，其狂热正如雌枣树的花萼拼命吸收富有生殖力的花粉。他赌的输赢很大，养成了巴黎青年挥霍的习惯。他拿第一次赢来的钱寄了一千五百法郎还给母亲姊妹，加上几件精美的礼物。虽然他早已表示要离开伏盖公寓，但到正月底还待在那儿，不晓得怎么样搬出去。青年人行事的原则，初看简直不可思议，其实就因为年轻，就因为发疯似的追求快乐。那原则是：不论穷富，老是缺少必不可少的生活费，可是永远能弄到钱来满足想入非非的欲望。对一切可以赊账的东西非常阔绰，对一切现付的东西吝啬得不得了；而且因为心里想的，手头没有，似乎故意浪费手头所有的来出气。我们还可以说得更明白些：一个大学生爱惜帽子远过于爱惜衣服。成衣匠的利子厚，肯放账；帽子匠利子薄，所以是大学生不得不敷衍的最疙瘩的人。坐在戏院花楼上的小伙子，在漂亮妇女的手眼镜中尽管显出辉煌耀眼的背心，脚上的袜子是否齐备却大有问题：袜子商又是他荷包里的一条蛀虫。那时拉斯蒂涅便是这种情形。对伏盖太太老是空空如也，对虚荣的开支老是囊囊充裕；他的财源的荣枯，同最天然的开支绝不调和。为了自己的抱负，这腌臜的公寓常常使他觉得委屈，但要搬出去不是得付一个月的房饭钱给房东，再买套家具来装饰他花花公子的寓所吗？这笔钱就永远没有着落。拉斯蒂涅用赢来的钱买些金表金链，预备在紧要关头送进当铺，送给青年人的那个不声不响的，知趣的朋友，这是他张罗赌本的办法；但临到要付房饭钱，采办漂亮生活必不可少的工具，就一筹莫展了，胆子也没有了。日常的需要，为了衣食住行所欠的债，都不能使他触动灵机。像多数过一天算一天的人，他总要等到最后一刻，

傅雷译文集

才会付清布尔乔亚认为神圣的欠账,好似米拉菩①,非等到面包账变成可怕的借据决不清偿。那时拉斯蒂涅正把钱输光了,欠了债。大学生开始懂得,要没有固定的财源,这种生活是混不下去的。但尽管经济的压迫使他喘不过气来,他仍舍不得这个逸乐无度的生活,无论付什么代价都想维持下去。他早先假定的发财机会变了一场空梦,实际的障碍越来越大。窥到纽沁根夫妇生活的内幕之后,他发觉若要把爱情变做发财的工具,就得含垢忍辱,丢开一切高尚的念头;可是青年人的过失是全靠那些高尚的念头抵销的。表面上光华灿烂的生活,良心受着责备,片刻的欢娱都得用长时期的痛苦补赎的生活,他上了瘾了,滚在里头了,他像拉·勃吕依埃的糊涂虫一般,把自己的床位铺在泥洼里;但也像糊涂虫一样,那时还不过弄脏了衣服②。

"咱们的满大人砍掉了吧?"皮安训有一天离开饭桌时问他。

"还没有。可是喉咙里已经起了痰。"

医学生以为他这句话是开玩笑,其实不是的。欧也纳好久没有在公寓里吃晚饭了,这天他一路吃饭一路出神,上过点心,还不离席,挨在泰伊番小姐旁边,还不时意义深长的瞟她一眼。有几个房客还在桌上吃胡桃,有几个踱来踱去,继续谈话。大家离开饭厅的早晚,素来没有一定,看各人的心思,对谈话的兴趣,以及是否吃得过饱等等而定。在冬季,客人难得在八点以前走完;等大家散尽了,四位太太还得待一会儿,她们刚才有男客在座,不得不少说几句,此刻特意要找补一下。伏脱冷先是好像急于出去,接着注意到欧也纳满肚子心事的神气,便始终留在饭厅

---

① 米拉菩(1749—1791),法国大革命时政治家,演说家,早年以生活放浪著名。

② 拉勃吕依埃著作中的糊涂虫,名叫曼那葛,曾有种种笑柄。但上述一事并不在内,恐系作者误记。

内欧也纳看不见的地方，欧也纳当他已经离开了。后来他也不跟最后一批房客同走，而是很狡猾的躲在客厅里。他看出大学生的心事，觉得他已经到了紧要关头。

的确，拉斯蒂涅那时正像多少青年一样，陷入了僵局。特·纽沁根太太不知是真爱他呢还是特别喜欢调情，她拿出巴黎女子的外交手腕，教拉斯蒂涅尝遍了真正的爱情的痛苦。冒着大不韪当众把特·鲍赛昂太太的老表抓在身边之后，她反倒迟疑不决，不敢把他似乎已经享有的权利，实实在在的给他。一个月以来，欧也纳的欲火被她一再挑拨，连心都受到伤害了。初交的时候，大学生自以为居于主动的地位，后来特·纽沁根太太占了上风，故意装腔作势，勾起欧也纳所有善善恶恶的心思，那是代表一个巴黎青年的两三重人格的。她这一套是不是有计划的呢？不是的，女人即使在最虚假的时候也是真实的，因为她总受本能支配。但斐纳落在这青年人掌握之中，原是太快了一些；她所表示的感情也过分了些；也许她事后觉得有失尊严，想收回她的情分，或者暂时停止一下。而且，一个巴黎女人在爱情冲昏了头，快要下水之前，临时踌躇不决，试试那个她预备以身相许的人的心，也是应有之事。特·纽沁根太太既然上过一次当，一个自私的青年辜负她的一片忠心；她现在提防人家更是应该的。或许欧也纳因为得手太快而表示的大模大样的态度，使她看出有一点儿轻视的意味，那是他们微妙的关系促成的。她大概要在这样一个年纪轻轻的男人面前拿出一点威严，拿出一点大人气派；过去她在那个遗弃她的男人前面，做矮子做得太久了。正因为欧也纳知道她曾经落过特·玛赛之手，她不愿意他把自己当做容易征服的女人。并且在一个人妖，一个登徒子那儿尝过那种令人屈辱的乐趣以后，她觉得在爱情的乐园中闲逛一番另有一种说不出的甜蜜：欣赏一下所有的景致，饱听一番颤抖的声音，让清白的微风

傅雷译文集

抚弄一会，她都认为是迷人的享受。纯正的爱情要替不纯正的爱情赎罪。这种不合理的情形永远不会减少，如果大家不了解初次的欺骗把一个少妇鲜花般的心摧残得多么厉害。不管但斐纳究竟是什么意思，总之她在玩弄拉斯蒂涅，而且引以为乐；因为她知道他爱她，知道只要她老人家高兴，可以随时消灭她情人的悲哀。欧也纳为了自尊心，不愿意初次上阵就吃败仗，便毫不放松的紧追着，仿佛猎人第一次过圣·于倍节①，非要打到一只火鸡不可。他的焦虑，受伤的自尊心，真真假假的绝望，使他越来越丢不掉那个女人。全巴黎都认为特·纽沁根太太是他的了，其实他和她并不比第一天见面时更接近。他还没有懂得，一个女人卖弄风情所给人的好处，有时反而远过于她的爱情所给人的快乐，所以他憋着一肚子无名火。虽说在女人对爱情欲迎故拒之际，拉斯蒂涅能尝到第一批果实，可是那些果子是青的，带酸的，咬在嘴里特别有味，所以代价也特别高。有时，眼看自己没有钱，没有前途，就顾不得良心的呼声而想到伏脱冷的计划，想和泰伊番小姐结婚，得她的家财。那天晚上他又是穷得一筹莫展，几乎不由自主的要接受可怕的斯芬克斯的计策了。他一向觉得那家伙的目光有勾魂摄魄的魔力。

波阿莱和米旭诺小姐上楼的时节，拉斯蒂涅以为除了伏盖太太和坐在壁炉旁边迷迷糊糊编织毛线套袖的古的太太以外，再没有旁人，便脉脉含情的瞅着泰伊番小姐，把她羞得低下头去。

"你难道也有伤心事吗，欧也纳先生？"维多莉沉默了一会说。

"哪个男人没有伤心事！"拉斯蒂涅回答。"我们这些时时刻刻预备为人牺牲的年轻人，要是能得到爱，得到赤诚的爱作为酬

---

① 即猎人节，十一月三日。

报,也许我们就不会伤心了。"

泰伊番小姐的回答只是毫不含糊的瞧了他一眼。

"小姐,你今天以为你的心的确如此这般;可是你敢保险永远不变吗?"

可怜的姑娘浮起一副笑容,好似灵魂中涌出一道光,把她的脸照得光艳动人。欧也纳想不到挑动了她这么强烈的感情,大吃一惊。

"嗳!要是你一朝有了钱,有了幸福,有一笔大家私从云端里掉在你头上,你还会爱一个你落难时候喜欢的穷小子吗?"

她姿势很美的点了点头。

"还会爱一个怪可怜的青年吗?"

又是点头。

"喂,你们胡扯些什么?"伏盖太太叫道。

"别打搅我们。"欧也纳回答,"我们谈得很投机呢。"

"敢情欧也纳·特·拉斯蒂涅骑士和维多莉·泰伊番小姐私订终身了吗?"伏脱冷低沉的嗓子突然在饭厅门口叫起来。

古的太太和伏盖太太同时说:"哟!你吓了我们一跳。"

"我挑的不算坏吧。"欧也纳笑着回答。伏脱冷的声音使他非常难受,他从来不曾有过那样可怕的感觉。

"嗳,你们两位别缺德啦!"古的太太说。"孩子,咱们该上楼了。"

伏盖太太跟着两个房客上楼,到她们屋里去消磨黄昏,节省她的灯烛柴火。饭厅内只剩下欧也纳和伏脱冷两人面面相对。

"我早知道你要到这一步的。"那家伙声色不动的说,"可是你听着!我是非常体贴人的。你心绪不大好,不用马上决定。你欠了债。我不愿意你为了冲动或是失望投到我这儿来,我要你用理智决定。也许你手头缺少几千法郎,嗯,你要吗?"

那魔鬼掏出皮夹，捡了三张钞票对大学生扬了一扬。欧也纳正窘得要命，欠着特·阿瞿达侯爵和特·脱拉伊伯爵两千法郎赌债。因为还不出钱，虽则大家在特·雷斯多太太府上等他，他不敢去。那是不拘形迹的集会，吃吃小点心，喝喝茶，可是在韦斯脱牌桌上可以输掉六千法郎。

"先生。"欧也纳好容易忍着身体的抽搐，说道，"自从你对我说了那番话，你该明白我不能再领你的情。"

"好啊，说得好，教人听了怪舒服的。"那个一心想勾引他的人回答。"你是个漂亮小伙子，想得周到，像狮子一样高傲，像少女一样温柔。你这样的俘虏才配魔鬼的胃口呢。我就喜欢这种性格的年轻人。再加上几分政治家的策略，你就能看到社会的本相了。只要玩几套清高的小戏法，一个高明的人能够满足他所有的欲望，教台下的傻瓜连声喝彩。要不了几天，你就是我的人了。哦！你要愿意做我的徒弟，管教你万事如意，想什么就什么，并且马上到手，不论是名，是利，还是女人。凡是现代文明的精华，都可以拿来给你享受。我们要疼你，惯你，当你心肝宝贝，拼了命来让你寻欢作乐。有什么阻碍，我们替你一律铲平。倘使你再有顾虑，那你是把我当做坏蛋了？哼！你自以为清白，一个不比你少清白一点的人，特·丢兰纳先生，跟强盗们做着小生意，并不觉得有伤体面。你不愿意受我的好处，嗯？那容易，你先把这几张烂票子收下。"伏脱冷微微一笑，掏出一张贴好印花税的白纸，"你写：兹借到三千五百法郎，准一年内归楚。再填上日子！利息相当高，免得你多心。你可以叫我犹太人，用不着再见我情了。今天你要瞧不起我也由你，以后你一定会喜欢我。你可以在我身上看到那些无底的深渊，广大无边的感情，傻子们管这些叫做罪恶；可是你永远不会觉得我没有种，或者无情无义。总之，我既不是小卒，也不是呆笨的士象，而是冲锋的车，告诉你！"

"你究竟是什么人？简直是生来跟我捣乱嘛！"欧也纳叫道。

"哪里！我是一个好人，不怕自己弄脏手，免得你一辈子陷在泥坑里。你问我这样热心为什么？嗳，有朝一日我会咬着你耳朵，轻轻告诉你的。我替你拆穿了社会上的把戏和诀窍，你就害怕；可是放心，这是你的怯场，跟新兵第一次上阵一样，马上会过去的。你慢慢自会把大众看做甘心情愿替自封为王的人当炮灰的大兵。可是时世变了。从前你对一个好汉说：给你三百法郎，替我去砍掉某人；他凭一句话把一个人送回了老家，若无其事的回家吃饭。如今我答应你偌大一笔家私，只要你点点头，又不连累你什么，你却是三心两意，委决不下。这年头真没出息。"

欧也纳立了借据，拿了钞票。

伏脱冷又说："哎，来，来，咱们总得讲个理。几个月之内我要动身上美洲去种我的烟草了。我会捎雪茄给你。我有了钱，我会帮你忙，要是没有孩子（很可能，我不想在这个世界上留种），我把遗产传给你。够朋友吗？我可是喜欢你呀，我。我有那股痴情，要为一个人牺牲。我已经这样干过一回了。你看清楚没有，孩子？我生活的圈子比旁人的高一级。我认为行动只是手段，我眼里只看见目的。一个人是什么东西？——得！——"他把大拇指甲在牙齿上弹了一下。"一个人不是高于一切，就是分文不值。叫做波阿莱的时候，他连分文不值还谈不上，你可以像掐死一个臭虫一般掐死他，他干瘪，发臭。像你这样的人却是一个上帝，那可不是一架皮包的机器，而是有最美的情感在其中活动的舞台。我是单凭情感过活的。一宗情感，在你思想中不就等于整个世界吗？你瞧那高老头，两个女儿就是他整个的天地，就是他生活的指路标。我么，挖掘过人生之后，觉得世界上真正的情感只有男人之间的友谊。我醉心的是比哀和耶非哀。《威尼斯转危为安》①我全本背得出。一个伙计对你说：来，帮我埋一个尸首！你跟着就跑，鼻子都不哼一哼，也不唠唠叨叨对他谈什么仁义道德：这样有血性的人，你看到过几个？咱家我就干过这个。我并不对每个人都这么说。你是一个高明的人，可以对你无所不谈，你都能明白。这个满是癞虾蟆的泥塘，你不会老呆下去的。得了吧，一言为定。你一定会结婚的。咱们各自拿着枪杆冲吧！嘿，我的决不是银样蜡枪头，你放心！"

伏脱冷根本不想听欧也纳说出一个不字，径自走了，让他定定神。他似乎懂得这种忸怩作态的心理：人总喜欢小小的抗拒一下，对自己的良心有个交代，替以后的不正当行为找个开脱的理由。

"他怎么办都由他，我一定不娶泰伊番小姐！"欧也纳对自己说。

他想到可能和这个素来厌恶的人联盟，心中火辣辣的非常难受；但伏脱冷那些玩世不恭的思想，把社会踩在脚底下的胆量，使他越来越觉得那家伙了不起。他穿好衣服，雇了车上特·雷斯多太太家去了。几天以来，这位太太对他格外殷勤，因为他每走一步，和高等社会的核心接近一步，而且他似乎有朝一日会声势浩大。他付清了特·脱拉伊和特·阿瞿达两位的账，打了一场夜牌，输的钱都赢了回来。需要趱奔前程的人多半相信宿命；欧也纳就有这种迷信，认为他运气好是上天对他始终不离正路的报酬。第二天早上，他赶紧问伏脱冷借据有没有带在身边。一听到说是，他便不胜欣喜的把三千法郎还掉了。

"告诉你，事情很顺当呢。"伏脱冷对他说。

"我可不是你的同党。"

---

① 英国十七世纪奥特韦写的悲剧，比哀与耶非哀是其中主角，以友谊深挚著称。

高老头

"我知道,我知道。"伏脱冷打断了他的话。"你还在闹孩子脾气,看戏只看场子外面的小丑。"

两天以后,波阿莱和米旭诺小姐,在植物园一条冷僻的走道中坐在太阳底下一张凳上,同医学生很有理由猜疑的一位先生说着话。

"小姐。"龚杜罗先生说,"我不懂你哪儿来的顾虑。警察部长大人阁下……"

"哦!警察部长大人阁下……"波阿莱跟着说了一遍。

"是的,部长大人亲自在处理这件案子。"龚杜罗又道。

这个自称为蒲风街上的财主说出警察二字,在安分良民的面具之下露出本相之后,退职的小公务员波阿莱,虽然毫无头脑,究竟是畏首畏尾不敢惹是招非的人,还会继续听下去,岂不是谁都觉得难以相信?其实是挺自然的。你要在愚夫愚妇中间了解波阿莱那个特殊的种族,只要听听某些观察家的意见,不过这意见至今尚未公布。世界上有一类专吃公事饭的民族,在衙门的预算表上列在第一至第三级之间的;第一级,年俸一千二,打个譬喻说,在衙门里仿佛冰天雪地中的格林兰①;第三级,年俸三千至六千,气候比较温和,虽然种植不易,什么津贴等等也能存在了。这仰存鼻息的一批人自有许多懦弱下贱的特点,最显著的是对本衙门的大头儿有种不由自主的,机械的,本能的恐怖。小公务员之于大头儿,平时只认识一个看不清的签名式。在那般俯首帖耳的人看来,部长大人阁下几个字代表一种神圣的,没有申诉余地的威权。小公务员心目中的部长,好比基督徒心目中的教皇,做的事永远不会错的。部长的行为,言语,一切用他名义所说的话,都有部长的一道毫光;那个绣花式的签名把什么都遮盖

---

① 北极圈内的大岛,与冰岛相对,气候严寒,大部为冰雪所蔽。

了，把他命令人家做的事都变得合法了。大人这个称呼证明他用心纯正，意念圣洁；一切荒谬绝伦的主意，只消出之于大人之口便百无禁忌。那些可怜虫为了自己的利益所不肯做的事，一听到大人二字就赶紧奉命。衙门像军队一样，大家只知道闭着眼睛服从。这种制度不许你的良心抬头，灭绝你的人性，年深月久，把一个人变成政府机构中的一只螺丝。老于世故的龚杜罗到了要显原形的时候，马上像念咒一般说出大人二字唬一下波阿莱，因为他早已看出他是个吃过公事饭的脓包，并且觉得波阿莱是男性的米旭诺，正如米旭诺是女性的波阿莱。

"既然部长阁下，部长大人……那事情完全不同了。"波阿莱说。

那冒充的小财主回头对米旭诺说："先生这话，你听见吗？你不是相信他的吗？部长大人已经完全确定，住在伏盖公寓的伏脱冷便是多隆苦役监的逃犯，绰号叫做鬼上当。"

"哦哟！鬼上当！"波阿莱道，"他有这个绰号，一定是运气很好喽。"

"对。"暗探说。"他这个绰号是因为犯了几桩非常大胆的案子都能死里逃生。你瞧，他不是一个危险分子吗？他有好些长处使他成为了不起的人物。进了苦役监之后，他在帮口里更有面子了。"

"那么他是一个有面子的人了。"波阿莱道。

"嘿！他挣面子是另有一功的！他很喜欢一个小白脸，意大利人，爱赌钱，犯了伪造文书的罪，结果由他顶替了。那小伙子从此进了军队，变得很规矩。"

米旭诺小姐说："既然部长大人已经确定伏脱冷便是鬼上当，还需要我干什么？"

"对啦，对啦！"波阿莱接着说。"要是部长，像你说的，切实知道……"

"谈不到切实，不过是疑心。让我慢慢说给你听吧。鬼上当的真姓名叫做约各·高冷，是三处苦役监囚犯的心腹，经理，银行老板。他在这些生意上赚到很多钱，干那种事当然要一表人才喽。"

波阿莱道："哎，哎，小姐，你懂得这个双关语吗？先生叫他一表人才，因为他身上黥过印，有了标记。"

暗探接下去说："假伏脱冷收了苦役犯的钱，代他们存放，保管，预备他们逃出以后使花；或者交给他们的家属，要是他们在遗嘱上写明的话；或者交给他们的情妇，将来托他出面领钱。"

波阿莱道："怎么！他们的情妇？你是说他们的老婆吧？"

"不，先生，苦役监的犯人普通只有不合法的配偶，我们叫做姘妇。"

"那他们过的是姘居生活喽？"

"还用说吗？"

波阿莱道："嗳，这种荒唐事儿，部长大人怎么不禁止呢？既然你荣幸得很，能见到部长，你又关切公众的福利，我觉得你应当把这些犯人的不道德行为提醒他。那种生活真是给社会一个很坏的榜样。"

"可是先生，政府送他们进苦役监，并不是把他们作为道德的模范呀。"

"不错。可是先生，允许我……"

"嗳，好乖乖，你让这位先生说下去啊。"米旭诺小姐说。

"小姐，你知道，搜出一个违禁的钱库——听说数目很大，——政府可以得到很大的利益。鬼上当经管大宗的财产，所收的赃不光是他的同伴的，还有万字帮的。"

"怎么！那些贼党竟有上万吗？"波阿莱骇然叫起来。

143

"不是这意思,万字帮是一个高等窃贼的团体,专做大案子的,不上一万法郎的买卖从来不干。帮口里的党员都是刑事犯中间最了不起的人物。他们熟读《法典》,从来不会在落网的时候被判死刑。高冷是他们的心腹,是他们的参谋。他神通广大,有他的警卫组织,爪牙密布,神秘莫测。我们派了许多暗探监视了他一年,还摸不清他的底细。他凭他的本领和财力,能够经常为非作歹,张罗犯罪的资本,让一批恶党不断的同社会斗争。抓到鬼上当,没收他的基金,等于把恶势力斩草除根。因此这桩侦探工作变了一件国家大事,凡是出力协助的人都有光荣。就是你先生,有了功也可以再进衙门办事,或者当个警察局的书记,照样能拿你的养老金。"

"可是为什么。"米旭诺小姐问,"鬼上当不拿着他保管的钱逃走呢?"

暗探说:"噢!他无论到哪儿都有人跟着,万一他盗窃苦役犯的公款,就要被打死。况且卷逃一笔基金不像拐走一个良家妇女那么容易。再说,高冷是条好汉,决不干这样的勾当,他认为那是极不名誉的事。"

"你说得不错,先生,那他一定要声名扫地了。"波阿莱凑上两句。

米旭诺小姐说:"听了你这些话,我还是不懂干么你们不直接上门抓他。"

"好吧,小姐,我来回答你……可是。"他咬着她耳朵说,"别让你的先生打断我,要不咱们永远讲不完。居然有人肯听这个家伙的话,大概他很有钱吧。——鬼上当到这儿来的时候,冒充安分良民,装做巴黎的小财主,住在一所极普通的公寓里;他狡猾得很,从来不会没有防备,因此伏脱冷先生是一个很体面的人物,做着了不起的买卖。"

高老头

"当然喽。"波阿莱私下想。

"部长不愿意弄错事情,抓了一个真伏脱冷,得罪巴黎的商界和舆论。要知道警察总监的地位也是不大稳的,他有他的敌人,一有错儿,钻谋他位置的人就会挑拨进步党人大叫大嚷,轰他下台。所以对付这件事要像对付高阿涅案子的圣·埃兰假伯爵一样①;要真有一个圣·埃兰伯爵的话,咱们不是糟了吗?因此咱们得证实他的身份。"

"对。可是你需要一个漂亮女人啊。"米旭诺小姐抢着说。

暗探说:"鬼上当从来不让一个女人近身;告诉你,他是不喜欢女人的。"

"这么说来,我还有什么作用,值得你给我两千法郎去替你证实?"

陌生人说:"简单得很。我给你一个小瓶,装有特意配好的酒精,能够教人像中风似的死过去,可没有生命危险。那个药可以掺在酒里或是咖啡里。等他一晕过去,你立刻把他放倒在床上,解开他衣服,装做看看他有没有断气。趁没有人的时候,你在他肩上打一下——拍——一声,印的字母马上会显出来。"

"那可一点儿不费事。"波阿莱说。

"唉,那么你干不干呢?"龚杜罗问老姑娘。

"可是,亲爱的先生,要没有字显出来,我还能有两千法郎到手吗?"

"不。"

---

① 高阿涅冒充圣·埃兰伯爵招摇撞骗。一八〇二年以窃罪被捕,判苦役十四年。一八〇五年,越狱,以假身份证投军,参与作战,数次受伤,升擢至团长,王政时代充任塞纳州宪兵队中校,受勋累累,同时仍暗中为贼党领袖。某次在蒂勒黎花园检阅时,被人识破,判处终身苦役。此案当时曾轰动一时。

145

"那么怎样补偿我呢?"

"五百法郎。"

"为这么一点儿钱干这么一件事!良心上总是一块疙瘩,而我是要良心平安的,先生。"

波阿莱说:"我敢担保,小姐除了非常可爱非常聪明之外,还非常有良心。"

米旭诺小姐说:"还是这么办吧,他要真是鬼上当,你给我三千法郎;不是的话一个子儿都不要。"

"行。"龚杜罗回答,"可是有个条件,事情明儿就得办。"

"不能这么急,先生,我还得问问我的忏悔师。"

"你调皮,嗯!"暗探站起身来说。"那末明儿见。有什么要紧事儿找我,可以到圣·安纳小街,圣·夏班院子底上,穿窿底下只有一扇门,到那儿问龚杜罗先生就行了。"

皮安训上完居维哀的课回来,无意中听到鬼上当这个古怪字儿,也听见那有名的暗探所说的"行"。

"干么不马上答应下来?三千法郎的终身年金,一年不是有三百法郎利息吗?"波阿莱问米旭诺。

"干么!该想一想呀。倘使伏脱冷果真是鬼上当,跟他打交道也许好处更多。不过问他要钱等于给他通风报信,他会溜之大吉。那可两面落空,糟糕透啦!"

"你通知他也不行的。"波阿莱接口道,"那位先生不是说已经有人监视他吗?而你可什么都损失了。"

米旭诺小姐心里想:"并且我也不喜欢这家伙,他老对我说些不客气的话。"

波阿莱又说:"你还是那样办吧。我觉得那位先生挺好,衣服穿得整齐。他说得好,替社会去掉一个罪犯,不管他怎样义气,在我们总是服从法律。江山易改,本性难移。谁保得住他不会一时性起,把我们一齐杀掉?那才该死呢!他杀了人,我们是要负责任的,且不说咱们的命先要送在他手里。"

米旭诺小姐一肚子心事,没有功夫听波阿莱那些断断续续的话,好似没有关严的水龙头上漏出一滴一滴水。这老头儿一朝说开了场,米旭诺小姐要不加阻拦,就会像开了发条的机器,嘀嘀咕咕永远没得完。他提出了一个主题,又岔开去讨论一些完全相反的主题,始终没有结论。回到伏盖公寓门口,他东拉西扯,旁征博引,正讲着在拉哥罗先生和莫冷太太的案子里他如何出庭替被告作证的故事。进得门来,米旭诺瞥见欧也纳跟泰伊番小姐谈得那么亲热那么有劲,连他们穿过饭厅都没有发觉。

"事情一定要到这一步的。"米旭诺对波阿莱说。"他们俩八天以来眉来眼去,恨不得把灵魂都扯下来。"

"是啊。"他回答。"所以她给定了罪。"

"谁?"

"莫冷太太喽。"

"我说维多莉小姐,你回答我莫冷太太。谁是莫冷太太?"米旭诺一边说一边不知不觉走进了波阿莱的屋子。

波阿莱问:"维多莉小姐有什么罪?"

"怎么没有罪?她不该爱上欧也纳先生,不知后果,没头没脑的瞎撞,可怜的傻孩子!"

欧也纳白天被特·纽沁根太太磨得绝望了。他内心已经完全向伏脱冷屈服,既不愿意推敲一下这个怪人对他的友谊是怎么回事,也不想想这种友谊的结果。一小时以来,他和泰伊番小姐信誓旦旦,亲热得了不得;他已经一脚踏进泥洼,只有奇迹才能把他拉出来。维多莉听了他的话以为听到了安琪儿的声音,天国的门开了,伏盖公寓染上了神奇的色彩,像舞台上的布景。她爱他,他也爱她,至少她是这样相信!在屋子里没有人窥探的时候，看到拉斯蒂涅这样的青年，听着他说话，哪个女人不会像她一样的相信呢？至于他，他和良心作着斗争，明知自己在做一桩坏事，而且是有心的做，心里想只要将来使维多莉快乐，他这点儿轻微的罪过就能补赎；绝望之下，他流露出一种悲壮的美，把心中所有地狱的光彩一齐放射出来。算他运气，奇迹出现了：伏脱冷兴冲冲的从外边进来，看透了他们的心思。这对青年原是由他恶魔般的天才撮合的，可是他们这时的快乐，突然被他粗声大气，带着取笑意味的歌声破坏了。

   我的芳希德多可爱，
   你瞧她多么朴实……①

维多莉一溜烟逃了。那时她心中的喜悦足够抵销她一生的痛苦。可怜的姑娘！握一握手，脸颊被欧也纳的头发厮磨一下，贴着她耳朵（连大学生嘴唇的暖气都感觉到）说的一句话，压在她腰里的一条颤巍巍的手臂，印在她脖子上的一个亲吻……在她都成为心心相印的记号；再加隔壁屋里的西尔维随时可能闯入这间春光烂漫的饭厅，那些热情的表现就比有名的爱情故事中的海誓山盟更热，更强烈，更动心。这些微不足道的小事，在一个每十五天忏悔一次的姑娘，已经是天大的罪过了。即使她将来有了钱，有了快乐，整个委身于人的时节，流露的真情也不能同这个时候相比。

  "事情定局了。"伏脱冷对欧也纳道。"两位哥儿已经打过架。一切都进行得很得体。是为了政见不同。咱们的鸽子侮辱了我的老鹰，明天在葛里娘谷堡垒交手。八点半，正当泰伊番小姐在这

---

  ① 维阿的喜歌剧《两个忌妒的人》（一八一三）中的唱词。

高老头

儿消消停停拿面包浸在咖啡里的时候,就好承继她父亲的慈爱和财产。你想不奇怪吗!泰伊番那小子的剑法很高明,他狠天狠地,像抓了一手大牌似的,可是休想逃过我的杀手锏。你知道,我有一套挑起剑来直刺脑门的家数,将来我教给你,有用得很呢。"

拉斯蒂涅听着愣住了,一句话都说不上来。这时高老头,皮安训,和别的几个包饭客人进来了。

"你这样我才称心呢。"伏脱冷对他道。"你做的事,你心中有数。行啦,我的小老鹰!你将来一定能支配人;你又强,又痛快,又勇敢;我佩服你。"

伏脱冷想握他的手,拉斯蒂涅急忙缩回去;他脸色发白,倒在椅子里,似乎看到眼前淌着一堆血。

"啊!咱们的良心还在那儿嘀咕。"伏脱冷低声说。"老头儿有三百万,我知道他的家私。这样一笔陪嫁尽可把你洗刷干净,跟新娘的礼服一样白;那时你自己也会觉得问心无愧呢。"

拉斯蒂涅不再迟疑,决定当夜去通知泰伊番父子。伏脱冷走开了,高老头凑在他耳边说:

"你很不高兴,孩子。我来给你开开心吧,你来!"说完老人凑在灯上点了火把,欧也纳存着好奇心跟他上楼。

高老头问西尔维要了大学生的钥匙,说道:"到你屋子里去。今天早上你以为她不爱你了,嗯?她硬要你走了,你生气了,绝望了。傻子!她等我去呢。明白没有?我们约好要去收拾一所小巧玲珑的屋子,让你三天之内搬去住。你不能出卖我哪。她要瞒着你,到时教你喜出望外,我可是忍不住了。你的屋子在阿多阿街,离圣·拉查街只有两步路。那儿包你像王爷一般舒服。我们替你办的家具像新娘用的。一个月功夫,我们瞒着你做了好多事。我的诉讼代理人已经在交涉,将来我女儿一年有三万六千收入,是她陪嫁的利息,我要女婿把她的八十万法郎投资在房地产上面。"

欧也纳不声不响,抱着手臂在他乱七八糟的小房间里踱来踱去。高老头趁大学生转身的当儿,把一个红皮匣子放在壁炉架上,匣子外面有特·拉斯蒂涅家的烫金的纹章。

"亲爱的孩子。"可怜的老头儿说,"我全副精神对付这些事。可是,你知道,我也自私得很,你的搬家对我也有好处。嗯,你不会拒绝我吧,倘使我有点儿要求?"

"什么事?"

"你屋子的六层楼上有一间卧房,也是归你的,我想住在那里,行吗?我老了,离开女儿太远了。我不会打搅你的,光是住在那儿。你每天晚上跟我谈谈她。你说,你不会讨厌吧?你回家的时候,我睡在床上听到你的声音,心里想:——他才见过我的小但斐纳,带她去跳舞,使她快乐。——要是我病了,听你回来,走动,出门,等于给我心上涂了止痛膏。你身上有我女儿的气息!我只要走几步路就到天野大道,她天天在那儿过,我可以天天看到她,不会再像从前那样迟到了。也许她还会上你这儿来!我可以听到她,看她穿着梳妆衣,踅着细步,像小猫一样可爱的走来走去。一个月到现在,她又恢复了从前小姑娘的模样,快活,漂亮,她的心情复原了,你给了她幸福。哦!什么办不到的事,我都替你办。她刚才回家的路上对我说:爸爸,我真快活!——听她们一本正经的叫我父亲,我的心就冰冷;一叫我爸爸,我又看到了她们小时候的样子,回想起从前的事。我觉得自己还是十足十的父亲,她们还没有给旁人占去!"

老头儿抹了抹眼泪。

"好久我没听见她们叫我爸爸了,好久没有挽过她们的胳膊了。唉!是呀,十年功夫我没有同女儿肩并肩的一块儿走了。挨

高老头

着她的裙子，跟着她的脚步，沾到她的暖气，多舒服啊！今儿早上我居然能带了但斐纳到处跑，同她一块儿上铺子买东西，又送她回家。噢！你一定得收留我！你要人帮忙的时候，有我在那儿，就好伺候你啦。倘若那个亚尔萨斯臭胖子死了，倘若他的痛风症乖乖的跑进了他的胃，我女儿不知该多么高兴呢！那时你可以做我的女婿，堂而皇之做她的丈夫了。唉。她那么可怜，一点儿人生的乐趣都没有尝到，所以我什么都原谅她。好天爷总该保佑慈爱的父亲吧。"他停了一会，侧了侧脑袋又说："她太爱你了，上街的时候她跟我提到你：是不是，爸爸，他好极了！他多有良心！有没有提到我呢！——呃，从阿多阿街到巴诺拉玛巷，拉拉扯扯不知说了多少！总之，她把她的心都倒在我的心里了。整整一个上午我快乐极了，不觉得老了，我的身体还不到一两重。我告诉她，你把一千法郎交给了我。哦！我的小心肝听着哭了。"

拉斯蒂涅站在那儿不动，高老头忍不住了，说道：

"嗳，你壁炉架上放的什么呀？"

欧也纳愣头愣脑的望着他的邻居。伏脱冷告诉他明天要决斗了；高老头告诉他，渴望已久的梦想要实现了。两个那么极端的消息，使他好像做了一场噩梦。他转身瞧了瞧壁炉架，看到那小方匣子，马上打开，发现一张纸条下面放着一只勃勒甘牌子的表。纸上写着：

> 我要你时时刻刻想到我，因为……　　但斐纳。

最后一句大概暗指他们俩某一次的争执，欧也纳看了大为感动。拉斯蒂涅的纹章放在匣子里边，是用釉彩堆成的。这件向往已久的装饰品，链条，钥匙，式样，图案，他件件中意。高老头在旁乐得眉飞色舞。他准是答应女儿把欧也纳惊喜交集的情形告诉她听的；这些年轻人的激动也有老人的份，他的快乐也不下于他们两人。他已经非常喜欢拉斯蒂涅了，为了女儿，也为了拉斯蒂涅本人。

"你今晚一定要去看她，她等着你呢。亚尔萨斯臭胖子在他舞女那儿吃饭。嗳，嗳，我的代理人向他指出事实，他愣住了。他不是说爱我女儿爱得五体投地么？哼，要是他碰一碰她，我就要他的命。一想到我的但斐纳……（他叹了口气）我简直气得要犯法；呸，杀了他不能说杀了人，不过是牛头马面的一个畜生罢了。你会留我一块儿住的，是不是？"

"是的，老丈，你知道我是喜欢你的……"

"我早看出了，你并没觉得我丢你的脸。来，让我拥抱你。"他搂着大学生。"答应我，你得使她快乐！今晚你一定去了？"

"噢，是的。我先上街去一趟，有件要紧事儿，不能耽误。"

"我能不能帮忙呢？"

"哦，对啦！我上纽沁根太太家，你去见泰伊番老头，要他今天晚上给我约个时间，我有件紧急的事和他谈。"

高老头脸色变了，说道："楼下那些混蛋说你追求他的女儿，可是真的，小伙子？该死！你可不知什么叫做高里奥的老拳呢。你要欺骗我们，就得教你尝尝味儿了。哦！那是不可能的。"

大学生道："我可以赌咒，世界上我只爱一个女人，连我自己也只是刚才知道。"

高老头道："啊，那才好呢！"

"可是。"大学生又说，"泰伊番的儿子明天要同人决斗，听说他会送命的。"

高老头道："那跟你有什么相干？"

欧也纳道："噢！非告诉他不可，别让他的儿子去……"

高老头

伏脱冷在房门口唱起歌来,打断了欧也纳的话:

噢,理查,噢,我的陛下,
世界把你丢啊①……

勃龙!勃龙!勃龙!勃龙!勃龙!

我久已走遍了世界,
人家到处看见我呀……

脱啦,啦,啦,啦……

"诸位先生。"克利斯朵夫叫道,"汤冷了,饭厅上人都到齐了。"

"喂。"伏脱冷喊,"来拿我的一瓶波尔多去②。"

"你觉得好看吗,那只表?"高老头问,"她挑的不差可不是?"

伏脱冷,高老头,和拉斯蒂涅三个人一同下楼,因为迟到,在饭桌上坐在一处。吃饭的时候,欧也纳一直对伏脱冷很冷淡;可是伏盖太太觉得那个挺可爱的家伙从来没有这样的谈锋。他诙谐百出,把桌上的人都引得非常高兴。这种安详,这种镇静,欧也纳看着害怕了。

"你今儿交了什么运呀,快活得像云雀一样?"伏盖太太问。

"我做了好买卖总是快活的。"

"买卖?"欧也纳问。

---

① 格雷德里的喜歌剧《狮心王理查》中的唱词。
② 波尔多为法国西部港口,产红葡萄酒有名,通常即以此地名称呼红酒。

153

"是啊。我交出了一部分货,将来好拿一笔佣金。"他发觉老姑娘在打量他,便问:"米旭诺小姐,你这样盯着我,是不是我脸上有什么地方教你不舒服?老实告诉我,为了讨你欢喜,我可以改变的。"

他又瞅着老公务员说:"波阿莱,咱们不会因此生气的,是不是?"

"真是!你倒好替雕刻家做模特儿,让他塑一个滑稽大家的像呢?"青年画家对伏脱冷道。

"不反对,只要米旭诺小姐肯给人雕做拉希公墓①的爱神。"伏脱冷回答。

"那么波阿莱呢?"皮安训问。

"噢!波阿莱就扮做波阿莱。他是果园里的神道,是梨的化身②。"伏脱冷回答。

"那你是坐在梨跟酪饼之间了。"皮安训说。

"都是废话。"伏盖太太插嘴道,"还是把你那瓶波尔多献出来吧,又好健胃又好助兴。那个瓶已经在那儿伸头探颈了!"

"诸位。"伏脱冷道,"主席叫我们遵守秩序。古的太太和维多莉小姐虽不会对你们的胡说八道生气,可不能侵犯无辜的高老头。我请大家喝一瓶波尔多,那是靠着拉斐德先生的大名而格外出名的。我这么说可毫无政治意味。③——来呀,你这傻子!"他望着一动不动的克利斯朵夫叫。"这儿来,克利斯朵夫!怎么你没听见你名字?傻瓜!把酒端上来!"

---

① 拉希公墓为巴黎最大的公共坟场。
② Poire(梨)与 Poiret(波阿莱——人名)谐音,故以此为戏。
③ 夏多·拉斐德为波尔多有名的酿酒区,有一种出名的红酒就用这个名称,大概伏脱冷请大家喝的就是这一种。当时又有法兰西银行总裁名叫拉斐德,故以谐音作戏谑语。

"来啦，先生。"克利斯朵夫捧着酒瓶给他。

伏脱冷给欧也纳和高老头各各斟了一杯，自己也倒了几滴。两个邻居已经在喝了，伏脱冷拿起杯子辨了辨味道，忽然扮了个鬼脸：

"见鬼！见鬼！有瓶塞子味儿。克利斯朵夫，这瓶给你吧，另外去拿，在右边，你知道？咱们一共十六个，拿八瓶下来。"

"既然你破钞。"画家说，"我也来买一百个栗子。"

"哦！哦！"

"啵！啵！"

"哎！哎！"

每个人大惊小怪的叫嚷，好似花筒里放出来的火箭。

"喂，伏盖妈妈，来两瓶香槟。"伏脱冷叫。

"亏你想得出，干么不把整个屋子吃光了？两瓶香槟！十二法郎！我哪儿去挣十二法郎！不成，不成。要是欧也纳先生肯会香槟的账，我请大家喝果子酒。"

"吓！他的果子酒像秦皮汁一样难闻。"医学生低声说。

拉斯蒂涅道："别说了，皮安训，我听见秦皮汁三个字就恶心……行！去拿香槟，我付账就是了。"

"西尔维。"伏盖太太叫，"拿饼干跟小点心来。"

伏脱冷道："你的小点心太大了，而且出毛了。还是拿饼干来吧。"

一霎时，波尔多斟遍了，饭桌上大家提足精神，越来越开心。粗野疯狂的笑声夹着各种野兽的叫声。博物院管事学巴黎街上的一种叫卖声，活像猫儿叫春。立刻八个声音同时嚷起来：

"磨刀哇！磨刀哇！"

"鸟栗子呕！"

"卷饼哎，太太们，卷饼哎！"

155

"修锅子，补锅子！"

"船上来的鲜鱼呕！鲜鱼呕！"

"要不要打老婆，要不要拍衣服！"

"有旧衣服，旧金线，旧帽子卖哦！"

"甜樱桃啊甜樱桃！"

最妙的是皮安训用鼻音哼的"修阳伞哇"！

几分钟之内，哗里哗啦，沸沸扬扬，把人脑袋都胀破了。你一句我一句，无非是瞎说八道，像一出大杂耍。伏脱冷一边当指挥一边冷眼觑着欧也纳和高里奥。两人好像已经醉了，靠着椅子，一本正经望着这片从来未有的混乱，很少喝酒，都想着晚上要做的事，可是都觉得身子抬不起来。伏脱冷在眼梢里留意他们的神色，等到他们眼睛迷迷糊糊快要闭上了，他贴着拉斯蒂涅的耳朵说：

"喂，小家伙，你还要不过伏脱冷老头呢。他太喜欢你了，不能让你胡闹。一朝我决心要干什么事，只有上帝能拉住我。嘿！咱们想给泰伊番老头通风报信，跟小学生一样糊涂！炉子烧热了，面粉捏好了，面包放上铲子了；明儿咱们就可以咬在嘴里，丢着面包心子玩儿了，你竟想捣乱吗？不成不成，生米一定得煮成熟饭！心中要有什么小小的不舒服，等你吃的东西消化了，那点儿不舒服也就没有啦。咱们睡觉的时候，上校弗朗却西尼伯爵剑头一挥，替你把米希尔·泰伊番的遗产张罗好啦。维多莉继承了她的哥哥，一年有小小的一万五千收入。我已经打听清楚，光是母亲的遗产就有三十万以上……"

欧也纳听着这些话不能回答，只觉得舌尖跟上颚粘在一块，身子重甸甸的，瞌睡得要死。他只能隔了一重明晃晃的雾，看见桌子和同桌的人的脸。不久，声音静下来，客人一个一个的散了，临了只剩下伏盖太太，古的太太，维多莉，伏脱冷和高老

高老头

头。拉斯蒂涅好似在梦中,瞥见伏盖太太忙着倒瓶里的余酒,把别的瓶子装满。

寡妇说:"嗳!他们疯疯癫癫,多年轻啊!"

这是欧也纳听到的最后一句话。

西尔维道:"只有伏脱冷先生才会教人这样快活,哟!克利斯朵夫打鼾打得像陀螺一样。"

"再见,伏盖妈妈,我要到大街上看玛蒂演《荒山》去了,那是把《孤独者》改编的戏。倘使你愿意,我请你和这些太太们一块儿去。"

古的太太回答:"我们不去,谢谢你。"

伏盖太太说:"怎么,我的邻居!你不想看《孤独者》改编的戏?那是阿太拉·特·夏多勃里昂①写的小说,我们看得津津有味,去年夏天在菩提树下哭得像玛特兰纳,而且是一部伦理作品,正好教育教育你的小姐呢。"

维多莉回答:"照教会的规矩,我们不能看喜剧。"

"哦,这两个都人事不知了。"伏脱冷把高老头和欧也纳的脑袋滑稽的摇了一下。

他扶着大学生的头靠在椅背上,让他睡得舒服些,一边热烈的亲了亲他的额角,唱道:

睡吧,我的心肝肉儿!
我永远替你们守护②。

---

① 伏盖太太毫无知识,把作者的姓名弄得七颠八倒,和作品混而为一。

② 阿梅台·特·菩柏朗的有名的情歌中的词句,一八一九年被采入一出歌舞剧。

157

维多莉道:"我怕他害病呢。"

伏脱冷道:"那你在这里照应他吧。"又凑着她的耳朵说:"那是你做贤妻的责任。他真爱你啊,这小伙子。我看,你将来会做他的小媳妇儿。"他又提高了嗓子:"末了,他们在地方上受人尊敬,白头偕老,子孙满堂。所有的爱情故事都这样结束的。哎,妈妈。"他转身搂着伏盖太太,"去戴上帽子,穿上漂亮的小花绸袍子,披上当年伯爵夫人的披肩。让我去替你雇辆车。"说完他唱着歌出去了:

> 太阳,太阳,神明的太阳,
> 是你晒熟了南瓜的瓜瓢①……

伏盖太太说:"天哪!你瞧,古的太太,这样的男人才教我日子过得舒服呢。"她又转身对着面条商说:"呦,高老头去啦。这啬刻鬼从来没想到带我上哪儿去过。我的天,他要倒下来啦。上了年纪的人再失掉理性,太不像话!也许你们要说,没有理性的人根本丢不了什么。西尔维,扶他上楼吧。"

西尔维抓着老人的胳膊扶他上楼,当他铺盖卷似的横在床上。

"可怜的小伙子。"古的太太说着,把欧也纳挡着眼睛的头发撩上去,"真像个女孩子,还不知道喝醉是怎么回事呢。"

伏盖太太道:"啊!我开了三十一年公寓,像俗话说的,手里经过的年轻人也不少了;像欧也纳先生这么可爱,这么出众的人才,可从来没见过。瞧他睡得多美!把他的头放在你肩上吧,古的太太。呃,他倒在维多莉小姐肩上了。孩子们是有神道保佑

---

① 当时工场里流行的小调。

的。再侧过一点,他就碰在椅背的葫芦上啦。他们俩配起来倒是挺好的一对。"

古的太太道:"好太太,别胡说,你的话……"

伏盖太太回答:"呃!他听不见的。来,西尔维,帮我去穿衣服,我要戴上我的大胸褡。"

西尔维道:"哎哟!太太,吃饱了饭戴大胸褡!不,你找别人吧,我下不了这毒手。你这么不小心是有性命危险的。"

"管他,总得替伏脱冷先生挣个面子。"

"那你对承继人真是太好了。"

寡妇一边走一边吆喝:"嗳,西尔维,别顶嘴啦。"

厨娘对维多莉指着女主人,说:"在她那个年纪!"

饭厅里只剩下古的太太和维多莉,欧也纳靠在维多莉肩膀上睡着。静悄悄的屋里只听见克利斯朵夫的打鼾声,相形之下,欧也纳的睡眠越加显得恬静,像儿童一般妩媚。维多莉脸上有种母性一般的表情,好像很得意;因为她有机会照顾欧也纳,借此发泄女人的情感,同时又能听到男人的心在自己的心旁跳动,而没有一点犯罪的感觉。千思百念在胸中涌起,跟一股年轻纯洁的热流接触之下,她情绪激动,说不出有多么快活。

古的太太紧紧握着她的手说:"可怜的好孩子!"

天真而苦恼的脸上罩着幸福的光轮,老太太看了暗暗称赏。维多莉很像中世纪古拙的画像,没有琐碎的枝节,沉着有力的笔触只着重面部,黄黄的皮色仿佛反映着天国的金光。

维多莉摩着欧也纳的头发说:"他只不过喝了两杯呀,妈妈。"

"孩子,他要是胡闹惯的,酒量就会跟别人一样了。他喝醉倒是证明他老实。"

街上传来一辆车子的声音。

年轻的姑娘说:"妈妈,伏脱冷先生来了。你来扶一扶欧也纳先生。我不愿意给那个人看见。他说话叫人精神上感到污辱,瞧起人来真受不了,仿佛剥掉人的衣衫一样。"

古的太太说:"不,你看错了!他是个好人,有点像过去的古的先生,虽然粗鲁,本性可是不坏,他是好人歹脾气。"

在柔和的灯光抚弄之下,两个孩子正好配成一幅图画。伏脱冷悄悄的走进来,抱了手臂,望着他们说道:

"哎哟!多有意思的一幕,喔!给《保尔和维奚尼》的作者,裴那登·特·圣·比哀看到了,一定会写出好文章来。青春真美,不是吗,古的太太?"他又端相了一会欧也纳,说道:"好孩子,睡吧。有时福气就在睡觉的时候来的。"他又回头对寡妇道:"太太,我疼这个孩子,不但因为他生得清秀,还因为他心好。你瞧他不是一个希吕彭靠在天使肩上么?真可爱!我要是女人,我愿意为了他而死,(哦,不!不这么傻!)愿意为了他而活!这样欣赏他们的时候,太太。"他贴在寡妇耳边悄悄的说:"不由不想到他们是天生一对,地造一双。"然后他又提高了嗓子:"上帝给我们安排的路是神秘莫测的,他鉴察人心,试验人的肺腑①。孩子们,看到你们俩都一样的纯洁,一样的有情有义,我相信一朝结合了,你们决不会分离。上帝是正直的。"他又对维多莉说:"我觉得你很有福相,给我瞧瞧你的手,小姐。我会看手相,人家的好运气常常被我说准的。哎唷!你的手怎么啦?真的,你马上要发财了,爱你的人也要托你的福了。父亲会叫你回家,你将来要嫁给一个年轻的人,又漂亮又有头衔,又爱你!"

妖娆的伏盖寡妇下楼了,沉重的脚声打断了伏脱冷的预言。

"瞧啊,伏盖妈妈美丽得像一颗明明明……明星,包扎得像

---

① 此二语借用《圣经·耶利米书》第十七章原文。

根红萝卜。不有点儿气急吗?"他把手按着她胸口说。"啊,胸脯绑得很紧了,妈妈。不哭则已,一哭准会爆炸;可是放心,我会像古董商一样把你仔仔细细捡起来的。"

寡妇咬着古的太太的耳朵说:"他真会讲法国式的奉承话,这家伙!"

"再见,孩子们。"伏脱冷转身招呼欧也纳和维多莉,把手放在他们头上,"我祝福你们!相信我,小姐,一个规矩老实的人的祝福是有道理的,包你吉利,上帝会听他的话的。"

"再见,好朋友。"伏盖太太对她的女房客说,又轻轻补上一句:"你想伏脱冷先生对我有意思吗?"

"呕!呕!"

他们走后,维多莉瞧着自己的手叹道:

"唉!亲爱的妈妈,倘若真应了伏脱冷先生的话!"

老太太回答:"那也不难,只消你那魔鬼哥哥从马上倒栽下来就成了。"

"噢!妈妈!"

寡妇道:"我的天!咒敌人也许是桩罪过,好,那么我来补赎吧。真的,我很愿意给他送点儿花到坟上去。他那个坏良心,没有勇气替母亲说话,只晓得拿她的遗产,夺你的家私。当时你妈妈陪嫁很多,算你倒楣,婚书上没有提。"

维多莉说:"要拿人家的性命来换我的幸福,我心上永远不会安乐的。倘使要我幸福就得去掉我哥哥,那我宁可永久住在这儿。"

"伏脱冷先生说得好,谁知道全能的上帝高兴教我们走哪条路呢?——你瞧他是信教的,不像旁人提到上帝比魔鬼还要不敬。"

她们靠着西尔维帮忙,把欧也纳抬进卧房,放倒在床上;厨娘替他脱了衣服，让他舒舒服服的睡觉。临走，维多莉趁老太太一转身，在欧也纳额上亲了一亲，觉得这种偷偷摸摸的罪过真有说不出的快乐。她瞧瞧他的卧室，仿佛把这一天上多多少少的幸福归纳起来，在脑海中构成一幅图画，让自己老半天的看着出神。她睡熟的时候变了巴黎最快乐的姑娘。

伏脱冷在酒里下了麻醉药，借款待众人的机会灌醉了欧也纳和高老头：这一下他可断送了自己。半醉的皮安训忘了向米旭诺追问鬼上当那个名字。要是他说了，伏脱冷，或者约各·高冷——在此我们不妨对苦役监中的大人物还他的真名实姓，——一定会马上提防。后来，米旭诺小姐认为高冷性情豪爽，正在盘算给他通风报信，让他在半夜里逃走，是不是更好的时候，听到拉希公墓上的爱神那个绰号，便突然改变主意。她吃过饭由波阿莱陪着出门，到圣·安纳街找那有名的特务头子去了，心里还以为他不过是个名叫龚杜罗的高级职员。特务长见了她挺客气。把一切细节说妥之后，米旭诺小姐要求那个检验颤印的药品。看到圣·安纳街的大人物在书桌抽斗内找寻药品时那种得意的态度，米旭诺才懂得这件事情的重要性还不止在于掩捕一个普通的逃犯。她仔细一想，觉得警察当局还希望根据苦役监内线的告密，赶得上没收那笔巨大的基金。她把这点疑心向那老狐狸说了，他却笑了笑，有心破除老姑娘的疑心。

"你想错了。"他说。"在贼党里，高冷是一个从来未有的最危险的博士，我们要抓他是为这一点。那些坏蛋也都知道；他是他们的军旗，他们的后台，他们的拿破仑；他们都爱戴他。这家伙永远不会把他的老根丢在葛兰佛广场上的①。"

米旭诺听了莫名其妙，龚杜罗给她解释，他用的两句土话是

---

① 葛兰佛广场为巴黎执行死刑的地方，也是公共庆祝的集会场所。

贼党里极有分量的切口,他们早就懂得一个人的脑袋可有两种看法:博士是一个活人的头脑,是他的参谋,是他的思想;老根是个轻蔑的字眼,表示头颅落地之后毫无用处。

他接着说:"高冷拿我们打哈哈。对付那些英国钢条般的家伙,我们也有一个办法,只要他们在逮捕的时候稍微抵抗一下,立刻把他干掉。我们希望高冷明天动武,好把他当场格杀。这么一来,诉讼啊,看守的费用啊,监狱里的伙食啊,一概可以省掉,同时又替社会除了害。起诉的手续,证人的传唤,旅费津贴,执行判决,凡是对付这些无赖的合法步骤所花的钱,远不止你到手的三千法郎。并且还有节省时间的问题。一刀戳进鬼上当的肚子,可以消弭上百件的罪案,教多少无赖不敢越过轻罪法庭的范围。这就叫做警政办得好。照真正慈善家的理论,这种办法便是预防犯罪。"

"这就是替国家出力呀。"波阿莱道。

"对啦,你今晚的话才说得有理了。是呀,我们当然是替国家出力啰。外边的人对我们很不公平,其实我们暗中帮了社会多少的忙。再说,一个人不受偏见约束才算高明,违反成见所做的好事自然免不了害处,能忍受这种害处才是基督徒。你瞧,巴黎终究是巴黎。这句话就说明了我的生活。小姐,再见吧。明天我带着人在植物园等。你叫克利斯朵夫上蒲风街我前次住的地方找龚杜罗先生就得了。先生,将来你丢了东西,尽管来找我,包你物归原主。我随时可以帮忙。"

"嗳。"波阿莱走到外边对米旭诺小姐说,"世界上竟有些傻子,一听见警察两字就吓得魂不附体。可是这位先生多和气,他要你做的事情又像打招呼一样简单。"

第二天是伏盖公寓历史上最重大的日子。至此为止,平静的公寓生活中最显著的事件,是那个假伯爵夫人像彗星一般的出现。可是同这一日天翻地覆的事（从此成为伏盖太太永久的话题）一比，一切都黯淡无光了。先是高里奥和欧也纳一觉睡到十一点。伏盖太太半夜才从快乐戏院回家，早上十点半还在床上。喝了伏脱冷给的剩酒，克利斯朵夫的酣睡耽误了屋里的杂务。波阿莱和米旭诺小姐并不抱怨早饭开得晚。维多莉和古的太太也睡了晚觉。伏脱冷八点以前就出门，直到开饭才回来。十一点一刻，西尔维和克利斯朵夫去敲各人的房门请吃早饭，居然没有一个人说什么不满意的话。两个仆人一走开，米旭诺小姐首先下楼，把药水倒入伏脱冷自备的银杯，那是装满了他冲咖啡用的牛奶，跟旁人的一起炖在锅子上的。老姑娘算好利用公寓里这个习惯下手。七个房客过了好一会才到齐。欧也纳伸着懒腰最后一个下楼，正碰上特·纽沁根太太的信差送来一封信，写的是：

> 朋友，我对你并不生气，也不觉得我有损尊严。我等到半夜二点，等一个心爱的人！受过这种罪的人决不会教人家受。我看出你是第一次恋爱。你碰到了什么事呢？我真急死了。要不怕泄露心中的秘密，我就亲自来了，看看你遇到的究竟是凶是吉。可是在那个时候出门，不论步行或是坐车，岂不是断送自己？我这才觉得做女人的苦。我放心不下，请你告诉我为什么父亲对你说了那些话之后，你竟没有来。我要生你的气，可是会原谅你的。你病了么？为什么住得这样远？求你开声口吧。希望马上就来。倘若有事，只消回我一个字：或者说就来，或者说害病。不过你要不舒服的话，父亲会来通知我的。那末究竟是怎么回事呢？……

"是啊，怎么回事呢？"欧也纳叫了起来。他搓着没有念完的信，冲进饭厅，问："几点了？"

"十一点半。"伏脱冷一边说一边把糖放进咖啡。

那逃犯冷静而迷人的眼睛瞪着欧也纳。凡是天生能勾魂摄魄的人都有这种目光。据说能镇住疯人院中的武痴。欧也纳不禁浑身哆嗦。街上传来一辆马车的声音，泰伊番先生家一个穿号衣的当差神色慌张的冲进来，古的太太一眼便认出了。

"小姐。"他叫道，"老爷请您回去，家里出了事。弗莱特烈先生跟人决斗，脑门上中了一剑，医生认为没有希望了，恐怕您来不及跟他见面了，已经昏迷了。"

伏脱冷叫道："可怜的小伙子！有了三万一年的收入，怎么还能打架？年轻人真不懂事。"

"吓，老兄！"欧也纳对他嚷道。

"怎么，你这个大孩子？巴黎哪一天没有人决斗？"伏脱冷一边回答一边若无其事的喝完咖啡。米旭诺小姐全副精神看他这个动作，听到那件惊动大众的新闻也不觉得震动。

古的太太说："我跟你一块儿去，维多莉。"

她们俩帽子也没戴，披肩也没拿，径自跑了。维多莉临走噙着泪对欧也纳望了一眼，仿佛说："想不到我们的幸福要教我流泪！"

伏盖太太道："呃，你竟是未卜先知了，伏脱冷先生？"

约各·高冷回答："我是先知，我是一切。"

伏盖太太对这件事又说了一大堆废话："不是奇怪吗！死神来寻到我们，连商量都不跟我们商量一下。年轻人往往走在老年人之前。我们女人总算运气，用不着决斗；可是也有男人没有的病痛。我们要生孩子，而做母亲的苦难是很长的！维多莉真福气！这会儿她父亲没有办法啦，只能让她承继啰。"

"可不是！"伏脱冷望着欧也纳说，"昨天两手空空，今儿就有了几百万!"

伏盖太太叫道:"喂,欧也纳先生,这一下你倒是中了头彩啦。"

听到这一句,高老头瞧了瞧欧也纳,发现他手中还拿着一封团皱的信。

"你还没有把信念完呢!……这是什么意思?难道你也跟旁人一样吗?"他问欧也纳。

"太太,我永远不会娶维多莉小姐。"欧也纳回答伏盖太太的时候,不胜厌恶的口气教在场的人都觉得奇怪。

高老头抓起大学生的手握着,恨不得亲它一下。

伏脱冷道:"哦!哦,意大利人有句妙语,叫做听时间安排!"

"我等回音呢。"纽沁根太太的信差催问拉斯蒂涅。

"告诉太太说我会去的。"

信差走了。欧也纳心烦意躁,紧张到极点,再也顾不得谨慎不谨慎了。他高声自言自语:"怎么办?一点儿没有证据!"

伏脱冷微微笑着。他吞下的药品已经发作,只是逃犯的身体非常结实,还能站起来瞧着拉斯蒂涅,沉着嗓子说:

"孩子,福气就在睡觉的时候来的。"

说完他直僵僵的倒在地下。

欧也纳道:"果真是神灵不爽!"

"哎哟!他怎么啦?这个可怜的亲爱的伏脱冷先生?"

米旭诺小姐叫道:"那是中风啊。"

"喂,西尔维,请医生去。"寡妇吩咐。"拉斯蒂涅先生,你快去找皮安训先生。说不定西尔维碰不到我们的葛兰泼莱医生。"

拉斯蒂涅很高兴借此机会逃出这个可怕的魔窟,便连奔带跑的溜。

"克利斯朵夫,你上药铺去要些治中风的药。"

克利斯朵夫出去了。

"哎,喂,高老头,帮我们抬他上楼,抬到他屋里去。"

大家抓着伏脱冷,七手八脚抬上楼梯,放在床上。

高里奥说:"我帮不了什么忙,我要看女儿去了。"

"自私的老头儿!"伏盖太太叫道,"去吧,但愿你不得好死,孤零零的像野狗一样!"

"瞧瞧你屋子里可有乙醚。"米旭诺小姐一边对伏盖太太说,一边和波阿莱解开伏脱冷的衣服。

伏盖太太下楼到自己卧房去,米旭诺小姐就可以为所欲为了。

她吩咐波阿莱:"赶快,脱掉他的衬衫,把他翻过来!你至少也该有点儿用处,总不成叫我看到他赤身露体。你老呆在那里干吗?"

伏脱冷给翻过身来,米旭诺照准他肩头一巴掌打过去,鲜红的皮肤上立刻白白的泛出两个该死的字母。

"吓!一眨眼你就得了三千法郎赏格。"波阿莱说着,扶住伏脱冷,让米旭诺替他穿上衬衣。——他把伏脱冷放倒在床上,又道:"呃,好重啊!"

"别多嘴!瞧瞧有什么银箱没有?"老姑娘性急慌忙的说,一双眼睛拼命打量屋里的家具,恨不得透过墙壁才好。

她又道:"最好想个理由打开这口书柜!"

波阿莱回答:"恐怕不大好吧?"

"为什么不大好?贼赃是公的,不能说是谁的了。可惜来不及,已经听到伏盖的声音了。"

伏盖太太说:"乙醚来了。哎,今天的怪事真多。我的天!这个人是不会害病的,他白得像子鸡一样。"

"像子鸡?"波阿莱接了一句。

寡妇把手按着伏脱冷的胸口,说:"心跳得很正常。"

"正常?"波阿莱觉得很诧异。

"是呀,跳得挺好呢。"

"真的吗?"波阿莱问。

"妈妈呀!他就像睡着一样。西尔维已经去请医生了。喂,米旭诺小姐,他把乙醚吸进去了。大概是抽筋。脉搏很好。身体像土耳其人一样棒。小姐,你瞧他胸口的毛多浓;好活到一百岁呢,这家伙!头发也没脱。呦!是胶在上面的,他戴了假头发,原来的头发是土红色的。听说红头发的人不是好到极点,就是坏到极点!他大概是好的了,他?"

"好!好吊起来。"波阿莱道。

"你是说他好吊在漂亮女人的脖子上吧?"米旭诺小姐抢着说。"你去吧,先生。你们闹了病要人伺候,那就是我们女人的事了。你还是到外边去溜溜吧。这儿有我跟伏盖太太照应就行了。"

波阿莱一声没出,轻轻的走了,好像一条狗给主人踢了一脚。

拉斯蒂涅原想出去走走,换换空气。他闷得发慌。这桩准时发生的罪案,隔夜他明明想阻止的;后来怎么的呢?他应该怎办呢?他唯恐在这件案子中做了共谋犯。想到伏脱冷那种若无其事的态度,他还心有余悸。他私下想:

"要是伏脱冷一声不出就死了呢?"

他穿过卢森堡公园的走道,好似有一群猎犬在背后追他,连它们的咆哮都听得见。

"喂,朋友。"皮安训招呼他,"你有没有看到《舵工报》?"

《舵工报》是天梭先生主办的激进派报纸,在晨报出版后几小时另出一张内地版,登载当天的新闻,在外省比别家报纸的消息要早二十四小时。

高乡医院的实习医生接着说:"有段重要新闻:泰伊番的儿子和前帝国禁卫军的弗朗却西尼伯爵决斗,额上中了一剑,深两寸。这么一来,维多莉小姐成了巴黎最有陪嫁的姑娘了。哼!要是早知道的话!死了个人倒好比开了个头奖!听说维多莉对你很不错,可是真的?"

"别胡说,皮安训,我永远不会娶她。我爱着一个妙人儿,她也爱着我,我……"

"你这么说好像拼命压制自己,唯恐对你的妙人儿不忠实。难道真有什么女人,值得你牺牲泰伊番老头的家私么?倒要请你指给我瞧瞧。"

拉斯蒂涅嚷道:"难道所有的魔鬼都盯着我吗?"

皮安训道:"那么你又在盯谁呢?你疯了么?伸出手来,让我替你按按脉。呦,你在发烧呢。"

"赶快上伏盖妈妈家去吧。"欧也纳说,"刚才伏脱冷那混蛋晕过去了。"

"啊!我早就疑心,你给我证实了。"皮安训说着,丢下拉斯蒂涅跑了。

拉斯蒂涅溜了大半天,非常严肃。他似乎把良心翻来覆去查看了一遍。尽管他迟疑不决,细细考虑,到底真金不怕火,他的清白总算经得起严格的考验。他记起隔夜高老头告诉他的心腹话,想起但斐纳在阿多阿街替他预备的屋子;拿出信来重新念了一遍,吻了一下,心上想:

"这样的爱情正是我的救星。可怜老头儿有过多少伤心事;他从来不提,可是谁都一目了然!好吧,我要像照顾父亲一般的照顾他,让他享享福。倘使她爱我,她白天会常常到我家里来陪他的。那高个子的雷斯多太太真该死，竟会把老子当做门房看待。亲爱的但斐纳！她对老人家孝顺多了，她是值得我爱的。啊！今晚上我就可以快乐了！"

他掏出表来，欣赏了一番。

"一切都成功了。两个人真正相爱永久相爱的时候，尽可以互相帮助，我尽可以收这个礼。再说，将来我一定飞黄腾达，无论什么我都能百倍的报答她。这样的结合既没有罪过，也没有什么能教最严格的道学家皱一皱眉头的地方。多少正人君子全有这一类的男女关系！我们又不欺骗谁；欺骗才降低我们的人格。扯谎不就表示投降吗？她和丈夫已经分居好久。我可以对那个亚尔萨斯人说，他既然不能使妻子幸福，就应当让给我。"

拉斯蒂涅心里七上八下，争执了很久。虽然青年人的善念终于得胜了，他仍不免在四点半左右，天快黑的时候，存着按捺不下的好奇心，回到发誓要搬走的伏盖公寓。他想看看伏脱冷有没有死。

皮安训把伏脱冷灌了呕吐剂，叫人把吐出来的东西送往医院化验。米旭诺竭力主张倒掉，越发引起皮安训的疑心。并且伏脱冷也复原得太快，皮安训更疑心这个嘻嘻哈哈的家伙是遭了暗算。拉斯蒂涅回来，伏脱冷已经站在饭厅内火炉旁边。包饭客人到的比平时早，因为知道了泰伊番儿子的事，想来打听一番详细情形以及对维多莉的影响。除了高老头，全班人马都在那儿谈论这件新闻。欧也纳进去，正好跟不动声色的伏脱冷打了一个照面，被他眼睛一瞪，直瞧到自己心里，挑起一些邪念，使他心惊肉跳，打了个寒噤。那逃犯对他说：

"喂，亲爱的孩子，死神向我认输的日子还长哩。那些太太们说我刚才那场脑充血，连牛都吃不住，我可一点事儿都没有。"

高老头

伏盖寡妇叫道:"别说牛,连公牛都受不了①。"

"你看我没有死觉得很不高兴吗?"伏脱冷以为看透了拉斯蒂涅的心思,凑着他耳朵说。"那你倒是个狠将了!"

"嗳,真的。"皮安训说,"前天米旭诺小姐提起一个人绰号叫做鬼上当,这个名字对你倒是再合适没有。"

这句话对伏脱冷好似晴天霹雳,他顿时脸色发白,身子晃了几晃,那双勾魂摄魄的眼睛射在米旭诺脸上,好似一道阳光;这股精神的威势吓得她腿都软了,歪歪斜斜的倒在一张椅子里。逃犯扯下平时那张和善的脸,露出狰狞可怖的面目。波阿莱觉得米旭诺遭了危险,赶紧向前,站在她和伏脱冷之间。所有的房客还不知道这出戏是怎么回事,莫名其妙的愣住了。这时外面响起好几个人的脚声,和士兵的枪柄跟街面上的石板碰击的声音。正当高冷不由自主的望着墙壁和窗子,想找出路的时候,客厅门口出现了四个人。为首的便是那特务长,其余三个是警务人员。

"兹以法律与国王陛下之名……"一个警务人员这么念着,以下的话被众人一片惊讶的声音盖住了。

不久,饭厅内寂静无声,房客闪开身子,让三个人走进屋内。他们的手都插在衣袋里,抓着上好子弹的手枪。跟在后面的两个宪兵把守客厅的门;另外两个在通往楼梯道的门口出现。好几个士兵的脚声和枪柄声在前面石子道上响起来。鬼上当完全没有逃走的希望了,所有的目光都不由自主的盯着他一个人。特务长笔直的走过去,对准他的脑袋用力打了一巴掌,把假头发打落了。高冷丑恶的面貌马上显了出来。土红色的短头发表示他的强悍和狡猾,配着跟上半身气息一贯的脑袋和脸庞,意义非常清楚,仿佛被地狱的火焰照亮了。整个的伏脱冷,他的过去,现

---

① 伏脱冷所说的牛(boeuf)是去势的牛,伏盖太太说的是公牛(taureau),即斗牛用的牛。

在，将来，倔强的主张，享乐的人生观，以及玩世不恭的思想，行动，和一切都能担当的体格给他的气魄，大家全明白了。全身的血涌上他的脸，眼睛像野猫一般发亮。他使出一股犷野的力抖擞一下，大吼一声，把所有的房客吓得大叫。一看这个狮子般的动作，暗探们借着众人叫喊的威势，一齐掏出手枪。高冷一见枪上亮晶晶的火门，知道处境危险，便突然一变，表现出人的最高的精神力量。那种场面真是又丑恶又庄严！他脸上的表情只有一个譬喻可以形容，仿佛一口锅炉贮满了足以翻江倒海的水汽，一眨眼之间被一滴冷水化得无影无踪。消灭他一腔怒火的那滴冷水，不过是一个快得像闪电般的念头。他微微一笑，瞧着自己的假头发，对特务长说。

"哼，你今天不客气啊。"

他向那些宪兵点点头，把两只手伸了出来。

"来吧，宪兵，拿手铐来吧。请在场的人作证，我没有抵抗。"

这一幕的经过，好比火山的熔液和火舌突然之间蹿了出来，又突然之间退了回去。满屋的人看了，不由得唧唧哝哝表示惊叹。

逃犯望着那有名的特务长说："这可破了你的计，你这个小题大做的家伙！"

"少废话，衣服剥下来。"那个圣·安纳街的人物满脸瞧不起的吆喝。

高冷说："干么？这儿还有女太太。我又不赖，我投降了。"

他停了一会，瞧着全场的人，好像一个演说家预备发表惊人的言论。

"你写吧，拉夏班老头。"他招呼一个白头发的矮老头。老人从公事包里掏出逮捕笔录，在桌旁坐下。"我承认是约各·高冷，诨名鬼上当，判过二十年苦役。我刚才证明我并没盗窃虚名，辜负我的外号。"他又对房客们说："只要我举一举手，这三个奸细就要教我当场出彩，弄脏伏盖妈妈的屋子。这般坏蛋专门暗箭伤人！"

伏盖太太听到这几句大为难受，对西尔维道："我的天！真要教人吓出病来了；我昨天还跟他上快活剧院呢。"

"放明白些，妈妈。"高冷回答。"难道昨天坐了我的包厢就倒楣了吗？难道你比我们强吗？我们肩膀上背的丑名声，还比不上你们心里的坏主意，你们这些烂社会里的蛆！你们之中最优秀的对我也抵抗不了。"

他的眼睛停在拉斯蒂涅身上，温柔的笑了笑；那笑容同他粗野的表情成为奇怪的对照。

"你知道，我的宝贝，咱们的小交易还是照常，要是接受的话！"说着他唱起来：

我的芳希德多可爱，
你瞧她多么朴实。

"你放心，我自有办法收账。人家怕我，决不敢揩我的油。"

他这个人，这番话，把苦役监中的风气，亲狎，下流，令人触目惊心的气概，忽而滑稽忽而可怕的谈吐，突然表现了出来。他这个人不仅仅是一个人了，而是一个典型，代表整个堕落的民族，野蛮而又合理，粗暴而又能屈能伸的民族。一刹那间高冷变成一首恶魔的诗，写尽人类所有的情感，只除掉忏悔。他的目光有如撒旦的目光，他像撒旦一样永远要拼个你死我活。拉斯蒂涅低下头去，默认这个罪恶的联系，补赎他过去的邪念。

"谁出卖我的？"高冷的可怕的目光朝着众人扫过去，最后盯住了米旭诺小姐，说道："哼，是你！假仁假义的老妖精，你暗算我，骗我中风，你这个奸细！我一句话，包你八天之内脑袋搬家。可是我饶你,我是基督徒。而且也不是你出卖我的。那么是谁呢?"

他听见警务人员在楼上打开他的柜子,拿他的东西,便道:"嘿!嘿!你们在上面搜查。鸟儿昨天飞走了,窠也搬空了!你们找不出什么来的。账簿在这儿。"他拍拍脑门。"呃,出卖我的人,我知道了。一定是丝线那个小坏蛋,对不对,捕快先生?"他问特务长。"想起我们把钞票放在这儿的日子,一定是他。哼,什么都没有了,告诉你们这般小奸细!至于丝线哪,不出半个月就要他的命,你们派全部宪兵去保镖也是白搭。——这个米旭诺,你们给了她多少?两三千法郎吧?我可不止值这一些,告诉你这个母夜叉,丑八怪,公墓上的爱神!你要是通知了我,可以到手六千法郎。嗯,你想不到吧,你这个卖人肉的老货!我倒愿意那么办,开销六千法郎,免得旅行一趟,又麻烦,又损失钱。"他一边说一边让人家戴上手铐。"这些家伙要拿我开心,尽量拖延日子,折磨我。要是马上送我进苦役监,我不久就好重新办公,才不怕这些傻瓜的警察老爷呢。在牢里,弟兄们把灵魂翻身都愿意,只要能让他们的大哥走路,让慈悲的鬼上当远走高飞!你们之中可有人像我一样,有一万多弟兄肯替你拼命?"他骄傲的问,又拍拍心口:"这里面着实有些好东西,我从来没出卖过人!喂,假仁假义的老妖精。"他叫老姑娘,"你瞧他们都怕我,可是你哪,只能教他们恶心。好吧,领你的赏格去吧。"

他停了一会,打量着那些房客,说道:

"你们蠢不蠢,你们!难道从来没见过苦役犯?一个像我高冷气派的苦役犯,可不像别人那样没心没肺。我是卢梭的门徒,我反抗社会契约①那样的大骗局。我一个人对付政府,跟上上下

---

① 社会契约即卢梭著的《民约论》。

高老头

下的法院，宪兵，预算作对，弄得他们七荤八素。"

"该死！"画家说，"把他画下来倒是挺美的呢。"

"告诉我，你这刽子手大人的跟班，你这个寡妇总监。"（寡妇是苦役犯替断头台起的又可怕又有诗意的名字。）他转身对特务长说，"大家客客气气！告诉我，是不是丝线出卖我的？我不愿意冤枉他，教他替别人抵命。"

这时警务人员在楼上抄遍了他的卧室，一切登记完毕，进来对他们的主任低声说话。逮捕笔录也已经写好。

"诸位。"高冷招呼同住的人，"他们要把我带走了。我在这儿的时候，大家都对我很好，我永远不会忘记。现在告辞了。将来我会寄普罗望斯①的无花果给你们。"

他走了几步，又回头瞧了瞧拉斯蒂涅。

"再会，欧也纳。"他的声音又温柔又凄凉，跟他长篇大论的粗野口吻完全不同。"要有什么为难，我给你留下一个忠心的朋友。"

他虽然戴了手铐，还能摆出剑术教师的架式，喊着"一，二！"② 然后往前跨了一步，又说：

"有什么倒楣事儿，尽管找他。人手和钱都好调度。"

这怪人的最后几句说得十分滑稽，除了他和拉斯蒂涅之外，谁都不明白。警察，士兵，警务人员一齐退出屋子，西尔维一边用酸醋替女主人擦太阳穴，一边瞧着那般诧异不置的房客，说道：

"不管怎么样，他到底是个好人！"

大家被这一幕引起许多复杂的情绪，迷迷糊糊愣在那里，听了西尔维的话方始惊醒过来，你望着我，我望着你，然后不约而

---

① 普罗望斯为法国南部各州的总名，多隆监狱即在此地区内。
② "一，二！"为剑术教师教人开步时的口令。

同的把眼睛盯在米旭诺小姐身上。她像木乃伊一样的干瘪,又瘦又冷,缩在火炉旁边,低着眼睛,只恨眼罩的阴影不够遮掩她两眼的表情。众人久已讨厌这张脸,这一下突然明白了讨厌的原因。屋内隐隐然起了一阵嘀咕声,音调一致,表示反感也全场一致。米旭诺听见了,仍旧留在那里。皮安训第一个探过身去对旁边的人轻轻的说:

"要是这婆娘再同我们一桌子吃饭,我可要跑了。"

一刹那间,除了波阿莱,个个人赞成医学生的主张;医学生看见大众同意,走过去对波阿莱说:

"你和米旭诺小姐特别有交情,你去告诉她马上离开这儿。"

"马上?"波阿莱不胜惊讶的重复了一遍。

接着他走到老姑娘身旁,咬了咬她的耳朵。

"我房饭钱完全付清,我出我的钱住在这儿,跟大家一样!"她说完把全体房客毒蛇似的扫了一眼。

拉斯蒂涅说:"那容易得很,咱们来摊还她好了。"

她说:"你先生帮着高冷,哼,我知道为什么。"她瞅着大学生的眼光又恶毒又带着质问的意味。

欧也纳跳起来,仿佛要扑上去掐死老姑娘。米旭诺眼神中那点子阴险,他完全体会到,而他内心深处那些不可告人的邪念,也给米旭诺的目光照得雪亮。

房客们叫道:"别理她。"

拉斯蒂涅抱着手臂,一声不出。

"喂,把犹大小姐的事给了一了吧。"画家对伏盖太太说。"太太,你不请米旭诺走,我们走了,还要到处宣扬,说这儿住的全是苦役犯和奸细。不然的话,我们可以替你瞒着;老实说,这是在最上等的社会里也免不了的,除非在苦役犯额上刺了字,让他们没法冒充巴黎的布尔乔亚去招摇撞骗。"

听到这番议论，伏盖太太好像吃了仙丹，立刻精神抖擞，站起身子，把手臂一抱，睁着雪亮的眼睛，没有一点哭过的痕迹。

"嗳，亲爱的先生，你是不是要我的公寓关门？你瞧伏脱冷先生……哎哟！我的天！"她打住了话头，叫道，"我一开口就叫出他那个冒充规矩人的姓名！……一间屋空了，你们又要叫我多空两间。这时候大家都住定了，要我招租不是抓瞎吗！"

皮安训叫道："诸位，戴上帽子走吧，上索篷广场弗利谷多饭铺去！"

伏盖太太眼睛一转，马上打好算盘，骨碌碌的一直滚到米旭诺前面。

"喂，我的好小姐，好姑娘，你不见得要我关门吧，嗯？你瞧这些先生把我逼到这个田地；你今晚暂且上楼……"

"不行不行。"房客一齐叫着，"我们要她马上出去。"

"她饭都没吃呢，可怜的小姐。"波阿莱用了哀求的口吻。

"她爱上哪儿吃饭就哪儿吃饭。"好几个声音回答。

"滚出去，奸细！"

"奸细们滚出去！"

波阿莱这脓包突然被爱情鼓足了勇气，说道："诸位，对女性总得客气一些！"

画家道："奸细还有什么性别！"

"好一个女性喇嘛！"

"滚出去喇嘛！"

"诸位，这不像话。叫人走路也得有个体统。我们已经付清房饭钱，我们不走。"波阿莱说完，戴上便帽，走去坐在米旭诺旁边一张椅子上；伏盖太太正在说教似的劝她。

画家装着滑稽的模样对波阿莱说："你放赖，小坏蛋，去你的吧！"

皮安训道："喂，你们不走，我们走啦。"

房客们一窝蜂向客厅拥去。

伏盖太太嚷道："小姐，你怎么着？我完了。你不能耽下去，他们会动武呢。"

米旭诺小姐站起身子。

——"她走了！"——"她不走！"——"她走了！"——"她不走！"

此呼彼应的叫喊，对米旭诺越来越仇视的说话，使米旭诺低声同伏盖太太办过交涉以后，不得不走了。

她用恐吓的神气说："我要上皮诺太太家去。"

"随你，小姐。"伏盖太太回答，她觉得这房客挑的住所对她是恶毒的侮辱，因为皮诺太太的公寓是和她竞争的，所以她最讨厌。"上皮诺家去吧，去试试她的酸酒跟那些饭摊上买来的菜吧。"

全体房客分做两行站着，一点声音都没有。波阿莱好不温柔的望着米旭诺小姐，迟疑不决的神气非常天真，表示他不知怎么办，不知应该跟她走呢还是留在这儿。看米旭诺一走，房客们兴高采烈，又看到波阿莱这个模样，便互相望着哈哈大笑。

画家叫道："唧，唧，唧，波阿莱，喂，唷，啦，喂唷！"

博物院管事很滑稽的唱起一支流行歌曲的头几句：

动身上叙利亚，那年轻俊俏的杜奴阿……

皮安训道："走吧，你心里想死了，真叫做：嗜好所在，锲而不舍。"

助教说："这句维琪尔的名言翻成普通话，就是各人跟着各人的相好走。"

高老头

米旭诺望着波阿莱，做了一个挽他手臂的姿势；波阿莱忍不住了，过去挽着老姑娘，引得众人哄堂大笑。

"好啊，波阿莱！"

"这个好波阿莱哪！"

"阿波罗－波阿莱！"

"战神波阿莱！"

"英勇的波阿莱！"

这时进来一个当差，送一封信给伏盖太太。她念完立刻软瘫似的倒在椅子里。

"我的公寓给天雷打了，烧掉算啦。泰伊番的儿子三点钟断了气。我老是巴望那两位太太好，咒那个可怜的小伙子，现在我遭了报应。古的太太和维多莉叫人来拿行李，搬到她父亲家去。泰伊番先生答应女儿招留古的寡妇做伴。哎哟！多了四间空屋，少了五个房客！"她坐下来预备哭了，叫着："晦气星进了我的门了！"

忽然街上又有车子的声音。

"又是什么倒楣的事来啦。"西尔维道。

高里奥突然出现，红光满面，差不多返老还童了。

"高里奥坐车！"房客一齐说，"真是世界末日到了！"

欧也纳坐在一角出神，高老头奔过去抓着他的胳膊，高高兴兴的说："来啊。"

"你不知道出了事么？"欧也纳回答。"伏脱冷是一个逃犯，刚才给抓了去；泰伊番的儿子死了。"

"哎！那跟我们什么相干？我要同女儿一起吃饭，在你屋子里！听见没有？她等着你呢，来吧！"

他用力抓起拉斯蒂涅的手臂，死拖活拉，好像把拉斯蒂涅当做情妇一般的绑走了。

"咱们吃饭吧。"画家叫着。

每个人拉开椅子,在桌边坐下。

胖子西尔维道:"真是,今天样样倒楣。我的黄豆煮羊肉也烧焦了。也罢,就请你们吃焦的吧。"

伏盖太太看见平时十八个人的桌子只坐了十个,没有勇气说话了;每个人都想法安慰她,逗她高兴。先是包饭客人还在谈伏脱冷和当天的事,不久顺着谈话忽东忽西的方向,扯到决斗,苦役监,司法,牢狱,需要修正的法律等等上去了。说到后来,跟什么高冷,维多莉,泰伊番,早已离开十万八千里。他们十个人叫得二十个人价响,似乎比平时人更多;今天这顿晚饭和隔天那顿晚饭就是这么点儿差别。这批自私的人已经恢复了不关痛痒的态度,等明天再在巴黎的日常事故中另找一个倒楣鬼做他们的牺牲品。便是伏盖太太也听了胖子西尔维的话,存着希望安静下来。

这一天从早到晚对欧也纳是一连串五花八门的幻境;他虽则个性很强,头脑清楚,也不知道怎样整理他的思想;他经过了许多紧张的情绪,上了马车坐在高老头身旁,老人那些快活得异乎寻常的话传到他耳朵里,简直像梦里听到的。

"今儿早上什么都预备好了。咱们三个人就要一块儿吃饭了,一块儿!懂不懂?四年功夫我没有跟我的但斐纳,跟我的小但斐纳吃饭了。这一回她可以整个晚上陪我了。我们从早上起就在你屋子里,我脱了衣衫,像小工一般做活,帮着搬家具。啊!啊!你不知道她在饭桌上才殷勤呢,她曾招呼我:嗳,爸爸,尝尝这个,多好吃!可是我吃不下。噢!已经有那么久,我没有像今晚这样可以舒舒服服同她在一起了!"

欧也纳说:"怎么,今天世界真是翻了身吗?"

高里奥说:"什么翻了身?世界从来没这样好过。我在街上只看见快活的脸,只看见人家在握手,拥抱;大家都高兴得不得

高老头

了,仿佛全要上女儿家吃饭,吃一顿好饭似的。你知道,她是当我的面向英国咖啡馆的总管点的菜。嗳!在她身边,黄连也会变成甘草咧。"

"我现在才觉得活过来了。"欧也纳道。

"喂,马夫,快一点呀。"高老头推开前面的玻璃叫。"快点儿,十分钟赶到,我给五法郎酒钱。"

马夫听着,加了几鞭,他的马便在巴黎街上闪电似的飞奔起来。

高老头说:"他简直不行,这马夫。"

拉斯蒂涅问道:"你带我上哪儿去啊?"

高老头回答:"你府上喽。"

车子在阿多阿街停下。老人先下车,丢了十法郎给马夫,那种阔绰活现出一个单身汉得意之极,什么都不在乎。

"来,咱们上去吧。"他带着拉斯蒂涅穿过院子,走上三楼的一个公寓,在一幢外观很体面的新屋子的后半边。高老头不用打铃。特·纽沁根太太的老妈子丹兰士已经来开门了。欧也纳看到一所单身汉住的精雅的屋子,包括穿堂,小客厅,卧室,和一间面临花园的书房。小客厅的家具和装修,精雅无比。在烛光下面,欧也纳看见但斐纳从壁炉旁边一张椅子上站起来,把遮火的团扇①放在壁炉架上,声音非常温柔的招呼他:

"非得请你才来吗,你这位莫名其妙的先生!"

丹兰士出去了。大学生搂着但斐纳紧紧抱着,快活得哭了。这一天,多少刺激使他的心和头脑都疲倦不堪,加上眼前的场面和公寓里的事故对比之下,拉斯蒂涅更加容易激动。

"我知道他是爱你的。"高老头悄悄的对女儿说。欧也纳软瘫

---

① 当时妇女握在手中用以遮蔽火炉热气的团扇。

似的倒在沙发上，一句话都说不出来，也弄不清这最后一幕幻境，怎么变出来的。

"你来瞧瞧。"特·纽沁根太太抓了他的手，带他走进一间屋子，其中的地毯，器具，一切细节都教他想到但斐纳家里的卧房，不过小了一点。

"还少一张床。"拉斯蒂涅说。

"是的，先生。"她红着脸，紧紧握了握他的手。

欧也纳望着但斐纳，他还年轻，懂得女人动了爱情自有真正的羞恶之心表现出来。他附在她耳边说：

"你这种妙人儿值得人家一辈子的疼爱。我敢说这个话，因为我们俩心心相印。爱情越热烈越真诚，越应当含蓄隐蔽，不露痕迹。我们决不能对外人泄漏秘密。"

"哦！我不是什么外人啊，我！"高老头咕噜着说。

"你知道你便是我们……"

"对啦，我就希望这样。你们不会提防我的，是不是？我走来走去，像一个无处不在的好天使，你们只知道有他，可是看不见他。嗳，但斐纳，尼纳德，但但！我当初告诉你：阿多阿街有所漂亮屋子，替他布置起来吧！——不是说得很对么？你还不愿意。啊！你的生命是我给的，你的快乐还是我给的。做父亲的要幸福，就得永远的给。永远的给，这才是父亲的所以成其为父亲。"

"怎么呢？"欧也纳问。

"是呀，她早先不愿意，怕人家说闲话，仿佛'人家'抵得上自己的幸福！所有的女人都恨不得要学但斐纳的样呢……"

高老头一个人在那儿说话，特·纽沁根太太带拉斯蒂涅走进书房，给人听到一个亲吻的声音，虽是那么轻轻的一吻。书房和别间屋子一样精雅；每间屋里的动用器具也已经应有尽有。

高老头

"你说,我们是不是猜中了你的心意?"她回到客厅吃晚饭时问。

"当然。这种全套的奢华,这些美梦的实现,年少风流的生活的诗意,我都彻底领会到,不至于没有资格享受;可是我不能爱你,我还太穷,不能……"

"嗯嗯!你已经在反抗我了。"她装着半正经半玩笑的神气说,有样的噘着嘴。逢到男人有所顾虑的时候,女人多半用这个方法对付。

欧也纳这一天非常严肃的考问过自己,伏脱冷的被捕又使他发觉差点儿一失足成千古恨,因此加强了他的高尚的心胸与骨气,不愿轻易接受礼物。但斐纳尽管撒娇,和他争执,他也不肯让步。他只觉得非常悲哀。

"怎么!"特·纽沁根太太说,"你不肯受?你不肯受是什么意思,你知道吗?那表示你怀疑我们的前途,不敢和我结合。你怕有朝一日会欺骗我!倘使你爱我,倘使我……爱你,干么你对这么一些薄意就不敢受?要是你知道我怎样高兴替你布置这个单身汉的家,你就不会推三阻四,马上要向我道歉了。你有钱存在我这儿,我把这笔钱花得很正当,不就得了吗?你自以为胸襟宽大,其实并不。你所要求的还远不止这些……(她瞥见欧也纳有道热情奋发的目光)而为了区区小事就忸怩起来。倘使你不爱我,那么好,就别接受。我的命运只凭你一句话。你说呀!"她停了一会,转过来向她父亲说:"喂,父亲,你开导开导他。难道他以为我对于我们的名誉不像他那么顾虑吗?"

高老头看着,听着这场怪有意思的拌嘴,傻支支的笑着。

但斐纳抓着欧也纳的手臂又说:"孩子,你正走到人生的大门,碰到多数男人没法打破的关口,现在一个女人替你打开了,你退缩了!你知道,你是会成功的,你能挣一笔大大的家业;瞧你美丽的额角,明明是飞黄腾达的相貌。今天欠我的,那时不是可以还我么?古时宫堡里的美人不是把盔甲,刀剑,骏马,供给骑士,让他们用她的名义到处去比武吗?嗳!欧也纳,我此刻送给你的是现代的武器,胸怀大志的人必不可少的工具。哼,你住的阁楼也够体面的了,倘使跟爸爸的屋子相像的话。哎,哎!咱们不吃饭了吗?你要我心里难受是不是?你回答我呀!"她摇摇他的手。"天哪!爸爸,你来叫他打定主意,要不然我就走了,从此不见他了。"

高老头从迷惘中醒过来,说道:"好,让我来叫你决定。亲爱的欧也纳先生,你不是会向犹太人借钱吗?"

"那是不得已呀。"

"好,就要你说这句话。"老人说着,掏出一只破皮夹。"那么我来做犹太人。这些账单是我付的,你瞧。屋子里全部的东西,账都清了。也不是什么大数目,至多五千法郎,算是我借给你的。我不是女人,你总不会拒绝了吧。随便写个字做凭据,将来还我就行啦。"

几颗眼泪同时在欧也纳和但斐纳眼中打转,他们俩面面相觑,愣住了。拉斯蒂涅握着老人的手。

高里奥道:"哎哟,怎么!你们不是我的孩子吗?"

特·纽沁根太太道:"可怜的父亲,你哪儿来的钱呢?"

"嗳!问题就在这里。你听了我的话决意把他放在身边,像办嫁妆似的买东买西,我就想:她要为难了!代理人说,向你丈夫讨回财产的官司要拖到六个月以上。好!我就卖掉长期年金一千三百五十法郎的本金;拿出一万五存了一千二的终身年金①,有可靠的担保;余下的本金付了你们的账。我么,这儿楼上有间

---

① 终身年金为特种长期存款,按年支息,待存款人故世后本金即没收,故利率较高。

高老头

每年一百五十法郎的屋子，每天花上两法郎，日子就过得像王爷一样，还能有多余。我什么都不用添置，也不用做衣服。半个月以来我肚里笑着想：他们该多么快活啊！嗯，你们不是快活吗？"

"哦！爸爸，爸爸！"特·纽沁根太太扑在父亲膝上，让他抱着。

她拼命吻着老人，金黄的头发在他腮帮上厮磨，把那张光彩奕奕，眉飞色舞的老脸洒满了眼泪。

她说："亲爱的父亲，你才是一个父亲！天下哪找得出第二个像你这样的父亲！欧也纳已经非常爱你，现在更要爱你了！"

高老头有十年功夫，不曾觉得女儿的心贴在他的心上跳过，他说："噢！孩子们，噢，小但斐纳，你叫我快活死了！我的心胀破了。喂，欧也纳先生，咱们两讫了！"

老人抱着女儿，发疯似的蛮劲使她叫起来，

"哎，你把我掐痛了。"

"把你掐痛了？"他说着，脸色发了白，瞅着她，痛苦得了不得。这个父性基督的面目，只有大画家笔下的耶稣受难的图像可以相比。

高老头轻轻的亲吻女儿的脸，亲着他刚才掐得太重的腰部。他又笑盈盈的，带着探问的口吻：

"不，不，我没有掐痛你；倒是你那么叫嚷使我难受。"他一边小心翼翼的亲着女儿，一边咬着她耳朵："钱花的不止这些呢，咱们得瞒着他，要不然他会生气的。"

老人的牺牲精神简直无穷无尽，使欧也纳愣住了，只能不胜钦佩的望着他。那种天真的钦佩在青年人心中就是有信仰的表现。

他叫道："我决不辜负你们。"

"噢，欧也纳，你说的好。"特·纽沁根太太亲了亲他的额角。

高老头道："他为了你，拒绝了泰伊番小姐和她的几百万家私。是的，那姑娘是爱你的；现在她哥哥一死，她就和克莱宙斯一样有钱了①。"

拉斯蒂涅道："呃！提这个做什么！"

"欧也纳。"但斐纳凑着他的耳朵说，"今晚上我还觉得美中不足。可是我多爱你，永远爱你！"

高老头叫道："你们出嫁到现在，今天是我最快乐的日子了。好天爷要我受多少苦都可以，只要不是你们教我受的。将来我会想到：今年二月里我有过一次幸福，那是别人一辈子都没有的。你瞧我啊，但斐纳！"他又对欧也纳说："你瞧她多美！你有没有碰到过有她那样好看的皮色，小小的酒窝的女人？没有，是不是？嗳，这个美人儿是我生出来的呀。从今以后，你给了她幸福，她还要漂亮呢。欧也纳，你如果要我的那份儿天堂，我给你就是，我可以进地狱。吃饭吧，吃饭吧。"他嚷着，不知道自己说些什么。"啊，一切都是咱们的了。"

"可怜的父亲！"

"我的儿啊。"他起来向她走去，捧着她的头亲她的头发，"你不知道要我快乐多么容易！只要不时来看我一下，我老是在上面，你走一步路就到啦。你得答应我！"

"是的，亲爱的父亲。"

"再说一遍。"

"是的，好爸爸。"

"行啦行啦，由我的性子，会教你说上一百遍。咱们吃饭吧。"

---

① 克莱宙斯为公元前六世纪时小亚细亚利提阿最后一个国王，以财富著名。

高老头

整个黄昏大家像小孩子一样闹着玩儿,高老头的疯癫也不下于他们俩。他躺在女儿脚下,亲她的脚,老半天盯着她的眼睛,把脑袋在她衣衫上厮磨;总之他像一个极年轻极温柔的情人一样风魔。

"你瞧。"但斐纳对欧也纳道,"我们和父亲在一起,就得整个儿给他。有时的确麻烦得很。"

这句话是一切忘恩负义的根源,可是欧也纳已经几次三番妒忌老人,也就不能责备她了。他向四下里望了望,问:

"屋子什么时候收拾完呢?今晚我们还得分手么?"

"是的。明儿你来陪我吃饭。"她对他使了个眼色。"那是意大利剧院上演的日子。"

高老头道:"那么我去买楼下的座儿。"

时间已经到半夜。特·纽沁根太太的车早已等着。高老头和大学生回到伏盖家,一路谈着但斐纳,越谈越上劲,两股强烈的热情在那里互相比赛。欧也纳看得很清楚,父爱绝对不受个人利害的玷污,父爱的持久不变和广大无边,远过于情人的爱。在父亲心目中,偶像永远纯洁,美丽,过去的一切,将来的一切,都能加强他的崇拜。他们回家发现伏盖太太呆在壁炉旁边,在西尔维和克利斯朵夫之间。老房东坐在那儿,好比玛里于斯坐在迦太基的废墟之上①。她一边对西尔维诉苦,一边等待两个硕果仅存的房客。虽然拜伦把泰斯②的怨叹描写得很美,以深刻和真实而论,远远不及伏盖太太的怨叹呢。

"明儿早上只要预备三杯咖啡了,西尔维!屋子里荒荒凉凉

---

① 古罗马执政玛里于斯被舒拉战败,逃往非洲时曾逗留于迦太基废墟上,回想战败的经过,歔欷凭吊。西方俗谚常以此典故为不堪回首之喻。

② 十六世纪意大利大诗人泰斯,在十九世纪浪漫派心目中代表被迫害的天才。

的，怎么不伤心？没有了房客还像什么生活！公寓里的人一下子全跑光了。生活就靠那些衣食饭碗呀。我犯了什么天条要遭这样的飞来横祸呢？咱们的豆子和番薯都是预备二十个人吃的。想不到还要招警察上门！咱们只能尽吃番薯的了！只能把克利斯朵夫歇掉的了！"

克利斯朵夫从睡梦中惊醒过来，问了声：

"太太？"

"可怜的家伙！简直像条看家狗。"西尔维道。

"碰到这个淡月，大家都安顿好了，哪还有房客上门？真叫我急疯了。米旭诺那老妖精把波阿莱也给拐走了！她对他怎么的，居然叫他服服帖帖，像小狗般跟着就走？"

"呦！"西尔维侧了侧脑袋，"那些老姑娘自有一套鬼本领。"

"那个可怜的伏脱冷先生，他们说是苦役犯，嗳，西尔维，怎么说我还不信呢。像他那样快活的人，一个月喝十五法郎的葛洛莉亚，付账又从来不脱期！"

克利斯朵夫道："又那么慷慨！"

西尔维道："大概弄错了吧？"

"不，他自己招认了。"伏盖太太回答。"想不到这样的事会出在我家里，连一只猫儿都看不见的区域里！真是，我在做梦了。咱们眼看路易十六出了事，眼看皇帝[①]下了台，眼看他回来了又倒下去了，这些都不希奇；可是有什么理由教包饭公寓遭殃呢？咱们可以不要王上，却不能不吃饭；龚弗冷家的好姑太太把好茶好饭款待客人……除非世界到了末日……唉，对啦，真是世界的末日到啦。"

西尔维叫道："再说那米旭诺小姐，替你惹下了大祸，反而

[①] 十九世纪的法国人对拿破仑通常均简称为皇帝，即使在下野以后仍然保持此习惯。

高老头

拿到三千法郎年金!"

伏盖太太道:"甭提了,简直是个女流氓!还要火上加油,住到皮诺家去!哼,她什么都做得出,一定干过混账事儿,杀过人,偷过东西,倒是她该送进苦役监,代替那个可怜的好人……"

说到这里,欧也纳和高老头打铃了。

"啊!两个有义气的房客回来了。"伏盖太太说着,叹了口气。

两个有义气的房客已经记不大清公寓里出的乱子,直截了当的向房东宣布要搬往唐打区。

"唉,西尔维。"寡妇说,"我最后的王牌也完啦。你们两位要了我的命了!简直是当胸一棍。我这里好似有根铁棒压着。真的,我要发疯了。那些豆子又怎么办?啊!好,要是只剩下我一个人,你明儿也该走了,克利斯朵夫。再会吧,先生们,再会吧。"

"她怎么啦?"欧也纳问西尔维。

"噢!出了那些事,大家都跑了,她急坏了。哎,听呀,她哭起来了。哭一下对她倒是好的。我服侍她到现在,还是第一回看见她落眼泪呢。"

第二天,伏盖太太像她自己所说的,想明白了。固然她损失了所有的房客,生活弄得七颠八倒,非常伤心,可是她神志很清,表示真正的痛苦,深刻的痛苦,利益受到损害,习惯受到破坏的痛苦是怎么回事。一个情人对情妇住过的地方,在离开的时候那副留恋不舍的目光,也不见得比伏盖太太望着空荡荡的饭桌的眼神更凄惨。欧也纳安慰她,说皮安训住院实习的时期几天之内就满了,一定会填补他的位置;还有博物院管事常常羡慕古的太太的屋子;总而言之,她的人马不久仍旧会齐的。

"但愿上帝听你的话,亲爱的先生!不过晦气进了我的屋子,十天以内必有死神光临,你等着瞧吧。"她把阴惨惨的目光在饭厅内扫了一转。"不知轮着哪一个!"

"还是搬家的好。"欧也纳悄悄的对高老头说。

"太太。"西尔维慌慌张张跑来,"三天不看见咪斯蒂格里了。"

"啊!好,要是我的猫死了,要是它离开了我们,我……"

可怜的寡妇没有把话说完,合着手仰在椅背上,被这个可怕的预兆吓坏了。

两个女儿

晌午，正当邮差走到先贤祠区域的时候，欧也纳收到一封封套很精致的信，火漆上印着鲍赛昂家的纹章。信内附一份给特·纽沁根夫妇的请帖；一个月以前预告的盛大的舞会快举行了。另外有个字条给欧也纳：

> 我想，先生，你一定很高兴代我向特·纽沁根太太致意。我特意寄上你要求的请柬，我很乐意认识特·雷斯多太太的妹妹。替我陪这个美人儿来吧，希望你别让她把你的全部感情占了去，你该回敬我的着实不少哩。
>
> 　　　　　　　　　　特·鲍赛昂子爵夫人

欧也纳把这封短笺念了两遍，想道："特·鲍赛昂太太明明表示不欢迎特·纽沁根男爵。"

他赶紧上但斐纳家，很高兴能给她这种快乐，说不定还会得到酬报呢。特·纽沁根太太正在洗澡。拉斯蒂涅在内客室等。一个想情人想了两年的急色儿，等在那里当然极不耐烦。这等情绪，年轻人也不会碰到第二次。男人对于他所爱的第一个十足地道的女子，就是说符合巴黎社会的条件的，光彩耀目的女子，永远觉得天下无双。巴黎的爱情和旁的爱情没有一点儿相同。每个人为了体统关系,在所谓毫无利害作用的感情上所标榜的门面话,男男女女是没有一个人相信的。在这儿,女人不但应当满足男人的心灵和肉体,而且还有更大的义务,要满足人生无数的虚荣。巴黎的爱情尤其需要吹捧,无耻,浪费,哄骗,摆阔。在路易十四的宫廷中,所有的妇女都羡慕拉·华梨哀小姐,因为她的热情使那位名君忘了他的袖饰值到六千法郎一对,把它撕破了来吸引特·凡尔蒙陶阿公爵①。以此为例,我们对别人还有什么话可说呢!你得年轻,有钱,有头衔,要是可能,金钱名位越显赫越好;你在偶像面前上的香越多,假定你能有一个偶像的话,她越宠你。爱情是一种宗教,信奉这个宗教比信奉旁的宗教代价高得多;并且很快就会消失,信仰过去的时候像一个顽皮的孩子,还得到处闯些祸。感情这种奢侈唯有阁楼上的穷小子才有;除了这种奢侈,真正的爱还剩下什么呢?倘若巴黎社会那些严格的法规有什么例外,那只能在孤独生活中,在不受人情世故支配的心灵中找到。这些心灵仿佛是靠近明净的,瞬息即逝而不绝如缕的泉水过活的;他们守着绿荫,乐于倾听另一世界的语言,他们觉得这是身内身外到处都能听到的;他们一边怨叹浊世的枷锁,一边耐心等待自己的超升。拉斯蒂涅却像多数青年一样,预先体验到权势的滋味,打算有了全副武装再跃登人生的战场;他已经染上社会的狂热,也许觉得有操纵社会的力量,但既不明白这种野心的目的,也不知道实现野心的方法。要是没有纯洁和神圣的爱情充实一个人的生命,那么,对权势的渴望也能促成美妙的事业,——只要能摆脱一切个人的利害,以国家的光荣为目标。可是大学生还没有达到瞻望人生而加以批判的程度。在内地长大的

---

① 拉·华梨哀为路易十四的情妇,特·凡尔蒙陶阿公爵是他们的私生子。

高老头

儿童往往有些清新隽永的念头，像绿荫一般荫庇他们的青春，至此为止拉斯蒂涅还对那些念头有所留恋。他老是踌躇不决，不敢放胆在巴黎下海。尽管好奇心很强，他骨子里仍忘不了一个真正的乡绅在古堡中的幸福生活。虽然如此，他隔夜逗留在新屋子里的时候，最后一些顾虑已经消灭，前一个时期他已经靠着出身到处沾光，如今又添上一个物质优裕的条件，使他把内地人的壳完全脱掉了，悄悄的爬到一个地位，看到一个美妙的前程。因此，在这间可以说一半是他的内客室中懒洋洋的等着但斐纳，欧也纳觉得自己和去年初到巴黎时大不相同，回顾之下，他自问是否换了一个人。

"太太在寝室里。"丹兰士进来报告，吓了他一跳。

但斐纳横在壁炉旁边一张双人沙发上，气色鲜艳，精神饱满；罗绮被体的模样令人想到印度那些美丽的植物，花还没有谢，果子已经结了。

"哎，你瞧，咱们又见面了。"她很感动的说。

"猜猜我给你带了什么来着。"欧也纳说着，坐在她身旁，拿起她的手亲吻。

特·纽沁根太太念着请帖，做了一个快乐的手势。虚荣心满足了，她水汪汪的眼睛望着欧也纳，把手臂勾着他的脖子，发狂似的把他拉过来。

"倒是你（好宝贝！她凑上耳朵叫了一声。丹兰士在更衣室里，咱们得小心些！）倒是你给了我这个幸福！是的，我管这个叫做幸福。从你那儿得来的，当然不光是自尊心的满足。没有人肯介绍我进那个社会。也许你觉得我渺小，虚荣，轻薄，像一个巴黎女子；可是你知道，朋友，我准备为你牺牲一切；我所以格外想踏进圣·日耳曼区，还是因为你在那个社会里。"

"你不觉得吗。"欧也纳问，"特·鲍赛昂太太暗示她不预备在舞会里见到特·纽沁根男爵?"

"是啊。"男爵夫人把信还给欧也纳。"那些太太就有这种放肆的天才。可是管他,我要去的。我姊姊也要去,她正在打点一套漂亮的服装。"她又放低了声音说:"告诉你,欧也纳,因为外边有闲话,她特意要去露露面。你不知道关于她的谣言吗?今儿早上纽沁根告诉我,昨天俱乐部里公开谈着她的事,天哪!女人的名誉,家庭的名誉,真是太脆弱了!姊姊受到侮辱,我也跟着丢了脸。听说特·脱拉伊先生签在外边的借票有十万法郎,都到了期,要被人控告了。姊姊迫不得已把她的钻石卖给一个犹太人,那些美丽的钻石你一定看见她戴过,还是她婆婆传下来的呢。总而言之,这两天大家只谈论这件事儿。难怪阿娜斯大齐要定做一件金银线织锦缎的衣衫,到鲍府去出锋头,戴着她的钻石给人看。我不愿意被她比下去。她老是想压倒我,从来没有对我好过;我帮过她多少忙,她没有钱的时候总给她通融。好啦,别管闲事了,今天我要痛痛快快的乐一下。"

早上一点,拉斯蒂涅还在特·纽沁根太太家,她恋恋不舍的和他告别,暗示未来的欢乐的告别。她很伤感的说:

"我真害怕,真迷信;不怕你笑话,我只觉得心惊胆战,唯恐我消受不了这个福气,要碰到什么飞来横祸。"

欧也纳道:"孩子!"

她笑道:"啊!今晚是我变做孩子了。"

欧也纳回到伏盖家,想到明天一定能搬走,又回味着刚才的幸福,便像许多青年一样,一路上做了许多美梦。

高老头等拉斯蒂涅走过房门的时候问道:"喂,怎么呢?"

"明儿跟你细谈。"

"从头至尾都得告诉我啊。好,去睡吧,明儿咱们开始过快乐生活了。"

高老头

  第二天,高里奥和拉斯蒂涅只等运输行派人来,就好离开公寓。不料中午时分,圣·日内维新街上忽然来了一辆车,停在伏盖家门口。特·纽沁根太太下来,打听父亲是否还在公寓。西尔维回答说是,她便急急上楼。欧也纳正在自己屋里,他的邻居却没有知道。吃中饭的时候,他托高老头代搬行李,约定四点钟在阿多阿街相会。老人出去找搬夫,欧也纳匆匆到学校去应了卯,又回来和伏盖太太算账,不愿意把这件事去累高老头,恐怕他固执,要代付欧也纳的账。房东太太不在家。欧也纳上楼瞧瞧有没有忘了东西,发觉这个念头转得不差,因为在抽斗内找出那张当初给伏脱冷的不写抬头人的借据,还是清偿那天随手扔下的。因为没有火,正想把借据撕掉,他忽然听出但斐纳的口音,便不愿意再有声响,马上停下来听,以为但斐纳不会再有什么秘密要隐瞒他了。刚听了几个字,他觉得父女之间的谈话出入重大,不能不留神听下去。

  "啊!父亲。"她道,"怎么老天爷没有叫你早想到替我追究产业,弄得我现在破产!我可以说话么?"

  "说吧,屋子里没有人。"高老头声音异样的回答。

  "你怎么啦,父亲?"

  老人说:"你这是给我当头一棒。上帝饶恕你,孩子!你不知道我多爱你,你知道了就不会脱口而出,说这样的话了,况且事情还没有到绝望的地步。有什么大不了的事,教你这时候赶到这儿来?咱们不是等会就在阿多阿街相会吗?"

  "唉!父亲,大祸临头,顷刻之间还做得了什么主!我急坏了!你的代理人把早晚要发觉的倒楣事儿,提早发觉了。你生意上的老经验马上用得着;我跑来找你,好比一个人淹在水里,哪怕一根树枝也抓着不放的了。但尔维先生看到纽沁根种种刁难,便拿起诉恐吓他,说法院立刻会批准分产的要求。纽沁根今天早

195

上到我屋里来，问我是不是要同他两个一齐破产。我回答说，这些事我完全不懂，我只晓得有我的一份产业，应当由我掌管，一切交涉都该问我的诉讼代理人，我自己什么都不明白，什么都不能谈。你不是吩咐我这样说的吗？"

高老头回答说："对！"

"唉！可是他告诉我生意的情形。据说他拿我们两人的资本一齐放进了才开头的企业，为了那个企业，必得放出大宗款子在外边。倘若我强迫他还我陪嫁，他就要宣告清理；要是我肯等一年，他以名誉担保能还我双倍或者三倍的财产，因为他把我的钱经营了地产，等那笔买卖结束了，我就可以支配我的全部产业。亲爱的父亲，他说得很真诚，我听着害怕了。他求我原谅他过去的行为，愿意让我自由，答应我爱怎办就怎办，只要让他用我的名义全权管理那些事业。为证明他的诚意，他说确定我产权的文件，我随时可以托但尔维先生检查。总之他自己缚手缚脚的交给我了。他要求再当两年家，求我除了他规定的数目以外，绝对不花钱。他对我证明，他所能办到的，只是保全面子，他已经打发了他的舞女，不得不尽量暗中撙节，才能支持到投机事业结束，而不至于动摇信用。我跟他闹，装做完全不信，一步一步的逼他，好多知道些事情；他给我看账簿，最后他哭了，我从来没看见一个男人落到那副模样。他急坏了，说要自杀，疯疯癫癫的教我看了可怜。"

"你相信他的胡扯吗？"高老头叫道。"他这是做戏！我生意上碰到过德国人，几乎每个都规矩，老实，天真；可是一朝装着老实样儿跟你耍手段，耍无赖的时候，他们比别人更凶。你丈夫哄你。他觉得给你逼得无路可走了，便装死；他要假借你的名义，因为比他自己出面更自由。他想利用这一点规避生意上的风波。他又坏又刁，真不是东西。不行，不行！看到你两手空空我

高老头

是不愿意进坟墓的。我还懂得些生意经。他说把资金放在某些企业上，好吧，那么他的款子一定有证券，借票，合同等等做凭据！叫他拿出来跟你算账！咱们会挑最好的投机事业去做，要冒险也让咱们自己来。咱们要拿到追认文书，写明但斐纳·高里奥，特·纽沁根男爵的妻子，产业自主。他把我们当傻瓜吗，这家伙？他以为我知道你没有了财产，没有了饭吃，能够忍受到两天吗？唉！我一天，一夜，两小时都受不了！你要真落到那个田地，我还能活吗？嗳，怎么，我忙上四十年，背着面粉袋，冒着大风大雨，舍不得吃，舍不得穿，样样为了你们，为我的两个天使——我只要看到你们，所有的辛苦，所有的重担都轻松了；而今日之下，我的财产，我的一辈子都变成一阵烟！真是气死我了！凭着天上地下所有的神灵起誓，咱们非弄个明白不可，非把账目，银箱，企业，统统清查不可！要不是有凭有据，知道你的财产分文不缺，我还能睡觉吗？还能躺下去吗？还能吃东西吗？谢谢上帝，幸亏婚书上写明你是财产独立的；幸亏有但尔维先生做你的代理人，他是一个规矩人。请上帝作证！你非到老都有你那一百万家私不可，非有你每年五万法郎的收入不可，要不然我就在巴黎闹他一个满城风雨，嘿！嘿！法院要不公正，我向国会请愿。知道你在银钱方面太平无事，才会减轻我的一切病痛，才能排遣我的悲伤。钱是生命。有了钱就有了一切。他对我们胡扯些什么，这亚尔萨斯死胖子？但斐纳，对这只胖猪，一个子儿都不能让，他从前拿锁链缚着你，磨得你这么苦。现在他要你帮忙了吧，好！咱们来抽他一顿，叫他老实一点。天哪，我满头是水，脑壳里有些东西烧起来了。怎么，我的但斐纳躺在草垫上！噢！我的斐斐纳！——该死！我的手套呢？哎，走吧，我要去把什么都看个清楚，账簿，营业，银箱，信札，而且当场立刻！直要知道你财产没有了危险，经我亲眼看过了，我才放心。"

"亲爱的父亲！得小心哪。倘若你想借这件事出气，显出过分跟他作对的意思，我就完啦。他是知道你的，认为我担心财产，完全是出于你的授意。我敢打赌，他不但现在死抓我的财产，而且还要抓下去。这流氓会拿了所有的资金，丢下我们溜之大吉的，他也知道我不肯因为要追究他而丢我自己的脸。他又狠又没有骨头。我把一切都想透了。逼他太甚，我是要破产的。"

"难道他是个骗子吗？"

"唉！是的，父亲。"她倒在椅子里哭了。"我一向不愿意对你说，免得你因为把我嫁了这种人而伤心！他的良心，他的私生活，他的精神，他的肉体，都是搭配好的！简直可怕，我又恨他又瞧不起他。你想，下流的纽沁根对我说了那番话，我还能敬重他吗？在生意上干得出那种勾当的人是没有一点儿顾虑的；因为我看透了他的心思，我才害怕。他明明白白答应我，他，我的丈夫，答应我自由，你懂得是什么意思？就是说我要在他倒楣的时候肯让他利用，肯出头顶替，他可以让我自由。"

高老头叫道："可是还有法律哪！还有葛兰佛广场给这等女婿预备着呢；要没有刽子手，我就亲自动手，割下他的脑袋。"

"不，父亲，没有什么法律能对付这个人的。丢开他的花言巧语，听听他骨子里的话吧！——要你就完事大吉，一个子儿都没有，因为我不能丢了你而另外找个同党；要你就让我干下去，把事情弄成功。——这还不明白吗？他还需要我呢。我的为人他是放心的，知道我不会要他的财产，只想保住我自己的一份。我为了避免破产，不得不跟他作这种不清白的、盗窃式的勾结。他收买我的良心，代价是听凭我同欧也纳自由来往。——我允许你胡来，你得让我犯罪，教那些可怜虫倾家荡产！——这话还说得不明白吗？你知道他所谓的企业是怎么回事？他买进空地，教一些傀儡去盖屋子。他们一方面跟许多营造厂订分期付款的合同，

高老头

一方面把屋子低价卖给我丈夫。然后他们向营造厂宣告破产,赖掉未付的款子。纽沁根银号这块牌子把可怜的营造商骗上了。这一点我是懂得的。我也懂得,为预防有朝一日要证明他已经付过大宗款子,纽沁根把巨额的证券送到了阿姆斯特丹,拿波里,维也纳。咱们怎么能抢回来呢?"

欧也纳听见高老头沉重的膝盖声,大概是跪在地下了。

老头儿叫道:"我的上帝,我什么地方触犯了你,女儿才会落在这个混蛋手里,由他摆布?孩子,原谅我吧!"

但斐纳道:"是的,我陷入泥坑,或许也是你的过失。我们出嫁的时候都没有头脑!社会,买卖,男人,品格,我们懂了哪一样?做父亲的应该代我们考虑。亲爱的父亲,我不埋怨你,原谅我说出那样的话。一切都是我的错。得了,爸爸,别哭啦。"她亲着老人的额角。

"你也别哭啦,我的小但斐纳。把你的眼睛给我,让我亲一亲,抹掉你的眼泪。好吧!我去找那大头鬼,把他一团糟的事理出个头绪来。"

"不,还是让我来吧;我会对付他。他还爱我呢!唉!好吧,我要利用这一点影响,教他马上放一部分资金在不动产上面。说不定我能教他用纽沁根太太的名义,在亚尔萨斯买些田,他是看重本乡的。不过明儿你得查一查他的账目跟业务。但尔维先生完全不懂生意一道。哦,不,不要明天,我不愿意惹动肝火。特·鲍赛昂太太的跳舞会就在后天,我要调养得精神饱满,格外好看,替亲爱的欧也纳挣点儿面子!来,咱们去瞧瞧他的屋子。"

一辆车在圣·日内维新街停下,楼梯上传来特·雷斯多太太的声音。"我父亲在家吗?"她问西尔维。

这一下倒是替欧也纳解了围,他本想倒在床上装睡了。

但斐纳听出姊姊的口音,说道:"啊!父亲,没有人和你提

199

到阿娜斯大齐吗？仿佛她家里也出了事呢。"

"怎么！"高老头道。"那是我末日到了。真叫做祸不单行，可怜我怎么受得了呢！"

"你好，父亲。"伯爵夫人进来叫。"呦！你在这里，但斐纳。"

特·雷斯多太太看到了妹妹，局促不安。

"你好，娜齐。你觉得我在这儿奇怪吗？我是跟父亲天天见面的，我。"

"从哪时起的？"

"要是你来这儿，你就知道了。"

"别挑错儿啦，但斐纳。"伯爵夫人的声音差不多要哭出来。"我苦极了，我完了，可怜的父亲！哦！这一次真完了！"

"怎么啦，娜齐？"高老头叫起来。"说给我们听吧，孩子。哎哟，她脸色不对了。但斐纳，快，快去扶住她，小乖乖，你对她好一点，我更喜欢你。"

"可怜的娜齐。"但斐纳扶着姊姊坐下，说，"你讲吧，你瞧，世界上只有我们俩始终爱着你，一切原谅你。瞧见没有，骨肉的感情才是最可靠的。"她给伯爵夫人嗅了盐，醒过来了。

"我要死啦。"高老头道。"来，你们俩都走过来。我冷啊。"他拨着炭火。"什么事，娜齐？快快说出来。你要我的命了……"

"唉！我丈夫全知道了。父亲，你记得上回玛克辛那张借票吗？那不是他的第一批债。我已经替他还过不少。正月初，我看他愁眉苦脸，对我什么都不说；可是爱人的心事最容易看透，一点儿小事就够了，何况还有预感。他那时格外多情，格外温柔，我总是一次比一次快乐。可怜的玛克辛！他后来告诉我，原来他暗中和我诀别，想自杀。我拼命逼他，苦苦央求，在他前面跪了两小时，他才说出欠了十万法郎！哦！爸爸，十万法郎！我疯

高老头

了。你拿不出这笔钱，我又什么都花光了……"

"是的。"高老头说，"我没有办法，除非去偷。可是我会去偷的呀，娜齐！会去偷的呀！"

姊妹俩听着不出声了。这句凄惨的话表示父亲的感情无能为力，到了痛苦绝望的地步，像一个人临终的痰厥，也像一颗石子丢进深渊，显出它的深度。天下还有什么自私自利的人，能够听了无动于衷呢？

"因此，父亲，我挪用了别人的东西，筹到了款子。"伯爵夫人哭着说。

但斐纳感动了，把头靠在姊姊的脖子上，她也哭了。

"那么外边的话都是真的了？"但斐纳问。

娜齐低下头去，但斐纳抱着她，温柔的亲吻，把她搂在胸口，说道：

"我心中对你只有爱，没有责备。"

高老头有气无力的说："你们两个小天使，干么直要患难临头才肯和好呢？"

伯爵夫人受着热情的鼓励，又道："为了救玛克辛的命，也为了救我的幸福，我跑去找你们认识的那个人，跟魔鬼一样狠心的高勃萨克，拿雷斯多看得了不起的，家传的钻石，他的，我的，一齐卖了。卖了！懂不懂？玛克辛得救了！我完啦。雷斯多全知道了。"

高老头道："怎么知道的？谁告诉他的？我要这个人的命！"

"昨天他叫我到他屋子去。——他说，阿娜斯大齐……（我一听声音就猜着了），你的钻石在哪儿？——在我屋里啊。——不，他瞅着我说，在这儿，在我的柜子上。——他把手帕蒙着的匣子给我看，说道：你知道从哪儿来的吧？——我双膝跪下……哭着问他要我怎么死。"

201

"哎哟,你说这个话!"高老头叫起来。"皇天在上,哼!只要我活着,我一定把那个害你们的人,用文火来慢慢的烤,把他割做一片一片,像……"

高老头忽然不响,话到了喉咙说不出了。娜齐又道:

"临了他要我做的事比死还难受。天!但愿做女人的永远不会听到那样的话!"

"我要杀他。"高老头冷冷的说。"可恨他欠我两条命,而他只有一条;以后他又怎么说呢?"高老头望着阿娜斯大齐问。

伯爵夫人停了一忽儿说道:"他瞪着我说:——阿娜斯大齐,我可以一笔勾销,和你照旧同居;我们有孩子。我不打死脱拉伊,因为不一定能打中;用别的方法消灭他又要触犯刑章。在你怀抱里打他吧,教孩子们怎么见人?为了使孩子们,孩子们的父亲,跟我,一个都不伤,我有两个条件。你先回答我:孩子中间有没有我的?——我回答说有。他问:——哪一个?——欧纳斯德,最大的。——好,他说,现在你得起誓,从今以后服从我一件事。(我便起了誓。)多咱我要求你,你就得在你产业的卖契上签字。"

"不能签呀。"高老头叫着,"永远不能签这个字。吓!雷斯多先生,你不能使女人快活,她自己去找;你自己不惭愧,倒反要责罚她?……哼,小心点儿!还有我呢,我要到处去等他。娜齐,你放心。啊,他还舍不得他的后代!好吧,好吧。让我掐死他的儿子,哎哟!天打的!那是我的外孙呀。那么这样吧,我能够看到小娃娃,我把他藏在乡下,你放心,我会照顾他的。我可以逼这个魔鬼投降,对他说:咱们来拼一拼吧!你要儿子,就得还我女儿财产,让她自由。"

"我的父亲!"

"是的。你的父亲!唉,我是一个真正的父亲。这流氓贵族

高老头

不来伤害我女儿也还罢了。天打的！我不知道我的气多大。我像老虎一样，恨不得把这两个男人吃掉。哦呀！孩子们，你们过的这种生活！我急疯了。我两眼一翻，你们还得了！做父亲的应该和女儿活得一样长久。上帝啊，你把世界弄得多糟！人家还说你圣父有个圣子呢。你正应当保护我们，不要在儿女身上受苦。亲爱的小天使，怎么！直要你们遭了难我才能见到你们么！你们只拿眼泪给我看。嗳，是的，你们是爱我的，我知道。来吧，到这儿来哭诉吧，我的心大得很，什么都容得下。是的，你们尽管戳破我的心，撕做几片，还是一片片父亲的心。我恨不得代你们受苦。啊！你们小时候多么幸福！……"

"只有那个时候是我们的好日子。"但斐纳说。"在阁楼的面粉袋上打滚的日子到哪里去了？"

"父亲！事情还没完呢。"阿娜斯大齐咬着老人的耳朵，吓得他直跳起来。"钻石没有卖到十万法郎。玛克辛给告上了。我们还缺一万二。他答应我以后安分守己，不再赌钱。你知道，除了他的爱情，我在世界上一无所有；我又付了那么高的代价，失掉这爱情，我只能死了。我为他牺牲了财产，荣誉，良心，孩子。唉！你至少想想办法，别让玛克辛坐牢，丢脸；我们得支持他，让他在社会上混出一个局面来。现在他不但要负我幸福的责任，还要负不名一文的孩子们的责任。他进了圣·贝拉伊①，一切都完啦。"

"我没有这笔钱呀，娜齐。我什么都没有了，没有了！真是世界末日到了。哦呀，世界要坍了，一定的。你们去吧，逃命去吧！呃！我还有银搭扣，六套银的刀叉，我当年第一批买的，最后，我只有一千两百的终身年金……"

---

① 当时拘留债务人的监狱，一八二七年起改为政治犯的监狱。

203

"你的长期存款哪儿去了？"

"卖掉了，只留下那笔小数目做生活费。我替但斐纳布置一个屋子，需要一万二。"

"在你家里吗，但斐纳？"特·雷斯多太太问她的妹妹。

高老头说："问这个干吗！反正一万二已经花掉了。"

伯爵夫人说："我猜着了。那是为了特·拉斯蒂涅先生。唉！可怜的但斐纳，得了吧。瞧瞧我到了什么田地。"

"亲爱的，特·拉斯蒂涅先生不会教情妇破产。"

"谢谢你，但斐纳，想不到在我危急的关头你会这样，不错，你从来没有爱过我。"

"她爱你的，娜齐。"高老头说，"我们刚才谈到你，她说你真美，她自己不过是漂亮罢了。"

伯爵夫人接着说："她！那么冷冰冰的，好看？"

"由你说吧。"但斐纳红着脸回答。"可是你怎么对我呢？你不认我妹妹，我希望要走动的人家，你都给我断绝门路，一有机会就教我过不去。我，有没有像你这样把可怜的父亲一千又一千的骗去，把他榨干了，逼他落到这个田地？瞧吧，这是你的成绩，姊姊。我却是尽可能的来看父亲，并没把他撵出门外，等到要用着他的时候再来舔他的手。他为我花掉一万二，事先我完全不知道。我没有乱花钱，你是知道的。并且即使爸爸送东西给我，我从来没有向他要过。"

"你比我幸福，特·玛赛先生有钱，你肚里明白。你老是像黄金一样吝啬。再会吧，我没有姊妹；也没有……"

高老头喝道："别说了，娜齐！"

但斐纳回答娜齐："只有像你这样的姊妹才会跟着别人造我谣言，你这种话已经没有人相信了。你是野兽。"

"孩子们，孩子们，别说了，要不我死在你们前面了。"

特·纽沁根太太接着说:"得啦,娜齐,我原谅你,你倒了楣。可是我不像你这么做人。你对我说这种话,正当我想拿出勇气帮助你的时候,甚至想走进丈夫的屋子求他,那是我从来不肯做的,哪怕为了我自己或者为了……这个总该对得起你九年以来对我的阴损吧?"

父亲说:"孩子们,我的孩子们,你们拥抱呀!你们是一对好天使呀!"

"不,不,你松手。"伯爵夫人挣脱父亲的手臂,不让他拥抱。"她对我比我丈夫还狠心。大家还要说她大贤大德呢!"

特·纽沁根太太回答:"哼,我宁可人家说我欠特·玛赛先生的钱,不愿意承认特·脱拉伊先生花了我二十多万。"

伯爵夫人向她走近一步,叫道:"但斐纳!"

男爵夫人冷冷的回答:"你诬蔑我,我只对你说老实话。"

"但斐纳!你是一个……"

高老头扑上去拉住娜齐,把手掩着她的嘴。

娜齐道:"哎唷!父亲,你今天碰过了什么东西?"

"哟,是的,我忘了。"可怜的父亲把手在裤子上抹了一阵,"我不知道你们会来,我正要搬家。"

他很高兴受这一下抱怨,把女儿的怒气转移到自己身上。他坐下说:

"唉!你们撕破了我的心。我要死了,孩子们!脑子里好像有团火在烧。你们该和和气气,相亲相爱。你们要我命了。但斐纳,娜齐,得了吧,你们俩都有是都有不是。喂,但但尔。"他含着一包眼泪望着男爵夫人,"她要一万两千法郎,咱们来张罗吧。你们别这样的瞪眼呀。"

他跪在但斐纳面前,凑着她耳朵说:

"让我高兴一下,你向她赔个不是吧,她比你更倒楣是不是?"

父亲的表情痛苦得像疯子和野人,但斐纳吓坏了,说道:

"可怜的娜齐,是我错了,来,拥抱我吧……"

高老头道:"啊!这样我心里才好过一些。可是哪儿去找一万两千法郎呢?也许我可以代替人家服兵役。"

"啊!父亲!不能,不能。"两个女儿围着他喊。

但斐纳说:"你这种念头只有上帝报答你,我们粉身碎骨也补报不了!不是么,娜齐?"

"再说,可怜的父亲,即使代替人家服兵役也不过杯水车薪,无济于事。"娜齐回答。

老人绝望之极,叫道:"那么咱们卖命也不成吗?只要有人救你,娜齐,我肯为他拼命,为他杀人放火。我愿意像伏脱冷一样进苦役监!我……"他忽然停住,仿佛被雷劈了一样。他扯着头发又道:"什么都光了!我要知道到哪儿去偷就好啦。不过要寻到一个能偷的地方也不容易。抢银行吧,又要人手又要时间。唉,我应该死了,只有死了。不中用了,再不能说是父亲了!不能了。她来向我要,她有急用!而我,该死的东西,竟然分文没有。啊!你把钱存了终身年金,你这老混蛋,你忘了女儿吗?难道你不爱她们了吗?死吧,像野狗一样的死吧!对啦,我比狗还不如,一条狗也不至于干出这种事来,哎哟!我的脑袋烧起来啦。"

"噢!爸爸,使不得,使不得。"姊妹俩拦着他,不让他把脑袋往墙上撞。

他号啕大哭。欧也纳吓坏了,抓起当初给伏脱冷的借据,上面的印花本来超过原来借款的数目,他改了数字,缮成一张一万二的借据,写上高里奥的抬头,拿着走过去。

"你的钱来了,太太。"他把票据递给她。"我正在睡觉,被

高老头

你们的谈话惊醒了,我才知道我欠着高里奥先生这笔钱。这儿是张票据,你可以拿去周转,我到期准定还清。"

伯爵夫人拿了票据,一动不动,她脸色发白,浑身哆嗦,气愤到极点,叫道:

"但斐纳,我什么都能原谅你,上帝可以作证!可是这一手哪!吓,你明知道他先生在屋里!你竟这样卑鄙,借他来报仇,让我把自己的秘密,生活,孩子的底细,我的耻辱,名誉,统统交在他手里!去吧,我不认得你这个人,我恨你,我要好好的收拾你……"她气得说不上话,喉咙都干了。

"嗳,他是我的儿子啊,是咱们大家的孩子,是你的兄弟,你的救星啊。"高老头叫着。"来拥抱他,娜齐!瞧,我拥抱他呢。"他说着拼命抱着欧也纳。"噢!我的孩子!我不但要做你的父亲,还要代替你所有的家属。我恨不得变做上帝,把世界丢在你脚下。来,娜齐,来亲他!他不是个凡人,是个天使,真正的天使。"

但斐纳说:"别理她,父亲,她疯了。"

特·雷斯多太太说:"疯了!疯了!你呢?"

"孩子们,你们这样下去,我要死了。"老人说着,像中了一颗子弹似的往床上倒下。"她们逼死我了!"他对自己说。

欧也纳被这场剧烈的吵架弄得失魂落魄,一动不动愣在那里。但斐纳急急忙忙替父亲解开背心。娜齐毫不在意,她的声音,目光,姿势,都带着探问的意味,叫了声欧也纳:

"先生——"

他不等她问下去就回答:"太太,我一定付清,决不声张。"

老人晕过去了,但斐纳叫道:

"娜齐!你把父亲逼死了!"

娜齐却是往外跑了。

207

"我原谅她。"老人睁开眼来说,"她的处境太可怕了,头脑再冷静的人也受不住。你安慰安慰娜齐吧,对她好好的,你得答应我,答应你快死的父亲。"他紧紧握着但斐纳的手说。

但斐纳大吃一惊,说道:"你怎么啦?"

父亲说:"没有什么,没有什么。就会好的。觉得有些东西压在我脑门上,大概是头痛。可怜的娜齐,将来怎么办呢?"

这时伯爵夫人回进屋子,跪倒在父亲脚下,叫道:

"原谅我吧!"

"唉。"高老头回答,"你现在叫我更难受了。"

伯爵夫人含着泪招呼拉斯蒂涅:"先生,我一时急昏了头,冤枉了人,你对我真像兄弟一样么?"她向他伸出手来。

"娜齐,我的小娜齐,把一切都忘了吧。"但斐纳抱着她叫。

"我不会忘掉的,我!"

高老头嚷道:"你们都是天使,你们使我重见光明,你们的声音使我活过来了。你们再拥抱一下吧。嗳,娜齐,这张借据能救了你吗?"

"但愿如此。喂,爸爸,你能不能给个背书?"

"对啦,我真该死,忘了签字!我刚才不舒服,娜齐,别恨我啊。你事情完了,马上派人来说一声。不,还是我自己来吧。哦,不!我不能来,我不能看见你丈夫,我会把他当场打死的。他休想抢你的财产,还有我呢。快去吧,孩子,想法教玛克辛安分些。"

欧也纳看着呆住了。

特·纽沁根太太说:"可怜的娜齐一向暴躁,她心是好的。"

"她是为了借票的背书回来的。"欧也纳凑在但斐纳的耳边说。

"真的吗?"

"但愿不是，你可不能不防她一着。"他抬起眼睛，仿佛把不敢明说的话告诉了上帝。

"是的，她专门装腔，可怜父亲就相信她那一套。"

"你觉得怎么啦？"拉斯蒂涅问老人。

"我想睡觉。"他回答。

欧也纳帮着高里奥睡下。老人抓着但斐纳的手睡熟的时候，她预备走了，对欧也纳说：

"今晚在意大利剧院等你。到时你告诉我父亲的情形。明儿你得搬家了，先生。让我瞧瞧你的屋子吧。"她一进去便叫起来："哟！要命！你比父亲住得还要坏。欧也纳，你心地太好了。我更爱你。可是孩子，倘使你想挣一份家业，就不能把一万两千法郎随便往窗外扔。特·脱拉伊先生是个赌棍，姊姊不愿意看清这一点。一万二！他会到输一座金山或者赢一座金山的地方去张罗的。"

他们听见哼了一声，便回到高里奥屋里。他似乎睡熟了；两个情人走近去，听见他说了声：

"她们在受罪啊！"

不管他是睡着还是醒着，说那句话的口气大大的感动了女儿，她走到破床前面亲了亲他的额角。他睁开眼来说：

"哦！是但斐纳！"

"嗳，你觉得怎么样！"她问。

"还好，你别担心，我就要上街的。得啦，得啦，孩子们，你们尽管去快活吧。"

欧也纳送但斐纳回家，因为不放心高里奥，不肯陪她吃饭。他回到伏盖公寓，看见高老头起来了，正预备吃饭。皮安训挑了个好仔细打量面条商的座位，看他嗅着面包辨别面粉的模样，发觉他的行动已经身不由主，便做了个凄惨的姿势。

"坐到我这边来,实习医师。"欧也纳招呼他。

皮安训很乐意搬个位置,可以和老头儿离得更近。

"他什么病呀?"欧也纳问。

"除非我看错,他完啦!他身上有些出奇的变化,恐怕马上要脑溢血了。下半个脸还好,上半部的线条统统往脑门那边吊上去了。那古怪的眼神也显得血浆已经进了脑子。你瞧他眼睛不是像布满无数的微尘吗?明儿我可以看得更清楚些。"

"还有救吗?"

"没有救了。也许可以拖几天,倘使能把反应限制在身体的末梢,譬如说,限制在大腿部分。明天晚上要是病象不停止,可怜虫就完啦。他怎么发病的,你知道没有?一定精神上受了剧烈的打击。"

"是的。"欧也纳说着,想起两个女儿接二连三的打击父亲的心。

"至少但斐纳是孝顺的!"他私下想。

晚上在意大利剧院,他说话很小心,唯恐特·纽沁根太太惊慌。

"你不用急。"她听了开头几句就回答,"父亲身体很强壮。不过今儿早上我们给他受了些刺激。我们的财产成了问题,你可知道这件倒楣事儿多么严重?要不是你的爱情使我感觉麻木,我竟活不下去了。爱情给了我生活的乐趣,现在我只怕失掉爱情。除此以外,我觉得一切都无所谓,世界上我什么都不爱了。你是我的一切。倘若我觉得有了钱快乐,那也是为了更能讨你喜欢。说句不怕害臊的话,我的爱情胜过我的孝心。我不知道为什么。我整个生命都在你身上。父亲给了我一颗心,可是有了你,它才会跳。全世界责备我,我也不管!你是没有权利恨我的,我为了不可抵抗的感情犯的罪,只要你能替我补赎就行了。你把我当做没有良心的女儿吗？噢，不是的。怎么能不爱一个像我们那样的好爸爸呢？可是我们可叹的婚姻的必然的后果，我能瞒着他吗？干么他当初不拦阻我们？不是应该由他来替我们着想吗？今天我才知道他和我们一样痛苦；可是有什么办法？安慰他吗？安慰不了什么。咬紧牙齿忍耐吗？那比我们的责备和诉苦使他更难受。人生有些局面，简直样样都是辛酸。"

　　真正的感情表现得这么坦白，欧也纳听着很感动，一声不出。固然巴黎妇女往往虚伪，非常虚荣，只顾自己，又轻浮又冷酷；可是一朝真正动了心，能比别的女子为爱情牺牲更多的感情，能摆脱一切的狭窄卑鄙，变得伟大，达到高超的境界。并且，等到有一股特别强烈的感情把女人跟天性（例如父母与子女的感情）隔离了，有了距离之后，她批判天性的时候所表现的那种深刻和正确，也教欧也纳暗暗吃惊。特·纽沁根太太看见欧也纳不声不响，觉得心中不快，问道：

　　"你想什么呀？"

　　"我在体味你的话，我一向以为你爱我不及我爱你呢。"

　　她微微一笑，竭力遮掩心中的快乐，免得谈话越出体统。年轻而真诚的爱自有一些动人心魄的辞令，她从来没有听见过。再说几句，她就要忍不住了。

　　她改变话题，说道："欧也纳，难道你不知道那个新闻吗？明天，全巴黎都要到特·鲍赛昂太太家，洛希斐特同特·阿瞿达侯爵约好，一点消息不让走漏；王上明儿要批准他们的婚约，你可怜的表姊还蒙在鼓里。她不能取消舞会，可是侯爵不会到场了。到处都在谈这件事。"

　　"大家取笑一个人受辱，暗地里却就在促成这种事！你不知道特·鲍赛昂太太要为之气死吗？"

　　但斐纳笑道："不会的，你不知道这一类妇女。可是全巴黎都要到她家里去,我也要去,——托你的福!"

"巴黎有的是谣言,说不定又是什么捕风捉影的事。"

"咱们明天便知分晓。"

欧也纳没有回伏盖公寓。他没有那个决心不享受一下他的新居。隔天他半夜一点钟离开但斐纳,今儿是但斐纳在清早两点左右离开他回家。第二天他起得很晚,中午等特·纽沁根太太来一块儿用餐。青年人都是只顾自己快活的,欧也纳差不多忘了高老头。在新屋里把精雅绝伦的东西一件一件使用过来,真是其乐无穷。再加特·纽沁根太太在场,更抬高了每样东西的价值。四点光景,两个情人记起了高老头,想到他有心搬到这儿来享福。欧也纳认为倘若老人病了,应当赶紧接过来。他离开但斐纳奔回伏盖家。高里奥和皮安训两人都不在饭桌上。

"啊,喂。"画家招呼他,"高老头病倒了,皮安训在楼上看护。老头儿今天接见了他一个女儿,特·雷斯多喇嘛伯爵夫人,以后他出去了一趟,加重了病。看来咱们要损失一件美丽的古董了。"

拉斯蒂涅冲上楼梯。

"喂,欧也纳先生!"

"欧也纳先生!太太请你。"西尔维叫。

"先生。"寡妇说,"高里奥先生和你应该是二月十五搬出的,现在已经过期三天,今儿是十八了,你们得再付一个月。要是你肯担保高老头,只请你说一声就行。"

"干么?你不相信他吗?"

"相信!倘使老头儿昏迷了,死了,他的女儿们连一个子儿都不会给我的。他的破烂东西统共不值十法郎。今儿早上他把最后的餐具也卖掉了,不知为什么。他脸色像青年人一样。上帝原谅我,我只道他搽着胭脂,返老还童了呢。"

"一切由我负责。"欧也纳说着心慌得厉害,唯恐出了乱子。

他奔进高老头的屋子。老人躺在床上,皮安训坐在旁边。

"你好,老丈。"

老人对他温柔的笑了笑,两只玻璃珠子般的眼睛望着他,问:

"她怎么样?"

"很好,你呢?"

"不坏。"

"别让他劳神。"皮安训把欧也纳拉到屋子的一角嘱咐他。

"怎么啦?"欧也纳问。

"除非奇迹才有办法。脑溢血已经发作。现在贴着芥子膏药;幸而他还有感觉,药性已经起了作用。"

"能不能把他搬个地方?"

"不行。得留在这儿,不能有一点儿动作和精神上的刺激……"

欧也纳说:"皮安训,咱们俩来照顾他吧。"

"我已经请医院的主任医师来过。"

"结果呢?"

"要明儿晚上知道。他答应办完了公就来。不幸这倒楣蛋今儿早上胡闹了一次,他不肯说为什么。他脾气犟得像匹驴。我跟他说话,他装不听见,装睡,给我一个不理不答;倘使睁着眼睛,就一味的哼哼。他早上出去了,在城里乱跑,不知到了哪儿去。他把值钱的东西统统拿走了,做了些该死的交易,弄得精疲力尽!他女儿之中有一个来过这儿。"

"伯爵夫人吗?是不是大个子,深色头发,眼睛很精神很好看,身腰软软的,一双脚很有样的那个?"

"是的。"

拉斯蒂涅道:"让我来陪他一会。我盘问他,他会告诉我的。"

"我趁这时候去吃饭。千万别让他太兴奋;咱们还有一线希望呢。"

"你放心。"

高老头等皮安训走了,对欧也纳说:"明儿她们好痛痛快快的乐一下了。她们要参加一个盛大的跳舞会。"

"老丈,你今儿早上干了什么,累成这个样子躺在床上?"

"没有干什么。"

"阿娜斯大齐来过了吗?"拉斯蒂涅问。

"是的。"高老头回答。

"哎!别瞒我啦。她又问你要什么?"

"唉!"他迸足了力气说,"她很苦呀,我的孩子!自从出了钻石的事,她一个子儿都没有了。她为那个跳舞会定做了一件金线铺绣衣衫,好看到极点。不料那下流的女裁缝不肯赊账,结果老妈子垫了一千法郎定洋。可怜娜齐落到这步田地!我的心都碎了。老妈子看见雷斯多不相信娜齐,怕垫的钱没有着落,串通了裁缝,要等一千法郎还清才肯送衣服来。舞会便是明天,衣衫已经做好,娜齐急得没有法了。她想借我的餐具去抵押。雷斯多非要她上那个舞会去,教全巴黎瞧瞧那些钻石,外边说是她卖掉了。你想她能对那个恶鬼说:我欠着一千法郎,替我付一付吧。当然不能。我明白这个道理。但斐纳明儿要打扮得天仙似的,娜齐当然不能比不上妹妹。并且她哭得泪人儿似的,可怜的孩子!昨天我拿不出一万两千法郎,已经惭愧死了,我要拼这条苦命来补救。过去我什么都咬着牙齿忍受,但这一回没有钱,真是撕破了我的心。吓!我马上打定主意,把我的钱重新调度一下,拼凑一下;银搭扣和餐具卖了六百法郎,我的终身年金向高勃萨克押

高老头

了四百法郎，一年为期。也行！我光吃面包就得了！年轻的时候我就是这样的，现在也还可以。至少我的娜齐能快快活活的消磨一晚啦，能花枝招展的去出风头啦。一千法郎钞票已经放在我床头。想着头底下藏着娜齐喜欢的东西，我心里就暖和。现在她可以撵走可恶的维多阿了，哼！佣人不相信主人，还像话！明儿我就好啦，娜齐十点钟要来的。我不愿意她们以为我害了病。那她们要不去跳舞，来服侍我了。娜齐会拥抱我像拥抱她的孩子，她跟我亲热一下，我的病就没有啦。再说，在药铺子里我不是也能花掉上千法郎吗？我宁可给包医百病的娜齐的。至少我还能使她在苦难中得到点安慰，我存了终身年金的过失也能补救一下。她掉在窟窿里，我没有能力救她出来。哦！我要再去做买卖，上奥特赛去买谷子。那边的麦子比这儿贱三倍。麦子进口是禁止的；可是定法律的先生们并没禁止用麦子做的东西进口哪，吓，吓！今儿早上我想出来了！做淀粉买卖还有很大的赚头。"

"他疯了。"欧也纳望着老人想。

"得啦，你歇歇吧，别说话……"

皮安训上楼，欧也纳下去吃饭。接着两人轮流守夜，一个念医书，一个写信给母亲姊妹。

第二天，病人的症象，据皮安训说，略有转机；可是需要不断治疗，那也唯有两个大学生才能胜任。老人骨瘦如柴的身上除了安放许多水蛭以外，又要用水罨，又要用热水洗脚，种种的治疗，不是两个热心而强壮的青年人休想对付得了。特·雷斯多太太没有来，派了当差来拿钱。

"我以为她会亲自来的呢。也好，免得她看见我病了操心。"高老头说。女儿不来，他倒好像很高兴似的。

晚上七点，丹兰士送来一封但斐纳的信。

你在干什么呀，朋友？才相爱，难道就对我冷淡了吗？在肝胆相照的那些心腹话中，你表现的心灵太美了，我相信你是永久忠实的，感情的微妙，你了解太深刻了，正如你听摩才的祷告①时说的：对某些人，这不过是音符，对另外一些人是无穷尽的音乐！别忘了我今晚等你一同赴特·鲍赛昂夫人的舞会。特·阿瞿达先生的婚约，今天早上在宫中签了，可怜子爵夫人到二点才知道。全巴黎的妇女都要拥到她家里去，好似群众挤到葛兰佛广场去看执行死刑。你想，去瞧这位太太能否掩藏她的痛苦，能否视死如归，不是太惨了吗？朋友，倘使我从前去过她的家，今天我决计不去了；但她今后一定不再招待宾客，我过去所有的努力不是白费了吗？我的情形和别人不同，况且我也是为你去的。我等你。要是两小时内你还不在我身边，我不知道是否能原谅你。

拉斯蒂涅拿起笔来回答：

我等医生来，要知道你父亲还能活不能活。他快死了。我会把医生的判决通知你，恐怕竟是死刑。你能不能赴舞会，到时你斟酌吧，请接受我无限的温情。

八点半，医生来了，认为虽然没有什么希望，也不至于马上就死。他说还有好几次反复，才决定老人的生命和神志。
"他还是快一点死的好。"这是医生的最后一句话。
欧也纳把高老头交托给皮安训，向特·纽沁根太太报告凶讯

---

① 洛西尼歌剧《摩才》中最精彩的一幕。

去了；他家庭观念还很重，觉得一切娱乐这时都应该停止。

高老头好似迷迷糊糊的睡着了，在拉斯蒂涅出去的时候忽然坐起来叫着："告诉她，教她尽管去玩儿。"

拉斯蒂涅愁眉苦脸的跑到但斐纳前面。她头也梳好了，鞋也穿好了，只等套上跳舞衣衫。可是最后的修整，像画家收拾作品的最后几笔，比用颜色打底子更费功夫。

"嗯，怎么，你还没有换衣服？"她问。

"可是太太，你的父亲……"

"又是我的父亲。"她截住了他的话，"应该怎么对待父亲，不用你来告诉我。我认识他这么多年了。欧也纳，甭说啦。你先穿扮了，我才听你的话。丹兰士在你家里一切都准备好了；我的车套好在那儿，你坐着去，坐着回来。到跳舞会去的路上，再谈父亲的事。我们非要早点儿动身不可，如果困在车马阵里，包管十一点才能进门。"

"太太！"

"去吧！甭说啦。"她说着奔进内客室去拿项链。

"嗳，去啊，欧也纳先生，你要惹太太生气了。"丹兰士一边说一边推他走。他可是被这个风雅的忤逆女儿吓呆了。

他一路穿衣一路想着最可怕最丧气的念头。他觉得社会好比一个大泥淖，一脚踩了进去，就陷到脖子。他想：

"他们连犯罪也是没有骨气没有血性的！伏脱冷伟大多哩。"

他看到人生的三个面目：服从，斗争，反抗；家庭，社会，伏脱冷。他决不定挑哪条路。服从吗？受不了；反抗吗？做不到；斗争吗？没有把握。他又想到自己的家，恬静的生活，纯洁的感情，过去在疼爱他的人中间消磨的日子。那些亲爱的人按部就班照着日常生活的规律，在家庭中找到一种圆满的，持续不断的，没有苦闷的幸福。他虽有这些高尚的念头，可没有勇气向但斐纳说出他纯洁的信仰，不敢利用爱情强迫她走上道德的路。他才开始受到的教育已经见效，为了爱情，他已经自私了。他凭着他的聪明，识透了但斐纳的心，觉得她为了参加跳舞会，不怕踩着父亲的身体走过去；而他既没有力量开导她，也没有勇气得罪她，更没有骨气离开她。

"在这个情形之下使她理屈，她永远不会原谅我的。"他想。

然后他又推敲医生的话，觉得高老头也许并不像他想象的危险；总之他找出许多为凶手着想的理由，替但斐纳开脱。先是她不知道父亲的病情。即使她去看他，老人自己也要逼她回去参加跳舞会的。呆板的礼教只知道死抓公式，责备那些显而易见的过失；其实家庭中各人的性格，利害观念，当时的情势，都千变万化，可能造成许多特殊情形，宽恕那些表面上的罪过。欧也纳要骗自己，预备为了情妇而抹煞良心。两天以来，他的生活大起变化。女人搅乱了他的心，压倒了家庭，一切都为着女人牺牲了。拉斯蒂涅和但斐纳是在干柴烈火，使他们极尽绸缪的情形之下相遇的。欢情不但没有消灭情欲，反而把允分培养的情欲挑拨得更旺。欧也纳占有了这个女人，才发觉过去对她不过是肉的追求，直到幸福到手的第二天方始对她有爱情。也许爱情只是对欢娱所表示的感激。她下流也罢，高尚也罢，他反正爱极了这个女人，为了他给她的快乐，也为了他得到的快乐，而但斐纳的爱拉斯蒂涅，也像当太尔爱一个给他充饥疗渴的天使一样①。

欧也纳穿了跳舞服装回去，特·纽沁根太太问道：

"现在你说吧，父亲怎么啦？"

"不行哪。你要真爱我，咱们马上去看他。"

她说："好吧，等跳舞回来。我的好欧也纳，乖乖的，别教

---

① 当太尔为神话中利提阿国王，因杀子飨神，被罚永久饥渴：俯饮河水，水即不见；仰取果实，高不可攀。

高老头

训我啦,来吧。"

他们动身了。车子走了一程,欧也纳一声不出。

"你怎么啦?"她问。

"我听见你父亲痰都涌上来了。"他带着气恼的口吻回答。

接着他用青年人的慷慨激昂的辞令,说出特·雷斯多太太如何为了虚荣心下毒手,父亲如何为了爱她而闹出这场危险的病,娜齐的金线舞衫付出了如何可怕的代价。但斐纳听着哭了。

"我要难看了。"

这么一想,她眼泪干了,接着说:

"我要去服侍父亲,守在他床头。"

拉斯蒂涅道:"啊!这样我才称心哩。"

鲍赛昂府四周被五百多辆车上的灯照得通明雪亮。大门两旁各各站着一个气吁吁的警察。这个名门贵妇栽了斤斗,无数上流社会的人都要来瞧她一瞧。特·纽沁根太太和拉斯蒂涅到的时候,楼下一排大厅早已黑压压的挤满了人。当年大公主和特·洛尚公爵的婚约被路易十四否决以后,宫廷里全班人马曾经拥到公主府里;从此还没有一件情场失意的悲剧像特·鲍赛昂夫人的那样轰动过。那位天潢贵胄,蒲高涅王室的最后一个女儿①,可并没有被痛苦压倒。当初她为了点缀她爱情的胜利,曾经敷衍这一个虚荣浅薄的社会;现在到了最后一刻,她依旧高高在上,控制这个社会。每间客厅里都是巴黎最美的妇女,个个盛装艳服,堆着笑脸。宫廷中最显要的人物,各国的大使公使,部长,名流,挂满了十字勋章,系着五光十色的绶带,争先恐后拥在子爵夫人周围。乐队送出一句又一句的音乐。在金碧辉煌的天顶下缭绕;可是在女后心目中,这个地方已经变成一片荒凉。鲍赛昂太太站

---

① 作者假定特·鲍赛昂夫人的母家是蒲高涅王族。中世纪时与十五世纪时,蒲高涅族曾两次君临法国。

在第一间客厅的门口，迎接那些自称为她的朋友的人，全身穿着白衣服，头上简简单单的盘着发辫，没有一点装饰，她安闲静穆，既没有痛苦，也没有高傲，也没有假装的快乐。没有一个人能看透她的心思。几乎像一座尼沃贝①的石像。她对几个熟朋友的笑容有时带点儿嘲弄的意味；但是在众人眼里，她始终和平常一样，同她被幸福的光辉照耀的时候一样。这个态度叫一般最麻木的人也看了佩服，犹如古时的罗马青年对一个含笑而死的斗兽士喝彩。上流社会似乎特意装点得花团锦簇，来跟它的一个母后告别。

她和拉斯蒂涅说："我只怕你不来呢。"

拉斯蒂涅觉得这句话有点埋怨的意思，声音很激动的回答："太太，我是预备最后一个走的。"

"好。"她握着他的手说。"这儿我能够信托的大概只有你一个人。朋友，对一个女人能永久爱下去，就该爱下去。别随便丢了她。"

她挽着拉斯蒂涅的手臂走进一间打牌的客室，带他坐在一张长沙发上，说道：

"请你替我上侯爵那儿送封信去。我叫当差带路。我向他要还我的书信，希望他全部交给你。拿到之后你上楼到卧室去等我。他们会通知我的。"

她的好朋友特·朗日公爵夫人也来了，她站起身来迎接。拉斯蒂涅出发上洛希斐特公馆，据说侯爵今晚就在那边。他果然找到了阿瞿达，跟他一同回去，侯爵拿出一个匣子，说道：

---

① 尼沃贝相传为弗里奚女王，生有七子七女，以子女繁衍骄人，被狄阿纳与阿波罗将七子七女杀尽。尼沃贝痛苦之极，化为石像。希腊雕塑中有十四座一组的雕像，统称为尼沃贝及其子女。今人以尼沃贝象征母性的痛苦。

"统统在这儿了。"

他好像要对欧也纳说话,也许想打听跳舞会和子爵夫人的情形,也许想透露他已经对婚姻失望,——以后他也的确失望;不料他眼中忽然亮起一道骄傲的光,拿出可叹的勇气来,把他最高尚的感情压了下去。

"亲爱的欧也纳,别跟她提到我。"

他紧紧握了握拉斯蒂涅的手,又恳切又伤感,意思催他快走。欧也纳回到鲍赛昂府,给带进子爵夫人的卧房,房内是准备旅行的排场。他坐在壁炉旁边,望着那杉木匣子非常伤心。在他心中,特·鲍赛昂太太的身份不下于《依里阿特》史诗中的女神。

"啊!朋友。"子爵夫人进来把手放在拉斯蒂涅肩上。

她流着泪,仰着眼睛,一只手发抖,一只手举着。她突然把匣子放在火上,看它烧起来。

"他们都在跳舞!他们都准时而到,偏偏死神不肯就来。——嘘!朋友。"拉斯蒂涅想开口,被她拦住了。她说:"我永远不再见巴黎,不再见人了。清早五点,我就动身,到诺曼地乡下去躲起来。从下午三点起,我忙着种种准备,签署文书,料理银钱杂务;我没有一个人能派到……"

她停住了。

"我知道他一定在……"

她难过得不得了,又停住了。这时一切都是痛苦,有些字眼简直说不出口。

"我早打算请你今晚帮我最后一次忙。我想送你一件纪念品。我时常想到你,觉得你心地好,高尚,年轻,诚实,那些品质在这个社会里是少有的。希望你有时也想到我。"她向四下里瞧了一下,"哦,有了,这是我放手套的匣子。每次我上舞会或戏院之前拿手套的时候,总觉得自己很美,因为那时我是幸福的;我每次碰到这匣子,总对它有点儿温情,它多少有我的一点儿气息,有当年的整个鲍赛昂夫人在内。你收下吧。我等会叫人送到阿多阿街去。特·纽沁根太太今晚漂亮得很,你得好好的爱她,朋友,我们尽管从此分别了,你可以相信我远远的祝福你。你对我多好。我们下楼吧,我不愿意人家以为我在哭。以后的日子长呢,一个人的时候,谁也不会来追究我的眼泪了。让我再瞧一瞧这间屋子。"

说到这儿她停住了。她把手遮着眼睛,抹了一下,用冷水浸过,然后挽着大学生的手臂,说道:"走吧!"

特·鲍赛昂太太,以这样英勇的精神忍受痛苦,拉斯蒂涅看了感情激动到极点。回到舞会,他同特·鲍赛昂太太在场子里绕了一转。这位恳切的太太借此表示她最后一番心意。

不久他看见了两姊妹,特·雷斯多太太和特·纽沁根太太。伯爵夫人戴着全部钻石,气概非凡,可是那些钻石决不会使她好受,而且也是最后一次穿戴了。尽管爱情强烈,态度骄傲,她到底受不住丈夫的目光。这种场面更增加拉斯蒂涅的伤感。在姊妹俩的钻石下面,他看到高老头躺的破床。子爵夫人误会了他的快快不乐的表情,抽回手臂,说道:"去吧!我不愿意你为我牺牲快乐。"

欧也纳不久被但斐纳邀了去。她露了头角,好不得意。她一心要讨这个社会喜欢,既然如愿以偿,也就急于拿她的成功献在大学生脚下。

"你觉得娜齐怎么样?"她问。

"她吗。"欧也纳回答,"她预支了她父亲的性命。"

清早四点,客厅的人渐渐稀少,不久音乐也停止了。大客厅中只剩特·朗日公爵夫人和拉斯蒂涅。特·鲍赛昂先生要去睡觉了，子爵夫人和他作别，他再三说：

"亲爱的，何必隐居呢，在你这个年纪！还是同我们一块儿住下吧。"

告别完了，她走到大客厅，以为只有大学生在那儿；一看见公爵夫人，不由得叫了一声。

"我猜到你的意思，格拉拉。"特·朗日太太说。"你要一去不回的走了；你未走之前，我有番话要跟你说，我们之间不能有一点儿误会。"

特·朗日太太挽着特·鲍赛昂太太的手臂走到隔壁的客厅里，含着泪望着她，把她抱着，亲她的面颊，说道：

"亲爱的，我不愿意跟你冷冰冰的分手，我良心上受不了。你可以相信我，像相信你自己一样。你今晚很伟大，我自问还配得上你，还要向你证明这一点。过去我有些对不起你的地方，我没有始终如一，亲爱的，请你原谅。一切使你伤心的行为，我都向你道歉；我愿意收回我说过的话。患难成知己，我不知道我们俩哪一个更痛苦。特·蒙脱里伏先生今晚没有上这儿来，你明白没有？格拉拉，到过这次舞会的人永远忘不了你。我吗，我在作最后的努力；万一失败，就进修道院！你又上哪儿呢，你？"

"上诺曼地，躲到古撒尔乡下去，去爱，去祈祷，直到上帝把我召回为止。"

子爵夫人想起欧也纳等着，便招呼他：

"拉斯蒂涅先生，你来吧。"

大学生弯着身子握了表姊的手亲吻。

特·鲍赛昂太太说："安多纳德，告辞了！但愿你幸福。"她转身对着大学生说："至于你，你已经幸福了，你年轻，还能有信仰。没想到我离开这个社会的时候，像那般幸运的死者，周围还有些虔诚的真诚的心！"

拉斯蒂涅目送特·鲍赛昂夫人坐上旅行的轿车，看她泪眼晶莹同他作了最后一次告别，由此可见社会上地位最高的人，并不像那般趋奉群众的人说的，能逃出感情的规律而没有伤心痛苦的事。五点光景，欧也纳也冒着又冷又潮湿的天气走回伏盖公寓。他的教育受完了。

拉斯蒂涅走进邻居的屋子，皮安训和他说："可怜的高老头没有救了。"

欧也纳把睡熟的老人望了一眼，回答说："朋友，既然你能克制欲望，就走你平凡的路吧。我入了地狱，而且得留在地狱。不管人家把上流社会说得怎么坏，你相信就是！没有一个讽刺作家能写尽隐藏在金银珠宝底下的丑恶。"

父亲的死

第二天下午两点左右,皮安训要出去,叫醒拉斯蒂涅,接他的班。高老头的病势上半天又加重许多。

"老头儿活不到两天了,也许还活不到六小时。"医学生道,"可是他的病,咱们不能置之不理。还得给他一些费钱的治疗。咱们替他当看护是不成问题,我可没有钱。他的衣袋,柜子,我都翻遍了,全是空的。他神志清楚的时候我问过他,他说连一个子儿都没有了。你身上有多少,你?"

"还剩二十法郎,我可以去赌,会赢的。"

"输了怎办?"

"问他的女婿女儿去要。"

皮安训道:"他们不给又怎办?眼前最急的还不是钱,而是要在他身上贴滚热的芥子膏药,从脚底直到大腿的半中间。他要叫起来,那还有希望。你知道怎么做的。再说,克利斯朵夫可以帮你忙。我到药剂师那儿去作个保,赊欠药账。可惜不能送他进我们的医院,招呼得好一些。来,让我告诉你怎办;我不回来,你不能离开他。"

他们走进老人的屋子,欧也纳看到他的脸变得没有血色,没有生气,扭做一团,不由得大吃一惊。

"喂，老丈，怎么样？"他靠着破床弯下身去问。

高里奥眨巴着暗淡的眼睛，仔细瞧了瞧欧也纳，认不得他。大学生受不住了，眼泪直涌出来。

"皮安训，窗上可要挂个帘子？"

"不用。气候的变化对他已经不生影响。他要有冷热的知觉倒好了。可是咱们还得生个火，好煮药茶，还能作好些旁的用处。等会我叫人送些柴草来对付一下，慢慢再张罗木柴。昨天一昼夜，我把你的柴跟老头儿的泥炭都烧完了。屋子潮得厉害，墙壁都在淌水，还没完全烘燥呢。克利斯朵夫把屋子打扫过了，简直像马房，臭得要命，我烧了些松子。"

拉斯蒂涅叫道："我的天！想想他的女儿哪！"

"他要喝水的话，给他这个。"医学生指着一把大白壶。"倘若他哼哼唧唧的叫苦，肚子又热又硬，你就叫克利斯朵夫帮着给他来一下……你知道的。万一他兴奋起来说许多话，有点儿精神错乱，由他去好了。那倒不是坏现象，可是你得叫克利斯朵夫上医院来。我们的医生，我的同事，或是我，我们会来给他做一次灸。今儿早上你睡觉的时候，我们会诊过一次，到的有迦尔博士的一个学生，圣父医院的主任医师跟我们的主任医师。他们认为颇有些奇特的症候，必须注意病势的进展，可以弄清科学上的几个要点。有一位说，血浆的压力要是特别加在某个器官上，可能发生一些特殊的现象。所以老头儿一说话，你就得留心听，看是哪一类的思想，是记忆方面的，智力方面的，还是判断方面的；看他注意物质的事还是情感的事；是否计算，是否回想过去；总之你想法给我们一个准确的报告。病势可能急转直下，他会像现在这样人事不知的死去。这一类的病怪得很。倘若在这个地方爆发。"皮安训指了指病人的后脑，"说不定有些出奇出怪的病状：头脑某几个部分会恢复机能，一下子死不了。血浆能从脑里回出来，至于再走什么路，只有解剖尸体才能知道。残废院内有个痴呆的老人，充血跟着脊椎骨走；人痛苦得不得了，可是活在那儿。"

高老头忽然认出了欧也纳，说道：

"她们玩得痛快吗？"

"哦，他只想着他的女儿。"皮安训道。"昨夜他和我说了上百次：她们在跳舞呢！她的跳舞衣衫有了。——他叫她们的名字。那声音把我听得哭了，真是要命！他叫：但斐纳！我的小但斐纳！娜齐！真的！简直叫你止不住眼泪。"

"但斐纳。"老人接口说，"她在这儿，是不是？我知道的。"

他眼睛忽然骨碌碌的乱转，瞪着墙壁和房门。

"我下去叫西尔维预备芥子膏药。"皮安训说，"这是替他上药的好机会。"

拉斯蒂涅独自陪着老人，坐在床脚下，定睛瞧着这副嘴脸，觉得又害怕又难过。

"特·鲍赛昂太太逃到乡下去了，这一个又要死了。"他心里想。"美好的灵魂不能在这个世界上待久的。真是，伟大的感情怎么能跟一个猥琐，狭小，浅薄的社会沆瀣一气呢？"

他参加的那个盛会的景象在脑海中浮起来，同眼前这个病人垂死的景象成为对比。皮安训突然奔进来叫道：

"喂，欧也纳，我才见到我们的主任医师，就奔回来了。要是他忽然清醒，说起话来，你把他放倒在一长条芥子膏药上，让芥末把颈窝到腰部下面一齐裹住；再教人通知我们。"

"亲爱的皮安训！"欧也纳说。

"哦！这是为了科学。"医学生说，他的热心像一个刚改信宗教的人。

欧也纳说："那么只有我一个人是为了感情照顾他了。"

皮安训听了并不生气，只说："你要看到我早上的模样，就不会说这种话了。告诉你，朋友，开业的医生眼里只有疾病，我还看见病人呢。"

他走了。欧也纳单独陪着病人，唯恐高潮就要发作。不久高潮果然来了。

"啊！是你，亲爱的孩子。"高老头认出了欧也纳。

"你好些吗？"大学生拿着他的手问。

"好一些。刚才我的脑袋好似夹在钳子里，现在松一点儿了。你可曾看见我的女儿？她们马上要来了。一知道我害病，会立刻赶来的。从前在于西安街，她们服侍过我多少回！天哪！我真想把屋子收拾干净，好招待她们。有个年轻人把我的泥炭烧完了。"

欧也纳说："我听见克利斯朵夫的声音，他替你搬木柴来，就是那个年轻人给你送来的。"

"好吧！可是拿什么付账呢？我一个钱都没有了，孩子。我把一切都给了，一切。我变了叫花子了。至少那件金线衫好看吗？（啊唷！我痛！）谢谢你，克利斯朵夫。上帝会报答你的，孩子；我啊，我什么都没有了？"

欧也纳凑着男佣人的耳朵说："我不会教你和西尔维白忙的。"

"克利斯朵夫，是不是我两个女儿告诉你就要来了？你再去一次，我给你五法郎。对她们说我觉得不好，我临死之前还想拥抱她们。再看她们一次。你这样去说吧，可是别过分吓了她们。"

克利斯朵夫看见欧也纳对他递了个眼色，便动身了。

"她们要来了。"老人又说。"我知道她们的脾气。好但斐纳，我死了，她要怎样的伤心呀！还有娜齐也是的。我不愿意死，因为不愿意让她们哭。我的好欧也纳，死，死就是再也看不见她们。在那个世界里，我要闷得发慌哩。看不见孩子，做父亲的等于入了地狱；自从她们结了婚，我就尝着这个味道。我的天堂是于西安街。嗳！喂，倘使我进了天堂，我的灵魂还能回到她们身边吗？听说有这种事情，可是真的？我现在清清楚楚看见她们在于西安街的模样。她们一早下楼，说：爸爸，你早。我把她们抱在膝上，用种种花样逗她们玩儿，跟她们淘气。她们也跟我亲热一阵。我们天天一块儿吃中饭，一块儿吃晚饭，总之那时我是父亲，看着孩子直乐。在于西安街，她们不跟我讲嘴，一点不懂人事，她们很爱我。天哪！干么她们要长大呢？（哎唷！我痛啊；头里在抽。）啊！啊！对不起。孩子们！我痛死了；要不是真痛，我不会叫的，你们早已把我训练得不怕痛苦了。上帝呀！只消我能握着她们的手，我就不觉得痛啦。你想她们会来吗？克利斯朵夫蠢极了！我该自己去的。他倒有福气看到她们。你昨天去了跳舞会，你告诉我呀，她们怎么样？她们一点不知道我病了，可不是？要不她们不肯去跳舞了，可怜的孩子们！噢！我再也不愿意害病了。她们还少不了我呢。她们的财产遭了危险，又是落在怎样的丈夫手里！把我治好呀，治好呀！（噢！我多难过！哟！哟！哟！）你瞧，非把我医好不行，她们需要钱，我知道到哪儿去挣。我要上奥特赛去做淀粉。我才精明呢，会赚他几百万。（哦呀！我痛死了！）"

高里奥不出声了，仿佛集中全身的精力熬着痛苦。

"她们在这儿，我不会叫苦了，干么还要叫苦呢？"

他迷迷糊糊昏沉了好久。克利斯朵夫回来，拉斯蒂涅以为高老头睡熟了，让佣人高声回报他出差的情形。

"先生，我先上伯爵夫人家，可没法跟她说话，她和丈夫有要紧事儿。我再三央求，特·雷斯多先生亲自出来对我说：高里奥先生快死了是不是？哎，再好没有。我有事，要太太待在家里。事情完了，她会走的。——他似乎很生气，这位先生。我正

229

要出来，太太从一扇我看不见的门里走到穿堂，告诉我：克利斯朵夫，你对我父亲说，我同丈夫正在商量事情，不能来。那是有关我孩子们生死的问题。但等事情一完，我就去看他。——说到男爵夫人吧，又是另外一桩事儿！我没有见到她，不能跟她说话。老妈子说：啊！太太今儿早上五点一刻才从跳舞会回来；中午以前叫醒她，一定要挨骂的。等会她打铃叫我，我会告诉她，说她父亲的病更重了。报告一件坏消息，不会嫌太晚的。——我再三央求也没用。哎，是呀，我也要求见男爵，他不在家。"

"一个也不来。"拉斯蒂涅嚷道，"让我写信给她们。"

"一个也不来。"老人坐起来接着说。"她们有事，她们在睡觉，她们不会来的。我早知道了。直要临死才知道女儿是什么东西！唉！朋友，你别结婚，别生孩子！你给他们生命，他们给你死。你带他们到世界上来，他们把你从世界上赶出去。她们不会来的！我已经知道了十年。有时我心里这么想，只是不敢相信。"

他每只眼中冒出一颗眼泪，滚在鲜红的眼皮边上，不掉下来。

"唉！倘若我有钱，倘若我留着家私，没有把财产给她们，她们就会来。会用她们的亲吻来舐我的脸！我可以住在一所公馆里，有漂亮的屋子，有我的仆人，生着火；她们都要哭做一团，还有她们的丈夫，她们的孩子。这一切我都可以到手。现在可什么都没有。钱能买到一切，买到女儿。啊！我的钱到哪儿去了？倘若我还有财产留下，她们会来伺候我，招呼我；我可以听到她们，看到她们。啊！欧也纳，亲爱的孩子，我唯一的孩子，我宁可给人家遗弃，宁可做个倒楣鬼！倒楣鬼有人爱，至少那是真正的爱！啊，不，我要有钱，那我可以看到她们了。唉，谁知道？她们两个的心都像石头一样。我把所有的爱在她们身上用尽了，她们对我不能再有爱了。做父亲的应该永远有钱，应该拉紧儿女

高老头

的缰绳,像对付狡猾的马一样。我却向她们下跪。该死的东西!她们十年来对我的行为。现在到了顶点。你不知道她们刚结婚的时候对我怎样的奉承体贴!(噢!我痛得像受毒刑一样!)我才给了她们每人八十万,她们和她们的丈夫都不敢怠慢我。我受到好款待:好爸爸,上这儿来;好爸爸,往那儿去。她们家永远有我的一份刀叉。我同她们的丈夫一块儿吃饭,他们对我很恭敬,看我手头还有一些呢。为什么?因为我生意的底细,我一句没提。一个给了女儿八十万的人是应该奉承的。他们对我那么周到,体贴,那是为我的钱啊。世界并不美。我看到了,我!她们陪我坐着车子上戏院,我在她们的晚会里爱待多久就待多久。她们承认是我的女儿,承认我是她们的父亲。我还有我的聪明呢,嗨,什么都没逃过我的眼睛。我什么都感觉到,我的心碎了。我明明看到那是假情假意;可是没有办法。在她们家,我就不像在这儿饭桌上那么自在。我什么话都不会说。有些漂亮人物咬着我女婿的耳朵问:

——那位先生是谁啊?

——他是财神,他有钱。

——啊,原来如此!

"人家这么说着,恭恭敬敬瞧着我,就像恭恭敬敬瞧着钱一样。即使我有时叫他们发窘,我也补赎了我的过失。再说,谁又是十全的呢?(哎唷!我的脑袋简直是块烂疮!)我这时的痛苦是临死以前的痛苦,亲爱的欧也纳先生,可是比起当年娜齐第一次瞪着我给我的难受,眼前的痛苦算不了什么。那时她瞪我一眼,因为我说错了话,丢了她的脸;唉,她那一眼把我全身的血管都割破了。我很想懂得交际场中的规矩;可是我只懂得一样:我在世界上是多余的。第二天我上但斐纳家去找安慰,不料又闹了笑话,惹她冒火。我为此急疯了。八天功夫我不知道怎么办。我不敢去看她们，怕受埋怨。这样，我便进不了女儿的大门。哦！我的上帝！既然我吃的苦，受的难，你全知道，既然我受的千刀万剐，使我头发变白，身子磨坏的伤，你都记在账上，干么今日还要我受这个罪？就算太爱她们是我的罪过，我受的刑罚也足够补赎了。我对她们的慈爱，她们都狠狠的报复了，像刽子手一般把我上过毒刑了。唉！做老子的多蠢！我太爱她们了，每次都回头去迁就她们，好像赌棍离不开赌场。我的嗜好，我的情妇，我的一切，便是两个女儿，她们俩想要一点儿装饰品什么的，老妈子告诉了我，我就去买来送给她们，巴望得到些好款待！可是她们看了我在人前的态度，照样来一番教训。而且等不到第二天！喝，她们为着我脸红了。这是给儿女受好教育的报应。我活了这把年纪，可不能再上学校啦。（我痛死了，天哪！医生呀！医生呀！把我脑袋劈开来，也许会好些。）我的女儿呀，我的女儿呀，娜齐，但斐纳！我要看她们。叫警察去找她们来，抓她们来！法律应该帮我的，天性，民法，都应该帮我。我要抗议。把父亲踩在脚下，国家不要亡了吗？这是很明白的。社会，世界，都是靠父道做轴心的；儿女不孝父亲，不要天翻地覆吗？哦！看到她们，听到她们，不管她们说些什么，只要听见她们的声音，尤其但斐纳，我就不觉得痛苦。等她们来了，你叫她们别那么冷冷的瞧我。啊！我的好朋友，欧也纳先生，看到她们眼中的金光变得像铅一样不灰不白，你真不知道是什么味儿。自从她们的眼睛对我不放光辉之后，我老在这儿过冬天，只有苦水给我吞，我也就吞下了！我活着就是为受委屈，受侮辱。她们给我一点儿可怜的，小小的，可耻的快乐，代价是教我受种种的羞辱，我都受了，因为我太爱她们了。老子偷偷摸摸的看女儿！听见过没有？我把一辈子的生命给了她们，她们今天连一小时都不给我！我又饥又渴，心在发烧，她们不来苏解一下我的临终苦难。我觉得我

高老头

要死了。什么叫做践踏父亲的尸首,难道她们不知道吗?天上还有一个上帝,他可不管我们做老子的愿不愿意,要替我们报仇的。噢!她们会来的!来啊,我的小心肝,你们来亲我呀;最后一个亲吻就是你们父亲的临终圣餐了,他会代你们求上帝,说你们一向孝顺,替你们辩护!归根结蒂,你们没有罪。朋友,她们是没有罪的!请你对大家都这么说,别为了我难为她们。一切都是我的错,是我纵容她们把我踩在脚下的。我就喜欢那样。这跟谁都不相干,人间的裁判,神明的裁判,都不相干。上帝要是为了我责罚她们,就不公平了。我不会做人,是我糊涂,自己放弃了权利。为她们我甚至堕落也甘心情愿!有什么办法!最美的天性,最优秀的灵魂,都免不了溺爱儿女。我是一个糊涂蛋,遭了报应,女儿七颠八倒的生活是我一手造成的,是我惯了她们。现在她们要寻欢作乐,正像她们从前要吃糖果。我一向对她们百依百顺。小姑娘想入非非的欲望,都给她们满足。十五岁就有了车!要什么有什么。罪过都在我一个人身上,为了爱她们而犯的罪。唉,她们的声音能够打开我的心房。我听见她们,她们在来啦。哦!一定的,她们要来的。法律也要人给父亲送终的,法律是支持我的。只要叫人跑一趟就行。我给车钱。你写信去告诉她们。说我还有几百万家私留给她们!我敢起誓。我可以上奥特赛去做高等面食。我有办法。计划中还有几百万好赚。哼,谁也没有想到。那不会像麦子和面粉一样在路上变坏的。嗳,嗳,淀粉哪,有几百万好赚啊!你告诉她们有几百万决不是扯谎。她们为了贪心还是肯来的;我宁愿受骗,我要看到她们。我要我的女儿!是我把她们生下来的!她们是我的!"他一边说一边在床上挺起身子,给欧也纳看到一张白发凌乱的脸,竭力装做威吓的神气。

欧也纳说:"嗳,嗳,你睡下吧。我来写信给她们。等皮安训来了,她们要再不来,我就自个儿去。"

"她们再不来。"老人一边大哭一边接了一句,"我要死了,要气疯了,气死了!气已经上来了!现在我把我这一辈子都看清楚了。我上了当!她们不爱我,从来没有爱过我!这是明摆的了。她们这时不来是不会来的了。她们越拖,越不肯给我这个快乐。我知道她们。我的悲伤,我的痛苦,我的需要,她们从来没体会到一星半点,连我的死也没有想到;我的爱,我的温情,她们完全不了解。是的,她们把我糟蹋惯了,在她们眼里我所有的牺牲都一文不值。哪怕她们要挖掉我眼睛,我也会说:挖吧!我太傻了。她们以为天下的老子都像她们的一样。想不到你待人好一定要人知道!将来她们的孩子会替我报仇的。唉,来看我还是为她们自己啊。你去告诉她们,说她们临死要受到报应的。犯了这桩罪,等于犯了世界上所有的罪。去啊,去对她们说,不来送我的终是忤逆!不加上这一桩,她们的罪已经数不清啦。你得像我一样的去叫:哎!娜齐!哎!但斐纳!父亲待你们多好,他在受难,你们来吧!——唉!一个都不来。难道我就像野狗一样的死吗?爱了一辈子的女儿,到头来反给女儿遗弃!简直是些下流东西,流氓婆;我恨她们,咒她们;我半夜里还要从棺材里爬起来咒她们。嗳,朋友,难道这能派我的不是吗?她们做人这样恶劣,是不是!我说什么?你不是告诉我但斐纳在这儿吗?还是她好。你是我的儿子,欧也纳。你,你得爱她,像她父亲一样的爱她。还有一个是遭了难。她们的财产呀!哦!上帝!我要死了,我太苦了!把我的脑袋割掉吧,留给我一颗心就行了。"

"克利斯朵夫,去找皮安训来,顺便替我雇辆车。"欧也纳嚷着。他被老人这些呼天抢地的哭诉吓坏了。

"老伯,我到你女儿家去把她们带来。"

"把她们抓来,抓来!叫警卫队,叫军队!"老人说着,对欧

高老头

也纳瞪了一眼,闪出最后一道理性的光。"去告诉政府,告诉检察官,叫人替我带来!"

"你刚才咒过她们了。"

老人愣了一愣,说:"谁说的?你知道我是爱她们的,疼她们的!我看到她们,病就好啦……去吧,我的好邻居,好孩子,去吧,你是慈悲的;我要重重的谢你;可是我什么都没有了,只能给你一个祝福,一个临死的人的祝福。啊!至少我要看到但斐纳,吩咐她代我报答你。那个不能来,就带这个来吧。告诉她,她要不来,你不爱她了。她多爱你,一定会来的。哟,我渴死了,五脏六腑都在烧!替我在头上放点儿什么吧。最好是女儿的手,那我就得救了,我觉得的……天哪!我死了,谁替她们挣钱呢?我要为她们上奥特赛去,上奥特塞做面条生意。"

欧也纳搀起病人,用左臂扶着,另一只手端给他一杯满满的药茶,说道:"你喝这个。"

"你一定要爱你的父母。"老人说着,有气无力的握着欧也纳的手。"你懂得吗,我要死了,不见她们一面就死了。永远口渴而没有水喝,这便是我十年来的生活……两个女婿断送了我的女儿。是的,从她们出嫁之后,我就没有女儿了。做老子的听着!你们得要求国会订一条结婚的法律!要是你们爱女儿,就不能把她们嫁人。女婿是毁坏女儿的坏蛋,他把一切都污辱了。再不要有结婚这回事!结婚抢走我们的女儿,教我们临死看不见女儿。为了父亲的死,应该订一条法律。真是可怕!报仇呀!报仇呀!是我女婿不准她们来的呀。杀死他们!杀雷斯多!杀纽沁根!他们是我的凶手!不还我女儿,就要他们的命!唉!完啦,我见不到她们的了!她们!娜齐,但斐纳,喂,来呀,爸爸出门啦[①]

[①] "来呀,爸爸出门啦"一句,为女儿幼年时父亲出门前呼唤她们的亲切语;此处出门二字有双关意味。

235

……"

"老伯,你静静吧,别生气,别多想。"

"看不见她们,这才是我的临终苦难!"

"你会看见的。"

"真的!"老人迷迷惘惘的叫起来。"噢!看到她们!我还会看到她们,听到她们的声音。那我死也死得快乐了。唉,是啊,我不想活了,我不希罕活了,我痛得越来越厉害了。可是看到她们,碰到她们的衣衫,唉!只要她们的衣衫,衣衫,就这么一点儿要求!只消让我摸到她们的一点儿什么!让我抓一把她们的头发,……头发……"

他仿佛挨了一棍,脑袋往枕上倒下,双手在被单上乱抓,好像要抓女儿们的头发。

他又挣扎着说:"我祝福她们,祝福她们。"

然后他昏过去了。皮安训进来说:

"我碰到了克利斯朵夫,他替你雇车去了。"

他瞧了瞧病人,用力揭开他的眼皮,两个大学生只看到一只没有颜色的灰暗的眼睛。

"完啦。"皮安训说:"我看他不会醒的了。"

他按了按脉,摸索了一会,把手放在老头儿心口。

"机器没有停;像他这样反而受罪,还是早点去的好!"

"对,我也这么想。"拉斯蒂涅回答。

"你怎么啦?脸色发白像死人一样。"

"朋友,我听他又哭又叫,说了一大堆。真有一个上帝!哦,是的,上帝是有的,他替我们预备着另外一个世界,一个好一点儿的世界。咱们这个太混账了。刚才的情形要不那么悲壮,我早哭死啦,我的心跟胃都给揪紧了。"

"喂,还得办好多事,哪儿来的钱呢?"

拉斯蒂涅掏出表来：

"你送当铺去。我路上不能耽搁，只怕赶不及。现在我等着克利斯朵夫，我身上一个钱都没有了，回来还得付车钱。"

拉斯蒂涅奔下楼梯，上海尔特街特·雷斯多太太家去了。刚才那幕可怕的景象使他动了感情，一路义愤填胸。他走进穿堂求见特·雷斯多太太，人家回报说她不能见客。

他对当差说："我是为了她马上要死的父亲来的。"

"先生，伯爵再三吩咐我们……"

"既然伯爵在家，那么告诉他，说他岳父快死了，我要立刻和他说话。"

欧也纳等了好久。

"说不定他就在这个时候死了。"他心里想。

当差带他走进第一客室，特·雷斯多先生站在没有生火的壁炉前面，见了客人也不请坐。

"伯爵。"拉斯蒂涅说，"令岳在破烂的阁楼上就要断气了，连买木柴的钱也没有，他马上要死了，但等见一面女儿……"

"先生。"伯爵冷冷的回答，"你大概可以看出，我对高里奥先生没有什么好感。他教坏了我太太，造成我家庭的不幸。我把他当做扰乱我安宁的敌人。他死也好，活也好，我全不在意。你瞧，这是我对他的情分。社会尽可以责备我，我才不在乎呢。我现在要处理的事，比顾虑那些傻瓜的闲言闲语紧要得多。至于我太太，她现在那个模样没法出门，我也不让她出门。请你告诉她父亲，只消她对我，对我的孩子，尽完了她的责任，她会去看他的。要是她爱她的父亲，几分钟内她就可以自由……"

"伯爵，我没有权利批评你的行为，你是你太太的主人。可是至少我能相信你是讲信义的吧？请你答应我一件事，就是告诉她，说她父亲没有一天好活了，因为她不去送终，已经在咒她了！"

　　雷斯多注意到欧也纳愤愤不平的语气，回答道："你自己去说吧。"

　　拉斯蒂涅跟着伯爵走进伯爵夫人平时起坐的客厅。她泪人儿似的埋在沙发里，那副痛不欲生的模样叫他看了可怜。她不敢望拉斯蒂涅，先怯生生的瞧了瞧丈夫，眼睛的神气表示她精神肉体都被专横的丈夫压倒了。伯爵侧了侧脑袋，她才敢开口：

　　"先生，我都听到了。告诉我父亲，他要知道我现在的处境，一定会原谅我。我想不到要受这种刑罚，简直受不了。可是我要反抗到底。"她对她的丈夫说。"我也有儿女。请你对父亲说，不管表面上怎么样，在父亲面前我并没有错。"她无可奈何的对欧也纳说。

　　那女的经历的苦难，欧也纳不难想象，便呆呆的走了出来。听到特·雷斯多先生的口吻，他知道自己白跑了一趟，阿娜斯大齐已经失去自由。

　　接着他赶到特·纽沁根太太家，发觉她还在床上。

　　"我不舒服呀，朋友。"她说。"从跳舞会出来受了凉，我怕要害肺炎呢，我等医生来……"

　　欧也纳打断了她的话，说道："哪怕死神已经到了你身边，爬也得爬到你父亲跟前去。他在叫你！你要听到他一声，马上不觉得你自己害病了。"

　　"欧也纳，父亲的病也许不像你说的那么严重；可是我要在你眼里有什么不是，我才难过死呢；所以我一定听你的吩咐。我知道，倘若我这一回出去闹出一场大病来，父亲要伤心死的。我等医生来过了就走。"她一眼看不见欧也纳身上的表链，便叫道："哟！怎么你的表没有啦？"

　　欧也纳脸上红了一块。

高老头

"欧也纳！欧也纳！倘使你已经把它卖了，丢了，……哦！那太岂有此理了。"

大学生伏在但斐纳床上，凑着她耳朵说：

"你要知道么？哼！好，告诉你吧！你父亲一个钱没有了，今晚上要把他入殓的尸衣①都没法买。你送我的表在当铺里，我钱都光了。"

但斐纳猛的从床上跳下，奔向书柜，抓起钱袋递给拉斯蒂涅，打着铃，嚷道：

"我去我去，欧也纳。让我穿衣服，我简直是禽兽了！去吧，我会赶在你前面！"她回头叫老妈子："丹兰士，请老爷立刻上来跟我说话。"

欧也纳因为能对垂死的老人报告有一个女儿会来，几乎很快乐的回到圣·日内维新街。他在但斐纳的钱袋里掏了一阵打发车钱，发觉这位那么有钱那么漂亮的少妇，袋中只有七十法郎。他走完楼梯，看见皮安训扶着高老头，医院的外科医生当着内科医生在病人背上做灸。这是科学的最后一套治疗，没用的治疗。

"替你做灸你觉得吗？"内科医生问。

高老头看见了大学生，说道：

"她们来了是不是？"

外科医生道："还有希望，他说话了。"

欧也纳回答老人："是的，但斐纳就来了。"

"呃！"皮安训说，"他还在提他的女儿，他拼命的叫她们，像一个人吊在刑台上叫着要喝水……"

"算了吧。"内科医生对外科医生说，"没法的了，没救的了。"

---

① 西俗入殓时将尸体用布包裹，称为尸衣。

239

皮安训和外科医生把快死的病人放倒在发臭的破床上。

医生说："总得给他换套衣服，虽则毫无希望，他究竟是个人。"他又招呼皮安训："我等会儿再来。他要叫苦，就给他横膈膜上搽些鸦片。"

两个医生走了，皮安训说：

"来，欧也纳，拿出勇气来！咱们替他换上一件白衬衫。换一条褥单。你叫西尔维拿了床单来帮我们。"

欧也纳下楼，看见伏盖太太正帮着西尔维摆刀叉。拉斯蒂涅才说了几句，寡妇就迎上来，装着一副又和善又难看的神气，活现出一个满腹猜疑的老板娘，既不愿损失金钱，又不敢得罪主顾。

"亲爱的欧也纳先生，你和我一样知道高老头没有钱了。把被单拿给一个正在翻眼睛的人，不是白送吗？另外还得牺牲一条做他入殓的尸衣。你们已经欠我一百四十四法郎，加上四十法郎被单，以及旁的零星杂费，跟等会儿西尔维要给你们的蜡烛，至少也得二百法郎；我一个寡妇怎受得了这样一笔损失？天啊！你也得凭凭良心，欧也纳先生。自从晦气星进了我的门，五天功夫我已经损失得够了。我愿意花三十法郎打发这好家伙归天，像你们说的。这种事还要叫我的房客不愉快。只要不花钱，我愿意送他进医院。总之你替我想想吧。我的铺子要紧，那是我的，我的性命呀。"

欧也纳赶紧奔上高里奥的屋子。

"皮安训，押了表的钱呢？"

"在桌子上，还剩三百六十多法郎。欠的账已经还清。当票压在钱下面。"

"喂，太太。"拉斯蒂涅愤愤的奔下楼梯，说道："来算账。高里奥先生在府上不会耽久了，而我……"

高老头

"是的,他只能两脚向前的出去的了,可怜的人。"她一边说一边数着二百法郎,神气之间有点高兴,又有点惆怅。

"快点儿吧。"拉斯蒂涅催她。

"西尔维,拿出褥单来,到上面去给两位先生帮忙。"

"别忘了西尔维。"伏盖太太凑着欧也纳的耳朵说,"她两晚没有睡觉了。"

欧也纳刚转身,老寡妇立刻奔向厨娘,咬着她耳朵吩咐:

"你找第七号褥单,那条旧翻新的。反正给死人用总是够好的了。"

欧也纳已经在楼梯上跨了几步,没有听见房东的话。

皮安训说:"来,咱们替他穿衬衫,你把他扶着。"

欧也纳站在床头扶着快死的人,让皮安训脱下衬衫。老人做了个手势,仿佛要保护胸口的什么东西,同时哼哼唧唧,发出些不成音的哀号,犹如野兽表示极大的痛苦。

"哦!哦!"皮安训说。"他要一根头发练子和一个小小的胸章,刚才咱们做灸拿掉的。可怜的人,给他挂上。喂,在壁炉架上面。"

欧也纳拿来一条淡黄带灰的头发编成的练子,准是高里奥太太的头发。胸章的一面刻着:阿娜斯大齐;另外一面刻着:但斐纳。这是他永远贴在心头的心影。胸章里面藏着极细的头发卷,大概是女儿们极小的时候剪下来的。发辫挂上他的脖子,胸章一碰到胸脯,老人便心满意足的长叹一声,教人听了毛骨悚然。他的感觉这样振动了一下,似乎往那个神秘的区域,发出同情和接受同情的中心,隐没了。抽搐的脸上有一种病态的快乐的表情。思想消灭了,情感还存在,还能发出这种可怕的光彩,两个大学生看着大为感动,涌出几颗热泪掉在病人身上,使他快乐得直叫:

241

"噢！娜齐！斐斐纳！"

"他还活着呢。"皮安训说。

"活着有什么用？"西尔维说。

"受罪喽！"拉斯蒂涅回答。

皮安训向欧也纳递了个眼色，教他跟自己一样蹲下身子，把胳膊抄到病人腿肚子下面，两人隔着床做着同样的动作，托住病人的背。西尔维站在旁边，但等他们抬起身子，抽换被单。高里奥大概误会了刚才的眼泪，使出最后一些气力伸出手来，在床的两边碰到两个大学生的脑袋，拼命抓着他们的头发，轻轻的叫了声："啊！我的儿哪！"整个灵魂都在这两句里面，而灵魂也随着这两句喝语飞逝了。

"可怜可爱的人哪。"西尔维说，她也被这声哀叹感动了。这声哀叹，表示那伟大的父爱受了又惨又无心的欺骗，最后激动了一下。

这个父亲的最后一声叹息还是快乐的叹息。这叹息说明了他的一生，他还是骗了自己。大家恭恭敬敬把高老头放在破床上。从这个时候起，喜怒哀乐的意识消灭了，只有生与死的搏斗还在他脸上印着痛苦的标记。整个的毁灭不过是时间问题了。

"他还可以这样的拖几小时，在我们不知不觉的时候死去。他连临终的痰厥也不会有，脑子全部充血了。"

这时楼梯上有一个气咻咻的少妇的脚声。

"来得太晚了。"拉斯蒂涅说。

来的不是但斐纳，是她的老妈子丹兰士。

"欧也纳先生，可怜的太太为父亲向先生要钱，先生和她大吵。她晕过去了，医生也来了，恐怕要替她放血。她嚷着：爸爸要死了，我要去看爸爸呀！教人听了心惊肉跳。"

"算了吧，丹兰士。现在来也不中用了，高里奥先生已经昏迷了。"

丹兰士道："可怜的先生，竟病得这样凶吗？"

"你们用不着我了，我要下去开饭，已经四点半了。"西尔维说着，在楼梯台上几乎觉得撞在特·雷斯多太太身上。

伯爵夫人的出现叫人觉得又严肃又可怕。床边黑魆魆的只点着一支蜡烛。瞧着父亲那张还有几分生命在颤动的脸，她掉下泪来。皮安训很识趣的退了出去。

"恨我没有早些逃出来。"伯爵夫人对拉斯蒂涅说。

大学生悲伤的点点头。她拿起父亲的手亲吻。

"原谅我，父亲！你说我的声音可以把你从坟墓里叫回来，哎！那么你回来一忽儿，来祝福你正在忏悔的女儿吧。听我说啊。——真可怕！这个世界上只有你会祝福我。大家恨我，只有你爱我。连我自己的孩子将来也要恨我。你带我一块儿去吧，我会爱你，服侍你。噢！他听不见了，我疯了。"

她双膝跪下，疯子似的端相着那个躯壳。

"我什么苦都受到了。"她望着欧也纳说，"特·脱拉伊先生走了，丢下一身的债。而且我发觉他欺骗我。丈夫永远不会原谅我了，我已经把全部财产交给他。唉！一场空梦，为了谁来！我欺骗了唯一疼我的人！（她指着她的父亲）我辜负他，嫌多他，给他受尽苦难，我这该死的人！"

"他知道。"拉斯蒂涅说。

高老头忽然睁了睁眼，但只不过是肌肉的抽搐。伯爵夫人表示希望的手势，同弥留的人的眼睛一样凄惨。

"他还会听见我吗？——哦，听不见的了。"她坐在床边自言自语。

特·雷斯多太太说要守着父亲，欧也纳便下楼吃饭。房客都到齐了。

"喂。"画家招呼他,"看样子咱们楼上要死掉个把人了啦嘛?"

"查理,找点儿少凄惨的事开玩笑好不好?"欧也纳说。

"难道咱们就不能笑了吗?"画家回答。"有什么关系,皮安训说他已经昏迷了。"

"嗳!"博物院管事接着说,"他活也罢,死也罢,反正没有分别。"

"父亲死了!"伯爵夫人大叫一声。

一听见这声可怕的叫喊,西尔维,拉斯蒂涅,皮安训,一齐上楼,发觉特·雷斯多太太晕过去了。他们把她救醒了,送上等在门外的车;欧也纳嘱咐丹兰士小心看护,送往特·纽沁根太太家。

"哦!这一下他真死了。"皮安训下楼说。

"诸位,吃饭吧,汤冷了。"伏盖太太招呼众人。

两个大学生并肩坐下。

欧也纳问皮安训:"现在该怎么办?"

"我把他眼睛阖上了,四肢放得端端正正。等咱们上区公所报告死亡,那边的医生来验过之后,把他包上尸衣埋掉。你还想怎么办?"

"他不能再这样嗅他的面包了。"一个房客学着高老头的鬼脸说。

"要命!"当助教的叫道,"诸位能不能丢开高老头,让我们清静一下?一个钟点以来,只听见他的事儿。巴黎这个地方有桩好处,一个人可以生下,活着,死去,没有人理会。这种文明的好处,咱们应当享受。今天死六十个人,难道你们都去哀悼那些亡灵不成?高老头死就死吧,为他还是死的好!要是你们疼他,就去守灵,让我们消消停停的吃饭。"

高老头

"噢！是的。"寡妇道，"他真是死了的好！听说这可怜的人苦了一辈子！"

在欧也纳心中，高老头是父爱的代表，可是他身后得到的唯一的诔词，就是上面这几句。十五位房客照常谈天。欧也纳和皮安训听着刀叉声和谈笑声，眼看那些人狼吞虎咽，不关痛痒的表情，难受得心都凉了。他们吃完饭，出去找一个神甫来守夜，给死者祈祷。手头只有一点儿钱，不能不看钱办事。晚上九点，遗体放在便榻上，两旁点着两支蜡烛，屋内空空的，只有一个神甫坐在他旁边。临睡之前，拉斯蒂涅向教士打听了礼忏和送葬的价目，写信给特·纽沁根男爵和特·雷斯多伯爵，请他们派管事来打发丧费。他要克利斯朵夫把信送出去，方始上床。他疲倦之极，马上睡着了。

第二天早上，皮安训和拉斯蒂涅亲自上区公所报告死亡；中午，医生来签了字。过了两小时，一个女婿都没送钱来，也没派人来，拉斯蒂涅只得先开销了教士。西尔维讨了十法郎去缝尸衣。欧也纳和皮安训算了算，死者的家属要不负责的话，他们倾其所有，只能极勉强的应付一切开支。把尸身放入棺材的差事，由医学生担任了去；那口穷人用的棺木也是他向医院特别便宜买来的。他对欧也纳说：

"咱们给那些混蛋开一下玩笑吧。你到拉希公墓去买一块地，五年为期；再向丧礼代办所和教堂定一套三等丧仪。要是女婿女儿不还你的钱，你就在墓上立一块碑，刻上几个字：

特·雷斯多伯爵夫人暨特·纽沁根男爵夫人之尊翁
高里奥先生之墓
大学生二人醵资代葬。

傅雷译文集

欧也纳在特·纽沁根夫妇和特·雷斯多夫妇家奔走毫无结果，只得听从他朋友的意见。在两位女婿府上，他只能到大门为止。门房都奉有严令，说：

"先生跟太太谢绝宾客。他们的父亲死了，悲痛得了不得。"

欧也纳对巴黎社会已有相当经验，知道不能固执。看到没法跟但斐纳见面，他心里感到一阵异样的压迫，在门房里写了一个字条：

请你卖掉一件首饰吧，使你父亲下葬的时候成个体统。

他封了字条，吩咐男爵的门房递给丹兰士送交女主人；门房却送给男爵，被他往火炉里一扔了事。欧也纳部署停当，三点左右回到公寓，望见小门口停着口棺木，在静悄悄的街头，搁在两张凳上，棺木上面连那块黑布也没有遮盖到家。他一见这光景，不由得掉下泪来。谁也不曾把手蘸过的蹩脚圣水壶①，浸在盛满圣水的镀银盘子里。门上黑布也没有挂。这是穷人的丧礼，既没排场，也没后代，也没朋友，也没亲属。皮安训因为医院有事，留了一个便条给拉斯蒂涅，告诉他跟教堂办的交涉。他说追思弥撒价钱贵得惊人，只能做个便宜的晚祷；至于丧礼代办所，已经派克利斯朵夫送了信去。欧也纳看完字条，忽然瞧见藏着两个女儿头发的胸章在伏盖太太手里。

"你怎么敢拿下这个东西？"他说。

"天哪！难道把它下葬不成？"西尔维回答。"那是金的啊。"

"当然喽！"欧也纳愤愤的说，"代表两个女儿的只有这一点

---

① 西俗吊客上门，必在圣水壶内蘸圣水。"谁也不曾把手蘸过"，即没有吊客的意思。

高老头

东西，还不给他带去么？"

　　柩车上门的时候，欧也纳叫人把棺木重新抬上楼，他撬开钉子，诚心诚意的把那颗胸章，姊妹俩还年轻，天真，纯洁，像他在临终呼号中所说的"不懂得讲嘴"的时代的形象，挂在死人胸前。除了两个丧礼执事，只有拉斯蒂涅和克利斯朵夫两人跟着柩车，把可怜的人送往圣·丹蒂安·杜·蒙，离圣·日内维新街不远的教堂。灵柩被放在一所低矮黝黑的圣堂①前面。大学生四下里张望，看不见高老头的两个女儿或者女婿。除他之外，只有克利斯朵夫因为赚过他不少酒钱，觉得应当尽一尽最后的礼教。两个教士，唱诗班的孩子，和教堂管事都还没有到。拉斯蒂涅握了握克利斯朵夫的手，一句话也说不上来。

　　"是的，欧也纳先生。"克利斯朵夫说，"他是个老实人，好人，从来没大声说过一句话，从来没损害别人，也从来没干过坏事。"

　　两个教士，唱诗班的孩子，教堂的管事，都来了。在一个宗教没有余钱给穷人作义务祈祷的时代，他们做了尽七十法郎所能办到的礼忏：唱了一段圣诗，唱了解放和来自灵魂深处。全部礼忏花了二十分钟。送丧的车只有一辆，给教士和唱诗班的孩子乘坐，他们答应带欧也纳和克利斯朵夫同去。教士说：

　　"没有送丧的行列，我们可以赶一赶，免得耽搁时间。已经五点半了。"

　　正当灵柩上车的时节，特·雷斯多和特·纽沁根两家有爵徽的空车忽然出现，跟着柩车到拉希公墓。六点钟，高老头的遗体下了墓穴，周围站着女儿家中的管事。大学生出钱买来的短短的祈祷刚念完，那些管事就跟神甫一齐溜了。两个盖坟的工人，在

---

① 教堂内除正面的大堂外，两旁还有小圣堂。

棺木上扔了几铲子土挺了挺腰；其中一个走来向拉斯蒂涅讨酒钱。欧也纳掏来掏去，一个子儿都没有，只得向克利斯朵夫借了一法郎。这件很小的小事，忽然使拉斯蒂涅大为伤心。白日将尽，潮湿的黄昏使他心里乱糟糟的；他瞧着墓穴，埋葬了他青年人的最后一滴眼泪，神圣的感情在一颗纯洁的心中逼出来的眼泪，从它堕落的地下立刻回到天上的眼泪①。他抱着手臂，凝神瞧着天空的云。克利斯朵夫见他这副模样，径自走了。

拉斯蒂涅一个人在公墓内向高处走了几步，远眺巴黎，只见巴黎蜿蜒曲折的躺在塞纳河两岸，慢慢的亮起灯火。他的欲火炎炎的眼睛停在王杜姆广场和安伐里特宫的穹窿之间。那便是他不胜向往的上流社会的区域。面对这个热闹的蜂房，他射了一眼，好像恨不得把其中的甘蜜一口吸尽。同时他气概非凡的说了句：

"现在咱们俩来拼一拼吧！"

然后拉斯蒂涅为了向社会挑战，到特·纽沁根太太家吃饭去了。

一八三四年九月　原作

一九四四年十二月　初译

一九五一年七月　重译

一九六三年九月　重改

---

① 浪漫派诗歌中常言神圣的眼泪是从天上来的，此外言回到天上，即隐含此意。

奥诺丽纳
Ao Nuo Li Na

一　法国人怎样的不喜欢旅行

　　法国人怕出门的心理和英国人爱出门的心理可以说不相上下，两个极端也许都有理由。走出英国，随处都能发见胜过英国的东西；但要在法国以外找到法国的韵味就极不容易了。别国有的是幽美的风景，比法国舒服得多的设备，我们在这方面是进步最慢的。别国有时还让你看到富丽伟大，动人心魄的豪华场面；它们既不缺少风采，也不缺少高雅；可是精神生活，思想活动，在巴黎不足为奇的辩才与隽永的谈吐，那种心有所思而不形之于口的默契，那种成为法国语言精华的，意在言外的词令，却是无论什么地方都找不到的。法国人的诙谐已经很少人了解，他在国外自不免象一株移植的树木一般很快就枯萎了。殖民海外这件事，法国民族的看法完全和别国的人相反。许多法国人，例如我们在这里提到的那些，承认只要看到本国的关吏就觉得高兴，这恐怕是把爱国心夸张得最厉害的说法了。

　　这段小引，目的是要让一般旅行过的法国人，把流寓国外的时期偶尔在外交家的客厅里找到一片水草，找到整个祖国的那种喜悦回想一下；这心情，在从来没离开意大利大街的沥青马路，认为河滨大道与塞纳河左岸已经不算巴黎的人，是不容易了解的。喂，巴黎人！你们可知道什么叫做不在巴黎而仿佛身在巴黎吗？那并非吃到仙岩饭店的厨子鲍兰尔替老饕预备的，只能在蒙多尔葛伊街烹调的名菜；而是看到令人想起仙岩饭店的席面！而是尝到在外国近于神话的，象本文所提到的女子同样少有的法国酒！所谓重睹巴黎，也并非听到从巴黎传至边境就变味的，风行一时的妙语；而是置身于风雅的，心心相印的，识见卓越的环境，为所有的法国人，从诗人到工匠，从公爵夫人到街头的孩子，都耳濡目染，熏陶惯的。

二　一幅兼有意大利与法国风味的画

一八三六年，正当萨尔台涅①国王驻跸热那亚的时候，两个多少有点名气的法国人，在法国领事租的一所别庄中间，还能有置身于巴黎的感觉。庄子坐落在一个高岗上。在圣·多玛城门与有名的灯塔之间，那高岗是亚平宁山脉的最后一块高地；至于有名的灯塔，随便哪本纪念册只要有热那亚的风景，没有不把它画上的。当初热那亚城邦全盛的时期，王侯勋贵花到几百万金钱盖造华丽的别墅；本文所说的府第便是其中之一。世界上倘若有什么地方晚景特别幽美的话，那一定是热那亚了：上半天先来一场当地特有的倾盆大雨；然后海水的明净争着与天色的明净比赛：一片静寂笼罩着海滨的大道，笼罩着别庄上的树林，和张着大嘴莫测高深的吐着流泉的石像；明星闪闪，地中海的波浪一个接着一个，仿佛一个女人的自白，被你一句一句逼出来的。那时，芬芳的空气充塞你的肺部，笼罩你的梦境，令人陶醉的韵味仿佛肉眼看得见似的，象大气一样在空中浮动，直扑到你的椅子里，——你拿羹匙调着冰或果子汁，脚下躺着城市，面前站着美

---

① 萨尔台涅在十七八世纪时为意大利北部的一个王国，为近代意大利统一的核心，犹普鲁士之于近代德意志。

傅雷译文集

女：象这种薄伽丘情调的良辰美景①，的确是意大利和地中海滨所独有的。

座上有喜欢招待四方才士的豪客第·奈葛罗侯爵，有大马索·巴莱多侯爵，那是两位在气质上极象法国人的热那亚人②；还有一个法国总领事，由一位美若圣母的太太和因为瞌睡而默不出声的孩子陪着；此外是法国大使，大使夫人，自以为衰老但很狡猾的一等秘书，和两位专诚来向领事太太辞行的巴黎人。庄子的阳台上摆着一桌精美的晚餐，时间是五月中旬。把这些人物和这个场面想象一下，你就能对那幅图画有个概念了：画上的中心人物是一位大名鼎鼎的女子，那个晚会中的上宾，常常引起座客注目的。

余下两个法国人，一个是出名的风景画家雷翁·特·洛拉，一个是出名的批评家格劳特·维浓。他们俩是陪着那女客一起来的；女客是当代妇女界中最知名的一个人物，本姓台·多希，文坛上的名字叫做加米叶·莫班③。台·多希小姐有事上翡冷翠，以她素来殷勤的脾气，把雷翁·特·洛拉顺便带来游历意大利，还特意赶往罗马，让他见识一下罗马郊外的风光。来的时候取道桑普隆山隘，回去是走高尼希到马赛的路。那次在热那亚停留，仍是为了画家的缘故。

不消说，总领事很愿意趁王上的乘舆未到以前，陪一位不但以天才见称，并且以财富、声名、地位而论也应当重视的人物，去参观热那亚。加米叶·莫班对城中最偏僻的小教堂都了如指

---

① 薄伽丘在《十日谈·第一日》的前言中，假托有一小群人于一三四八年黑死疫最猖獗的时候避于翡冷翠城外的一个别庄上，利用良辰美景，或歌或舞，或讲故事，藉以忘却当前的浩劫。
② 此两侯爵均系十九世纪实有的人物，作者用的亦是真名实姓。
③ 加米叶·莫班影射乔治·桑，巴尔扎克常常于小说中提及。

掌，偏偏吝惜光阴，把画家交给外交官和当地的两位侯爵了。虽然大使也是个优秀的作家，莫班可不接受他殷勤的情意，怕英国人所谓的招摇，直到总领事为她饯行，她方始不再推辞。雷翁·特·洛拉告诉加米叶，说唯有她这次肯赏光，他才能向大使夫妇，领事夫妇，以及两位热那亚侯爵表示他的谢意。于是台·多希小姐只能把那些完全空闲的日子，一个受人注目的人物在巴黎难得遇到的日子，牺牲一天。

三　一个总领事的谜

在座的人物介绍过了，我们就不难想象他们之间决没有客套，也不难想象有许多女人，连上层阶级的在内，都不曾被邀请；因为她们都很好奇的想知道，加米叶·莫班那种富于男性气息的才具是否和漂亮女子的妩媚的风度冲突，是否犯了牝鸡司晨的毛病。从晚餐开始到九点，就是说直到端上小点心的时间，虽则谈话忽而轻松，忽而严肃，虽则以说话俏皮闻名巴黎的雷翁·特·洛拉常常插进几句妙语，逗大家发笑，而在座诸人的雅趣也替谈话生色不少，却始终不大提到文学。可是一来二去，谈锋早晚会碰到这个纯粹法国式的题目的，哪怕只是略微接触一下。趁话题还没改变方向而轮到总领事发言的时候，我们不妨把他这个人物和家庭先提一提。

这外交家年纪大约有三十四岁，结婚才六年，活脱是拜伦勋爵的肖像。既然拜伦的相貌遐迩闻名，我也不必再为领事写照。但他做梦一般的神气全无做作的意味。拜伦勋爵是诗人，那外交家也很有诗意；这点儿区别，一般女性都能分辨，同时也足以说明她们一部分感情的根源，虽不能证明那些感情的合理。他这种潇洒的风度，加上可爱的性格，孤独与用功的生活所养成的习惯，使一个有钱的热那亚少女入迷了。有钱的热那亚少女！这句

奥诺丽纳

话可能使当地人听了发笑,因为女子被剥夺承继权以后,难得会有钱的了。但奥诺列娜·班特罗蒂是一个银行家的独养女儿,并无弟兄,所以是例外。虽然女子的痴情是一般男人引为得意的事,总领事却似乎并不愿意结婚。直过了两年,法国大使趁王室驻在热那亚的期间奔走了几次,这门亲事方始成功。但年轻的外交官所以回心转意,还不是为了奥诺列娜·班特罗蒂的动人的感情,而是因为出了一桩没人知道的事,因为他的私生活有了一次剧烈的波动;那种波动大半立刻被日常生活的巨潮压在底下,使一个人以后的行为,便是最自然的,也显得不可解。这一类隐蔽的原因往往也影响到历史上最重大的事件。

以上所述,至少是热那亚城里一般人的意见;某些妇女认为法国领事的沉默寡言与悒郁不欢的态度,一定是心中别有所恋的缘故。在此不妨顺便提一句,女人从来不因为男人更喜欢别的女人而抱怨的,她们很乐意为女性共同的利益牺牲。奥诺列娜·班特罗蒂倘使受到没有理由的轻视,是很可能怀恨的;但知道那轻视是由于别有所恋,她便照旧,也许更爱她的丈夫了。在感情问题上,女人承认有优先权。只要对方心中有个女人,就不算女性失面子了。一个男人当外交官不是白当的:这丈夫嘴巴紧得很,简直象坟墓一样,甚至热那亚的商界中人以为青年领事的态度是出于预谋:要不是他装做对另一个女人害着相思病的话,那独养女儿可能不给他抓住的。假如真有这样的事,一般妇女也觉得太卑鄙了,决不肯相信。班特罗蒂的女儿把自己的爱情改作了安慰,用意大利式的柔情蜜意去苏解他的无人知道的痛苦。此外,班特罗蒂先生对于爱女强迫他选择的女婿,也没什么可抱怨的。有势力的大老在巴黎照顾着青年外交官的前程。法国大使对银行家许下的诺言果然兑现了:总领事封了男爵,得了荣誉团三等勋章。便是班特罗蒂本人也被萨尔台涅国王封为伯爵。陪嫁是一百万。班特罗蒂银号的资产,因为在麦子生意上赚了钱,估计有二百万之多,在新夫妇结婚以后六个月便落到他们手里,因为第一个同时也是最后一个班特罗蒂伯爵,到一八三一年正月就故世了。

四　伯爵夫人

奥诺列娜·班特罗蒂是那种美丽的热那亚女子。热那亚女子长得好看的时候，简直是全意大利最有气派的美女。为了于里安·梅迭西斯墓上的雕塑，弥盖朗琪罗是到热那亚来挑选模特儿的。因为这个缘故，《日》与《夜》那几个女像的胸部特别膨大；许多批评家认为夸张，其实是里瞿里省①女人的特征。今日之下，热那亚的美人只有到戴美纱罗面纱的妇女中寻访，正如在威尼斯只能在戴法齐奥里包头布的妇女中发见。这是衰老的民族共同的现象。高雅的典型只出现在平民阶级，好象城市遭了大火，名贵的徽章都给埋在灰烬底下了。但奥诺列娜在财产方面已经是一个例外，以贵族气派的美貌而论又是一个例外。读者不妨想象一下：假定弥盖朗琪罗放在《思想家》下面的《夜》②，披上了现代的衣衫，秀美的长发盘在皮肤略带棕色的，庄严的头上，惘然

---

① 里瞿里省即热那亚隶属的省份。
② 弥盖朗琪罗为于里安·梅迭西斯及洛朗查·梅迭西斯的坟墓所作的雕像，上面居中各为一巨型的男像：一个象征于里安，一个象征洛朗查，象征洛朗查的即美术史上盛称的《思想家》。每一巨像之下各有雕像二座（男女各二），题作：《晨》、《暮》、《日》、《夜》，身体均为斜倚半睡的姿势。但《思想家》像下之女像乃代表《晨》，于里安下面之女像方代表《夜》；巴尔扎克误记，致谓"《思想家》下面的《夜》"。

出神的眼中燃着火焰,丰满的胸部裹着披肩,身上穿着白底绣花的长袍;假定这雕像撑起身子坐着,交叉着手臂,象有名的女演员乔治小姐一样的姿态,那末你对于领事太太的形象就如在目前了。站在她身旁的是一个六岁的男孩子,长相的漂亮正符合做母亲的愿望;坐在她膝上的是一个四岁的女儿,其美丽正好和雕塑家达维特为装饰一个坟墓而竭力寻访的儿童典型一模一样。

加米叶·莫班暗中注意着这一对夫妇。她觉得领事有了美满的幸福,不应该再有那种心不在焉的神气。

虽然夫妻俩那天教人看到的是十全十美的快乐家庭的景象,加米叶却始终不了解:这男人明明是她认识的人中最优秀的一个,出入于巴黎的沙龙,有每年十万法郎收入的家产,为什么只在热那亚当一个总领事?另一方面,凭着女人象《查第格》故事中那个明哲的阿拉伯人①一样的聪明,加米叶在许多小地方看出丈夫对妻子的感情的确很忠实。没有问题,这两个出众的人物可以白头偕老,相爱无间。但看着总领事莫测高深的态度,和不下于英国人、野蛮人、东方人,和老外交家的镇静,加米叶不由得在肚里左思右想:——"怎么回事呢?"——"噢,没有什么!"

---

① 服尔德在所著寓言体小说《查第格》中提到一阿拉伯人,叫做赛多克,在市场上买到查第格作奴隶,不久发见查识见卓越,即与之为友,事事咨询,故经营之商业获利甚丰。

五　社会的解剖

一牵涉文学，大家就谈到文坛上的老题目：女人的失节。他们的意见不久归结到两点：女人的失节究竟错在女人还是错在男人？在座的大使夫人，领事夫人，台·多希小姐，这三位公认为白璧无瑕的太太把女人批判得很严。几个男的却竭力向三位优秀的女性证明，说女人失足以后还可能有她的德性。

雷翁·特·洛拉说道："咱们这种捉迷藏式的游戏，玩到什么时候为止呢？"

领事对他的太太说："你打发孩子去睡觉罢；教奥娜把我放在蒲勒家具上的小公事包给拿来。"

领事太太一言不发，站了起来；这证明她很爱丈夫，因为她的法文程度已经能懂得他的意思等于要她走开。

然后领事说道："让我给大家讲一个我自己还在里头当一个角色的故事，你们听完了再讨论罢。拿着解剖刀空划一阵是没意思的。要解剖，就得有个尸首。"

于是在场的人坐下来预备听了，尤其因为各人的话已经说得相当多，快要兴尽，正是讲故事的人应当挑选的时间。以下便是总领事口述的话：——

261

六　神甫的主意

我二十二岁上得了法学博士学位以后,我的七十二岁的舅舅洛罗神甫,认为需要替我找个后台,安排一个前程了。这位好人即使不是圣者,至少把每个新年都看作上帝的恩赏。不必说,太子的忏悔师要安插一个亲手培植的年轻人,他妹妹的独生子,真是太容易了。因此一八二四年年底,这位年高德劭的老人有天特意到我房间里来找我。那时他在巴黎勃朗-芒多教堂已经当了五年本堂神甫,我住的就是他教士私宅中的一间屋子。他和我说:

"孩子,你穿起衣服来,我要带你去见一个人;他找你到家里去当秘书。要是我没看错,将来上帝召我回去的时候,那位先生可以代我照顾你。我的弥撒祭到九点完场,还有三刻钟的时间,尽够你收拾了。"

"啊!舅舅,我在这个房里过了四年多愉快的日子,难道要我离开了吗?……"

"我身后没什么东西传给你呀。"他回答。

"你的名字和你的功德永久留在人们的记忆中,我还不沾光吗?"

他微微一笑,说道:"别提这种遗产。你对人生还阅历不够,不知道这种性质的遗产是最难兑现的,不比我今天要带你去见的……"——（说到这里，领事停下来加两句说明。）——我只能用我保护人受洗的名字称呼他，把他叫做奥太佛伯爵……"不比我今天要带你去见的奥太佛伯爵，只要你能讨这位廉洁的政治家喜欢（那我相信你一定办得到的），倒真正能庇护你，等于我给了你一份家私。本来吗，要不是你父亲的破产和你妈妈的故世象晴天霹雳一般把我搅昏了，我也很可能替你积一笔钱的。"

"你是伯爵的忏悔师吗？"

"嘿！要是这样，我还能把你荐去吗？在忏悔室里听来的秘密，世界上有哪个教士敢利用？不，你是由司法部长保举的。亲爱的莫利斯，你住在他家里等于住在一个父亲家里。伯爵给你两千四百法郎年薪，供给住宿，外加一千二的伙食津贴；他既不能和你一桌吃饭，也不愿意为你另开一桌，把你交给仆人照管。我知道了奥太佛伯爵的秘书决不是高等佣人的性质，才代你接受下来。你工作一定很忙，因为伯爵自己便是工作极紧张的；但经过了那番训练，你将来无论什么高级的职务都能胜任了。谨慎机密一类的话，我想也用不着再嘱咐你，那是预备进政界的人最重要的条件。"

你们想，我当时心里多么好奇。奥太佛伯爵是最高的司法大员之一，又得到太子的王妃信任，那时刚好由于她的力量，发表为国务部长。他的生活，和诸位大概都认识的赛里齐伯爵的差不多，可是更深藏，因为他住在玛莱区巴伊安纳街，几乎从来不招待宾客。由于持续不断的工作，日子过得象僧侣一般朴素，他的私生活是外边不知道的。现在我先把我的地位简单的描写一下。

七　一个青年人的画像

我是十八岁念完中学的；道貌岸然的圣·路易中学校长，受着我舅舅的嘱托，等于做了我的监护人。离开中学的时候，我的纯洁不下于一个从圣·舒尔比斯神学院出来的，信心极坚的学生。母亲临终要舅舅答应决不让我当教士，但我好象准备进教会的青年一样虔诚。我一出中学，洛罗神甫就把我安置在他的私宅内，教我念法律。为了要得所有的学位，必须念满四年大学；那四年我非常用功，特别在枯索的法学园地之外。住在校长家里的中学时代不大能接触文学，这时便急于苏解一下我的饥渴：一朝念了几本近代的名著，跟着把前几个世纪的代表作都念了。我对戏剧入了迷，有个很长的时期天天上戏院，虽则舅舅每月只给一百法郎零用。老人家手头这么紧，多半是由于怜惜穷人，大量施舍的缘故；结果正好限制青年人的欲望，使它适可而止。我到伯爵家去就职的时候，固然不是什么未经人事的青年，但逢场作戏的荒唐事儿，我自己还看作天大的罪过。舅舅为人好得象天使一样，我真怕使他伤心，所以那四年从来没有在外边过夜。他老人家直要等我回去了才睡觉。这种慈母一般的关切，比着青年人在严格的家庭中受到的教训与责备，倒反更能够约束我。

当时我还没见识过组成巴黎社会的不同的阶级，所知道的良

奥诺丽纳

家妇女与布尔乔亚女子，只限于散步的时候或是戏院里见到的，并且还是从正厅里远望的。倘若有人对我说："等会你可以见到加拿利①，或是加米叶·莫班。"我头里肚子里都会象火烧一样的发热。在我心目中，名人的说话，走路，吃饭，都跟平常人两样。青年人的脑子里不知装着多少《天方夜谭》式的神话！……他先要虚构了多少神灯②以后，才明白真正的神灯不是靠偶然，便是靠苦功，或是靠天才。这种由于精神兴奋而来的梦想，在某些人是时间很短的，但我始终保存着。那个时代我夜里入睡的当口不是做了多斯加大公爵，便是成了百万富翁；不是有个公主爱我，就是自己享了大名。

所以在奥太佛伯爵那儿有个职位，一年有二千多法郎进款，对于我就是开始过独立生活。我觉得从此有希望踏进社会，追求我最急切的梦想，——找一个女子做后台，不让我走入危险的路；那种危险的路是一般二十二岁左右的青年，无论怎么安分怎么有教养，在巴黎都是容易走上的。我开始惴惴不安，对自己害怕了。便是我下过苦功的法律知识，也不一定每次都能把那些可怕的妄想压下去。是的，有时我胡思乱想，假定过着舞台生活，自命为可能成为一个大演员，作着声名盖世、艳福无穷的美梦，完全不知道令人失望的内幕；——那当然是到处一样的，人生每一个舞台都有它的内幕。有几次我跑到外边去，中心如沸，恨不得到巴黎城中去探奇猎艳，碰上一个美女，跟她到门口，刺探她，写信给她，把自己整个儿交给她，用爱情的力量征服她。

我的舅舅，——这个心肠极慈悲的人，这个七十岁的老孩

---

① 加拿利为巴尔扎克小说中常提到的诗人，有时影射拉马丁，有时影射雨果。

② 神灯为《天方夜谭》中最有名的故事之一；阿拉登靠了神灯获致巨富。

子，和上帝一样聪明，和天才一样幼稚，大概也猜到了我心中的骚动，因为他每次觉得把我束缚太紧，快要爆裂的时候，一定会对我说："得了罢，莫利斯，你也是个穷人！给你二十法郎去玩儿罢，你又不是教士！"倘若你们看到使他的灰色眼睛发亮的那种磷火，把可爱的嘴唇往两边扯开去的那副笑容，挂在他象使徒一般丑陋而庄严的脸上的、那种令人疼爱的表情，你们就会了解我当时的心情，使我只能把勃朗－芒多的本堂神甫当作母亲一般的拥抱，来代替我的回答。

八　一所老屋子

到巴伊安纳街去的路上，舅舅和我说："奥太佛只会把你当作朋友，决不当作下属，但他是多疑的，或者更准确的说，是很谨慎的。必须日子久了，才能赢得这位政治家的友谊；因为他虽则眼光犀利，看人看得很多，也受了你前任的骗，险些儿吃亏。你听了这话就知道在他手下应当怎么行事了。"

到了一所前有院子，后有花园，规模和加那华莱府第[①]一样大的屋子前面，我们在一扇其大无比的门上敲了几下，敲出来的声音好象散在旷野里。舅舅向一个穿号衣的老门丁说明来意，我却望了望院子，一眼之间把什么都瞧见了：地下的石板被野草遮掉了，极有格局的建筑物装饰很多，黝黑的墙高头长着草木，赛似小小的花坛，屋顶的高度跟蒂勒黎宫的相仿。楼上的游廊、柱子已经剥落。从一个巍峨的拱门中，我瞥见侧里另外有个院子；那是连门都在腐烂的下房。一个老马夫在里头抹一辆旧车。看他懒洋洋的神气，可以断定当年牲口众多，极有气派的马房，如今至多只剩一二匹马了。正对院子的门面，建筑十分壮丽，但气象萧索，好似派作机关用的政府的公产或是王上的私产。正当我跟

[①]　加那华莱为巴黎有名的府第，建于十六世纪，现为巴黎市公产，改为博物馆。

傅雷译文集

舅舅俩从门房（门房高头还留着请向门丁接洽几个字）走向台阶的时候，听见一声铃响，阶沿上跑出一个当差，穿的号衣很象法兰西喜剧院中的拉勃朗希穿的①。由于平日宾客稀少，当差的一边打开一扇嵌着小玻璃的门，一边还在披上褂子。门的两旁各有一盏露天的灯，把墙壁薰了许多象星一样的黑点。列柱成行的走廊，富丽不亚于凡尔赛宫中的，它让你看到一座将来不会再造的那种楼梯，占的地位跟现在新盖的整幢屋子一样大，宽度可以让八个人并列着走；石级冷冰冰的，象坟墓里的阶梯，高大的穹窿传出我们脚步的回声，似乎进了一所大教堂。铁栏杆是亨利三世时代的镂刻艺术家匠心独运的结晶品，大可饱人眼福。我们仿佛肩上披了一件冰冷的大氅，走过穿堂，走过一连串不铺地毯的客厅，里头摆着精雅的，有资格搬到骨董店去的古式家具。最后我们到了与正屋成直角的楼厅部分，走进一间宽敞的书房，窗子都朝着大花园。

---

① 十八世纪初勒萨日喜剧中的人物。

九　一幅肖像

进入第一间穿堂的时候，带我们上楼的当差已经把我们交给另外一个仆人。一到书房门口，仆人就通报道：

"勃朗－芒多的本堂神甫，和他的外甥特·洛斯太先生！"

奥太佛伯爵穿着长裤，灰色法兰绒上衣，从一张其大无比的书桌后面站起来，走向壁炉架，一边向我做手势让坐，一边去跟我舅舅握手，嘴里说着：

"我虽然属于圣·保禄教区，也常常听人提起勃朗－芒多的本堂神甫。今天真是幸会了。"

我舅舅回答："阁下真是太好了。我把我独一无二的亲属带了来。倘若我自以为给阁下送一件礼物，同时却也替我外甥找了一个象父亲一般的保护人。"

"神甫，这一点决无问题，只要令甥和我经过相当时间，双方都觉得能相处的话。"接着他问我：

"你的名字是？……"

"莫利斯。"

"他是法学博士。"舅舅补上一句。

"好极了，好极了。"伯爵说着，把我从头看到脚。"神甫，先是为了令甥，其次为了我，希望你赏光每星期一到这儿来吃晚饭。没有外客,等于咱们的家庭晚会。"

舅舅和伯爵开始用政治观点谈论宗教问题,慈善事业,消弭罪案的问题;我趁此机会把有关我终身出处的人物从从容容的打量了一番。

伯爵是中等身材,穿的衣服使我看不出他的肥瘦,但我觉得是偏于清瘦干枯的。陷下去的脸,皮肤很粗。五官清秀,微嫌太大的嘴巴兼有慈爱与嘲弄的表情。脑门或许太宽了些,长得象疯子一般使人害怕,尤其因为它和下半个脸成为强烈的对比。下巴很小,和下嘴唇离得很近。一双青绿色的眼睛又聪明又精神,跟我以后见到而很欣赏的泰勒朗亲王的一般无二,并且和亲王一样能把眼神收敛,变得无精打采;这双眼使他那张不是苍白而是发黄的脸更显得奇怪。这皮色似乎暗示他性子暴躁,心中藏着剧烈的感情。已经带些银色的头发,梳理得很细到,把头顶盖满了一道白一道黑的颜色。英国小说家莱维斯曾经模仿腊克里夫太太的手法,描写一个修道士①;要不是伯爵的头发梳得那么有模有样,他就跟那个骇人听闻的修道士完全相象了。因为清早就得上法院办公,伯爵已经剃好胡子。一对有罩子的四根插头的烛台,分摆在书桌两头,蜡烛还点着,说明那位司法大员天没亮就起床了。他打铃叫仆人的时候,我看到他一双手又白又好看,象女人的一样……

(领事说到这里又插了几句话。)

诸位,我讲这故事,不得不把这个人物的职务与头衔改动一下,但仍相当于他实际上的地位。身分,官阶,财产,享用,生活方式,全部真实;可是我既不愿意对不住我的恩主,也不愿意违反我代人保守秘密的习惯。

---

① 腊克里夫太太(1764—1823)与莱维斯(1755—1818)都是专写恐怖小说的英国作家,但事实上腊克里夫太太的小说《意大利人》,较莱维斯的《修道士》为晚出,故巴尔扎克谓莱维斯模仿腊克里夫太太之说并不可靠。

一〇　年轻的老人

（领事歇了一会，又往下说。）

以社会关系而论，我在伯爵前面好比虫蚁之于老鹰；但我并没那个心理，只觉得一看见他另有一种说不出的感觉，现在我可弄明白了。天才的艺术家……（领事向大使，女作家，和两位巴黎人很殷勤的弯了弯腰），名副其实的政治家，诗人，统率队伍的将军，一切真正伟大的人物都是很本色的，而他们的本色就使你觉得和他们平等。诸位在思想上都高人一等，（领事特意对着在座的宾客说），也许已经注意到，社会所造成的心理方面的距离，往往能够由感情来缩短。倘若我们在思想上不如你们，我们可以在忠诚不二的友谊方面和你们并肩。以心的温度来说，——原谅我用这种名词，——我觉得跟我的保护人离得这么近，正如我和他的身分离得那么远。总之，我们的心明亮得很，能预感到别人的痛苦，悲伤，快乐，责备，仇恨。等到发见伯爵的脸也有我早已在舅舅脸上注意到的表情，我就隐隐然觉得那是胸中藏着一团神秘的征象。道德的实践，良心的平安，思想的纯洁，把我舅舅的相貌从极丑的变为极美。在伯爵脸上，我却看到相反的变化：一眼之间，我以为他有五十五岁；后来经过仔细观察，才觉得在那副因悲戚而冷若冰霜的面容之下，在呕尽心血的疲劳之下，在失意的感情所表现的郁闷的气色之下，还藏着青年人的朝气。听我舅舅说到某句话，伯爵的眼睛一下子又变得雁来红一般的鲜明，堆起一副表示叹赏的笑容，于是我看出他的真实年龄不过四十岁，这些念头，我并非当时就有，而是以后把那次会面的经过回想之下，分析出来的。

当差托着盘，端着主人的早餐进来了。

伯爵说："我不是要早点，也罢，放在这儿；你先陪特·洛斯太先生去瞧瞧他的房间。"

我跟着当差出去；他带我去看几间精雅的屋子：正房套房，一应俱全；顶上是个平台，侧里一边是正屋的院子，一边是下房，底下是从厨房通往大楼梯的走廊。回到伯爵书房，刚要开门进去，我听见舅舅正在对我下这样的评语：

"他可能犯错误，因为他很重感情，无伤大雅的过失，我们都免不了；但他没有一点劣根性。"

伯爵很亲热的把我瞅了一眼，问："怎么样？你喜欢那地方吗？这里空房间很多，你觉得不舒服，我可以另外拨几间屋子。"

我回答说："在舅舅那儿，我只住一间屋呢。"

"那末你今晚就可以安顿下来，你们学生的行李，一辆街车就能对付了吧？今晚上咱们三人一块儿吃饭。"

他说着，望了望我的舅舅。

和伯爵的书房相连的，有一间规模宏丽的藏书室。他带我们进去，又给我看到另外一个小巧玲珑的套房，挂满了画，从前大概是个静修的地方。

他说："这便是你的小书房了；你需要和我一同工作的时候就待在这里；放心，我决不用链子把你拴着的。"

于是他详细告诉我做的工作是什么性质，要占据多少时间。我一边听一边觉得他真是个伟大的政治导师。

一一　无人知道的内心的斗争

我大约花了一个月功夫去摸熟我新环境中的人物，把我的职务研究清楚，对伯爵的态度举动觉得习惯。一个当秘书的必然留神观察他的东家。他的口味，嗜好，性情，怪癖，都成为你不由自主的研究对象。这样两个人精神上的结合，比着夫妇的结合可以说又过之，又不及。三个月中间，我跟奥太佛伯爵彼此都在暗中刺探。我很奇怪的发见伯爵只有三十七岁。他那种生活的表面上的安静，洁身自好的操守，并不完全出于严肃的责任感和自甘澹泊的思想；和这个被一般熟悉的人认为了不起的人经常接触的结果，我觉得在他繁忙的工作之下，彬彬有礼的举动之下，和蔼可亲的面具之下，极象心绪安定而很容易瞒过人的隐忍的态度之下，大有深不可测的奥妙。平时我们走在森林里，可以从脚步的声音上猜到某些地面底下是窟窿还是大块的石头；同样，用礼貌遮盖的自私，和被灾难挖成的地下隧道，也会在朝夕相处的生活中发出空洞的声音。盘踞这个伟大的心灵的不是灰心，而是痛苦。伯爵懂得一个在社会上负有责任的人，最重要的是有行动，有事实。因此他虽然抱着隐痛，仍旧走着他的路，用清明的目光望着前途，象一个信仰坚定的殉道者。秘不示人的哀伤，惨痛的失望，并没把他引入看破一切，不复信仰的荒土；这勇敢的政治家是虔诚的，但毫无炫耀的意思，他到圣·保禄教堂参加的弥撒，是为一般诚心的工匠与仆役们举行的清早第一场弥撒。朋友之中，宫廷之中，谁也不知道他奉行宗教仪式如此诚心。他的崇拜上帝，象某些规矩人满足什么嗜好一样讳莫如深。所以我后来发现，伯爵所遭遇的不幸远过于一般自以为受尽劫难的人；他们因为渡过了情欲与信仰的难关，便用讥讽与轻蔑的口吻嘲笑别人的情欲与信仰。伯爵却既不讪笑被希望拖入泥淖而仍在那里希望的人，也不讪笑攀登高峰以求孤独的人，或是热血奔腾的继续奋斗，用幻想作兴奋剂的人；他是从全面看社会的，不受信仰的束缚，肯听别人的怨叹，不轻信感情，尤其不轻信忠诚；但这个伟大的严厉的法官，对人间一切都能同情，都能赏识，不是逞一时的热情，而是出之以默默无声的态度，深思的态度，还有是用自己的柔情与人交流的方式。这可以说是一个加特力教中的没有血案的曼弗莱特①，抱着信仰而仍不失好奇心，用一股象没有出口的火山一般的热度融化人间的冰雪，跟一颗只有他自己看到的明星絮语！

我认定他的内心生活有很多暗晦不明的地方。他往往在我眼前隐掉，但并非象旅客一般随着地形低陷而失去影踪，而是象被人追捕的狙击兵，故意避人眼目，想找个藏身之处。我弄不明白，为什么他常常在工作最紧张的时候跑到外边去，也不瞒着我，因为他一边把工作交给我，一边说："替我接下去罢。"这位忙着政治家、大法官、演说家三重职务的人，酷爱鲜花，我看了很喜欢；那是心胸高洁的表现，也差不多是一切风雅人士都有的嗜好。园子和书房里摆满了珍奇的花草，但他永远拣枯萎的买

---

① 拜仑所作诗剧《曼弗莱特》中的主人翁曼弗莱特，是一个性格强悍的人物，于绝望中犯有血案，丧失爱人，精神痛苦达于极点，但至死无宗教信仰。

奥诺丽纳

来,也许是有心象征自己的命运!……他本身便象那些快要谢落的花,而那些花的近乎变质的香味,又能给他一股异样的醉意。伯爵非常爱国,献身于公共事业的狂热很象一个人要借此忘掉另外一股热情;可是他浑身浸在里头的研究工作和公事,对他还嫌不够;他心中常有一些剧烈的斗争,爆发的时候不免迸出些火花射到我身上。此外,他常常流露出渴求幸福的意愿,我也觉得他还是能够幸福的;那末究竟有什么阻碍呢?是不是害着相思病呢?这是我想到的一个问题。但在归结到一个这么简单而又这么可怕的问题以前,我左思右想,把痛苦的境界到处摸索过了。可见他无论如何努力,仍遮盖不了内心的波动。在他严肃的姿态底下,在法官那种沉默的态度底下,明明有股热情激荡,但被他用那么大的威力镇压着,所以除了我这个与他共同生活的人,谁也没疑心到这桩秘密。他的座右铭仿佛是:"痛苦就痛苦罢,决不开一句口。"随处受到的敬重与钦佩,和他同样勤劳王事的葛朗维与赛里齐两位院长的友谊,对伯爵都毫无作用;或者是他对他们讳莫如深,或者是他们早已明白底蕴。在众人前面,他始终昂着头,不动声色,只有极少的时间才会露出真面目,例如独自呆在书房里,花园里,以为四下无人的时候;那他就象孩子一样,不再以法官的身分遏止他的眼泪,而有非常冲动的表现了;那种情形倘若用恶意去解释,很可能损害他识见卓越的政治家声名的。

等到我把这些情形肯定以后,奥太佛伯爵在我心中便成了个问题,而且象所有的问题一样有那种强烈的吸引力;同时我对他的关切也象关切我自己的父亲一般了。为了尊敬而不敢表示出来的好奇心,你们能了解吗?……他没有野心,但象庇德[①]一样从

[①] 此系指英国有名的威廉·庇德(1759—1806),幼有神童之目,七岁即注意国家大事,十四岁即智力成熟。

傅雷译文集

十八岁起就致力于经世治国之学，成为渊博的学者；他是法官，深通国际法，参政法，民法，刑法，既不用怕受人欺侮，也不用担心自己犯错误；他又是思想深刻的立法大员，态度严肃的作家，热心宗教的独身者，他的生活就足以证明他没有一点可批评的地方：这样一个人物究竟是被什么灾难压倒的呢？便是一个罪大恶极的人受到上帝的惩罚，也不及他所受的那末严酷：悲伤把他睡眠的时间剥夺了一半，一天只睡四小时！其余的时间，他表面上很安静，用功，没有声音，没有怨叹，但我常常撞见他搁着笔，把手支着头，眼睛象两颗固定的星似的，或者有泪湿的痕迹！他心里到底有什么斗争呢？这股活泼的泉水流在晶莹的砂土上，为什么没有被地下的火烘干呢①？……难道泉水与地球的洪炉之间，象海洋与地壳一样隔着一层花岗石吗？换句话说，这座火山还会有爆发的一天吗？

　　有时候，伯爵用好奇的，锐利的目光，很快的把我瞧上一眼，等于一个人想物色同党而打量对方似的；然后一接触我的眼睛，看到它们象张开的嘴巴一般等候答复，似乎说着："你先开口呀！"他的眼睛便躲开去了。有时他郁闷不堪，脾气很坏；遇到这种情形而伤害了我，他过后自有办法来迁就我：不说一句道歉的话，可是态度温柔，象基督徒一样的谦卑。

----

　　① 泉水象征眼泪，火象征爱情，为法国文学上传统的比喻。但作者在这里引用此譬，是说热情如火的人，一旦遇到不幸，大抵是要发狠报复的，怎么会流泪呢？

一二　坚固的友谊

等到我对这个我觉得极神秘，但大众认为极容易了解（因为他们只要用怪癖二字就能把所有内心的谜都解释了）的人物，有了父子般的感情以后，他的家务被我大事改革，面目一新。伯爵不事生产，甚至把家里的事搅得很糟。除掉本兼各职的薪水，其中三个差事是不受兼职不兼薪的限制的，他一年还有十六万左右收入，支出是六万法郎，内中至少有三万落在仆役的腰包里。第一年年终，我把那些坏东西统统打发了，请伯爵运用他的威望帮我找了一批老实人。第二年年终，伯爵受到的侍候比以前好得多，饮食也精致了，现代设备也享受到了；他有了两匹好马，是我替他向马夫论月包租的；请客的日子，饭菜由希佛饭店承包，事先讲好价钱，弄得很体面；平日的伙食归我舅舅荐来的一个手段高明的厨娘负责，再加两名下手帮忙；特别开支不计，经常费用一年只花三万法郎，仆人反多了两名；有了他们收拾打扫，这所老公馆就显出它古色古香的诗意，不似先前那么荒凉芜秽了。

伯爵知道了这个结果，便说："怪不得我那些下人会发财了。七年之间，我两个厨子都开了挺阔气的饭店。"

我回答说："你七年之中损失了三十万法郎。你在法院里向罪犯提起公诉，却在自己家里鼓励人家盗窃。"

一八二六年年初，大概伯爵把我的为人看清楚了；我们的关系也到了上司与下属不能再亲密的程度。他对于我的前程并没说过一句话，只是象老师与父亲一般的教导我：常常要我为他最繁重的工作搜集材料，起草报告；他一边修改一边指出他和我的观点有哪些地方不同，对法律条文的解释有什么分别。等到后来我办的一件稿能当作他亲自办的一样送出去时，他那种高兴的表示等于我最大的报酬，而他也体会到我这种心情。这个小小的插曲，对一个表面上这么严峻的人居然发生很大的作用。伯爵对我，用法律的术语说，已经下了最后一审的判决：他捧着我的头，亲着我的额角，说道：

"莫利斯，你已经不是我的同伴了，我还说不上来将来你跟我究竟是什么关系；倘若我的生活不变，也许会把你当作、儿子看待！"

伯爵把我带引到巴黎最高级的人家，让我坐着他的车，带着他的跟班去作他的代表；那种机会真是太多了，因为他往往在正要出发的时候，突然改变主意，叫了一辆街车走了，上哪儿去呢？……简直是一个谜。我从人家招待我的态度上猜到伯爵对我的心意，知道他事先把介绍的话说得多么郑重。他象做父亲一般的体贴，非常豪爽的满足我的需要，而我的知情识趣更使他时时刻刻想到我。一八二七年正月将尽的时候，我在赛里齐伯爵夫人家赌运极坏，输了两千法郎，可不愿意在我经管的账上支付。第二天我心里想："这件事还是告诉舅舅呢还是告诉伯爵？"结果我采取了第二个办法。他正在用早餐，我对他说：

"昨天我手气坏极了，心里一火，便继续赌下去，输了两千法郎。你能答应我在本年的薪水中预支吗？"

"不。"他很可爱的笑了笑。"在交际场中赌钱，应当有笔赌本。你先拿六千法郎，把赌债还掉；从今天起，咱们各半负担；

既然你常常出去作我代表,至少不能让你的自尊心受到委屈。"

我听了并不向伯爵道谢。我跟他之间,道谢的话似乎是多余的。这点儿微妙的地方,足以说明我们的关系是什么性质。

一三　幕启以前的讯号

虽然如此，我们还没到推心置腹的地步；他没有把我在他私生活中摸索出来的隧道打开给我看，我也没对他说："你怎么啦？有什么痛苦呢？"他深更半夜的跑在外面干什么？我作他秘书的坐着自备马车回家，他却常常雇着街车，或竟一步一步的走回来！一个这么虔诚的人难道受着什么不正当的嗜好腐蚀，而假仁假义的瞒着人吗？还是胸中存着某种嫉妒的心理，比奥赛罗还藏得紧，而他花尽心力想满足那个心理吗？还是私下养着什么低三下四的女人？有天早上，我记不起在哪个铺子里付了账回来，在圣·保禄教堂与市政厅之间，撞见奥太佛伯爵和一个老婆子讲话讲得那么紧张，甚至没看到我。那老婆子的相貌使我有种说不出的疑心；尤其因为看不见伯爵把积蓄花到哪儿去了，我的疑心更有了根据。你们想，要我来监视主人的行动，岂不可怕？那时我知道他有六十万法郎以上可以存放，倘若存了定期储蓄，以他对我在金钱方面的信任而论，我不会不知情的。有时伯爵早上在花园里散步，到处乱转，仿佛一个人抱着凄凉抑郁的幻想，骑在一匹神话中的飞马上。他尽走，尽走，拚命搓着手，把表皮都快搓破了！倘若我去找他而在一条小路拐弯的地方撞见了，会发觉他眉飞色舞，眼睛不再象一块青玉那样干枯，而变得象雁来红一般

奥诺丽纳

有层绒毛了；我初次见到他的时候，就为了这两种不同的眼神的强烈的对比大为惊奇的：一种是幸福的目光，一种是苦恼的目光。在那种情形之下，有两三次他抓着我的手臂走了几步，我满以为他要把他的快乐倾倒在我心里了；可是结果只问我："啊，你找我有什么事呢？"更多的时候，特别从我能代他办理公事，起草报告以后，可怜的人站在一口美丽的白石水池旁边，几小时的看着金鱼；水池在园子中央，周围是个圆形的花坛，种着最鲜艳的花。这位政治家扯着面包屑喂鱼，居然为了这种简单的乐趣出神了。

以上是这个内心的悲剧暴露的经过：他不但创痛巨深，骚动不已，而且在但丁的《地狱》没有描写到的范围中间，还有些惨不忍睹的快乐的表现……

（说到这里，总领事又歇了一会。）

一四　枢密会议中的一场辩论

某星期一，特·葛朗维院长和参事院副院长特·赛里齐先生在奥太佛伯爵家里开会。他们三个组成一个委员会，我是其中的秘书。由于伯爵的保举，那时我已经是参事院的候补审计了。当局嘱咐三人小组暗中研究的政治问题，需要不少材料，当下都摆在我们藏书室内一张长桌子上。特·葛朗维和特·赛里齐二位把初步准备工作交给奥太佛伯爵负责，并且决定先在巴伊安纳街集会，免得拿文件再带往委员会主席特·赛里齐家。内阁对这件事非常重视，临了，大部分工作都落在我身上，同时也替我在那一年上挣得了审计官的职位。特·葛朗维和特·赛里齐两位伯爵的生活习惯跟我主人的很相象，从来不在外边吃饭；但等到当差的叫我出去，说"圣·保禄和勃朗－芒多的两位本堂神甫在客厅里等了两小时了"的时候，我们也想不到会议拖得这么晚。

那时已经到了九点了。

奥太佛笑着和他的同僚说："诸位，你们今天少不得要跟两位神甫一起吃饭了；葛朗维一向讨厌教士，不知道受得了受不了。"

"那要看怎么样的教士。"

我回答："噢！一个是我的舅舅，一个是高特龙神甫。放心，

奥诺丽纳

冯太依神甫已经不在圣·保禄当助理了……"

"好,咱们吃饭罢。"特·葛朗维院长接着说。"我怕的是那些宗教狂;一个真正虔诚的人倒是最痛快的。"

于是大家进了客厅。饭桌上空气很愉快。真有学问的人,饱经世故而能说善道的政治家,都是讲故事的能手,只要他们肯讲。他们决不受什么环境牵掣,要就是态度沉闷,要就是妙语横生。对这种风雅的玩艺,梅特涅克亲王的本领不亚于查理·诺第哀①。政治家的诙谐象钻石一般雕琢得玲珑剔透,每句话都清楚明白,光芒四射,同时又富于人情味。我舅舅很有把握在这三个优秀人物之间保持体统,便尽量发挥他的才智,那么细腻,那么温厚,又象以职业关系而惯于把自己的思想隐藏的人一样机灵。当然,那次的谈话没有一点儿无聊与庸俗的气息,对听众的精神作用好比洛西尼的音乐。

高特龙神甫,有如特·葛朗维先生说的,不象一个圣·保禄而象一个圣·比哀,是个信仰坚定的乡下人,颠顸臃肿,从头到脚都是方方正正的一块;对于上流社会,对于文学,简直一无所知,老是大惊小怪,问些出其不意的话,使谈话生色不少。最后,大家提到社会永远割不掉的一个疮疤——奸淫问题,也正是我们在饭前研究的。我舅舅指出当初制定法典的立法家始终受着大革命的影响,使民间的法律与宗教的法律完全抵触;他认为一切弊病都是从这个矛盾来的。

他说:"在教会看来,奸淫是罪大恶极的行为,在你们法院看来不过是轻罪。犯人不押上重罪法庭而是用马车送往违警庭的。拿破仑手下的参事院对奸夫淫妇极心软,简直是无能。民间的法律不是应当与宗教的法律态度一致,把不安于室的妻子象从

---

① 梅特涅克为十九世纪初期的奥国首相。诺第哀为十九世纪法国文人,其沙龙广纳当时浪漫派的文学青年。

前一样送往修道院去过一辈子吗？"

"修道院！"特·赛里齐先生接口道，"第一先得办起修道院来；从前大家还把修道院改作军营呢。并且，神甫，你想把社会不愿意容忍的人送给上帝吗？……"

"噢！"特·葛朗维伯爵说，"你真是不认识法国了。出头告诉的权在于丈夫；但丈夫告发妻子犯奸的案子，一年不到十件。"

奥太佛伯爵接着说："这是神甫替教会说话，因为奸淫的罪名是耶稣·基督定出来的。在人类发源的东方，女人只是供男人娱乐的一件东西，大家除了要她服从，长得俊俏以外，没要求她具备其他的德性。现代的欧洲家庭是承继耶稣精神的产物，把灵魂放在肉体之上，所以规定婚姻关系不可解除，当作一件神圣的行为。"

"噢！"特·葛朗维嚷道："婚姻中一切无法解决的困难，教会也的确感觉到的。"

奥太佛微笑着说："教会造成了一个新社会；但我们这个社会的风俗，和因气候关系而女人七岁就成熟，二十五岁就衰老干枯的那种风俗，永远不会相同。加特力教会把半个地球的人的需要都给忘了。所以我们只能讨论欧洲社会。女人究竟比我们高，还是低？这是男女关系的真正问题。倘若女人比我们低，那末教会把她抬得那么高以后，她犯奸淫应当受惩罚。过去便是这么办的。不是处死，就是送进修道院，古时的立法就是这么回事。但以后，风俗照例把法律改变了。国王的宝座做了奸淫的床席；而风流案子的增加也表示加特力教条的衰落。现在教会只要求不贞的妇女能真正忏悔，社会也只给她一个黥印而不再教她受毒刑。固然，法律照旧把犯人判罪，但不再加以威吓。并且道德也有两种：社会的道德与法典的道德。凡是法典处罚不严的，社会就越大胆越不在乎：这一点我同意洛罗神甫的意见。在判决书的主文前面写着义正辞严的理由而心里不羡慕风流罪犯的法官,恐怕很少吧。社会在节会、习惯、娱乐方面表示根本否定法律,但对付事情的态度比法典和教会更严:它先鼓励人作假,然后再责罚人家手段笨拙。我觉得有关婚姻的法律应当彻底改革。或许把女子的承继权撤销以后,法国的法律可以变得完满了。"

一五　泄漏秘密

特·葛朗维伯爵笑着说："这个问题，我们三个人是彻底了解的。我不愿意跟我那位太太一起生活。赛里齐的太太不愿意跟赛里齐一起生活。至于你，奥太佛，太太又把你丢下了。我们三人合起来可以包括夫妇之间所有的难题；将来要研究离婚问题的话，我们就是个现成的委员会。"

奥太佛的叉掉在玻璃杯上，把玻璃杯打破了，盘子也打破了。他脸白得象死人一样，向葛朗维狠狠的瞪了一眼，又在眼梢里对我瞟了一眼，被我发觉了。

特·葛朗维接着说："对不起，朋友，我没注意到莫利斯。我跟赛里齐两个先做了你的证人，后来又做了你的同党。我以为让两位年高德劭的教士听到是没关系的。"

特·赛里齐先生把谈话转了方向，讲他怎样的想讨太太喜欢而终于没成功。根据这位老人的结论，人的好感恶感是不可能定出规律来的；社会的法律只有和自然界的规律接近的时候才能说最完满。但自然界从来不管心灵的结合，人类能够传种，自然界的目的就算达到了。所以现在的法典把极大的伸缩性付诸偶然是很聪明的办法。只要有男性的承继人，取消女儿的承继权的确是很好的修正：一则免得种族退化，二则减少不合理的婚姻，使男人找对象的时候只着眼于德性与容貌,而夫妇生活可以幸福一点。

然后他做了一个表示厌恶的手势,说道:"可是一个国家把七八百名议员集在一起,还有什么办法改善法律!……至于我,虽然我自己牺牲了,至少还有个儿子将来能承继我……"

我舅舅接着说:"一切宗教问题丢开不谈,我要向阁下提出一点,就是自然界只管叫我们活着,社会却应当给我们幸福。伯爵,你有没有孩子呢?"

"我,我有孩子吗?"奥太佛伯爵的声音口吻变得那么厉害,使大家不敢再谈女人与婚姻问题了。

喝过咖啡,两位伯爵和两位神甫看到可怜的奥太佛郁闷之极,便悄悄的溜走了;他连客人陆续走掉都没发觉,坐在壁炉旁边一张靠椅里,丧然若失。

等到他发现只剩我们两个人的时候,他说:"现在你知道我生活中的秘密了。我结婚以后三年,一天晚上回到家里,从仆人手中拿到太太一封信,声明离开我了。信写得相当有骨气,因为女人的天性使她一方面犯这种可怕的过失一方面还能保持某些品德……现在大家只知道伯爵夫人在船上遇险,以为她死了。我只身独处,已经过了七年!……好了,莫利斯,今晚上不谈了。等我不怕和你谈这问题的时候再谈罢。一个人害了多年的病,一朝有了转机倒反受不了。好转的现象往往象害了另外一种病。"

一六　一位国务部长的自白

　　我心里乱糟糟的去睡觉，因为疑团非但没廓清，倒反越来越重了。一个象伯爵那样性格的人和一个由伯爵挑选的女人之间，决不会闹些琐碎无谓的纠纷，所以我预感到必有些古怪的内幕。伯爵既是一个如此高尚，如此可爱，如此完满，如此多情，如此值得人家爱的男人，那末促成伯爵夫人离开的事故至少也是很特殊的。我在隧道上面走了多年，特·葛朗维先生的一句话仿佛在隧道中丢进了一个火把，虽然没照清楚，但已经足够使我注意到隧道的深广。尽管不知道伯爵痛苦的深度与惨酷的程度，我可明白了他痛苦的性质。细细推敲之下，我不禁堕入一切有情人都可能有的朦胧半睡的境界：伯爵的发黄的脸，干瘪的太阳穴，大规模的研究工作，常有的出神状态，结了婚的单身汉一切生活上的细节，登时变得通明雪亮，突出来了。噢！可怜的主人，我多么喜欢他啊！他在我心目中显得崇高伟大。我仿佛读到一首伤心的诗，看出我一向认为麻痹的心其实永远在那里活动。极度的痛苦不是常常会变成静止的吗？这位大权在握的法官有没有采取报复行动呢？是不是在那里咀嚼他长期的苦难呢？沸腾不已，达十年之久的怒潮，在巴黎不是一件大事吗？从那次惨变以后，奥太佛一向是怎么应付的？我们这时代和过去大不相同，私生活已经变了一个社会问题，所以夫妇的仳离更其不幸。我们两人考虑了几天，因为深刻的痛苦也有它的羞恶之心；可是有天晚上，伯爵终于音调很严肃的和我说道："你别走！"

以下大致都是他口述的话：——

一七　门当户对而又情投意合的亲事

"我离开中学，回到这所老屋子的时候，有个受我父亲监护的，漂亮而有钱的十六岁的姑娘。由我母亲一手教养起来的奥诺丽纳，那时刚好童年梦醒，看到人生。她妩媚可爱，稚气十足，想着将来的幸福象想着什么首饰一样，而幸福对她也许就是灵魂的首饰。奉教的虔诚使她体味到一些幼稚的乐趣，因为这颗纯朴的心觉得世界上一切都有诗意，连宗教在内。她远远的把自己的前途看作永远不散的筵席。无邪，纯洁，从来不曾因为精神骚动而有睡眠不安的现象，从来不曾因为有什么羞耻与悲伤而脸上变色或者掉过眼泪。她甚至也不追究为什么春光明媚的日子心头有些不由自主的冲动。她只觉得自己软弱，天生是听命于人的，她等着出嫁而并没急于出嫁的欲望。凡是文学作品用描写情欲的方式灌输给人的、也许是必不可少的毒素，她的轻松快乐的幻想是完全不知道的；她对于人生毫无认识，对社会上的危险茫无所知。亲爱的孩子受的痛苦太少了，从来没机会试验她勇气。总之，她的天真可以使她毫不畏惧的踏到毒蛇堆里去，象某些画家为无邪这个题目所拟想的画面一样。世界上再没一张脸比她的更开朗更快乐的了。明明是意义很清楚的不大得体的问句，她会莫名其妙脱口而出。我和她在一起跟兄妹一样。一年终了，就在这所屋子的花园里，站在池子前面扔着面包屑喂鱼，我和她说：

"——你可愿意咱们俩结婚吗？嫁了我，你可以爱怎么就怎么；换了别个男人，你可能受罪的。

"我母亲正好走来，奥诺丽纳便说：妈妈，我跟奥太佛说定了，将来我和他结婚……

"我母亲回答：十七岁就结婚吗？……不，再等一年半；倘若这期间你们俩情投意合，那末你们的出身，财产，都相等，这门亲事可以说把门第与感情兼顾到了。

"等到我二十六岁，奥诺丽纳十九岁的时候，我们结婚了。我的父母都是前朝的老人；为了尊重他们，我们保存这所屋子的本来面目，连家具都没换新，而我们住在这儿也和过去一样象两个孩子。可是我出去应酬，带太太去见世面，认为教导她是我的责任之一。到后来我才发觉，在我们那种情形之下结合的婚姻原来藏着一个暗礁；多少的感情，谨慎，生活，都是被这暗礁砸得粉碎。丈夫变了教育家，成了老师；而老师的戒尺迟早会伤人，把爱情给摧残了的；因为一个年轻，美貌，安分，快乐的妻子，决不答应她天生的长处被别的长处压倒。也许我有许多地方做错了。也许在夫妇生活最难处理的初期，我说话老气横秋。也许是相反，我犯了另外一种错误，太信任那个纯朴的天性，没监督伯爵夫人，以为她决不会反抗的。唉，不论在政治方面，在夫妇生活方面，我们还不知道世界上那些帝国的崩溃与个人的苦难，到底是由于太信任呢还是由于太严厉。说不定在奥诺丽纳心中，她的丈夫还没有符合她少女的梦想。一个人幸福的时候，怎么能知道自己违反了人生哪几条规则呢？……"

伯爵象一个认真的解剖学家，对于同事们找不出原因的一种病竭力想找出原因来；他责备自己的话，我只记得一个大概；但那种宽大的精神，我觉得和耶稣·基督救渡犯奸妇人的精神不相上下。

一八　一股可怕而正当的痴情

伯爵停了一会又说:"我母亲死了几个月,父亲也跟着下世;又过了一年半,终于临到那可怕的一晚,我出其不意的拿到奥诺丽纳的告别信。她受了什么幻想诱惑呢?是肉欲吗?是同情人家的患难呢,还是被天才催眠了?这两种力量究竟是哪一种把她突然之间勾摄去的,或是把她逐渐拖下去的?当时我不愿意追究。那一下的打击真是太残酷了,一个月之间我象发呆了一样。后来仔细想了想,觉得还是不知道原因为妙;而且奥诺丽纳所遭受的不幸,使我对这些事情只嫌懂得太多。至此为止,莫利斯,一切都很平淡;可是我再加上一句话,情形就不同了:就是说我爱着奥诺丽纳,始终疼着她!自从被遗弃的那一天起,我就靠回忆过活,把昔日的欢娱一桩一桩的回想起来,而那些欢娱在奥诺丽纳是一定不感兴趣的。"

他看我眼睛里有些诧异的表情,便接着说:"噢!别把我当作英雄,也别把我看作那么傻,象帝政时代的一个上校说的,不去找点儿消遣。可是,莫利斯,也许那时我太年轻,或者是太痴情了,全世界我竟找不到第二个女人。经过了内心剧烈的斗争,我终于想让自己麻醉一下了;身边揣着钱,已经到了对妻子不忠实的门口:不料我心中的奥诺丽纳,好比一座雪白的雕像一般突

奥诺丽纳

然站在我面前。那种细腻滑润的皮肤，连血的流动和神经的震颤都看得出来；那张纯朴的脸，在出事的前一天，和我对她说'你可愿意我们俩结婚吗？'的时候同样的天真；那股跟德行一样芬芳的天国的香味；还有她眼睛的光彩，举动的妩媚：这些都回到我脑海中来，使我马上溜了，仿佛一个盗墓的人，看到死者的灵魂从坟墓中活生生的走了出来。

"在内阁会议上，在法院里，在夜里，我无时无刻不想着奥诺丽纳，甚至要拿出全部的毅力才能集中精神，注意我所作的事，所说的话。你瞧，我的工作骨子里是这么回事。我对她，并不比一个父亲看到心疼的儿子因为粗心大意而陷入危险的时候更气恼。我明白我把太太当作一首诗，因为自己欣赏到如醉若狂的程度，便以为对方也有同样的快感。啊！莫利斯，盲目的爱情是丈夫的过失，可能促成妻子犯各式各种罪恶！我把这孩子就当作孩子一般的疼着，让她的精力闲着不用；也许她心中的爱还没觉醒，我已经用我的爱情惹她厌倦了。她太年轻，没看出妻子对丈夫的忠诚是发挥母性的第一步，却把婚后第一关就当作整个的人生；于是这倔强的孩子私下诅咒人生，也许为了矜持而不敢在我面前诉苦。在这样一个残酷的局面之下，遇到一个使她大为激动的男人，她便无法抵抗了。而我这个被认为极有眼光的法官，心肠好而头脑老是不得空闲的人，对于无人了解的女子心理的规律，领会得太迟了，直到自己的屋子着了火才在火光底下看出来。那时我按照法律，把我的良心作为法庭，因为以法律来说，丈夫在家里等于一个法官：结果我赦免了妻子，判决我自己有罪。但这样以后，我的爱情竟变了一种痴情，正如在某些老年人身上发作的，那种没骨气的，死而无怨的痴情。现在我对于不在眼前的奥诺丽纳，仿佛一个人在六十岁上爱了一个非到手不可的女子，任何代价在所不惜；而且我觉得自己的精力并不亚于青年人。老头儿的大胆,青年人的谨慎,我兼而有之。朋友,要知道社会对于夫妇之间这种可怕的局面,只有冷嘲热讽的分儿。情人被遗弃,社会是可怜他的,丈夫被遗弃,社会只认为他无用。凡是经过教堂与市政府的仪式得来的女人,丈夫要保持不了,就非受人讪笑不可。所以我决不能声张。赛里齐是幸福的。他因为宽宏大量,还能见到太太,加以庇护,加以保卫,又因为他是疼爱她的,所以能体会到极度的快乐,象一个对什么都不在乎,甚至不怕给人笑话的大施主,他越受人家取笑,越象父亲溺爱儿女一般的得意。

"——我为了顾全太太,才顶着丈夫的名义!赛里齐有一天从内阁会议出来和我这样说。

"可是我啊,我什么都没有,连给人讪笑而我表示不怕的机会都没有!我只靠着没有养料的爱情支撑!对一个上流社会的女子,我没有一句话可说。看到娟妓,我又避之唯恐不及;我是被法术禁锢而不得不守贞的!要没有宗教信仰,我早自杀了。我向工作挑战,没头没脑的埋入里头,可是工作压不倒我,结果只是浑身滚热,心里火剌剌的,再也睡不着觉……

"这个口才那么高明的人说的话,我也不能尽记;但他的热情使他的口才比着法庭上的雄辩更高一级,我听了竟象他一样脸上淌满着眼泪。他歇了一会,我们俩都抹了抹眼睛,然后他又揭穿另外一些秘密。那时我是怎么样的感觉,请你们想想罢。

"以上说的是我内心的活剧,可不是此刻在巴黎演出的看得见的活剧。内心的悲剧,谁也不会感到兴趣。我知道这一点。象你这样和我一同流泪的人,将来也能体会到一个人没法把别人的痛苦移在自己心中,或是移在自己的皮肤上。我们的痛苦只有自己能衡量。便是你罢,你所了解的我的痛苦,也不过凭一种极渺茫的推断。我把无可奈何的相思的苦闷发泄一下的举动,你怎么

奥诺丽纳

能看到呢？例如我常常端相着一幅小型画像，觉得她的脑门，她的嘴角的笑容，脸的轮廓，白皙的皮肤，都跟真人一样，我把它们亲着吻着；卷曲的黑头发，几乎能让我在鼻子里闻到它的香味，拿在手里抬弄。有时候我忽然觉得有了希望，纵身跳起来；有时候失望的痛苦对我好比万箭攒心；有时候我在巴黎踩着泥浆乱跑，想用疲劳来镇压心中的烦躁；这种种情形，你可曾撞见过吗？我的急躁可以和肺痨病人相比，狂欢可以和疯子相比，惊慌可以和遇到了警察的杀人犯相比。总之，我的生活是连续不断的高潮，恐惧的高潮，快乐的高潮，绝望的高潮。以下我再把看得见的戏剧讲给你听：——

一九　一个异想天开的丈夫

"你以为我成天忙着参事院，议会，法院，政治……唉，天哪！我过的那种生活把我头脑刺激得太灵敏了，只要夜里花上七个钟点就可以把这些事打发完了。奥诺丽纳才是我心上的一件大事。怎样把太太重新收服，才是我独一无二的研究工作。在她所住的笼子里监护她而不让她知道在我的掌握之中；供给她生活，让她所喜欢的很少的一些娱乐能够满足；永远待在她周围，但象天使似的既不教她看见，也不教她猜到，要不然我整个的前途就完了，这才是我的生活，我真正的生活！七年以来，没有一晚睡觉之前，我不是先去看一眼她床头的灯光，或是她照在窗帘上的影子的。她离开我家里的时候，除了身上穿的以外，什么都不愿意拿。这孩子把傲气推到极端，近于荒谬的地步。所以她出走了十八个月就被情人遗弃；因为他一看见贫穷那副粗糙，冰冷，阴沉，发臭的面貌便吓坏了。那男人当初一定以为能够过快乐美妙的生活，不是上意大利，便是上瑞士，象一般阔太太们抛弃丈夫以后的情形。奥诺丽纳本身每年有六万法郎收入。那该死东西丢下她的时候让她一文不名，还怀着身孕！一八二○年十一月，我央求巴黎最高明的产科医生冒充城关区域的一个无名的外科医生。我托她区里的本堂神甫张罗她的生活费，假装是行好事。一

奥诺丽纳

方面要让我太太隐姓埋名,绝对不给外人知道;一方面要替她找一个既要对我忠心,又要做我聪明解事的心腹的女管家……这种工作真要费加罗①那样的本领才行。你当然知道要找出太太的住址,在我是一件很容易的事。

"经过了三个月的失望而不是绝望以后,我决意为奥诺丽纳的幸福尽心竭力,同时也只让上帝知道我所扮的角色:这是唯有一厢情愿的情人才能体会到的诗意。既然一切死心塌地的爱情都需要养料,那末我对于这个孩子,因为我的疏忽才犯了错误的孩子,不是更应当加以保护,由我来做她的守护天使,不让她遭受新的祸害吗?她的孩子养了七个月,死了:这对她对我都是运气。她死去活来挣扎了九个月,在最需要有个男人帮助的时期被遗弃了;但是我。"他说着象天使般伸出手臂,"我始终在暗里做着她的后援。奥诺丽纳得到的照顾,和她住在自己的府第里一样。她身体养好了,问起是谁帮助她的,怎么帮助她的;人家回答说:——那是区里做善事的女修士,——产妇救济会,——还有是特别关切她的本堂神甫。

"这女人的傲气竟发展成一种恶癖,她在受难期间表现的顽强,使我有些夜晚把它叫作骡子脾气。她要自己谋生!啊,我太太竟然作工!……最近五年,我把她羁留在圣·莫街,住着一幢精雅的小楼,做着纸花和女人的装饰用品。她以为她的高雅的出品是卖给一个商人的,得到相当高的代价,每天足足有二十法郎收入;六年以来她在这方面没有起过疑心。买的日用品差不多只出三分之一的价钱,所以她一年六千法郎的开销可以有一万五千的享用。她喜欢花草,拿三百法郎雇一个园丁,实际我却出了一千五的工资,还得每三个月付二千法郎的账。我答应给园丁一个

---

① 此系指博马舍有名的喜剧《赛维尔的理发师》中的角色,为狡黠多智,极有风趣的人物。

菜园，一所跟圣·莫街门房相连的种菜人住的屋子。我那个产业是由法院的一个助理书记顶名的。园丁只要泄漏一些风声，他全部的好处就完了。奥诺丽纳住的小楼有花园，有花房，每年只付五百法郎租金。她出面是用她的女管家高朋太太的名字。这是我特意找来的，谨慎机密，万无一失的老婆子，非常喜欢她的女主人。但老婆子的热心，和园丁的一样是我出了重赏换来的，那重赏当然要等事情成功了才给。为了同样的理由，门房夫妇也化了我好大的代价。总而言之，奥诺丽纳三年以来很幸福，满以为她的花草，衣著，享用，都是靠她的工作挣得来的。"

二〇　尝试失败了

伯爵看到我的眼睛和嘴唇都打着问号，便嚷道：

"噢！……你要说的话，我知道了。是的，我尝试过一次。我太太以前住在圣·安东尼城关。有一天，我听到高朋太太一句话，以为有希望讲和了，便换了一二十次稿子，写了一封劝她回心转意的信从邮局里寄去。当时我心里的焦急也不用细说了。我从巴伊安纳街走到滦伊街，象一个判了死刑的人从法院走往市政厅①，但他还坐着车子，我可是一步一步走的！……时间是夜里，下着大雾，我去找高朋太太，听她报告我太太的情形。谁知奥诺丽纳一认出我的笔迹，连念都没念，就把信扔在了火里。

"她说：高朋太太，明儿我不住这里了！……

"唉！一个不通世面，以为象高朋太太那样当过主教的厨娘的人，二百五十法郎的工钱已经尽够的女子，只要使点儿手段就能让她以十二法郎一码的代价买到最好的里昂丝绒，只出十分之一的价钱买到一只山鸡，一条鲜鱼，一些水果；平日我欢天喜地的快乐就寄托在这种欺骗上面；你想一朝听到她要搬家的话，我

---

① 此系指市政厅广场，为巴黎执行死刑的地方。

不象给人扎了一刀吗?……你有时撞见我搓着手,快活得什么似的;嗳,那是因为我把有资格搬上舞台的妙计搅成功了啊!比如说,我骗过了太太,教一个卖胭脂花粉的女人卖给她一条印度绸披肩,说是一个女演员的东西,连用都没怎么用过,可是我这个道貌岸然的法官抱着那条披肩睡过了一晚呢!

"总之,今日之下,我的生活可以用两句形容最残酷的刑罚的话归纳起来,就是:我爱着,我等着!高朋太太忠心耿耿的替我当着探子,刺探那颗我疼爱的心。每天晚上我都得去找这个老婆子谈谈,打听奥诺丽纳白天作些什么,说些什么,连一言半语都不肯漏掉,因为只要一句慨叹的话,我就能看出那颗充耳不闻,一言不发的心有些什么秘密。奥诺丽纳对宗教很热心,她去望弥撒,做祷告,但从来不去忏悔,不领圣餐:她预料到人家会对她说的话,不愿意听劝她回家的忠告。对我这样厌恶,真使我害怕极了,弄迷糊了,因为我从来没伤害奥诺丽纳,一向对她极温柔。即使教导她的时候不免有点儿性急,即使男人的讽刺可能把少女应有的傲气触犯了,难道就能使她象有什么深仇宿恨一样的固执吗?

"奥诺丽纳从来没把身分告诉高朋太太,对她的婚姻只字不提,使那位好心的太太没法替我说一句好话,因为在奥诺丽纳的屋子里只有她明白底细。其余的人什么都不知道,只是怕警察总监的名字和尊重部长的权势。因此我没法窥探她的心事:我是堡垒的主人,可是进不了堡垒。简直无法可想。性子一急,就会前功尽弃!既不知道对方的理由,怎么能加以驳倒呢?起了底稿,教代写书信的人誊过了,去送给奥诺丽纳吗?……我想过这办法。但不是可能使她再搬一次家吗?上次搬家已经花了我十五万法郎。现在的屋子原是由你的前任代我出面买下的。那该死东西没知道我晚上多么容易惊醒,配了一把钥匙开保险箱,预备偷取

奥诺丽纳

他声明代我买屋的证件,被我当场撞见。我咳了一声,他吓跑了。第二天我逼他写了一张卖契,把屋子转让给现在代我顶名的人,然后我把他撵走了。

二一　一个古怪的提议

"啊！虽然人类所有高尚的机能在我身上没有得到满足，也没尽量发展，也没觉得舒畅；虽然我所当的角色没有做父亲的那种至情至性；虽然我没享受到身心酣畅的快乐；可是有时候我竟自以为中了偏执狂。某些夜晚，我竟听见了狂欢女神裙上的铃声①。我最怕那种剧烈的过渡阶段，从偶尔在那里发光的、跃跃欲动的一线希望，突然之间转变到使我如堕万丈深渊的绝望。几天以前，我认真想着勒佛雷斯与克拉利斯的悲惨的结局②，对自己说：

"——倘若奥诺丽纳和我生了个孩子，她不是会回到我家里来了吗？

"总之，我相信将来一定有个幸福的结局，信念之坚使我十个月以前就在圣·奥诺莱城关买下一所最美丽的住宅。如果我能重新收服奥诺丽纳，我决不愿意她再看到这所屋子和她当年逃出

---

①　狂欢女神为象征性的人物，身穿短裙，裙上系有小铃，手持小木偶。
②　英国十八世纪李查逊的小说中克拉利斯·哈罗，被浪子勒佛雷斯所诱，以致失身，旋又后悔，终于贫病潦倒而死；勒佛雷斯则因与人决斗而丧命。

奥诺丽纳

去的房间。我要把偶像供奉在一所新的庙堂里,让她觉得开始一种完全簇新的生活。新屋正在装修,我要它在高雅与富丽两方面都登峰造极。有人和我提到一个诗人,说他爱上一个歌女,在钟情的初期,还没知道歌女将来怎样对他,便买下了一张巴黎最好看的床。如今法官之中最冷静的一个,公认为御前老成持重的顾问,听了那故事竟然心里每根神经都震动。国会讲坛上的演说家,对于拿这种准备工作来培养他的理想的诗人,是很了解的。玛丽·路易士来到法国的前三天,拿破仑在龚比哀涅行宫的床上喜欢得打滚①……一切伟大的热情都有这一类表现。我就象那诗人一样的爱着,象拿破仑一样的爱着!……"

听到这最后几句,我相信奥太佛伯爵担心自己发狂的确是可能的了。他站起身子,走来走去,一边说话一边舞动手臂,忽而又站住了,仿佛对自己那些激昂的话也吃了一惊。他沉默了半晌,然后想从我眼中找些同情的表示,说道:

"我真是可笑得很。"

我回答:"不,先生,你是不幸得很……"

"噢!是的,我不幸的程度是你想象不到的!从我过火的说话上面,你可以,并且应该,相信我有的是最强烈的痴情,因为九年之间它使我所有的机能都停止活动。但比痴情更强的是对她的崇拜,对她的灵魂,精神,风度,心地,她一切与女性无关的成分的崇拜;对那些附着于爱情的,你一生念念不忘的魔力的崇拜,——那是从片刻的欢娱中体味到的日常的诗意。奥诺丽纳的心与气质的可爱,我在幸福的日子正如一切幸福的人一样没有注意,可是追忆之下都看清楚了。这任性而倔强的孩子,受到了无情无义的遗弃,受到了贫穷的压迫,竟变得那么坚强那么高傲。

---

① 玛丽·路易士为奥国公主,拿破仑见而悦之,乃与约瑟芬离婚,娶以为后。

303

自从我看出她有这些崇高的品质以后,我越来越感觉到损失重大。而这朵天国的幽花竟然孤零零的躲在一边枯萎憔悴!"他又带着挖苦而沉痛的情绪往下说:"啊,我们上回谈的法律,实际是等于由一小队警察抓着我太太押送到这儿来!……这不是拖一个尸首回来吗?宗教对她不生作用,她只求宗教的诗意,只愿意祷告而不愿意听教会的戒律。我吗,我把宽恕,仁慈,爱,都用尽了,无计可施了。只剩下一个有希望成功的办法:便是权术与耐性,象养鸟的人捕捉最机警,最敏捷,最奇异,最少有的鸟那样的手段。所以,莫利斯,那天特·葛朗维先生在你面前泄漏秘密以后,——那也是可以原谅的,——觉得这件意外的事故倒是命运的一种指示,正如赌徒在赌得最紧张的时候竭力在心中祈求而听从的指示……告诉我,你对我的感情是不是能象小说中的英雄一般替我出力?……"

"——伯爵,我打断了他的话回答,我猜到你的用意了。可是,你第一个秘书想偷开你的保险箱,你第二个秘书的心,我是知道的,他可能爱上你的太太。难道你忍心送他到火里去教他受难吗?拿他的手放在烈焰中间而不使他灼伤,你想可能吗?"

"——你真是个孩子,伯爵回答。将来我是给你戴了手套去的!圣·莫街上那所种菜人住的小屋子,我已经教人腾出来了;住到那边去的决不是我的秘书,而是我的一个远亲,审计官特·洛斯太男爵……"

我惊愕之下,歇了一会,然后听见门铃声和一辆车直奔阶前的声音。不久当差来报告特·古德维太太和她的女儿来了。奥太佛伯爵母系方面的亲戚很多。他的表姊特·古德维太太是寡妇,丈夫原来在塞纳州法院当推事,死后只剩下一个没有财产的女儿。你们想,看到一个二十岁的少女,长得跟你理想中的情妇一样美,还会把一个二十九岁的女人放在心上吗?

奥诺丽纳

伯爵抓着我的手把我介绍给特·古德维太太母女的时候，凑着我耳朵说：

"又是男爵，又是审计官，将来还有更大的官爵，加上这所屋子作陪嫁，这样你总不至于爱上伯爵夫人了吧？"

我心里不由得飘飘然，并非为了那些不敢希望的好处，而是为了阿曼丽·特·古德维小姐，她的姿色，配上巧妙的装束，格外显得夺目，那样化装的手段原是所有想嫁女儿的母亲都会教给女儿的。

好了，别扯上我的事了。

（领事说着，停了一会。）

二二　开始行动

　　二十天以后,我住到种菜人的屋子去了。那儿已经打扫清楚,收拾齐整,摆好家具;办事的迅速只要两句话就可解释:我们是在巴黎!有的是法国工匠!有的是钱!我爱阿曼丽小姐的程度正好使伯爵对他的安全问题放心。可是一个二十五岁的青年所能有的谨慎,是不是足够应付那些由我担任下来,而有关朋友幸福的妙计呢?为解决这个问题,我存心一大半要依赖舅舅的;因为伯爵允许我必要的时候把事情告诉他。我雇了一个园丁,自己装做爱花成癖,仿佛世界上没有一件事能使我感到兴趣,只是没头没脑的翻垦菜园,要把土地整理得可以种花。我象荷兰或英国的某些花迷一样只栽培一种花。我挑选的是大理花,专门搜集所有的变种。你们不难想象,我的行动,哪怕是极细微的变更,都是由伯爵规定的;他那时把全部智力集中在圣·莫街那出悲喜剧上面,连一点儿小事都不放过。等伯爵夫人上了床,在十一点到十二点之间,奥太佛,高朋太太,和我三个人几乎每天举行会议。我听着老婆子把女主人白天的一举一动报告伯爵;他什么都要问到,吃些什么,作些什么,态度怎样,第二天预备吃什么菜,她想仿制什么花。我那时方始懂得相思之苦,懂得从头脑、心、感官三方面同时发源的爱情在绝望之下是怎么回事。奥太佛

奥诺丽纳

只有在盘问老婆子的时候才算活着。在整理花园的两个月中间，我绝对不向邻居的小楼瞧一眼，连是否有一个邻居也不打听，虽则我们两家的园子只隔一道木栅。伯爵夫人沿着木栅种的一行柏树，已经有四尺高了。

一天早上，高朋太太告诉她女主人一个坏消息，说隔壁搬来一个怪物，有意到年底在两个花园之间筑一道墙。我那时心中怎样的好奇是不用说的了。啊，要见到伯爵夫人了！……这个欲望使我对阿曼丽小姐初生的爱情顿时减色。砌墙的计划是个可怕的威胁。将来奥诺丽纳没有空气呼吸了，园子夹在她的小楼与我的围墙之间，会变成一条狭窄的走道。那小楼从前是人家为玩乐而盖的别墅，象孩子们用纸板搭成的宫堡，只有三丈深，十丈长；正面是照德国办法油漆的，到二楼为止，墙上都钉着牵引花草的木格子；整个建筑代表所谓洛哥哥式的篷巴杜风格①。从大门到屋子，有条很长的走道种着菩提树。小楼的园子和种菜的园地，形状象一把斧头，走道象是斧头的柄。我计划中的界墙，要把斧头部分去掉四分之三。伯爵夫人因之大为忧急，无可奈何的问道：

"高朋太太，那种花的是什么人呢？"

高朋太太回答："唉，我不知道跟他有没有商量的余地，他好象是最讨厌女人的。他舅舅是巴黎的一个本堂神甫，我只看到一次，一个七十五岁的老头儿，丑得要命，人可是非常和气。也许真象街坊上说的，这神甫有心教外甥迷着花草，免得事情更糟……"

"怎么呢？"

---

① 洛哥哥为美术史一种风格的名称，亦称巴洛克，创自十七世纪意大利装饰艺术家。在十八世纪的法国最为风行，以仿效岩洞及植物形态为主，不求对称，务求奇巧。

傅雷译文集

"嗳，告诉你罢，你的邻居是头脑有毛病的！……"高朋太太指着自己的头。

不动武的疯子是女人在感情方面最不提防的男子。你们等会儿可以发觉，伯爵替我挑这个角色的确很有眼光。

"可是他怎么会这样的呢？"伯爵夫人问。

高朋太太回答说："他念书念得太多了，脾气变得很怪。并且他自有不喜欢女人的理由……既然你要知道外边的闲话，就一齐告诉了你罢。"

"可是。"奥诺丽纳接口说，"我对疯子倒不象对不疯的人那么害怕。我要跟他谈谈。你去通知他，说我请他过来。要是不成，我再找那个本堂神甫。"

她们这样谈过话以后，第二天我在新辟出来的花径上散步，瞥见楼上一扇窗的帘子撩开了一点，有个女人在那里张望。高朋太太走来和我招呼。我突然向小楼望了一眼，作着一个粗暴的手势，仿佛说："哼！我才不理会你的东家呢！"

高朋女人回去报告交涉的经过："太太，那疯子叫我别跟他烦，说哪怕是个靴匠，在家也能作个主张，尤其他是没有老婆的。"

"这话倒说得加倍的有理。"妒伯爵夫人回答。

"是呀；但是我告诉他，说他要使一个躲在家里静修的人伤心死了，因为她唯一的消遣就是种花；结果他回答说：——好，那我就去一趟罢。"

二三　一幅速写

下一天，高朋女人和我做了一个记号，表示她主人等着我了。正当伯爵夫人用过早点，在小楼前面散步的时候，我推倒了木栅，向她走过去，穿的是乡下人服装，旧灰呢长裤，大木靴，旧猎装，头上戴一顶便帽，脖子里裹一条破围巾，手上全是泥土，还拿着一把锹。

高朋女人嚷道："太太，这位先生便是你的邻居。"

伯爵夫人并不惊慌。那个因伯爵的倾诉和她的行为而显得格外离奇的女子，我终于见到了。时间是五月初。清新的空气，蔚蓝的天色，嫩芽的绿意，春天的香味，烘托着这个痛苦的人物。一见奥诺丽纳，我就完全体会到奥太佛的痴情，觉得他用天国的幽花去形容她真是一点不错。我先注意到她的脸色白得非常特别，因为白的种类和红与蓝的种类一样多。望着伯爵夫人，你的眼睛好象能接触那芬芳的肌肤，血就在一缕缕似蓝非蓝的脉管底下流着。只要情绪略微有些波动，她的血便在肌理之下散布开去，象一股粉红色的水汽。我和她相见的时候，皂角树瘦弱的叶子中透过几道阳光照着奥诺丽纳，成为一圈流动的黄色的光轮，画家中间只有拉斐尔和铁相能在圣母周围画出这种光来。褐色的眼睛，表情又温柔又快乐；从低垂的长睫毛底下漏出来的神彩，反映在她的脸上。凭她光滑柔软的眼皮的动作，奥诺丽纳给你一股魔力，因为她把这个灵魂的幕卷起落下的方式，不知包含着多少感情，多少庄严、恐惧、轻蔑的意味。一瞥一视之间，她可以使你不寒而栗，也可以使你欣然色喜。随便挽着的灰色头发，替她描出一个宽大的威武的额角，富于幻想的，诗人一般的额角。嘴巴长得非常肉感。还有一点得天独厚的地方，就是脸部的轮廓和全部的线条都有高贵的品质，能抵抗岁月的侵蚀；这是在法国很少见而在意大利很普通的特点。奥诺丽纳虽则体态苗条，可并不瘦；身腰还有使人古井重波的力量。娇小玲珑这四个字，她的确当之而无愧，因为她是那一类轻盈柔软的女子，可以象猫一般让你抱起来温存一番，放下去回头再来。纤小的脚踏在沙上发出特有的轻微的声音，和衣衫悉索的声音很调和，成为一种女性的音乐印在你心上，使你能在千千万万的女人脚声中分辨出来。她的姿态把多少代世家的身分表现得那么庄严，走在街上连最放肆的平民见了也会闪在一旁。快活，温柔，高傲，威严，这些好象互相抵触而仍旧保持她小孩子气息的德性，你只能认为是天赋，否则就无法了解她。但这孩子可能象天使一般坚强；也象天使一样，一朝本性受了伤害决没有妥协的余地。倘若你看见她的眼睛与嘴唇对你笑过，听见她悦耳的声音，感觉到它的抑扬顿挫象诗歌一般的美，那末万一她沉下脸来，你就觉得自己被宣告了死刑。闻到她身上发出的紫罗兰香，我才懂得为什么伯爵没走上纵情声色的路，为什么人家永远忘不了她；因为对于触觉，对于眼睛，对于鼻子，她都等于一朵花，对于灵魂更其是一朵天国的幽花……奥诺丽纳能使人对她象中古的骑士一般忠诚，作没有酬报的牺牲。

二四 第一次的会面是怎么结束的

凡是见到她的人心里都会有这样的念头："你尽管想罢，我一定能体会；你尽管说罢，我一定服从。要是我在酷刑之中送了命而你能有一日之欢，那就把我的生命拿去罢，我会含笑而死，象殉道的人在火刑架上一样；我要把这殉难的日子交给上帝，作为父亲给孩子的节日。"很多妇女能装出一种风度，使人见了象见到伯爵夫人一样；但她身上的一切都那么自然，而那种没法模仿的天生的丰韵能直接透入你的心坎。我提到这些，因为跟她的灵魂，思想，和玲珑剔透的心有关；要是不描写，恐怕你们会责备我的。当时我差点儿忘了我所扮的疯疯癫癫的，粗暴的，不会奉承女性的角色。

"太太，听说你是喜欢花草的。"

她回答："先生，我是制花的女工。我种了花，拿它们写生，仿佛一个有艺术手腕的母亲很高兴替孩子们画像……这就说明我相当穷，虽则要求你通融，却没有能力付你一笔赔偿。"

"怎么！"我装得象法官一样的严肃，"一个象你这样出众的人材竟然作工吗？难道你和我一样有些特殊的理由，需要让手指忙着，免得头脑活动吗？"

"咱们只谈界墙的事罢。"她微笑着说。

我回答："咱们谈的就是界墙的基础啊。我先得知道咱们的两种痛苦，或者说两种怪癖，究竟应当由哪方面让步……啊，多美的水仙花！跟今天这个天气一样清新！"

我敢说她的确布置了一个花卉与灌木的博物馆，只有阳光能进去参观；一切安排都显出艺术家的匠心，便是最冥顽不灵的屋主也不忍加以破坏。大簇的花，或是参差错落的分作几级，或者拼成一个个的花堆，用的都是莳花专家的手法，使你看了精神舒畅。隐僻幽静的园子发出阵阵清香，好比抚慰心灵的油膏，只会触发你恬适的思想，触发妩媚的，甚至艳丽的形象。这花园使你看出一个人真正的性格留在一切事物上的无可形容的标记，只要我们的真性格不需要服从社会上种种不可少的虚伪。我一忽儿瞧瞧成堆的水仙，一忽儿瞧瞧伯爵夫人，为了扮演我的角色，还装作对她远不及对花那末爱好。

她说："原来你是极喜欢花的？"

我回答："只有它们才不会辜负我们的温情与爱护。"

接着我发表一大篇议论，把社会与植物作比较，慷慨激昂，简直和界墙问题离开十万八千里了，使伯爵夫人只能认为我是一个痛苦的，受伤的，大可哀怜的人。但过了半小时，我的邻居不知不觉又把我拉回到正题上；女人不动爱情的时候，头脑竟会跟老年的诉讼代理人一样冷静。

我说："要是保留木栅，你一定会把我不愿意泄漏的种花的诀窍学了去的；因为我正在搜求蓝的大理花，蓝的蔷薇花，我对蓝色的花简直喜欢得发疯。蓝色不是一般高尚的心灵最爱的吗？象现在这样，咱们双方都不能算单宅独院；还不如开一扇格子门……既然你喜欢花，不妨来看看我的，我也可以去看看你的。你固然是闭门谢客，我也只有一个舅舅来看我，他是勃朗－芒多的本堂神甫。"

奥诺丽纳

她回答道:"我不愿意闲人随时闯进我的花园,闯进我的屋子。但你尽管请过来,我总是欢迎的;你是我的邻居,我愿意彼此相处得好好的;可是我爱静的脾气不能让我的清静操在人家手里。"

"那末随你罢!"

我说完把身子一纵,跳过了木栅。

到了自己园里,我回头走向伯爵夫人,作着一个吓唬她的手势,象疯子一般扯着鬼脸,嚷道:"你瞧,门有什么用?"

我在家里呆了半个月,好象根本没想到我的邻居。

二五　奥诺丽纳的樊笼

到五月底，正好是一个幽美的夜晚，我们俩隔着栅栏慢慢的散步。走到尽头，少不得彼此寒暄几句。她觉得我垂头丧气，一味想着痛苦的念头，便和我提到一个人应当存希望一类的话，好象保姆催眠儿童的歌声。于是我越过栅栏，第二次走近她了。伯爵夫人邀我进到她家里，想把我的痛苦苏解一下。我这才走进那座圣殿，里头一切都跟我向你们描写的女子一样非常调和，到处素雅宜人。

这所小楼，在内部看来的确是十八世纪的艺术家为一个达官贵人经营的艳窟。楼下的饭厅四面都有壁画，画的是稀格子的花架，兼带花卉，手笔极精。楼梯间的壁上是模仿浮雕的单色画。饭厅对面的客室已经破旧不堪，但伯爵夫人挂着很别致的，从古屏风上拿下来的幔子。连着客厅的是一间浴室。楼上只有一间卧房，一间盥洗室，和改作工场用的书房。厨房藏在小楼底基下面的地窖里，要走几步石级才能到正屋。栏杆与篷巴杜式的花环把屋顶遮掉了，只看到几个铅球。你住在这里好象和巴黎不知离开多远了。要不是这位脸色惨白的女子在美丽的红唇上偶尔挂着一点苦笑，你可能以为这朵紫罗兰埋在它的花堆里挺幸福呢。

二六　论女性的工作

　　不多几天，我们彼此已经很信任；一则因为是邻居，二则伯爵夫人看准我对女性完全无动于衷。我一瞥一视之间就可能把奥太佛的计划断送掉的，所以我的眼神对她从来没有什么表情。奥诺丽纳只把我当作一个老朋友，态度举动都出于同情心。她的目光，声音，措辞，一切都证明她毫无卖弄风情的意思，——那在同样的情形之下，连最严肃的女人也免不了的。不久她便允许我踏进那个精雅的制花工场，一间摆满图书和小骨董的静室，布置得和上房差不多，富丽堂皇的气派把手艺的俗气洗净了。
　　时间一久，伯爵夫人把最无诗意的东西，工场，也变成有诗意的了。妇女所能作的活儿，也许假花在制造的细节方面最能表现女性的妩媚。著色的时候，她必须俯在桌上，相当用心的对付这种近于绘画的工作。旁的事，比如做地毯罢，假使要靠此谋生的话，往往会造成肺病或者脊骨变形。至于镂刻乐谱，以需要细致、小心与了解而论，又是最辛苦的工作。裁缝与刺绣一天还挣不了三十个铜子。可是制花和做妇女的装饰用品需要很多动作，很多手艺，甚至也要很多思想，使一个美女始终在她的天地之内：她可以自由自在，可以谈话，可以笑，可以唱歌，可以思索。摆在黄松木长桌上、预备制作她所挑定的假花用的、成千累万的著色花瓣，不消说都安排得很有艺术。画碟是白瓷的，擦得非常干净，排列的方式使人一目了然，要用什么颜色立刻能找到。所以那位高贵的艺术家很能节省时间。一口精巧的镶嵌象牙的紫檀柜子，有无数的小抽屉盛放钢制的模型，给她作叶子或花瓣之用。

  一只极漂亮的日本碗盛着浆糊，从来不让发霉，碗上安放一个有铰链的盖子，轻巧玲珑，只要指尖一拨就能揭开。铅丝，紫铜丝，都藏在面前工作台的小抽屉内。供在眼前的有一只威尼斯瓶，插着一支含苞欲放的鲜花，这生动的模型便是她预备争奇斗胜的对象。她醉心于杰作，挑的总是最难的活儿，例如葡萄，野草，最小的花冠，色调最不容易捉摸的蜜槽。和头脑一样敏捷的手在桌子与活计之间来来往往，好比钢琴家的手在键盘上活动。用班洛①的说法，手指象一群仙女，在妩媚动人的姿势之下，为了搓捏，黏贴，重压，使出种种不同的力量，凭着心明眼亮的直觉，把每个动作的效果计算得很准。她面前摆好了材料，着手黏贴棉花，修整枝条，胶上叶子的时候，我简直百看不厌。在取材的大胆上面，她施展出画家的天才，模仿枯叶，黄叶，和田里的野花争胜，那是一切花中最富于天趣，最简单，所以是最复杂的。

  她和我说："这门艺术还幼稚得很。倘若巴黎女子能有一点儿东方妇女在后宫中所表现的那种天才，她们戴的花就可以成为整套的语言。为了满足我艺术家的要求，我作了一些枯萎的花，暗黄的叶子，象深秋或冬尽春初时期所看到的……这种花冠戴在一个红颜薄命的或是心怀隐痛的少妇头上，不是很有诗意吗？有什么意境，一个女人不能用头上的饰物来表现的？醉醺醺的酒

---

① 班洛为法国十七世纪的童话作家兼诗人。

神,阴沉古板的虔婆,烦闷的女子,不是都有各各不同的花可以代表吗?我认为植物能表现心灵的一切感觉一切思想,连最微妙的在内。"

她派我敲打叶子,帮着剪裁,打点铅丝,预备她用作枝干。我假装极愿意借此消遣,很快就把手艺学得很熟练。我们一边做活一边谈天。无事可做的时候,我给她念些新出版的书,因为我不能忘了自己所扮的角色,老是装做忧郁,怀疑,悲苦,厌倦人生,伤心到极点。我的长相,除了不是跛脚以外,很象拜伦勋爵;因此,她常常用些可爱的笑话跟我打趣。她以为她自己那种讳莫如深的痛苦,毫无问题是使我的痛苦相形失色的,虽然我厌恶人生的原因连扬格与约伯[①]听了也会首肯。我象街头行乞的穷人一般在心上放些假疮疤,赚取这位可敬可爱的女子的怜悯;我因此而感到的惭愧也不用细说了。懂得了间谍的卑鄙,我才懂得我对伯爵忠诚到什么程度。我那时受到的同情尽够安慰世界上最不幸的人。这婉娈可喜的女子,与世隔绝,幽居独处了多少年,在爱情以外有极丰富的友谊可以施舍;而她给我友谊的时候一方面象儿童一般尽情流露,一方面又带着一种怜悯的意味,——大可使一个爱她的浪子啼笑皆非的怜悯;因为她整个儿只是慈悲,只是同情。她摒弃爱情,对于所谓女子的幸福只觉得害怕;这两种心理表现得又坚决又天真。我过的那些愉快的日子可以证明女性的友谊比她们的爱情可贵多了。

---

① 爱德华·扬格(1681—1765)为英国诗人。约伯为古代犹太长老,以正直闻名,后受上帝考验,遭祸累累,故自怨其生。

二七　奥诺丽纳的一段自白

　　一般姑娘们坐上钢琴之前，因为预感到坐上去以后的厌烦，总免不了推三阻四；我让伯爵夫人逼出心腹话的时候，就跟这些姑娘一样的忸怩。你们不难想象，为了要克服我怕开口的心理，她不得不格外表示亲热，但一发觉我对于爱情的厌恶和她的不相上下，她就觉得命运送了一个星期五①到她的荒岛上的确是大可感激的事。或许她也开始不耐寂寞了。可是绝不卖弄风情，连一丝一毫的女性气息都没有。她和我说，只有在她隐遁的理想世界上，她才觉得有些兴趣。我不由自主的把他们夫妇两人的生活作着比较：伯爵的生活全部是行为，活动，感情；伯爵夫人的全部是隐忍，无为，静止。其实男女双方都是服从各人的本性，而且服从到令人钦佩的程度。我因为冒充厌世，尽可以对世间的男女冷嘲热讽，希望借此套出奥诺丽纳的心事；但无论什么计策对她都不生作用；于是我明白，所谓骡子脾气在女人中间比我们所想象的要多得多。

　　有一天我对她说：“东方人把你们关在家里，纯粹当作享乐的工具，真有道理。欧洲人让你们加入社会，给你们平等待遇，

---

　　① 星期五为鲁滨逊在荒岛上所救的野蛮人。因此事发生在星期五，故鲁滨逊即以星期五名野蛮人。

奥诺丽纳

因此吃了大亏。据我看,女人是最不老实最卑鄙的动物。但就因为此,她才有她的魔力,给人有捕捉家畜那样的乐趣。男人一朝为一个女人颠倒之后,就认为她是神圣的,永远给她一种特权。对于过去的欢乐,男人的感激是永生不灭的;即使看到当年的情妇老了或是堕落了,仍旧觉得她在感情上对他有特殊权利。可是为你们女人,旧日的情夫是一文不值的;不但如此,他还有一个不能原谅的大错,就是没有早点死掉!……你们口头不敢承认,心里却是和传说的(其实只是群众的无稽之谈)奈尔塔中的太太①一样,会这样想:——可惜一个人享受爱情不能象吃水果一样!可惜吃了一顿饭不能单单剩下愉快的感觉!……"

她说:"这种美满的幸福,上帝一定是留给天国的……你的论证虽然很妙,我却认为是错误的。那些经过好几次爱情的男人,你又怎么说呢?"她这样问我的时候,眼睛象恩格尔画路易十三把王国奉献给圣母,而圣母望着路易十三的眼神一样②。

我回答说:"你真是存心做戏了,因为你刚才瞧我的眼风,大可使一个女演员成名。可是象你这样的美人一定有过爱情,所以把爱情忘了。"

"我吗?"她故意避开我的问题,"我不是一个女人,而是到了七十二岁的女修士。"

"那末你怎么敢这样肯定,说你比我感觉更敏锐?对于女人,苦难只有一种形式;唯有爱情的失意她才当作不幸。"

她神气很柔和的望着我。女人夹在矛盾中间或被事实逼得无

---

① 奈尔塔为十三世纪时所建的宫堡,位于巴黎中心。相传法王腓列伯四世的媳妇在此宫中淫乐无度,常将厌弃之情夫置死,投于塞纳河。

② 此系指法国十九世纪大画家恩格尔的作品,题作《路易十三的发愿》。画的是路易十三跪在地下把王冠与杖献给圣母,圣母在云端里抱着圣婴耶稣,眼睛低垂着,并不正视路易十三。

路可走的时候,照旧会固执己见。奥诺丽纳便是采取这种办法,和我说:

"我是女修士,你却和我讨论一个我不能再踏进去的世界。"

"便是在思想上也不能吗?"

她回答说:"难道世界真是那样值得羡慕吗?噢!即使我的思想要溜出去,也是溜往更高的境界的……完满的天使,美丽的加百利①的歌声,常常在我心头唱着。万一我有了钱,我要照旧做活,免得常常骑在天使的五色翅膀上飞往想入非非的境界。有些沉思默想会使我们女人迷路的!我的精神安定全靠我的花,虽则它们不能完全抓住我。某些日子我好象有所期待!没有目标的期待!一个念头来了,就盘踞着我的心,使我手指举不起来,但我没法把念头赶走。我觉得此刻正在酝酿一件大事,我的生活要改变了;我伸着耳朵听着,对黑洞里望着,对做活毫无兴趣;然后我疲乏之极,回过来又看到人生,看到我平时的生活。这是不是快要进天国的预感呢?我常常这样的问自己……"

---

① 天使加百利向童贞女玛丽亚显灵,说她蒙受圣恩,将生救主耶稣。

二八　一语伤人

　　一方面是用年轻人的伤心忧郁作掩护的两个外交家，一方面是一个因悲观厌世而格外顽强的女人：双方斗法斗了三个月，我向伯爵说，要教乌龟从壳里钻出来恐怕不可能了，只有打破它的壳。隔天晚上，在最后一次友好的讨论中，伯爵夫人说道：

　　"当年吕克雷斯用她的匕首和她的血，替女性的宪章写下了第一个字：自由！①"

　　从此以后，伯爵便让我全权办理。

　　某星期六的晚上我去看奥诺丽纳；楼下的客室才由那位冒名顶替的业主粉刷一新。她很高兴的和我说："我这个星期做的花卖了一百法郎！"

　　时间正好十点。七月的夜晚和美丽的明月带来一片朦胧的光。一阵阵百花混合的香味醉人心脾。伯爵夫人把五枚金路易拿在手里叮叮当当的玩着。那是一个冒充的化装品掮客送来的，而那掮客又是奥太佛托包比诺法官物色得来的另一个党羽。

　　她说："男人们拿法律作武器，想收服我们作奴隶！我却是一边消遣一边解决了生活问题，绝对不受拘束！噢！每星期六我

---

　　①　吕克雷斯为纪元前六世纪时罗马执政泰尔耿·高拉打之妻，以被污自杀。后人以吕克雷斯作为烈女的典型。

总很得意。你的孪生弟兄拜伦勋爵喜欢缪莱的金洋,我也喜欢高狄莎的金洋。①"

我回答:"这可不是一个女人的天职。"

"喝!我能算女人吗?我不过是一个性情温柔的男人,不受任何女性折磨的女人……"

"你的生活把你整个的人否定了。上帝对你多么慷慨,使你长得这样好看,心这么慈悲,你难道从来不想要……"

这是我第一次泄露形迹的话,她听了有点不放心了:"要什么?"

"不想要一个美丽的孩子,一卷卷的头发象水浪似的,在花堆里来来往往,好比一朵代表生命与爱情的花,叫你一声妈妈吗?……"

我等她回答。等到沉默的时间太久了,我才发觉我的话发生了可怕的后果,因为屋子里黑洞洞的,早先没看见。伯爵夫人身子歪在便榻上,不是晕过去,而是浑身冰冷的发了肝阳;因为她一切的生理现象都是温和的,所以第一阵震颤也来势不凶,据她事后说,很象最微妙的毒药药性刚发作的情形。我把高朋太太叫了来,她抱着女主人放上床,脱了衣服,把她不是救醒了,而是恢复了痛苦不堪的感觉。我一边哭一边沿着屋子的走道踱来踱去,同时对自己的使命觉得毫无把握。当初那么冒冒失失接受下来的捕鸟的角色,我恨不得放弃了才好。高朋太太下楼看见我满面泪痕,便急急回上去问伯爵夫人:

"太太,怎么回事啊?莫利斯先生一把鼻涕一把眼泪,哭得象小孩子似的。"

为了怕我们的态度被人误会,她拿出超人的勇气,披着件梳

---

① 缪莱为十九世纪英国有名的出版家,拜伦一生得其帮助不少,高狄莎为巴尔扎克小说中常见的人物,此处即收购奥诺丽纳假花之商人。

妆衣下楼来找我：

"我发病跟你没有相干；我心脏常常会抽搐的……"

我抹着眼泪，用一种假装不来的声音对她说："唉，你还想把你的伤心事瞒着我吗？这一下不是让我知道了你有过孩子而夭折的吗？"

她突然打着铃，叫道："玛丽！"

高朋太太马上来了。

"把蜡烛和茶都端来。"她吩咐的时候，态度的冷静不下于一个骄傲的英国太太，那是你们都知道的那种要命的英国教育培养出来的。

二九　挑　战

高朋女人点了蜡烛，关上百叶窗。伯爵夫人脸上毫无表情；倔强的傲气，和野人一般的严肃，在她身上又占了上风。她和我说：

"你知道我为什么那样的仰慕拜伦勋爵？……他挨受痛苦的方式跟野兽一样。既然一个人的怨叹不能成为曼弗莱特的哀歌，唐·裘安的嘻笑怒骂，哈洛尔特的奇思狂想①，那末怨叹有什么用？谁也休想知道我的事！……我的心是一首献给上帝的诗！"

我说："倘若我愿意……"

"愿意什么？"她紧跟着问。

我回答说："我对什么都不感兴趣了，也没有好奇心了；可是我要愿意的话，明天就能知道你全部的秘密。"

"你能够吗？我才不信呢！"她竭力遮盖心中的不安，可也不大遮盖得了。

"真的不信吗？"

"当然。"她侧了侧头，"我倒要试试你的本领呢。"

我指着她的手说："先是这些美丽的手指已经说明你不是一

---

① 曼弗莱特，唐·裘安，哈洛尔特，均系拜伦有名的长诗中的主人翁，诗篇即以主角命名。

个少女，更不是一个做活的人！其次，你也不叫做高朋太太；有一回你当我的面收到一封信，你对玛丽说：——喂，这是你的。——玛丽才是真正的高朋太太。你冒用了女管家的名字。噢！太太，你对我不用害怕。我是你最忠心的朋友……朋友，你听明白没有？这个在法国被人滥用，拿来称呼敌人的名词，我只想到它圣洁的动人的意义。这个朋友愿意帮助你抵抗一切，愿意你尽可能的得到幸福，一个象你这样的女子应该有的幸福。我无意之间给你的痛苦，谁敢说不是从你心里自然而然流露出来的？"

"不错。"她带着威吓的意味说，"我要你好奇，要你把所能打听到的关于我的事统统告诉我，可是……"说到这里，她举起手指，"你也得告诉我，你的消息是从哪儿来的。我在这里享的一点儿清福能不能维持下去，就靠你打听的结果决定。"

"就是说你预备溜走吗？"

"高飞远走！"她嚷道。"飞到新大陆去……"

我打断了她的话，说道："不管上哪儿，你反正得引起人家的热情，逃不出热情的魔掌。天才与美女，都注定要放出灿烂的光芒，引人注目，惹人妒羡，招人毁谤的。巴黎是没有阿拉伯强盗的一片沙漠，世界上只有在巴黎，一个人才能隐姓埋名，靠自己的工作糊口。你抱怨什么？我是什么人？不过是一个仆人而已，不是高朋太太而是高朋先生。万一你要和人决斗，也该要一个证人罢。"

"不管这些，我要你去打听我的底细。我已经说过：我要你这么办！现在咱们别提了。"她这么说着又拿出妩媚动人的风度，那是你们（领事望着在座的妇女）都能随心所欲的支配的。

回答说："那末好吧，明天这时候，我来把得到的消息告诉你。可是你不能恨我！你会不会拿出一般女人的手段来对付我呢？"

"一般女人是怎么的？"

"她们教我们作了极大的牺牲，然后过些时候又埋怨我们的牺牲，仿佛把她们侮辱了似的。"

她很狡猾的回答："倘若她们要求你们做的事，你们觉得是牺牲，那末她们的埋怨是对的……"

"不说牺牲，只说是勉强做的罢……"

"那就是说你们本来是不愿意做的。"

我说："啊，对不起，我忘了女人和教皇是永远不会错的。"

她静默了半晌，又道："天哪！我这点儿安静是用多么高的代价换来的，偷偷摸摸享受的；可是只要两句话就能把它毁掉……"

她站起身子，仿佛把我忘了，只自言自语的说着："上哪儿去呢？怎么办呢？……我花了多少心血布置这个可爱的家，预备在这里终老，难道非离开不成吗？"

"在这里终老？"我很明显的表示吃了一惊。"难道你从来没想到有朝一日不能再作工，假花跟化装品可能为了竞争而跌价吗？……"

"我已经有三千法郎积蓄了。"她说。

我叫道："天哪！这笔数目表示省吃俭用，吃了多少苦哇！……"

"明儿见。"她说，"我失陪了。今晚上我简直变了一个人，想自个儿静静。我不是得鼓足勇气以防万一吗？因为，倘若你能知道什么事，别人也能知道，那就……"然后她用直截了当的口气，作了一个很有威严的手势，说了声："再见。"

"好，咱们明儿来决一胜负。"我故意堆着笑容，因为要使那天晚上的一幕显得毫无作用。

三○　揭　晓

从很长的花径上走出去的当口，我不由得重复了一句：

"好，明儿来决一胜负！"

而象每天晚上一样和我在大街上相会的伯爵，也叫了声：

"好，明儿来决一胜负！"

奥太佛的焦急忧虑与奥诺丽纳的不相上下。我和伯爵沿着巴士底城壕直走到清早两点，好比两个将军在作战的前夜察看阵地，估计种种的可能性，认为胜利的关键全靠一个偶然的机会。这一对硬拆开的夫妇是整夜不得合眼的了：一个是因为存着希望而睡不着；一个是心惊肉跳，唯恐团圆而睡不着。人生的戏剧并不在于外界的境遇而在于情感，它是在内心搬演的，或者说在所谓精神世界那个辽阔的天地中搬演的。奥太佛与奥诺丽纳两人的活动和生活，始终不出思想深刻、意境高远的人活动的区域。

我准时而去。晚上十点，我第一次被请进那间蓝白两色的精雅的卧室，那个受伤的鸽子的窝。伯爵夫人望着我想说话，但看到我非常恭敬的神气，立刻大吃一惊。

我很庄严的微微笑着，叫了声："伯爵夫人……"

可怜的太太已经站了起来，又倒在椅子上呆住了，那种痛苦的姿态可惜没有一个大画家把它描下来。

我继续说道:"你是一个最高尚最受尊敬的男人的妻子;大家认为他伟大,但他对待你的行为比众人眼里看出来的更伟大。你和他是两个性格最了不起的人物。你以为这儿是什么地方?"我问她。

"不是在我自己家里吗?"她诧异之下,连眼睛都发呆了。

"在奥太佛伯爵的家里!"我回答。"我们上了当了。那个叫做勒诺尔芒的书记官不是真正的业主,而是代你丈夫出面的。你这种清静的生活是伯爵一手造成的,你挣的钱是伯爵给的,你生活中最琐碎的事都是他费心照顾的。你丈夫在外边维持你的面子,对于你的失踪想出充分的理由来解释,说你搭一条叫做赛西尔号的船到哈瓦那去,接收一个可能把你忘了的亲属的遗产;陪你去的还有你夫家的两个女人和一个老管家,可是船出了事。你丈夫公开表示,希望你不至于遭难。他说已经派人去就地调查,得到的信息似乎还很有希望……他把你的行踪隐藏得和你自己一样周密……总而言之,他完全遵照你的意思……"

她回答说:"得啦,得啦。现在我只要知道一点,这些细节是谁告诉你的?"

"嗳,太太,有个穷小子由我舅舅荐在本区警察局当书记,他一五一十和我说了。要是你今晚上偷偷离开这个小楼,你丈夫不会不知道你的行踪,而不管你跑到哪儿,他都能庇护你。一个聪明的女子怎么能相信,做生意的人收买纸花和便帽的价钱,会跟卖出去的价钱一般高?真的,哪怕你一束花讨价三千法郎,人家也会照给!便是做母亲的也比不上你丈夫的温柔体贴。我从你看门的那儿知道,夜静更深的时候,伯爵常常到篱笆后面来看你床头的灯光!你的开司棉披肩值到六千法郎……你的花粉商把名厂的出品当作旧货卖给你……总之,你在这儿完完全全是一个落

奥诺丽纳

在火神网里的维纳斯①;但你是单独的被幽禁着,七年如一日被无微不至的慈爱幽禁着。"

伯爵夫人象一只被捕的燕子般打着哆嗦,在人家手里伸着脖子,睁着褐色的眼睛向四下里探望。她被神经质的抽搐刺激得浑身骚动,用猜疑的目光把我打量着。干涩的眼睛射出一点儿几乎是火剌剌的光;但她毕竟是女人!……一忽儿眼泪冒上来了,哭了,并非因为受了感动,而是觉得自己无能为力,绝望到极点。她自以为独立,自由,不料始终逃不出婚姻的束缚,好比囚犯逃不出监狱。

她一边流泪一边说:"他逼我,好罢,那我就到一个谁也不能跟着我的地方去……"

我说:"啊!你想自杀!……太太,你不愿意回到奥太佛那儿去,一定是有极充分的理由了?"

"噢!当然!"

"那末不妨把这些理由告诉我,告诉我舅舅;我们俩可以做你忠心的顾问。我舅舅在忏悔室中是一个教士,在客厅里可从来不会摆出教士面孔。我们要仔细的听你,对你提出的问题想一个解决的办法;倘若你有什么误会,也许我们能替你消解。你的灵魂是纯洁的;即使犯过什么错误,也早已补赎了……总之,别忘了你可以把我当作最真诚的朋友。要是你想躲脱伯爵的束缚,我能给你想办法,使他永远找不到你。"

她说:"噢!还有修道院呢。"

"不错,但伯爵是个国务部长,能教世界上所有的修道院都不敢收留你。可是不管他势力多大,我仍旧有办法把你从他手里救出来……只要你能向我证明你的确不能,也不应该回到他那

---

① 据罗马人的神话,维纳斯嫁与火神维尔耿后,私恋战神玛斯,乃被维尔耿囚于网内。

儿去。"

她恶狠狠对我瞅了一眼，带着非常猜忌和过分高傲的意味；我便赶紧补充："噢！别以为你逃出了他的掌握，就得坠入我的掌握。将来你照旧能享受安宁，清静，独立；一句话说完，你可以和一个又丑又凶的老姑娘一样得到自由与尊敬。将来我也要先征求了你的同意再敢来看你。"

"可是怎么呢？用什么办法呢？"

"太太，这一点暂时不能告诉你。你放心，我决不骗你。只要给我证明你只能过这个生活，证明这个生活的确胜过奥太佛伯爵夫人的有钱、有面子、住着巴黎最漂亮的府第、受到丈夫疼爱、做一个幸福的母亲的生活，那我就判决你胜诉……"

"可是。"她说，"世界上怎么会有一个男人能了解我呢？……"

我回答："的确没有。所以我要请宗教来做评判。勃朗－芒多的本堂神甫是个七十五岁的圣者。他不是一个审问异教徒的法官，而是一个圣·约翰；他对你会象法奈龙一样，象对蒲高涅公爵说下面那番话的法奈龙一样：——爵爷，星期五你要吃一条小牛①也可以，但做人非象个基督徒不可。"

"得了罢，先生。我知道修道院是最后一条出路，是我唯一的避难所。能了解我的只有上帝。至于凡人，哪怕是教会中最慈祥的神甫圣·奥古斯丁，也参不透我良心上不安的情绪，那好比但丁的地狱中不可超越的领域。一个不相干的男人，虽则不配领受爱情的祭礼，却得到了我全部的爱情！我丈夫没得到，因为他没拿；我给他爱情，象母亲把一件奇妙的玩具拿给孩子，被孩子砸破了。我的爱情是可一不可再的。对于某些心灵，爱情是不能

---

① 基督旧教教规，每星期五均须守斋，除鱼类鸡子外，其他荤腥不得入口。

作尝试的：有就有，没有就没有。它一朝出现，就是整个儿出现。可是十八个月的夫妇生活，对我等于十八年；我把全部的生命力放了进去，它不是因为尽量奔放而枯竭的，而是在那种欺人的，只有我一个人真诚的闺房生活中消磨完的。为我，幸福之杯既不是空的，也不是喝干了的；什么都不能把它再斟满，因为杯子打破了。我已经没有武器，不能再作战……把自己倾箱倒箧的给了人，我还成其为我吗？只能比之于酒阑灯尽以后的残羹剩饭。我只有一个名字，奥诺丽纳，正如我只有一颗心。丈夫占有了少女，没资格消受的情人占有了少妇；一个女人还剩下什么？你一定会和我说：只要让人家爱就得了！唉！我究竟还有点人味儿，想到卖淫妇三个字能不觉得羞愤吗？是的，一场大火把我的宝物烧光了，我借着大火的反光把事情看明白了。老实说，接受另外一个男人的爱情，我倒还能想象；但是向奥太佛投降……噢！休想！"

我说："哎，你还爱他呢。"

"我看重他，尊敬他，他从来没伤害我；他心肠好，他温柔；但我不能再爱他……得了罢；别谈了。无论什么事，越讨论越显得渺小。关于这问题，让我用书面来表白我的意思；现在那些思想使我透不过气来，我身上在发烧，我的脚已经踏在我的修道院的废墟中了。我眼睛看到的，一向以为拿自己的工作换来的东西，此刻都把我心里要忘掉的事一件件的提醒我。啊，我真应该离开这里，象当初逃出家庭一样。"

"逃哪儿去呢？"我问她。"女子没有人保护，能够在世界上存活吗？在三十岁上，正当花容玉貌的鼎盛时期，有的是你自己意想不到的充沛的精力，有的是可以大量施舍的温情，而你竟想躲到我能把你隐藏起来的沙漠中去？……放心罢，伯爵五年之中没露过面，将来不得你的同意也永远不会到这儿来的。凭他九年卓越的生活，你的清静已经有了保障。你尽可以毫无危险的把你的前途跟我和我舅舅商量。先把心静下来，别夸张你的不幸。一个当祭司当到头发都白了的人不是一个孩子，各式各样情欲的忏悔，他听了快有五十年了，连帝王卿相那么沉重的心事都由他掂过斤两，他一定能了解你的。即使我舅舅披着祭衣的时候是严厉的，对着你的花也会象它那样柔和，象他神明的主宰一样宽容。"

三一　一封信

　　我到半夜才离开伯爵夫人。那时她表面上是镇静了，但脸色阴沉，似乎暗暗作着打算，教无论怎么锐利的眼光都猜不透的打算。我走不了几步就在圣·莫街上遇到伯爵，他受着一股不可抗力的吸引，不能再待在大街上我们约定的老地方了。

　　我把经过情形告诉了他，他嚷道："可怜的孩子这一夜怎么过哇？要是我闯得去，要是她忽然看到我又怎么呢？"

　　我回答说："这时候她连跳窗都可能。伯爵夫人是吕克雷斯一流的女子，受了污辱宁可死的，即使污辱她的是她愿意委身的男人。"

　　"你年纪太轻了。"他说。"你不知道，一个人被痛苦的念头剧烈扰乱的时候，他的意志好比湖上起了大风暴，风随时在变，波浪也跟着一忽儿涌到这边的湖岸，一忽儿涌到那边的湖岸。今天晚上，奥诺丽纳见了我扑在我怀里的可能性，和跳窗的可能性是均等的。"

　　"而你预备冒这个险吗？"我问他。

　　他回答道："得了罢，为了要等到明天早上，我家里已经由台北兰医生预备好一些鸦片，让我能太太平平的睡一觉。"

　　第二天中午，高朋女人递给我一封信，说伯爵夫人筋疲力

333

尽，到六点才上床，吃了药剂师配的安眠药才睡着的。

我把那封信抄了一个副本；——因为，小姐（领事向加米叶·莫班说），艺术的手段，风格的诀窍，你是精通的；许多在结构方面很高明的作家，他们的功夫你是知道的；可是你一定会承认，在造作虚伪的感情的文学作品中决找不出这样的文字。真的，世界上最可怕的莫过于现实。下面的信便是那位太太，或者说那个痛苦的化身写的：——

"莫利斯先生：

"你舅舅所能说的话，我都知道了；他不见得比我的良心更通达事理。人的良心原是上帝的喉舌。我知道如果不跟奥太佛言归于好，我是要罚入地狱的：这是宗教的判决。人间的法律要我不顾一切的服从。不管我过去作些什么，只要丈夫不拒绝我，大家都认为我是纯洁的，贞节的。不错，婚姻就有这点儿妙处，能够教社会批准丈夫的宽恕；但社会忘了一点，就是这宽恕必须要被宽恕的人肯接受。按照法律，按照宗教，按照世俗的惯例，我都应当回去。单单以人事来说：不给他幸福，不给他生孩子，把他的姓氏从贵族院的金榜上抹掉①不是太残忍吗？我的痛苦，我的厌恶，我的感觉，我所有自私的成分（我知道自己是自私的），都应当为家庭牺牲。我将来会生儿育女，儿女能使我破涕为笑！我可以非常快乐，受人尊敬，大家会看到我丰衣足食，高车肥马，在人前得意扬扬！仆役，府第，别庄，应有尽有；一年有多少个星期，我就有多少次领袖群英的宴会。不必说，大家会把我招待得很好。我用不着重新攀登贵族的宝座，因为我根本没下过台。由此可见，上帝，法律，社会，意见都是一致的。

"天上的神明，地上的教士，法院，都要异口同声的问我：

---

① 王政复辟时期，贵族院议员为世袭职，姓名均留于金册。贵族院议员一旦无后，金册上的谱系记载即告中断。

你反抗什么呢？倘若伯爵要求王上来干预这件事，王上也会这样问我。你的舅舅必要时还能说，上帝会赐恩给我，使我觉得尽责是快乐的。上帝，法律，社会，奥太佛，不是都要我活着吗？唉，如果没有别的困难，我只要回答一句话就可以一了百了，就是我不想活了！一朝裹在尸衣中间，惨白的脸色就能恢复我的洁白和无邪。这不是什么固执的骡子脾气。你一边说笑一边埋怨我的脾气，其实只表示女人把事情肯定了，对前途看清楚了。倘若我的丈夫因为爱我而宽宏大量，把一切都忘了，我可是忘不了！'遗忘'可是我们能作主的？一个寡妇再嫁的时候，爱情能使她恢复少女的心情，因为她嫁给一个心爱的男人；但我不能再爱伯爵了。关键就在这里，你看到没有？我一遇到他的目光就看到我自己的过失，即使他的目光充满了怜爱也没用。他越度量宽宏，我越显得罪孽深重。我的永远不会安定的眼睛始终会看到一个无形的判决。乱七八糟的回忆势必在我心中冲突。

"结婚生活不可能再使我尝到心惊肉跳的快感和热情汹涌的醉意；我的冷冰冰的态度，以及虽然深藏、但人家还是猜得到的、把情人与丈夫所作的比较，会致我丈夫的死命。噢！有朝一日，如果在额上的皱痕中，在悲哀的眼神中，在微妙的举动中，我咂摸出一点儿对方不由自主的，甚至还是竭力压制的责备，我就一发不可收拾了：我会脑浆迸裂的躺在阶石下，还觉得阶石比我丈夫慈悲多呢。这种残酷而又甜蜜的死，或许是单单由于我的多疑。但或是奥太佛为了什么事而烦躁，或是我为了错疑他而起了误会，也都可能促使我的死。唉！说不定我还会把爱情的表示当作轻蔑的表示呢。这不是教双方都受罪吗？奥太佛始终不放心我，我始终不放心他。我不由自主的要拿一个绝对比不上他的男人跟他相比，我瞧不起那男人，但他让我体验到的销魂荡魄的境界，象火印一般留在我的心头，我为之羞愧无地，却禁不住常常

335

想起。我对你总算够坦白了吧？先生，没有人能向我证明爱情可以再来一次，因为我现在不能也不愿意接受任何人的爱了。一个少女有如一朵被人采摘的花；一个失身的女子却是被人践踏的花。你是种花的，应该知道是否还能把那根花茎扶直，使憔悴的颜色恢复它的鲜艳，把树液重新引到那么娇嫩的管子中去，——它们是全靠枝干挺拔才会有强盛的生命力。倘若有什么植物学家敢作这种挽救残花的尝试，他可有本领把膜上的皱痕抹掉吗？能重造一朵鲜花的，简直是上帝了！而能把我重造的也只有上帝！我喝着赎罪的苦杯，但一边喝一边翻来覆去的想着那句老话：赎罪不是洗刷。我一个人关在小楼上吃着浸透泪水的面包，可是谁也看不见我吃，看不见我哭，回到奥太佛身边，等于从此不能哭泣，我的眼泪会使他着恼的。向一个被你欺骗过的丈夫投降而非甘心情愿的委身，噢！先生，这种行为要污辱多少德性恐怕只有上帝知道。因为那些教天使们看了也要心惊胆战的羞恶之心，只有上帝明白它的底细，同时也是由上帝鼓动的。

"再进一步说，要是丈夫蒙在鼓里的话，妻子还能有勇气，会拿出一股意想不到的力量来作假，为了保全丈夫与情人双方的幸福而欺骗。但夫妇俩都心中雪亮的局面，岂不教人屈辱？用屈辱去换取快乐，岂是象我这样的人所能办到的？奥太佛不是迟早要觉得我的委曲求全可鄙吗？夫妇生活的基础是互相敬重，互相牺牲；但我们破镜重圆之后，我不能再敬重他，他也不能再敬重我了：他可能象老人爱一个娼妓似的爱着我，辱没我的身分；我，我也要因为自己是一样东西而非高贵的太太，时时刻刻感觉到耻辱。在他家里，我不是代表端庄贤淑而只代表私情肉欲了。这是女人失身以后的苦果。我把夫妇的床铺变了一堆炭火，永远睡不着觉的了。在这儿我还有些安静的时间，忘掉一切的时间；可是在丈夫家里，一切都要使我回想起不守妇道的污点。我在这

奥诺丽纳

儿受苦的时候,我祝福我的痛苦,我感谢上帝。在他家里,一边体会着我不该享受的快乐,一边就得深深的害怕。先生,这些并非抽象的推理,而是一颗广阔无边的灵魂感觉到的;因为那颗灵魂已经被痛苦挖掘了七年。最后,还得告诉你一件可怕的事:我有过一个在陶醉与欢乐中、在深信幸福是可能的心情中受胎的孩子,有过一个我喂养了七个月但永远不会离开我母体的孩子;他始终把我的奶头咬着不放!如果将来再有孩子需要我喂养,他们喝到的乳汁是和着眼泪的,因此是发酸的。我表面上性情轻快,你觉得我象儿童……噢,是的,我就有儿童一般的记忆,能够保持到进坟墓。现在你该看到了罢,社会和丈夫的爱都想把我拉回去的那个美妙的生活,其中没有一个局面不僵,没有一个局面不藏着陷阱,不是随处有些悬崖峭壁,让我骨碌碌滚下去,一路被无情的荆棘刺得遍体鳞伤的。五年功夫,我在未来那片荒土中摸索,没有能找到一个适宜于忏悔的地方,因为我的心的确完全被忏悔包围了。对于这些,宗教自有它的一套答案,我连背都背得。它会说,这些痛苦,这些艰难的处境,都是对我的惩罚,上帝会给我勇气忍受的。先生,对某些天性坚强的虔诚的妇女,这种理由固然很合适,我却没有她们的力量。在上帝不会禁止我祝福他的地狱,和在奥太佛家里的地狱之间,何去何从,我已经决定了。

"末了还有一句话。倘若我是一个少女而有了我现在的人生经验,要挑丈夫还是会挑中奥太佛的;但就因为这个缘故,我此刻拒绝他:我不愿意在他面前脸红。怎么!难道我得永远跪着,他永远站着吗?要是我跟他换了一个姿势,我又会瞧不起他的。我不愿意他因为我犯了过失而待我更好。只有天使才敢在双方都无可责备的情形之下作出些粗暴的行为,而这种天使是在天上不在地下!我知道奥太佛体贴入微;但不论这颗灵魂修养得多么伟大，毕竟是人的灵魂，它对我将来在他家里所过的生活并不能有所保障。因此请你告诉我：你答应我的替无可挽救的灾难作伴的那种孤独，那种静默，那种安宁，上哪儿去找？"

三二　青年人的感想与已婚的人的感想

为了要保存这个文件的全貌，我把信抄了一份，然后上巴伊安纳街。奥太佛的烦躁不安比鸦片的力量更强，他正在园子里踱来踱去。

我把信递给他，说道："你去答复罢。既然挑动了她的傲气，你就得想法抚慰它。这比着要刺探她潜伏在心里而人家已经代你挖了出来的傲气，更要难一些。"

伯爵嚷道："噢！她有信给我吗？……"他念着信，脸色显得越来越快活。

他发觉我在旁看着他的得意，便做了一个手势教我走开。我懂得极度的快乐和极度的痛苦有同样的心理。那天正是特·古德维太太母女到伯爵家吃饭的日子，我就去招待她们了。

不论特·古德维小姐如何美丽，我那回重新见着她不由得感觉到爱情有三种面目，能引起我们完满的爱情的女子是极少的。我不由自主的把阿曼丽和奥诺丽纳比较之下，觉得失节的女性比纯洁的女性更迷人。在奥诺丽纳，忠实不是一种责任，而是缘分；至于阿曼丽，她会神态自若的发着庄严的诺言，根本不知道诺言的内容与义务。困倦到差不多要死下来的女子，需要你去搀扶的罪女，对我特别显得悲壮，能刺激男人天生的热忱；她需要你的心拿出全部的感情，需要你的精力竭尽所能的去干；她充实你的生命，要它为了幸福而斗争；至于对一切都有信心的贞洁的阿曼丽，只会把自己关在贤妻良母的天地中间，只能使我在平凡中去找诗意，精神上既没有斗争，也没有胜利。

在香巴涅那样的平原，和风雪交加而雄壮瑰玮的阿尔卑斯之间，哪个青年会看中恬静的原野？的确，这一类的比较在踏进区公所举行婚礼的时候是个不祥之兆。可怜一个人直要有了人生经验，才能知道夫妇生活跟热情是不相容的，家庭是不能以爱情的暴风雨为基础的。梦想过了世界上不会有的爱情和它的许多奇趣以后，对于自己的理想尝到了烈酒一般的快感以后，我又看到眼前摆着平淡的现实。有什么办法呢？你们会觉得我可怜罢？在二十五岁上，我已经怀疑自己了；但我很坚决的打定了主意。借着通报客人来到的藉口，我回去找伯爵，看见他的脸被希望的光辉映照之下，变得年轻了。

"你怎么啦，莫利斯？"他看我脸色异样，吃了一惊。

"伯爵……"

"怎么！你不叫我奥太佛了？你救了我的命，给了我幸福，你竟……"

"亲爱的奥太佛，如果你能劝伯爵夫人重新负起她做妻子的责任，我已经把她仔细研究过了……（伯爵瞧着我的眼风，活象奥赛罗第一次听信伊阿谷谗言的神气），你决不能让她再看到我，也不能让她知道莫利斯当过你的秘书；千万别提我的名字，谁也不能露一句口风；要不然你就前功尽弃……你已经保举我当了审计官，请你替我在国外找个外交方面的差事，例如领事之类，别想再要我娶阿曼丽了……"我看见他把身子一挺，做了个惊讶的姿势，便向他补充。"噢！你放心，我一定把这个角色扮到底的

……"

"好孩子！……"他忍着眼泪，抓起我的手握着。

我又笑着说："你给了我手套，我可没有戴。就是这么回事。"

三三 教会的告诫

于是我们俩商量好,当天晚上我回到小楼去该怎么应付。到时我去了。时方八月,气候闷热,大有雷雨的意味,天色黄黄的,花的香味很浓,我人好象在蒸笼里,心里巴不得伯爵夫人已经高飞远走,到了印度去;这念头使我自己也吃了一惊。她穿着白纱衣衫,束着一条蓝丝带,头上没戴帽子,一绺绺的卷头发挂在脸颊两旁,坐在几株小树底下一张长沙发形的木凳上,用小圆凳搁着脚,衣衫下面略微露出一点脚尖。她见了我并不站起来,只指了指身旁的一个位置和我说:

"我这生活不是没有出路吗?"

我回答:"这是指你过的生活,可不是我想替你安排的生活;因为只要你愿意,你可以非常幸福……"

"怎么呢?"她全身的姿势都打着问号。

"你的信在伯爵手里了。"

伯爵夫人象一头受惊的小鹿,站起身来纵到三步以外,在园子里转来转去,又站定了一会,终于独自去坐在客厅里。我等她对那一下好象被扎了一刀似的痛苦略微习惯了一些,才进去找她。

奥诺丽纳

"你！自称为我的朋友！……哼，简直是一个内奸，也许还是我丈夫的间谍吧？"

女子的本能不下于大人物锐利的目光。

我说："对于你的信不是应当有个答复吗？而这复信世界上只有一个人能写……所以，亲爱的伯爵夫人，你一定得把回信念一念；念过以后，要是你仍觉得生活没出路，你说的那个内奸可以向你证明他是你的朋友，因为我会送你进一所修道院，凭他伯爵有多大势力也没法把你拉出来；可是到那边去以前，应当先听听对方的理由。天上地下有一条共同的法律，哪怕心里抱着仇恨的人都不得不服从的法律，就是没听过对方，不能把对方判罪。至此为止，你象小孩子似的掩着耳朵，只管责备别人。七年的忠诚也应当有它的权利吧？所以你丈夫的复信，你非念不可。我把你的信抄了一份托我舅舅交给他，问他如果他太太写了一封这种措辞的信，他怎么答复。这办法对你毫无损害。等会我舅舅亲自把伯爵的信带来。在我前面，在那个圣者前面，为了保持你的尊严，你也应当念那封复信，要不然你仅仅是个闹别扭，发脾气的孩子了。为了社会，为了法律，为了上帝，你就这么牺牲一下罢。"

她觉得这样迁就一次并不伤害她女性的意志，便答应下来。我们四五个月的工作，全部是以这一分钟为目标的。金字塔能否完成，不是全靠塔尖上给一只鸟歇脚的那一点吗？……伯爵把所有的希望寄托在这千钧一发的时间，而这时间是到了。晚上十点，我舅舅走进了她的篷巴杜式的客厅。我记不起一生中还遇到什么比这个更动人的场面。满头白发被浑身的黑衣服衬托得格外显著，那张象神明一般恬静的脸对伯爵夫人起了奇妙的作用，她好象伤口上涂了一层止痛的油膏，觉得遍体清凉，同时也被这种道行的无意中闪射出来的光照亮了。

高朋女人通报道："勃朗－芒多的本堂神甫来了！"

我问他："好舅舅，你这次来是不是带着和平与幸福的信息？"

"只要听从教会的告诫，决不会没有和平与幸福。"我舅舅说着，把下面的信递给伯爵夫人：

三四　复　信

"亲爱的奥诺丽纳：

"如果你早发慈悲，不疑心我，如果你念了我五年以前写给你的信，你可以省却五年不必要的，使我看了伤心的劳作。在那封信里，我向你提出的盟约足以祛除你所有的恐惧，使我们俩能恢复家庭生活。我有很多地方需要责备自己，在七年悲苦的光阴中我把我全部的过失体验到了。我没了解婚姻。你受着危险的时候，我竟没有发觉那危险。我屋里住着一个天使，主和我说：你好好的守着他罢！不料我粗心大意，不知提防，终于受了上帝的惩罚。你对自己下的毒手没有一下不打在我身上。亲爱的奥诺丽纳，饶了我罢！我完全了解你的敏感，所以不愿意再带你回巴伊安纳街的老家；我可以一个人住在那儿，却不能和你一块儿再见那屋子。我挺高兴的在圣·奥诺莱城关装修一所新宅，我心里要请去住的人不是一个因为对人生没经验而被骗回家的女子，也不是一个被丈夫用法律夺回去的女子，而是一个允许我象父亲每天祝福女儿似的亲吻她额角的姊妹。

"就因为你受着绝望的煎熬，我才更要待在你左右，满足你需要，供给你娱乐，保护你的生命；难道你想剥夺我这种权利吗？凡是女人，必有一颗永远偏向着她的，永远能原谅她的心，就是她的母亲的心；你早失怙恃，你的母亲就是我的母亲，她要在世的话，一定能把你劝回来的；但你怎么没猜到我对你抱着一颗既是我母亲的心，又是你母亲的心呢？亲爱的，我的感情不是偏狭的，吹毛求疵的，决不让一个心疼的孩子为了什么不如意而额上纵起皱痕。奥诺丽纳，倘若你以为我愿意接受你嘴唇哆嗦的亲吻，愿意过着忽而快乐忽而忧急的生活，那末你把你童年的伴侣看作是什么人呢？你不用怕将来会听到一个人抱着摇尾乞怜的热情向你怨叹；我一定要有把握能让你完全自由自在以后才愿意把你接回来。你的孤僻的傲气把困难过于夸张了；你可能，如果你愿意，以不关痛痒的心情参与一个长兄或父亲的生活；但决不会在周围发见嘲笑与冷淡，也不会有人疑心你的用意。你将来呼吸到的空气永远是温和的，平稳的，没有暴风雨，也没有一颗细石子。倘若以后你觉得，在我家里的确象在你的小楼中一样自由自在，愿意多添一些快乐的因素，加一些娱乐消遣，你尽可扩大你的生活圈子。慈母的温情没有轻蔑的意味，没有怜悯的意味，它是什么？是没有欲念的爱。所以我的敬佩之情自会把你可能认为侮辱的心理藏起去。这样，我们俩在共同生活中彼此都能保持尊严。在你方面只要拿出姊妹的情意，腻友的怜爱，就足够使一个愿意做你伴侣的人满足；你只消看他花尽心力遮掩他的温情，就能测量出他温情的深度。我们俩都不会念念不忘的想着过去的事，因为我们知道彼此都相当聪明，只着眼于未来。因此，你住在家里，住着你的府第，和住在圣·莫街上完全一样；照样的无人侵犯，照样的幽居独处，爱作什么就作什么，随你的心意行事；除此以外，你还得到名正言顺的保护，不必人家再象骑士式的爱情那么操劳；你还能得到增加女性光彩的尊敬，还有可以拿去作许多好事的财产。

"奥诺丽纳，你用不着求赦免；但若你要求的话，尽管来要求罢；那赦免不操在教会与法律的手中，而要由你的傲气决定，由你自动决定。做我妻子的可能有些为你所害怕的事，做我朋友和姊妹的可用不着，我对她一定礼貌周全。看到你快乐，我就幸福了；七年功夫我已经证明这一点。啊！奥诺丽纳，可以替我的话作保证的是："你手制的花全部由我珍藏着，用眼泪灌溉着；好似古代的秘鲁人用来记事的结绳，它们是一部记载我们痛苦的历史。如果这样的契约对你不合适，那末，孩子，我已经嘱托带这封信的圣者切勿替我说一句好话。我不愿意你的回家是因为教会引起了你的恐怖，或是法律给了你命令。我所求的简单而平淡的幸福，一定要你自动给的，我才接受。如果你坚持，要我把九年以来看不见一丝友爱的笑容的，阴惨惨的生活继续下去，如果你要独自一人，一动不动的在你的沙漠中待下去，那末我的意志一定服从你的意志。放心：你安静的生活可以象过去一样不受扰乱。那个管闲事而也许使你伤心的疯子，我会把他打发走的……"

三五　可怜的莫利斯

奥诺丽纳把信揣在怀里，瞧着我的舅舅，说道：

"先生，谢谢你。既然伯爵允许我留在这儿，我就……"

"啊！"

我这么叫了一声，舅舅马上很不放心的把我瞪了一眼，伯爵夫人也狡狯的对我瞟了一眼，使我明白了她的用意。她要知道我到底是不是一个虚伪的人，一个捕鸟的人，而我好不伤心的发觉，那一声惊叹居然把她骗过了；因为那是女人最熟悉的心灵的呼声。

"啊！莫利斯。"她和我说，"你，你是懂得爱的！"

我眼睛里闪出来的光等于另外一句答复，把伯爵夫人心中的疑虑一扫而空，倘若她还存着疑虑的话。因此伯爵是把我利用到最后一刻的。奥诺丽纳又拿出信来预备念完，舅舅对我作了个暗示，我便站起身来。他和我说："咱们别打搅太太了。"

"你就走了吗，莫利斯？"她说着并没抬起头来。

她一边看信一边起身送我们，到了小楼门口，抓着我的手很亲热的握着，说道：

"以后咱们照常见面……"

"不！"我拚命握着她的手，使她痛得叫起来。"你是爱你的丈夫的！明儿我走了。"

说完，我急急忙忙丢下舅舅走了。她问舅舅："他怎么啦，你的外甥？"

好心的神甫为了配合我的角色，拿手指着他的头和心，仿佛说："太太，请你原谅，他是个疯子！"而因为我舅舅心里真是这样想，所以他的表情更真切。

六天以后，我带着副领事的委任状动身往西班牙，任所是一个商业繁盛的大都市，使我短时期内就把领事的一行学会了，而我的野心也限于这方面了。

安顿停当以后，我接到伯爵一封信。——

三六　徒有其名的团圆

"亲爱的莫利斯：

"我要是幸福的话，就不会写信给你了，可是我又开始了另外一种痛苦的生活；我受着欲望的刺激，变得年轻了，一方面和一个过了四十岁而又动了爱情的人一样烦躁，一方面又拿出外交家的智慧竭力把情欲压着。你走的时候，我还没得到进入圣·莫街小楼的许可；后来收到一封信，露出一些口风，似乎不久可以准我去了；那是一封又温和又凄凉的信，表示她怕相会时感情冲动。等了一个多月，我冒险闯得去，要高朋女人去问能不能接见我。我坐在走道中的一条凳上，靠近门房，把手捧着头，差不多呆了一小时。

"——太太预备穿衣服呢，高朋女人来回报我。奥诺丽纳这句好象讨好我的话，其实是不愿意让我感到她的打不定主意。

"整整一刻钟，我们俩都很慌乱，不由自主的打着哆嗦象台上的演说家忽然着了慌一样的紧张；我们神色张皇的谈了几句，好似被人撞见了什么而勉强找些话来搭讪。

"我含着眼泪和她说：奥诺丽纳，发僵的局面已经打破了，我快活得浑身发抖；请你原谅，我连讲话都前言不对后语。这种情形恐怕一时还改变不了呢。

奥诺丽纳

"她强作笑容，回答说：爱妻子又没什么罪过哇。

"——我求你别再象过去那样做活了。高朋太太告诉我，最近二十天你只用着自己的积蓄，你名下原来每年有六万法郎收入；即使你对我不能回心转意，至少别把你的财产留给我！

"她说：我久已知道你的好意……

"我回答她：要是你喜欢留在这儿，保持你的独立，要是最热烈的爱情也得不到你的青睐，你可别再做活了……

"我递给她三张证券，每张每年有一万三千法郎利息；她接在手里，漫不经意的展开来看了，一言不发，只瞧了我一眼。啊！她完全懂得我给她的不是钱，而是自由。

"——好了，我打败了；你要常来就常来罢。她说着伸出手来，我立刻捧着亲吻。

"因此她是硬逼着自己接待我的。第二天，我发见她强作欢容。直要来往了两个月，方始看到她的真性格。那时却好比美妙的五月，爱情的春天，我的快乐简直无法形容；她不再怕我了，只是研究我。但我向她提议上英国去，以便公开的与我破镜重圆回到家里，恢复名位，住进她的新宅的时候，她吓坏了。

"——为什么不永远这样过下去呢？她说。

"我忍住了，一句话也不回答。

"我离开她的时候心里想：她是不是试试我呢？

"从家里出发到圣·莫街，路上我老是非常兴奋，抱着一腔热爱，象青年人一样对自己说着：今晚上她可能让步了……

"这股说不上是虚空是实在的劲儿，遇到她微微一笑，或是用那双不受热情扰乱的，高傲而镇静的眼睛发号施令的时候，就整个儿消灭了。你告诉我，她说过：吕克雷斯当年用她的匕首和血替女性的宪章写下了第一个字：自由！这句可怕的话常常回到我脑海中来，使我不寒而栗。我深切的感到必须获得奥诺丽纳的

351

同意,也深切的感到没法获得她的同意。我去的时节和回家的时节同样受着这些狂风暴雨的骚扰,她有没有猜到呢,为了不愿意口头表示,我把自己的处境写信告诉她。奥诺丽纳置之不复,可是愁容满面,吓得我只能装做象没有写那封信一样。我因为伤了她的心非常痛苦;她看出这一点,也就表示原谅了。事情是这样的:三天以后,她第一次在她蓝白两色的卧房中接待我。灯烛辉煌,摆满着花,布置得很好看。奥诺丽纳那天的装束使她格外光艳夺目。你熟识的那张脸,四周都围着小小的头发卷;头上插着好望角的铁树花,身上穿一件白纱衫,束一根白缎带,挂着飘飘荡荡的穗子。在这么素雅的装扮之下,她的仪表你是知道的;但那天晚上简直是个新娘,是初婚时期的奥诺丽纳。不幸我的快乐立刻被浇了冷水,因为她脸上的表情有种可怕的严肃,仿佛冰雪之下藏着一团烈火。

"她说:奥太佛,只要你心里要,我随时准备做你的妻子;可是请你记住,这种屈服也有它的危险,我可能克制自己……

"我做了一个手势。

"——不错,我明白你的意思,克制这个字你是听了刺心的;你要的是我不能给你的东西,爱情!我发过终身孤独的愿,现在宗教和怜悯使我把这个愿心放弃了。你瞧你不是到了这里吗?

"她停了一会,又接着说:你早先并没提出更大的要求,现在你却要你的妻子了。好罢,我把奥诺丽纳交给你,可也不把她将来的改变瞒你。将来我是怎样的一个人呢?第一是做母亲!那是我热烈期望的。是的,你可以相信我这句话。你想法改造我罢,我同意;但倘若我死了,朋友,千万别咒我,别骂我固执;你所谓固执,我称之为对于理想的崇拜,也许那种将来使我送命的、说不出的感情,更应当称为对于神明的崇拜。前途怎么样,我不管了,你会负责的,你去考虑罢!……

奥诺丽纳

"于是她坐下来望着我,就是你平时欣赏的那种安闲的姿态。我痛苦得脸色发白,血都凉了。她看到她的话发生了这样的作用,便抓着我的手握着,说道:

"——奥太佛,我是爱你的,可不是你所要的那种爱;我爱的是你的心灵……但是相信我罢,我爱你的程度象东方的女奴一般愿意为你而死,并且死而无怨。我可以借此补赎罪过。

"她还是更进一步,居然大发慈悲,跪在我面前一个坐垫上,说道:

"——而也许我还不会死呢……

"我已经跟自己斗争了两个月。怎么办呢?……我肝肠寸断,只能找一个朋友的心让我对它叫一声:怎么办呢?"

三七　奥诺丽纳最后的叹息

我收了信没答复。两个月以后，报上披露消息，说奥太佛伯爵夫人在海外漂流了几年，终于搭着英国邮船回家了；故事编得相当自然，不致令人起疑。我刚到热那亚的时候，又接到通知，报告伯爵夫人平安分娩，生了一个儿子。我手里拿着信，在这个阳台的凳上坐了两小时。过了两个月，我的几位保护人，奥太佛，特·葛朗维，特·赛里齐，看我在舅舅故世以后颓丧得很，便竭力劝说，终于使我结了婚。

七月革命①以后半年，我接到下面一封信，把这对夫妇的故事结束了：

"莫利斯先生：

"虽然做了母亲，也许正因为做了母亲，我快要死了。妻子的角色我演得不错：我瞒过了丈夫，我的快乐和女戏子们在舞台上流的眼泪一样真。我为了社会而死，为了家庭而死，为了婚姻而死，正如初期的基督徒为了上帝而死。我不知道致命的原因，我还认真找这原因呢，因为我并不固执；但我非把我的痛苦告诉你不可，当初是你带你舅舅来，而我听了他的话才投降的；他等

---

① 一八三〇年七月巴黎中产阶级推翻查理十世，拥立路易·腓列伯，史称七月革命。

奥诺丽纳

于一个天国的外科医生,后来做了我的忏悔师,他最后一次的病就是由我看护的;他指着天国要我继续尽我的责任。我便尽了我的责任。我不埋怨那些善于遗忘的人,我佩服他们,认为是坚强的,应当有的性格;但我没有那末健康,忘不了过去的事。那种使我们与所爱的男人合为一体的,从心坎里出来的爱,我不能感觉到第二次。你知道,直到最后一刻,我向你,向忏悔师,向我的丈夫,叫着:可怜我罢!……但谁都不可怜我。那我只有死了。我一边死一边拿出极大的勇气。哪怕是娼妓也没有象我这样嘻嘻哈哈的快活的。可怜的奥太佛很幸福,我让他的爱情拿我虚幻的感情作养料,为了演这个戏,我把心血都呕尽了;女戏子受到喝采,受到祝贺,身上堆满了鲜花;但是痛苦天天来觅食,天天把我的生命割掉一块。明明是心碎肠断,我照旧笑靥迎人!我向两个孩子微笑,但得胜的总是早生的那个,死掉的那个!我跟你说过:死掉的孩子会叫我去的,我现在就往他那边去了。

"没有爱情的同居生活,使我的心灵时时刻刻感到羞辱。只有孤独的时候我才能够哭,能够幻想出神。为了应酬交际,家庭杂务,抚育孩子,照顾奥太佛的幸福,我没有一分钟的余暇能汲取勇气,象从前幽居独处的时代一样。持续不断的警惕使我老是心惊胆战。我没有眼快耳灵,随口扯谎的本领。吸干我的眼泪,亲吻我的眼皮的,不是我意中人的嘴而是手帕,使干涩的眼睛减掉一些火气的是凉水,不是爱人的亲吻。我演戏是把整个的心放进去的,致我死命的原因也许就在这里。我小心翼翼的隐藏我的悲伤,居然一点不露痕迹,但悲伤非有所侵蚀不可,它便侵蚀我的生命。我跟那些发见我病根的医生说:

"——你们好歹得替我找出一点病来,要不然我丈夫会活不下去的。

"因此我跟台北兰和皮安训商量好了,说我的不治之症是某

傅雷译文集

一种软骨病，两位医生把那根不知什么骨头描写得头头是道。奥太佛还自以为受着疼爱呢！你明白我的意思吗？所以我担心他忧郁成疾，和我同归于尽。万一有这种情形，希望你做我孩子的监护人。信内附上一份补充遗嘱表明我这个意思。请你到必要时再拿出来；也许我把自己看得太重了，奥太佛不至于到那个田地的。我暗中对他的忠诚说不定会使他悲痛欲绝，但还是能活下去的。可怜的奥太佛！但愿他再娶一个比我贤慧的女人，因为他的确值得人家的爱。

"既然刺探我的那个聪明的人已经结了婚，希望他记住圣·莫街的制花女留给他的教训：第一要使你太太赶快生孩子！尽量教她去管最庸俗的家务；别让她在心中培养什么理想，培养那朵我奉为至宝的，颜色火剌剌的神秘之花，它的香气会教人厌弃现实。我是一个圣女丹兰士，可惜不能象她那样住在修道院里和耶稣觌面，和一个长着翅膀、来去自如的天使相对，在出神入定中过生活。你曾看到我在我喜爱的花堆中很幸福，我却没有把心里的话都告诉你：我当初看出你假装的疯狂之下藏着含苞欲放的爱情；我把我的思想，梦境，都瞒着你，没让你走进我美丽的王国。我相信你一定能为了喜欢我而喜欢我的孩子，假如一朝他丧失了父亲的话。请你保守我的秘密，象坟墓保守我的肉体一样。别为我伤心。圣·裴那说过，无爱情即无生命；倘若这句话是对的，那末我已经死了很久了。"

三八　两个结局

领事把信收起，锁在皮包里，补了一句："于是，伯爵夫人死了。"

"伯爵还在不在呢？"大使问。"七月革命以后，政治舞台上看不见他了。"

领事说："特·洛拉先生，你可记得有一回看见我送一个客人上船吗？……"

"一个头发雪白的，一个老头儿是不是？"画家问。

"一个四十五岁的老头儿！到意大利南部去疗养和散散心的。那老人便是我可怜的朋友，我的保护人，经过热那亚跟我告别，同时把遗嘱交托给我。我用不着再把奥诺丽纳的遗言告诉他了。"

台·杜希小姐问："他可明白自己做了刽子手吗？"

领事回答说："他是猜到真相的，所以活不下去了。他搭船上拿波里，我送他出了海再坐小船回来。告别的时候彼此恋恋不舍，我怕那就是永诀了。我们都喜欢参与我们爱情的秘密的人，特别在爱人故世之后。奥太佛和我说：这样的人有种魔力，身上有一道光轮罩着的。——伯爵踱到船首，望着地中海；碰巧那天天气很好，大概他被当时的景色感动了，对我又说了最后几句话：为了改善人性，真应当研究一下究竟是什么一种不可抵抗的力量，使我们不顾理性，把一个神仙般的女子为了片刻的欢娱而牺牲？我良心上听到那些呼号。并且呼号的不仅是奥诺丽纳一个人。而这竟是我亲手造成的！……我悔恨交集，痛心极了！过去我在巴伊安纳街为了得不到欢娱而悒悒欲绝；将来在意大利，我要为了已经体验过的欢娱而悒悒欲绝！……两个同样高尚的心灵，他们的不调和到底是从哪儿来的？"

阳台上大家相对无言，静默了一会。

"她算不算贞节的呢？"领事问在座的两位太太。

三九　一个问题

台·杜希小姐站起来,挽着领事的手臂离开众人走了几步,说道:

"男人来找我们,把一个少女娶过去做了他们的妻子,心中却存着许多天使般的形象,拿我们跟一些无名的敌手相比,跟一些往往是从许多回忆拼凑起来的,完满的标准相比,结果老是觉得我们望尘莫及。由此看来,男人不是也有罪过吗?"

"小姐,倘若有人把热情作为婚姻的基础,你这批评是对的;而这便是那对夫妇的错误。要是男女双方都有盲目的爱情,那种婚姻生活简直是尘世的天堂了。"

台·杜希小姐和领事分开了,接着格劳特·维浓过来找她,凑着她的耳朵说:

"特·洛斯太先生未免有些自鸣得意。"

她也凑着他的耳朵回答:"不,他还没猜到奥诺丽纳可能爱他呢。"她看见领事夫人正在走来,又说:"噢!他太太把故事听了去了,算他倒楣!……"

大钟打了十一点,所有的客人都沿着海滨步行回去。

四〇　最后一句话

"这些都不能代表人生。"台·杜希小姐说。"象那样的女子真是太少了,也许聪明得出奇了,可以说是一宝!人生是各种不同的变故,循环不已的痛苦和欢乐组成的。但丁诗中的天堂当然是理想的最高表现,但那种永远不变的蓝天只存在于心灵中间,向现实的人生去要求未免是奢望,而且时时刻刻要引起天性反抗的。对于这一类追求理想的人,只要给他一间六尺大小的静室,和一张跪着祈祷的凳子就行了。"

"一点不错。"雷翁·特·洛拉说。"可是不管我怎么下流,我仍不由得钦佩一个和伯爵夫人差不多的女子,能够住在一个画家屋里,与画室为邻,从来不下楼见客,也从来不到街上沾污她的鞋子。"

"在几个月之内是可能的。"格劳特·维浓的口气挖苦得厉害。

可是大使回答台·杜希小姐说:"奥诺丽纳并非独一无二的例子。有个男人,还是干政治的,又是笔下很尖刻的作家,他的爱情就是这一种。后来他是在决斗中死的;把他打死的那颗子弹不单打中了他一个人,他的爱人因此也差不多进了修道院。"①

"那末这个时代还有些伟大的心灵了!劳加米叶·莫班说着,靠着堤上的栏杆,若有所思的愣了一会。

一八四三年正月　巴黎

---

① 此系当时的实事。十九世纪的政论家阿尔芒·加莱尔(1800—1836)恋一弃妇爱弥丽·蒲陶太太。加氏的政敌在报上影射此事,加乃与对方决斗,中枪身死。蒲陶太太从此闭门谢客。